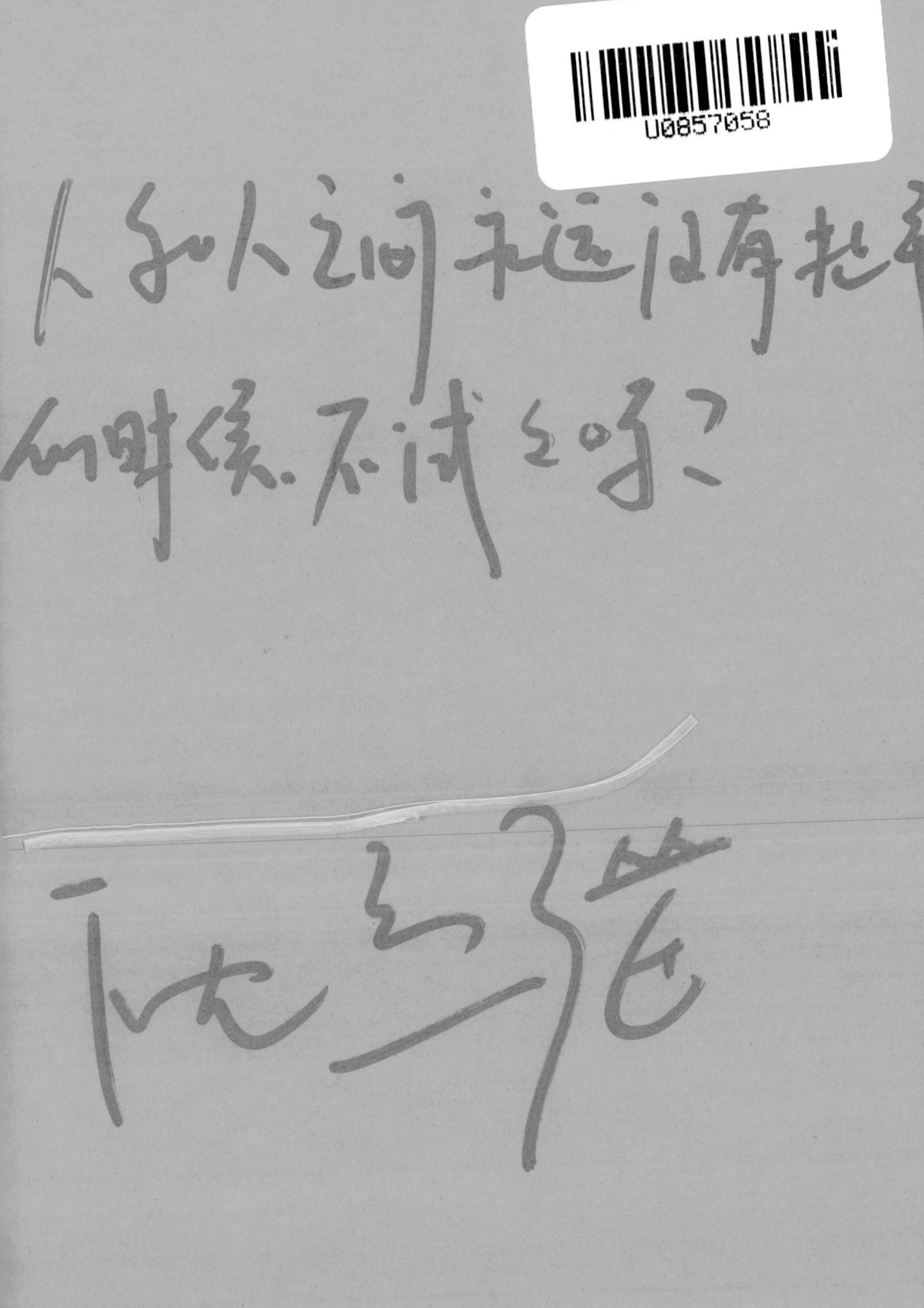

风知道

沈熊猫　著

江苏凤凰文艺出版社
JIANGSU PHOENIX LITERATURE AND ART PUBLISHING

图书在版编目（CIP）数据

风知道 / 沈熊猫著. -- 南京 : 江苏凤凰文艺出版社, 2021.11
ISBN 978-7-5594-4303-8

Ⅰ. ①风… Ⅱ. ①沈… Ⅲ. ①长篇小说 – 中国 – 当代
Ⅳ. ①I247.5

中国版本图书馆CIP数据核字(2019)第281666号

风知道 FENG ZHIDAO

沈熊猫 著

责任编辑 李龙姣
监　　制 邓 理
策划编辑 杨 旋
封面设计 杨 平
内文设计 张娅君
出版发行 江苏凤凰文艺出版社
南京市中央路165号，邮编：210009
网　　址 http://www.jswenyi.com
印　　刷 湖南天闻新华印务有限公司
开　　本 880mm × 1194mm 1/32
印　　张 10.5
字　　数 299千字
版　　次 2021年11月第1版
印　　次 2021年11月第1次印刷
书　　号 ISBN 978-7-5594-4303-8
定　　价 42.00元

记得曾经有人说过，“风才是令人无法置信，真正的柔软化石”。在环绕我们四周的大气中，包含了来自远古，无数生物的气息。若将那气息比喻成言语，就是风带来了古老的故事，包围着我们。

——星野道夫《跨越遥远的时空》

目录

Contents

第一章

第一场雪

泾河镇上有一家酒吧，装饰仅一片木质门楣，抬头处的匾额油漆掉光，看不清上面的字。酒吧门前有一盏煤气灯，造型古朴别致，成了酒吧的招牌。

灯亮，酒吧营业；灯灭，酒吧打烊。人们看不清酒吧的名字，便称呼这里为“煤气灯”。

不少过路客在酒吧驻扎，久而久之，这里变成了一个信息站。车队进山有几个空位可以捡人上路，什么人可以做向导带队，什么人从山里带了货出来想要出手……在这个酒吧里，都可以打听到。

过路客日益增多，小酒吧扩张，贴出了招聘信息。

隔日，一个女人上门。她一头自来卷及腰长发，个头适中，身姿单薄，五官秀美。

罗叔看着她，心想，这女孩出现在南方倒是合适，放在黄河边的小镇，显得过于灵秀了。

“你好，我是滕雪刃，来应聘的。”女人开口。

“雪人？”罗叔皱着眉头。

滕雪刃笑得不行，从桌边拿了纸和笔写下名字。罗叔看了，女孩的字迹迥然有力，挥笔间带着男子气概。

“你这样的女娃娃，留在这里不好。”罗叔摇头。

滕雪刃卷起袖子，硬挤出胳膊上的肌肉。她说：“我不怕事。”

“我是怕别人因为你惹事。”罗叔咂了口烟嘴。

“那我明天再来。”滕雪刃说。

“明天再来也一样。”罗叔说。

第二天下午，滕雪刃再次登门。守店的还是罗叔，他摸着两撇胡子，看着滕雪刃，眼里溢满惊讶。

女娃娃剪掉了长发，头发短得连耳朵都遮不住，脸上不知抹了什么又黑又黄，穿土色褂子、黑色裤子，整个人失了昨日的风采。

“你这……”罗叔差点拽下了自己的胡子。

“今天应该可以了？”滕雪刃笑得灿烂。

她一笑，脸上的黑黄盖不住眉眼的神采，还是透出了几分好看。罗叔心疼那一头长发，只好点了头，滕雪刃就此留在了小酒吧。

酒吧内雇员不多，除了罗叔和常年不在的老板，还有三名服务生。服务生中两名本地人，一名是骑行旅客多木。多木丢了钱包没处落脚，酒吧又缺人手，老板就把他“捡”回来了。多木觉得此处挺好，也就留下来了。

滕雪刃问：“那老板呢？”

“项征帮旅游公司勘察新开发的路线，要等一阵子才能回来。他不在，我要做账，要忙着后厨，还要管人事，恨不得长八只手。”说到项征，罗叔忍不住多说了几句。

老板项征有一个姐姐项苑，两姐弟热爱户外运动，常年走南闯北。项苑爱在网上分享经历，久而久之，声名鹊起。早年两姐弟在逻些开餐厅，项苑当地话说得好，路况熟，偶尔也做旅客的导游。有一年，有考古队前来寻找向导，要去的正好是项苑感兴趣的乌丹古城。项苑二话不说随队去了，可这么一去，再也没回来。

一纸公文交代了项苑的死讯，连尸体也没见到。

项征无法接受，他尝试穿越羌塘进入乌丹古城。第一年因迷失方向被救援队送回，第二年因遇到雨季道路受阻，两年尝试，两年失败。

项征于是关了餐厅离开高原，回到了祖祖辈辈生活的家乡泾河。

罗叔叮嘱滕雪刃："项征回来，你别在他面前提乌丹古城，这是禁忌话题。"

滕雪刃只是笑，也没应，罗叔以为那是默认了。

有了滕雪刃，酒吧的活计轻省了很多。她不仅包揽了服务员的工作，连罗叔最头疼的账目也被她接手了。她把手抄账本换成了电子账，罗叔需要查看的时候就打印出来，方便了许多。

罗叔最担心的事也不曾发生，没人因为滕雪刃闹事，他安心地去了后厨，把酒吧接待的工作交给了滕雪刃和多木。

多木爱偷懒，但哄客人开心很有一套。他在多地骑行，见闻不少，说起奇人异事，更是张口就来，唬得不少喝多的人和他称兄道弟。

小蔡和小马是本地人，俩人年纪不大，高中毕业就不读书了，农忙时帮着家里种地，农歇就来小酒吧帮忙。

滕雪刃问罗叔："这里都是男的，不招女工？"

"这里的人总觉得女孩来这种地方不正经，对这里有偏见，一些女孩不敢来。还有些女孩惦记项征，来是来了，但事情不干，总围着项征打转儿。可项征一年有几个月在这里待着啊？他一走，人也就走了。哪里是正经做事的，都是一群候鸟！"罗叔往烟杆里填烟丝，满腹抱怨。

"看样子老板还挺受异性欢迎呢。"滕雪刃手托着下巴。

"何止啊，还有跟着老板从外面回来的女人呢。"

酒吧还没到开门时间，多木捧了个葵花盘凑趣聊天。他把葵花盘往滕雪刃面前一推："吃不吃，我今天刚下地摘的。"

"刚下地偷的吧？"罗叔睨他。

"胡说，是小蔡他们家田里的。大家都是兄弟，什么偷不偷的。"多木恼火地跳了起来。

滕雪刃笑眯眯地掰了几粒，一颗一颗嗑着吃。刚摘的葵花子湿润脆甜，别有一番风味，吃完了手里的，她又掰了几颗。

“我刚才说到哪儿了？”多木跳完脚又坐回椅子，说，“半年前不是有个妹子跟着老板回来了？她还逼婚呢。结果不到一个月，自己又走了。”

“项征难拿捏，心又不定，一天到晚在山里跑，哪里荒芜去哪里，一般姑娘又待不惯，更别提降住他。”罗叔吸完最后一口烟，意味深长地看了滕雪刃一眼。

多木也看滕雪刃，说：“我们叔担心你，老板是万花丛中过，片叶不沾身。你千万别当那片被他摘下来扔掉的叶子！”

滕雪刃被瓜子呛到，咳个不停。

眼看时间不早了，罗叔去后厨忙活。滕雪刃趴在门框上哎哎叫唤：“罗叔，香菇酱拌面，香菇酱拌面！”

罗叔很会做饭，香菇酱也是他买了香菇自己做的。滕雪刃来这里，几乎天天都要挑一口香菇酱盖在主食上。罗叔的手擀面做得极好，盖上香菇酱，比什么珍馐都让人馋嘴。

“天天都拌面，我想吃饭！”多木抗议。

“香菇酱拌饭，香菇酱拌饭！”滕雪刃说。

“你干脆改名叫香菇算了！”多木说。

滕雪刃看着他笑，一双眼亮得像揉入了星星。虽然多木脸皮厚，但滕雪刃一笑，他便难得地红了脸，甩下一句“我去摆凳子”，就从后厨跑走了。

最后罗叔炒了小菜，煮了饭，还下了碗面。滕雪刃就着菜吃面，眼睛笑得没形了。

罗叔嘬了口粮食酒，感慨地说：“女娃娃这么好养，一碗面就打发了。”

滕雪刃呼噜几下，把碗里的面全部扫完了。

等店里收拾好，滕雪刃出门点煤气灯。夜色迷蒙，她远远地见到一辆车身高抬的吉普车，四个轮子尺寸偏大，看来是改装过的。

她没再看，转身回了店里。

不过半小时，店里热闹起来。滕雪刃端着啤酒瓶穿梭在桌子与桌子的空隙间，留心听着客人的需求。

有客人要滕雪刃露一手自己的开瓶技巧，她便用桌角起开瓶盖，将酒瓶置于桌上。

客人吹出叫好的口哨，问："妹子，你不是这里人吧？"

"我祖上三代都是二十里外陈沟村的庄稼汉呢。"说话时，滕雪刃带了几分泾河口音。

多木听到滕雪刃的话，差点笑出声。

"那你们家同意你来这里端盘子？"客人又问。

"家里有个要上学的弟弟，姐姐自然要出来端盘子。"滕雪刃答。

"你叫什么啊？"客人问。

"我叫倪白迟。"滕雪刃答。

客人反复咀嚼，还没品出个中滋味，滕雪刃又被别桌叫走点餐，客人站起来喊："倪白迟，倪白迟……"

有人应声："你骂谁白痴呢？"

客人倏然脸红，知道自己被耍了。

周围哄堂大笑，他想找滕雪刃理论，有人说："还跟姑娘家计较呢？"

酒吧大门被推开，铜制门铃乱响，一个穿着橙色冲锋衣的男人走进店里。他人高马大，眼神像兽，气势不凡。

罗叔从后厨出来："项征，这次你回来挺早的嘛！"

听到罗叔的话，陷在客人间的滕雪刃迅速转头。她盯着项征看，眼神让项征毛骨悚然。

项征指着她问罗叔："候鸟？这么看着我？"

"呸，什么候鸟。她是我们新招的员工，滕雪刃。"罗叔抽出烟杆子，狠狠地敲在项征的手臂上。

项征皮肉结实，被打一下也没觉得疼，说："不是就行，免得招了个没做事的，你又怪我。”

项征脱了冲锋衣扔在吧台上，问：“叔，有饭吗？”

“后厨吃去。”

“不爱进后厨，不喜欢那味道。”

项征开了瓶啤酒，仰头喝了两口，瓶子空了一半。他将酒瓶搁在台子上，左手扶着瓶身，右手支着脸，目光不知落在哪里。

看到这样的项征，滕雪刃似乎明白为什么有些女人对他趋之若骛了。坐在吧台前的他，让人莫名地很在意，忍不住就会往他的方向看去。

罗叔唠唠叨叨，还是去厨房给他端饭了，吧台前只剩下项征和滕雪刃。

滕雪刃像只小狗趴在吧台上，项征转头看向滕雪刃，问：“有事？”

“万仞山，有乌丹，城内血没腕，淌过晴河畔。”

项征失手打翻酒瓶，酒瓶滚到地上摔出脆响。他伸手想拽滕雪刃的胳膊，哪知滕雪刃反应更快，立刻跑走了。

玻璃瓶的响声让酒吧安静了一瞬，项征挤出笑脸：“手滑，手滑，大家继续喝。”

滕雪刃说完就跑，气得项征牙疼。

他吃了饭回后院洗澡睡觉，开门一看，自己的屋子被人占了。

他转头找罗叔，罗叔说：“没想到你会这么早回来。泾河天冷，我让女娃娃睡你屋里去了。”

“那我呢？”项征感到绝望。

“旁边那屋。”

隔壁那间屋子常年空置，没人修缮，墙缝大到可以钻老鼠。

项征一脸不满：“冷啊！”

“大老爷们儿，你连雪山都睡过，这有瓦遮头的地儿还嫌冷啊？再说了，你愿意跟我挤一个屋吗？”罗叔反问。

别说挤一个屋子，连共一个帐篷项征都不乐意。虽然他常年跑野外，但有选择的时候，他会迁就自己的坏毛病。

他妥协了，问罗叔：“那我的衣服呢？”

“搬隔壁去了。屋子和衣服都是女娃娃收拾的，你要谢谢她。”

我还谢谢她呢，我都换屋子住了。项征腹诽，看样子又要凑合一夜了。

打开房门，按开灯，项征发现这屋子焕然一新，一低头，地上还铺了泡沫地板呢。他将鞋子扔到门外，打开柜子，衣服叠放整齐，还带着一股莫名的香气。

窗上挂了新窗帘，砖墙间的缝隙也打了填缝剂，大概是怕他冷，屋子里放了个电油汀。

再转头，项征看到床上的铺盖卷了起来，他摊开卷起的床铺，从柜子里抱出套好的被子，就可以直接睡了。怪不得向来挑剔的罗叔也被滕雪刃收服，能把这破屋子收拾得干净温馨，再讨厌的人也没那么讨厌了。

项征拿了衣服去洗澡，回来时听到自己原来的屋子有动静，是滕雪刃正在用番语和人打电话。他的番语没有姐姐的好，只听得懂几个单词。什么山，什么东西，大意像是叫电话里的人不要担心。项征觉得偷听别人打电话的行为不妥，转身回房睡觉了。

他钻到被子里，被子松松蓬蓬的，像是掉进了棉花堆。到底有多久没睡到这么舒服的床了？项征还没想到答案，就睡着了。

每次长途跋涉回到家中，项征都会懈怠一周，主要生活是吃喝睡。晚上要是没事干，就沿着镇子散步。

这次不同，他回家后搞起了观察，观察对象是滕雪刃。

除却那次突如其来的一句话，滕雪刃基本和他零交流。项征查过滕雪刃说的那句话，在网上没找出个结果。

他托在逻些开客栈的朋友老卡去问，老卡说：“不是我说，你别老跟乌丹古城死磕了，那里不是什么好地方！”

“不是我死磕，是那地方跟我过不去。”项征说。

“怎么，羌塘的鬼魂跟出来了？”老卡一副神秘兮兮的语气。

“我信这个吗？”项征觉得好笑。

“别说，你问的这个歌谣够玄乎。我朋友是搞民俗研究的，他说这歌谣几乎失传，他是从无意进入晴河边的牧民那里打听到的。你又是从哪儿听来的？”老卡问。

“是人家凑到我面前，念给我听的。”

此时项征坐在屋顶上晒太阳。他往下看，滕雪刃正在院子里晒被子。她拿着晒衣杆敲被子，身上的外套有点大，她扬起手，袖子滑了下去。

项征看到她的手臂上有印记，可因为坐得远，看不太清。他挺起身子想要瞧仔细，手下一滑，重心不稳，连人带手机从屋顶滑下去了。

下坠时，项征攀住了二楼的围栏，他借力跳回走道。砖瓦和手机没手没脚，倒霉地碎了满地。

乒乓脆响后，就是罗叔的骂声：“项征，你才回来几天就上房揭瓦了？”

项征甩了甩擦破皮的左手，冲罗叔喊：“我差点摔死！”

“祸害遗千年，你把这心放回去吧！”

项征懒得再说，他回房包扎，准备出门买瓦补屋顶。

滕雪刃举着晒衣杆看得目瞪口呆，这人的身手和反应相当厉害。

项征补了几天屋顶，滕雪刃还是没来找他。项征又找老卡问了乌丹古城的事，老卡只说帮他留意，毕竟那段传说中的文明没有多少资料，要找起来也很困难。

听老卡这么说，项征问：“你认识滕雪刃吗？”

“什么？”

“滕雪刃！”项征的嗓门提高了些。

“听不到，信号不好！”

项征挂断电话，想给老卡发条短信。这时房门被敲响，小马说：“罗叔说饭做好了，要你去吃饭。”

他把手机一扔，不如直接问，何必拐弯抹角。

吃完饭，滕雪刃收拾碗筷，她转去厨房，项征也跟了进去。罗叔捏着嗓子学项征说话：“不是不喜欢后厨那味儿？”

“叔，我背回来两袋烟叶，你要想抽赶紧去我屋子拿，不然我回去埋了当肥料。”项征说。

罗叔走前对项征说：“不要乱搞男女关系！”

项征一个头两个大。

他跟进厨房，滕雪刃正在洗碗，卷起的袖子露出一截手臂，上面好些疤痕。最深的一条疤痕呈暗红色，有缝针的痕迹，远看像蜈蚣。项征恍然大悟，那天在屋顶上看到的，正是这条疤。

“滕雪刃。”项征出声。

滕雪刃甩了甩手上的泡沫，嘴角勾得老高，问：“老板有事问我？”

“算是。”

“那老板洗碗。”滕雪刃笑眯眯地说。

项征拧着眉头：“不是，我就找你问点事情。”

“作为交换，请先洗碗。”滕雪刃答。

“不洗呢？”

“就当没这回事。”滕雪刃说。

“嘿，”项征气笑了，“是你先拿话撩拨我的。”

滕雪刃抿出嘴边的酒窝。

项征有个怪癖，看到酒窝就想按。他的舌头在嘴里发出“噔”的一声，压下心头那点欲望。

“洗就洗。”项征说。

等他洗完碗，滕雪刃不见了。

项征绕到酒吧，见滕雪刃正拿着小本给客人点餐。等她走回吧台，项征说：“滕雪刃，我的问题还没问。”

“我没说一定回答。”她一手夹了三瓶啤酒，快步往前走去。

项征一愣，这女人是流氓吧？

滕雪刃忙完工作，送走客人，熄灯锁门。

项征坐在吧台前，面前放着一碗拌面，面是手擀面，佐以香菇酱和小葱。他问过罗叔，知道这是滕雪刃最喜欢的食物，以此“贿赂”，她应该能摆出好脸。

滕雪刃拌匀面条，三两下就吃完了。项征递过抽纸，她接过抹了抹嘴，昏黄的灯光照得俩人的神色温和了几分。

“你想问什么，说吧。”滕雪刃说。

“你来这里的目的是什么？”项征说话直白。

“找你，进乌丹古城。”滕雪刃回答。

项征虽不意外，但听来还是愣住。他强压下心头的不适，又问：“那首歌谣你从哪里听来的？”

滕雪刃说：“说来你也不信，我一觉醒来，就会了。”

“不要开玩笑。”项征冷着脸。

“是真的，是你姐姐项苑在梦里教我的。”滕雪刃信誓旦旦。

项征棕色的双眸死死地盯住滕雪刃，那次考古队进入乌丹古城的事故，没有几人知晓。他是无神论者，不信托梦之说。

“这歌谣没几个人知道，我姐也没对我说过，下次说谎记得先查查。”项征说。

“都说了是你姐姐托梦，梦里的话，你听得到吗？”滕雪刃笑道，眼神很亮，脸上没有被揶揄的窘迫。

“你去乌丹古城做什么？”项征又问。

“拿回你姐姐在梦里告诉我的东西。”滕雪刃说。

“什么东西？”

直觉告诉项征，滕雪刃在骗人，但事关项苑，他总会追问。

“乌丹古城城主的印章。当年你姐姐为了不让大印落在盗宝人的手里，才跟着考古队进了乌丹古城。”滕雪刃说。

“你怎么知道我姐姐是跟着考古队进的乌丹古城？大印又是什么？你是什么人？”

项征看着滕雪刃，眸光冷厉，脸色铁青。他很有压迫感，一般人被他这样看着，很难保持镇定。

可滕雪刃表情平淡，眼中无半点波澜，她说："问这些干什么？不如问问你姐姐还跟我说了什么，有没有提到你。"

看她镇定自若的模样，项征对她多了几分兴趣，问："你知道我？"

"你曾经独自从中线穿越羌塘，想进入乌丹古城。不过你迷失方向，被救援队送了回来。"滕雪刃说。

项征手托着下巴，不自觉地挑眉。他很少和人说过自己穿越羌塘的路线，她如此准确地说明路线，一定是有备而来，难道她和救援队有联系？

他略一思忖，觉得可以从救援队处打听滕雪刃的事。

"你打听过应该知道，我没去到乌丹古城，带上你，可能连羌塘都进不了。"项征说。

"是我带你进乌丹古城。"滕雪刃说。

"你有这个本事？"项征又问。

"我有。"

轻飘飘的两个字激怒了项征，他笑得轻蔑："时间不早了，大话还是梦里说吧。"

滕雪刃打了个呵欠，敲了敲桌面，说："你说得有道理，我去梦里说大话了。"

滕雪刃伸着懒腰离开，徒留项征看着她的背影。

项征一腔怒火无处释放，他开了瓶啤酒猛灌，喝完后端着盘子去后厨，一边洗盘子一边想，如果滕雪刃真有这样的本领，那么他反讽时，她为什么不亮出证据呢？如果她没有这样的本领，那她说大话的气势也太足了。

越想越气，项征将湿抹布摔到水槽里，走了那么多地方，风景尚有重复，怎么就没见过和滕雪刃一般的女人？

项征又想，幸好没见过，要不然他早被气死了。

趁着项征洗碗的工夫，酒吧后门打开，多木蹿了出去。他赶回房间，打开电脑，搜索“乌丹古城”。

项征被滕雪刃的话搞得几天没睡好，他本以为滕雪刃还会来找他。哪知这女人又恢复了平常那副模样，到点上班，按时睡觉，遇到他便问好，神情自若，像是从没和他产生交集，两个人只是雇佣关系。

一日，项征起床，院子里传来滕雪刃的声音。

等他下了楼，滕雪刃不见踪影，只有罗叔一个人拿着蓝牙音箱在院子里听戏：“孙仲谋无决策，难以抵挡，东吴的臣武将要战，文官要降……”

项征抱臂听了一阵，是马连良的《借东风》，很是感慨，这两句唱词真是合了他的处境。

自从和滕雪刃聊过，他的脑子里就有两个小人打架。一个叫嚣着要他跟着滕雪刃去古城探虚实，一个教育他要摸清底细、不能轻举妄动，想了很久，两个小人打不出胜负。

项征感到烦乱，他两步上前：“叔，我听你刚才和滕雪刃说话。”

“哦，女娃娃说要请假几天。”罗叔说。

“请假？”项征的声音不自觉地拔高，“她人呢？”

“员工请假很正常吧？你不在的这段时间，她一天都没休息呢，一人顶好几个人呢。”罗叔说。

项征知道罗叔误会了他的意思，忙说：“我有点事问她。”

“她刚出门了，一会儿回来。”罗叔说。

项征回房间躺着，迷迷糊糊又快睡着了，听到隔壁有钥匙声，他惊醒，开门，果然看到了滕雪刃。

项征招手，滕雪刃歪着脑袋看他。他穿着灰色套头衫，下身一条黑色运动裤，头发睡得东倒西歪，冷厉的五官因为这发型柔软不少。

滕雪刃问：“是我动静太大吵到你睡觉了？”

“不是，是我有事……”项征扫了眼她手里拿着的水果，问，“是不是我洗切好水果，再端到你面前才配提问？”

“辛苦你了。”滕雪刃将塑料袋塞到项征怀里，又笑出了两个酒窝。

项征伸手拿过袋子，消失在楼梯转角。

滕雪刃掏出手机回复邮件，直到肩膀被人拍了拍。她转头，见项征把塑料袋换成竹篮，里面的水果还挂着水珠。

“进去说吧。”项征指了指房间。

滕雪刃盘腿坐在地上，从篮子里拣了杏，边吃边问：“你为休假的事情找我？”

“是。”项征点头。

“我休假是为了去逻些。”滕雪刃说。

“不是进乌丹古城？”项征问。

“现在进不去。你想跟我去看看也可以，也是和乌丹古城有关的事。”

项征发现，其实两个人还是有相似之处，在关键信息上从不拐弯抹角，这样的人多半不坏。

他点头，说：“好。”

“我准备买三天后的车票，一起买了？”滕雪刃问。

“可以开车去，你掏一半油钱。”项征说。

“那我不如买火车卧铺躺过去，省钱又省心。”滕雪刃啃完杏子，又拣了个橘子。

“从这里进高原风景很好，可以洗涤你的心灵。”项征说。

“我信这个？”滕雪刃眼皮一抬，似笑非笑，像是在嘲讽他拿出哄小女生的话哄她。

项征也不尴尬，耸了耸肩，说：“大家都这么说。”

滕雪刃没说别的，只是看着他。她的一双眼黑白分明，眼里有水波，看过去时，亮得出奇。

项征被她看得揉了揉鼻子，心跳猛然快了一拍。他说：“你买票吧。”

滕雪刃掏出手机买票，买好之后，她摊开左手，指尖染了橘皮香。

项征拿了几张纸币给滕雪刃：“不用找了。”

“那水果就留给你吧。”说完，滕雪刃真把那篮子水果留给了项征。

他从里面扒了个梨，咬了一口，脆甜又多汁。这女人还挺会买东西，当然，也挺会计较的。

为了防止罗叔误会，项征背着包先出门，说是业务上的事，要出门几天。

下午，滕雪刃拿包走人，多木开车送她到火车站。

快到车站时，多木问：“滕姐，你和老板这先后出门，是不是约好了什么？”

滕雪刃闻言表情没变，语气淡漠：“你问这话，那就是认定了我和他约好了什么。我倒是好奇，我和项征谈话的那天晚上，你偷听到了多少？”

多木悚然，偷空瞟了滕雪刃一眼。

滕雪刃没抬头，还在按手机：“不用看我，你直说吧。”语调平直冷酷，真的像刃，毫不客气地割裂了虚伪和客套。

“滕姐，你说话的语气，和平时不太一样。”多木装傻道。

“机会只有一次，你错过了，有事下次再问。”滕雪刃说。

车停下来，滕雪刃下了车，多木殷勤地拿了行李给她。滕雪刃看他一眼，露出笑容，说：“谢了。”

看着她背着大包进了站，多木突然有种不寒而栗的感觉。他想，滕雪刃真的没有双重人格吗？一个人怎么会分裂到如此地步？

上火车后，滕雪刃将包里的隔脏床单铺在下铺，包放在靠门的地方。

对铺的项征见了，百般不顺眼。他拿走她的包，放到了自己的床头，“啧”了一声：“一点安全意识也没有。”

听到这话，滕雪刃垂下眼睑，盖住了眼里的涟漪。长期奔波在外，滕雪刃怎么会没有安全意识？其实包里没有重要物件，连纸币都没有，只是这突如其来的关心让她感到意外。

从泾河到逻些，要跨越两个省份，中途还要转一趟火车。如果要项征选，他会选自驾或乘飞机，绝对不会选择如此折腾的火车之旅。而且火车上的食物也不好吃，一到饭点，整个车厢都是泡面味。

天色渐暗，项征起身，准备去餐车看看。靠在铺位上假寐的滕雪刃睁眼，她叫住项征："我请你吃晚饭。"

项征狐疑地看着她，这么抠的人会请他吃晚饭，难道是鸿门宴？

大概是项征的疑惑太明显，滕雪刃反而笑了。她爬到项征的铺位去翻自己的背包，拿出了两盒泡面，又抓出了好些瓶瓶罐罐，对项征说："你坐着，一会儿就好。"

滕雪刃跑进跑出，项征歪在床铺上看着她忙活。她眉目含笑，几缕短发垂在脸颊边，拌面时，脸上露出的孩子气实在让人困惑。

项征想，要跟着这样的人进羌塘，死在路上都比活着进去的可能性大，怎么看怎么不靠谱啊。

"好了，可以吃饭了。"滕雪刃回头看向项征。

他从床上坐起来，看向桌上的食物。泡面只留被泡好的面饼，里面拌上了香菇酱。桌上还有另外三个密封盒，一个盒子里装了酱牛肉，一个盒子里装了蔬菜沙拉，一个盒子里装了切好的水果。

上铺的两个人被他们的丰盛晚餐勾得受不住，纷纷爬下床去买吃的了。

滕雪刃坐下来，说："这个总比餐车上的食物好吃吧。"

项征看着她，半天没说话。他拿筷子往嘴里送了口面，又夹了两片牛肉，确实好吃，却也真的麻烦。换他，情愿随便对付一餐，也不愿意在包里放上这么多东西。

他吃到一半，抬头看着滕雪刃好半天。项征觉得好奇，这样利落的女人，偏偏在饮食上格外细腻，想想还挺奇妙的。

项征忍不住问："你包里不会全是吃的吧？"

"一套洗漱用品，剩下的全是食物。"滕雪刃说。

"为什么？"项征问。

"不为什么。"滕雪刃又说。

"你知道我要问什么，答这么快？"项征勾起嘴角。

他眉目含情，凝视滕雪刃时，像是眼里只看得到她一人。这就算了，他偏偏带着一身痞气，深情的眼神和满不在乎的神情混在一起，滕雪刃被他看得心跳漏了一拍。

她不动声色地收好盒子，说："不管你想问什么为什么，我只有一个回答，不为什么。"

项征本就没指望她作答，只是见她那副表情，想要逗她罢了。

赶在熄灯前，项征帮滕雪刃把碗洗了，她将东西收拾好，塞回了背包里。

项征看着她，更是好奇，这女人像个谜，拆完一面，还有另一面，不会轻易地让人看到谜底。

项征被滕雪刃勾起了好奇心。

滕雪刃架着小镜子擦脸，余光发现项征正看着她。

她问："憋着话不难受吗？"

"反正你也不会回答。"

项征脱了外套，将背包当枕头靠，一只手拉过被子搭在身上，摆出了睡觉的姿势。

睡到半夜，项征被重物落地的声音惊醒。他心脏狂跳，胡乱地摸手机打开手电筒，只见地板上躺着四仰八叉的滕雪刃。滕雪刃摔蒙了，半天没爬起来，项征端详了一会儿她的狼狈模样，这才慢悠悠地伸手将她拉起来。

她站在原地摸摸脑袋，小声嘀咕："我怎么会掉到地上？"

"睡太沉了吧？"项征说。

听到这话，滕雪刃更是困惑。她坐回铺位缩成一团。

项征想睡觉，闭眼靠回自己的位置，可躺了一阵，他总是能强烈地感觉到对面铺位的视线。他睁眼，火车正好进站，一缕光线从薄薄的窗帘处透进来。滕雪刃的眼睛在那束光的映照下像是鬼魅萤火，亮得吓人。

"你看我干吗？"项征暗吐了口气，压低声音问。

滕雪刃没说话，眼神和表情愈发苦闷，像是俩人之间有什么血海深仇。

"又不是我害你掉地上的。"项征又说。

她狠瞪项征一眼，躺回了床上。

项征被她瞪得莫名其妙，他什么都没做，这也有错？

两个人在金城转车，又是二十多个小时的车程。

吃早餐时，滕雪刃打发他去餐车买了两碗白粥。回来时，他看到这女人跟变戏法似的做出两个简易三明治。三明治里有菜有蛋还有肉，吃起来幸福感满溢。

项征发现，滕雪刃对蔬果有种别样的执着，一丁点也舍不得浪费，宁愿扔掉一块肉，也不愿放过任何一片菜叶子。

他这才相信她曾经进过羌塘。极端天气里蔬菜不易保存，他当时第一次往羌塘里走没什么经验，大蒜和西红柿都冻烂了，全靠维生素片吊着。出来后，项征也像她一样，狂吃了好多天的蔬果。

就这么一路好吃好睡，滕雪刃和项征抵达逻些。下车后，滕雪刃紧盯项征，那种令人毛骨悚然的眼神又来了。

项征故作镇定，问："你这么看我，是个什么意思啊？"

"我在观察你有没有高反症状。"滕雪刃说。

"我上这里就高反，我当时怎么进的羌塘？"项征反问。

"难说啊。我认识一个人，体格和你差不多。第一次来逻些还挺好，第二次来就高反了。"滕雪刃认真地道。

"我要是胸闷头晕作呕，那不是高反，是被你气的。"项征回答道。

滕雪刃咯咯笑起来，项征更觉离奇，这女人，讽刺她，她还笑得出来，真的古怪。

滕雪刃提议，俩人分开住宿。

项征无所谓，他在逻些朋友不少，而且正好有事要找老卡。他说："那我到了把地址发给你。"

"行。"滕雪刃点头。

项征拦车先行，滕雪刃目送他坐上出租车，这才拿出手机打电话。不一会儿，一辆黑色的巴博斯850停在滕雪刃面前。

滕雪刃上车，开车的是一个男人，他的皮肤呈棕色，五官周正，眼珠颜色却比皮肤浅上一度，看起来像是少数民族，又像是外国人。

这人一见滕雪刃，立即笑出了白牙："康拉，你这发型真难看啊。"

滕雪刃摸了摸短发，心里气恼，嘴上却假装不在意："会长长的。"哪有女孩子一点也不在意外表的?

两个人说着话，他们的车迅速超越了前面好几辆车。超过项征乘坐的那辆出租车时，项征往窗外看了一眼，心里感慨道，有钱。

项征到了老卡的客栈，老卡正在院子里晒太阳。他站到老卡面前，把光线挡了个严严实实。老卡不耐烦，一睁眼看清是项征，登时跳了起来。

老卡一米七五不到，身姿格外灵活。他一跃跳到项征身上，扎扎实实地四肢缠身，给了项征一个拥抱。

"礼太大了吧。"项征笑着把老卡从身上拽了下来。

"两年没见还不能抱一下？你这人越活越小气了。"老卡说。

"我是这意思吗？"

两个人边走边聊，老卡将项征安排在一间带独立小院的房间。项征把包扔在房里，出来转了一圈："不错啊，两年前还没这个地方呢。"

"最近不是流行精品高端路线吗？我收了旁边的院子，打了个门，重新整修一番，还开辟了独立带小院的房间。这么一弄，居然还赚回了本。"老卡得意地说。

"你这么给我住，不怕亏了本？"项征调侃。

"嗨，我们之间说什么本不本的，没意思。"老卡摆手。

"成，那我住几天。"

"你这次来，不会是因为乌丹古城的事吧？"老卡忙问。

项征没接话，反而问："你知道一个叫滕雪刃的女人吗？"

"知道啊，你怎么打听起她来了？"老卡很是不可思议。

还没等项征接话，老卡摆出一副恍然大悟的表情："知道了，情债！我不细问了。"

项征满不在乎地笑了笑，反正他在众人眼里就这形象，也不打算费口舌澄清什么了。他顺着老卡的话，高深莫测地点了点头，说：“对，不可说。”

“你打听她干吗？都是情债了，肯定关系匪浅啊。”老卡惊奇道。

“这不是想听听别人嘴里的她是个什么来头吗？”项征神色淡然，像是真就随口一问。

老卡不疑有他，拉着项征往大厅走。老卡边走边说：“走走走，我们前面去说。”

项征和老卡坐在院子里的沙发上，服务员上了两杯甜茶，老卡把一杯推到项征面前，说：“好久没喝了吧？”

“毕竟也这么久没来了。”项征说。

“要不要找方老头他们聚聚？”老卡提议。

“那必须要聚一聚。”项征点头。

两个人闲扯一阵，说到几人在方老头的带领下在义务消防队工作的日子，很是感慨。等老卡把想说的话说完，项征这才把话题转到滕雪刃身上。

老卡告诉他，大家都喊滕雪刃为康拉。一开始，她的名字是康拉梅朵。滕雪刃觉得不适合，就改成了康拉。

“康是雪的意思，拉是山，也有人说，拉是神仙的意思。反正不管什么意思，这名字就是在喊她。”老卡说。

康拉常年进出高原山区，路况熟得很，有富人请她做向导，可她很少给人做导游。顺路带一带可以，特地去的，她不去。别人都说她像是有什么任务，每年都在这里待命。

她常年和一群搞科研、考古、历史文化的人混在一起，研究冰川的人她认识，研究极地动物的人她认识，研究当地宗教的人她也认识。可大家听过她的名字，认识她的却不多。她不算神出鬼没，可就是不好找，需要请熟人引见，才能找到。

项征喝空了杯中的甜茶，问：“康拉人怎么样？”

“挺好的，仗义，正直。听说她冬天进山，还会在寺庙里教当地牧民的小孩认字和学数学。”老卡说。

“行，差不多知道了。”项征点头。

“你真跟她有关系？”老卡问。

“我和她一起来的。”项征说。

“还真没你搞不定的人。”老卡很是感慨，“我要是有这种本事，我也不搞什么客栈了。”

“那她明天还要来这里找我呢。”项征觉得好笑。

老卡朝项征抱拳作揖：“哥，你还是我的哥。”

项征因和老友吃饭喝酒聊到深夜，第二天睡到日上三竿。

从后院转到前厅时，项征看到滕雪刃坐在院子里眯着眼晒太阳，老卡端着洗好的水果凑到她身边说话，滕雪刃有一搭没一搭地回话。

“康拉。”项征喊了一声。

滕雪刃抬头，大概是太阳太大，她的眼睛眯了眯，像街角晒太阳的猫。她的双眸在太阳的照耀下也如此幽深，看得人心旌摇曳。

项征想，她可能不知道自己的眼睛有多好看。

滕雪刃说：“等你一个小时了。”

“倒时差呢。”项征双手插袋，勾起嘴角，笑得很是无辜。

“起晚了就起晚了，借口还挺多。”滕雪刃无奈。

“今天就有事了？”项征问。

“带你去看个东西。”滕雪刃起身，准备往门外走。

哪知老卡疯狂地向项征递眼神，眼珠子都快瞪出眼眶了。项征不傻，自然明白老卡的意思。老卡想和滕雪刃套个近乎，这挤眉弄眼，是要项征拖延时间呢。

“我还没吃早饭。”项征说。

“再给你十五分钟，我吃个苹果。”

滕雪刃话音落下，老卡立即在盘子里扒出了苹果，并讨好地问：“要切成小块儿拿牙签扎着吃吗？”

她一笑：“好啊，那就麻烦你了。”

项征“啧”了一声，绕到大门口，去对街面馆吃面去。

两个人会合，正好是十五分钟后。

滕雪刃说：“故意给你朋友留时间，你这人还真好啊。”

项征歪了下脑袋，一双眼眨了眨，问：“你说什么，我听不懂。”

“你朋友想托我办个通行证，进羌塘的，我拒绝了。”滕雪刃说。

“哦。”项征点头。

“你不替他求求情？”滕雪刃问。

“给了他机会了，他自己没办成。我求情，你和我都为难，还是别干这种事了。”项征说。

滕雪刃露出浅浅的笑意。她想，项征这人不讨厌，适合当同伴。

她带着项征走出巷子，路边停着那辆方方正正的黑色越野车，像个体积颇大的黑匣子。凑得近了，项征发现这车明显改装过，前唇包围都换了，还在车上加装了外置防撞钢梁。驾驶位车门处还贴了一朵莫名其妙的花。

项征弯腰打量车牌，“嚯”了一声：“这G500是你的啊？”

滕雪刃盯着项征看了半天，冷哼一声：“这是巴博斯850。”

项征挠了挠后脑勺，问：“那是什么？”

滕雪刃撇了下嘴，心想，这可真是对牛弹琴。她将钥匙抛给项征，说：“少废话，开车上路。”

项征说：“我不知道去哪儿。”

“我知道就行了。”滕雪刃说。

两个人上车，项征发动车子。

他分神去听滕雪刃的指使，脑子里还在想自己的事。

这女人有钱有人脉，跑他的小酒吧打工，什么心态？她到底是瞄准自己来的，还是和他姐有什么关系？

正在胡思乱想时，他的右胳膊被滕雪刃轻捶了一下。项征偷空看她，滕雪刃说："看路，注意安全。"

项征收敛心神，专心看路。

车开出城区，往郊外行驶而去。他们来到一个较为偏僻的院落，项征停好车，把钥匙还给滕雪刃。

"好玩吗？"滕雪刃问。

"好玩。"项征点头。

"那回去接着开，现在先做正事。"说完，滕雪刃领着项征走进院子。

昨天开车接她的棕色皮肤的男人迎了出来，项征一见那人，压低声音问滕雪刃："他是……印第安人？"

没等滕雪刃开口，那人走下台阶和项征握手："你是第一个这么快认出我是印第安人的人。你好，我是邓肯。"

"我是项征。"他伸出手。

两只手握了握，又迅速放开。

项征又问："你是哪一族啊？"

"我是特林基特族，父母祖辈都生活在阿拉斯加，家系是渡鸦。"邓肯说。

"你怎么对印第安人也有研究？"滕雪刃问项征。

"我去过阿拉斯加的锡特卡。"项征说。

"我家就在锡特卡。"说话时，邓肯的脸上带着几分不可思议，"没想到我在这里会遇到去过锡特卡的人。"

"我也没想到会在这里遇到印第安人。"项征很是意外。

两个人热络起来，先是说到锡特卡的事情，后来又聊到各自身上。项征去锡特卡是为旅游公司勘察路线，因成本太高的关系，旅游公司放弃了那条路线。但锡特卡之行给项征留下了深刻的印象，他还受邀参加过一次印第安散财宴。

就是因为那次散财宴，他对印第安人产生了无比的好奇。

邓肯则是在阿拉斯加大学学习野生动物学，后主攻极地动物方向。当年他深入阿拉斯加荒原观察狼、麋鹿、北极熊等，后来他听说这世界上还有个"第三极"，一时兴起，来到此地。邓肯在这里从事雪豹研究，也常常深入羌塘，研究羚羊和野牦牛等生物。

项征和邓肯聊得兴起，滕雪刃一只手叉腰，另一只手打了个响指：“朋友们，正事，我的正事。”

“差点忘了，你们是来看东西的。”邓肯学着滕雪刃打了个响指，“这边请，东西在这里。”

他的普通话说得好极了，项征为之一愣。邓肯像是知道项征的想法，他说：“康拉更厉害，她的英文和番语都好，我教她我们民族的单词，她一学就会。”

滕雪刃头也不回，走入房间，直奔桌前。桌子上放着一块断裂的石壁，约有二十乘二十八厘米大小，上面绘有佛像。

佛像形象清晰，表情栩栩如生，描的金边闪闪发亮。滕雪刃眯着眼看了许久，想起曾经在皮央东嘎发现的一种金银粉汁书写的经书。经文一排用金粉汁、一排用银粉汁书写，在阳光下金光闪烁、富丽堂皇。

而乌丹古城内的古老壁画多为特殊的矿石颜料绘制，历经风雨，色彩鲜艳，少有褪色。但使用金银粉汁勾勒的，滕雪刃没有见过。

难道是皮央东嘎的壁画？滕雪刃不确定地问：“这东西，哪里收的？”

“牧民说，这是从死去的盗宝贼的身上发现的。盗宝贼死在羌塘通往双措县的路上。石壁用塑料、油布、防水袋裹了很多层。除了这块石壁，还有这个也是牧民从盗宝贼尸体上搜到的。”

滕雪刃神色一凛。

邓肯从口袋里掏出一枚戒指，戒指上镶有一克拉黄钻，很明显是现代饰品。

滕雪刃尚未细看，项征立即变了脸色。他一把夺过邓肯手里的戒指，仔细地端详戒圈内侧。看了半晌，他抬头看向滕雪刃，眼球隐隐充血，牙关紧咬，表情复杂。

“你认识这枚戒指？”滕雪刃问。

“这是我姐姐的。我赚了第一笔钱，她选了这枚戒指做生日礼物。戒指里刻着她名字的拼音缩写，‘YUAN.X’。”

项征将戒指递给滕雪刃，她看到戒圈里的字母，又把戒指还了回去。她说："既然是你姐姐的，那你就留着吧。"

项征一言未发，死死地盯着那枚戒指。过了好半天，他才几不可闻地叹了口气。

滕雪刃眼看着他把明显的悲伤一点一点收敛起来，突然有些感慨。她轻咬舌尖，想要忽略心底那点莫名的感受，手机却在此时响了起来。

她接起电话，用番语应答了几句，便挂断了。她抿了下唇，表情很是奇怪，眉毛拧着，嘴角忽上忽下，像是遇上了什么不可思议的事。

邓肯和项征见了，都觉得诧异。

项征问："你怎么了？"

"邓肯，你记得仁钦桑波吗？"滕雪刃问。

"那个派人把你从羌塘边缘捡回来的活佛？"邓肯说。

滕雪刃点头，一只手抵在下巴处："他给我打电话，说观想时看到了石壁上的佛像，还看到了我。他说我的表情困惑，肯定是遇到了什么难题。观想结束后，就给我打电话了。"

邓肯和滕雪刃面面相觑，项征也觉得离奇。

三个人互看一阵，滕雪刃说："仁钦桑波叫我去一趟寺里，说要看看那块石壁。"

听了邓肯和滕雪刃的对话，项征想，说不定还能找活佛问问项苑的下落。

这个念头一闪而过时，项征就觉得自己有些病急乱投医了。他捏着那枚黄钻戒指，低头看着自己的脚尖。原来他从不信这些东西，现在居然还想着主动去问，真是疯了。

项征自嘲地笑了笑，头垂得更低了。

滕雪刃见他脸色很差，回程时主动接过车钥匙，坐到了驾驶位。

坐在车上，项征还在纠结，即使是迷信，他也想去问问姐姐的下落。来都来了，去一趟总比不去好，抓一根稻草总比两手空空要好。

项征侧过脑袋，对滕雪刃表明了自己的想法。

滕雪刃一听就笑了，问："项征，这大冬天的，跟着我去山区，你不怕这一切都是我设计的骗局，把你往死路上引？”

说话时，滕雪刃正开着车，项征闻言看向她。她眉眼秀丽，额头饱满，脸蛋小巧，一双眉毛冷厉些，看人时配上眼神，显得咄咄逼人。但某些时候，她有种说不出的风情，让人移不开眼。总之，他觉得滕雪刃挺好看的。

他没答话，滕雪刃也没催。

车驶入逻些市区，项征问：“你会吗？”

滕雪刃笑了笑，没说话。

“我要是不信你，就不会来这里了。”项征说。

“那你凭什么信我呢？”滕雪刃问。

“那你为什么找我呢？”项征反问。

两个人同时沉默，又齐齐响起两道冷笑。两个人心里生出同一个念头：这种时候，默契倒是挺足的。

滕雪刃将车停在来时的路边，走进巷子，就是老卡的客栈。

项征下车，滕雪刃的声音在他背后响起：“后天八点这里见，带你去寺里。要带什么我给你发消息。”

项征没说话，背对她摆了摆手。车子一阵轰鸣，驶离原地。他双手塞到口袋里，步伐缓慢地往巷子里走。

都是狗屁问题，没什么好猜的，已经走到这里了，还能退到哪儿去？而且，他很肯定，滕雪刃不会害他。他说不出原因，只能将这种想法归结于第六感。他常年在危险的边缘游走，对这种事情，还是有一定的嗅觉。

正想着，项征感觉有人在看他，向右后方看去，巷内空无一人。

项征走进客栈，客栈里来了几个年轻的女孩，看模样是大学生。三个女孩盯着项征看了许久，其中一个扎着马尾的女孩脸一红，扯着同伴小声嘀咕，目光不离项征。

项征满脑子都是事，没心思多看别人。他刚坐到院子里的沙发上，拿出手机，就看到了滕雪刃发来的消息，里面写着要带的东西和寺庙的地址。

她最后一条消息写的是：如果你不放心，把地址给你的朋友抄送一份，约定时间，要是超过三天没联系或者没回来，要他们报警。

如果怕他起疑心，滕雪刃不会在车上问出那种话，可现在这条消息又是什么意思呢？联想到刚才在巷内的感觉，项征想，是不是有人跟踪他们？

想到这些，项征已彻底把戒指的事情抛之脑后，连身边多坐了一个人都没察觉。

项征的左胳膊被人拍了两下，他看向左边，一个长相清丽扎着马尾的女孩冲着他笑。项征敷衍地笑了笑，问："有事吗？"

"请问你是项征吗？"女孩的脸上挂着羞涩又兴奋的神情。

项征点头，眼神疑惑地看着女孩。

"你也是来逻些旅游的吗？"女孩又问。

项征刚准备糊弄过去，脑子里闪过滕雪刃的脸。他想，滕雪刃好像从没问过他什么，都是他在打听滕雪刃的事情，这样的感觉，还挺奇特的。

见项征失神，女孩又说："我叫宋悦。我看过项苑在论坛上写的逻些和纳里游记，还见过游记里你们俩的配图。就是因为那些游记，我和朋友心生向往，想着一定要来逻些看看……"

宋悦的双眼一直看着项征，脸上泛起红晕，眼里的崇拜几乎要溢出来。

项征的脸色有些微妙，宋悦尚未察觉，还在自顾自地说："我们想按照当年你们走过的路线重走一次，所以选择了纳里线……"

眼看这人还要长篇大论，项征立即截住她的话头，问："第一次来就去纳里？"

"我看到你们在纳里拍的照片都好美。"宋悦答。

"冬天路不好走，容易出事。你们往尼池去看看吧。"说着，项征起身，准备往自己的小屋走。

谁知他刚站起来，宋悦抓住了他的衣角，红着脸问："我……我能不能和你合影，再要一个你的签名啊？我们还去找了你们的餐厅，可听人说已经关门两年了，哪知在这里遇到你了。哦，对了，你在这里，那项苑呢？项苑也在吗？”

项苑、项苑、项苑。

项征紧紧地握着手里的戒指，钻石尖锐的切面硌得手心发疼。他尽量维持客气的语气，说：“我不是名人，合影签名就算了吧。”

“那你有什么安排吗？我记得以前项苑也带队旅游，这次呢，是不是你也带队？”

项征被宋悦吵得头疼，起身准备离开。谁知她不肯撒手，问：“旅行就是要人多才好玩，我记得项苑也这么说过。”

“既然你这么崇拜项苑，我告诉你一句项苑说过最多的话。”项征勾起嘴角，眼神不善。

“什么？”宋悦问。

“出门在外，少和陌生人搭讪。”说完，项征扯回自己的衣角，往后院走去。

项征想，还是话少点好，滕雪刃就比较可爱。

隔日起床，项征解下戴了很久的链子，将姐姐的戒指挂上去，套在了脖子上，又拿了纸和笔将滕雪刃嘱咐要带的东西誊写在纸上，写好后就准备去买东西。

睡袋可以找朋友借，衣物还是买新的比较好，不过让项征很疑惑的是为什么还要买瓜子和糖果？这就算了，“随便买俩毛绒玩具”又是什么需求？她是来骗钱的吧？带着满腹疑惑，项征把东西买齐了。他在手机上敲了半天，本想说这额外的钱两个人平摊，想了想又觉得这话说得小气，于是把写好的内容删了，发了句：买好了。

项征时不时地拿出手机看，一路上都没有新消息提醒。他想，这女人回条消息是会死吗？

回到客栈，前院很是热闹，一群年轻人围坐在沙发上聊天喝茶，昨日那几个女大学生也在。项征随便瞟了一眼，宋悦一见他，就将脑袋撇向旁边，故意和身边的人说话去了。

项征顺着她的方向看去，为什么多木也在这里？多木抬头，看向项征，俩人皆是一愣。

多木讪笑："老板，你好啊。"

"我不好。"项征说。

多木闪身从人堆里挤出来，接过项征手里的东西，笑问："老板买了什么好东西啊？"

"话那么多，怎么不去当播音员呢？"项征问。

多木呵呵笑了几声，觍着脸跟进了项征的小院子。

两个人坐下来聊了一阵，项征知道了因多木请假，罗叔干脆取消了酒吧一半的业务，现在仅提供酒水和场地，不做饭了。

他问多木："你来这里，总不是休假吧？"

"老板，我认个错，我偷听了你和滕姐的对话。"多木低着头搓手。

"听到了什么，想干什么？"项征问。

多木一愣，总觉得这话耳熟。再一细想，滕雪刃也说过类似的话。之前没注意，现在再看，项征和滕雪刃在性格上还真有几分相似。两个人在关键事情上从不含糊，直面重点，连客套话都不肯多说一句。

"乌丹古城啊，我听说是什么失落的文明，想跟着你们开开眼界。"多木很坦诚地说。

"你这次开不成了，我们不去乌丹古城。"项征说。

"那也带上我啊，我跟着你们，你们还多个帮手呢。"多木毛遂自荐。

"我做不了主，你问滕雪刃。"项征说。

"我找不到滕姐啊，老板你帮我问问？你的面子，滕姐肯定卖！"

"你觉得我吃你这套吗？要打电话自己打。"

项征翻出滕雪刃的号码，拨了过去，再将电话递给多木。电话接通，多木开了免提，立刻说："滕姐，我是多木。"

还没等多木说是什么事，滕雪刃立即说："不行。"

多木委委屈屈："我还没说话呢！"

"不行就是不行，你要不在逻些待着，要不自己去找乐子。如果你跟着我，生死不论，后果自负。"滕雪刃的声音冷冰冰的。

"滕姐，那你这话我听懂了，你对老板负责，对我不负责。"多木说。

项征抿嘴，心头一跳，多木在胡说什么东西?

"是。"滕雪刃说完，就把电话挂了。

多木哭丧着脸把电话还给项征，说："老板，你把你的桃花运分我一半吧，我情愿把我的话痨分你一半。"

"你就在逻些放几天假吧。"项征接过电话，拍板定论。

多木哪里是安分的人，他起了心思，就一定要达到目的。

悻悻然从小院离开，多木走到前厅时看到宋悦站在原地探头探脑，暗自好笑，估摸着这姑娘瞧上了老板。他故作无意地走到宋悦面前，宋悦果然打听起项征的事。说着说着，多木心生一计，反正滕雪刃只说不负责，又没说不让跟。

到了约定的时间，项征拎着行李去路边。他刚站定，那辆黑盒子车就来了。滕雪刃停好车，下车打开后备厢。项征看到后备厢里塞得满满当当，还有两卷白色的东西。

他指着问："那是什么?"

"毛毡子。"滕雪刃说。

"有什么用啊?"

"你睡觉的时候就知道了。"

看她一副不想多说的样子，项征也不问了。车往前开了一阵，行驶速度不似以往那么快。

项征问："今天心情好到连车都开得慢了？"

"怕后面的傻子跟不上呗。"滕雪刃说。

项征抻着脖子往后看，看不出哪辆车是她嘴里的"傻子"。他又坐回来，问：“多木还是跟上来了？”

“我拦得住吗？”滕雪刃问。

“那为什么不让他和我们一辆车？”项征问。

“我信不过他。”滕雪刃说。

“邓肯呢？”

“不信。”

“我呢？”

前面路口正好红灯亮起，滕雪刃踩了刹车。她侧脸看向项征，表情很是认真：“我只信你。”

突如其来的诚恳让项征闹了个心慌，他吞了口口水，问：“这话什么意思？”

滕雪刃突然笑起来，嘴边的酒窝又露了出来。她说：“你这人除了会问‘这是什么’‘为什么’‘什么意思’，还会说什么？”

“你提醒了我，你昨天在电话里说对我负责是什么意思？”项征问。

“都是字面上的意思，你想怎么理解就怎么理解。”滕雪刃说。

“那我乱想了啊。”项征说。

“行啊。”滕雪刃很是坦然。

项征闹了个没趣，摸了摸鼻子。

车子开出逻些，经过一些路段时，公路两侧插满了旗杆一样的东西。项征明知故问：“你知道这些旗杆有什么用吗？”

滕雪刃面无表情地道：“这是导热杆，将冻土内的热量传导出去，以防冻土从内部融化变软，导致公路塌陷。”

项征吹出了叫好的口哨：“不错啊，看得出来你确实常在这边出没。”

滕雪刃冷哼一声，懒得再搭理他。

随着路面延伸，还有蓝得过分的天空和飘得很低的白云，不管几年没来，这里的景色还是一如既往。

项征倚在车窗上胡思乱想，车内又安静又暖和。他想，车子贵果然是有道理的，密封性可真好。顺着右边后视镜看去，项征远远地看到有车跟着，突然想到昨天的猜测。他坐直身体，侧脸看向滕雪刃：“你是不是被人跟踪了？”

“一直。”滕雪刃说。

“跟踪你的人是要进入乌丹古城偷印章的盗宝贼？”项征又问。

“差不多。”

听到这话，项征觉得好笑：“嘿，差不多是个什么东西？是就是，不是就不是。”

“我不确定这些人是冲着印来的，还是冲着我来的。这件事说来话长……”

滕雪刃还没说完，项征立刻将她打断：“请不要告诉我，因为说来话长，所以按下不表。反正这条路也不短，你可以慢慢说。说累了，我来开车。”

“我又没说不告诉你。”滕雪刃抽空瞟他一眼，眼神饱含不屑。

“谁知道呢，我们的信任感这么薄弱，你反悔又那么快。先知会一声比较保险。”项征说。

滕雪刃空出右手，狠狠地在他左胳膊上捶了一下。那力道不弱，打得项征胳膊痛。这比罗叔的烟杆打得疼多了，项征龇牙咧嘴地揉胳膊。

这边的路不比内地，突如其来的风雪掩盖了路上的坑。来回车辆都是小心翼翼，有时经过，还互相告知路况。路虽难走，人言温暖，驱赶了寒意。

滕雪刃和项征换着开车，但冬天路不好走，赶死赶活也才开了三百五十公里路。

在路上时，项征一直在观察滕雪刃。她不抱怨路远，也不嫌开车时间长腰酸背疼，如果项征不主动提出换人，她就能这么一直开下去。除非项征拿话逗她，要不然她决计不开口。

问她为什么话这么少，她说：“多说多错，少说话显得深沉又不好接触。”

她突如其来的幽默让项征笑出声，他揉了下鼻子，说：“巧了，我就喜欢和话少的人聊天。”

滕雪刃坐在副驾驶座上，正在吃零食，一阵嚼碎薯片的咔嚓声过后，她说：“那是因为你有毛病，欠虐。”

项征大笑，声音低沉干净，撞到滕雪刃的耳朵里，如落雪簌簌。

不知不觉，项征聊起了以前的事："我以前勘察旅游路线时，遇到了两次很危险的情况。一次落入冰缝，一次掉下深坑。掉下深坑那一次，我以为自己死定了，割了安全绳，让位置处于上方和我锁在一起的向导先爬出去了。后来我找到了一条结实的藤蔓，拽着它爬了出来。一个月后，我又去登山。"

"有些人喜欢参加冒险性的活动，喜欢在危险的边缘试探，那是因为这些活动迫使他们进入当下的那个时刻。在那个时刻里，他们的思维和烦恼能从过去和未来中解脱出来。"滕雪刃缓缓说道。

项征不自觉地咬唇，冷厉的表情放柔和。他将车停到一旁，滕雪刃也不催他，两个人静静地坐了一会儿。

"你的意思是，我在逃避某些事，从而需要这些刺激性的活动？"项征问。

"你有吗？"滕雪刃反问。

项征看着她那双黑亮的眸子，很肯定地摇了摇头："我只是全心全意活在当下那一刻，相信我姐姐也是。我们俩并不是为了逃避什么，而是因为相信自己，从不搞什么无谓的焦虑和后悔，才会把这个爱好做成事业。"

"遇到危险，你不会害怕吗？"滕雪刃问。

"你呢，你在工作中遇到危险，你不害怕吗？"项征问。

滕雪刃连思考的时间都没有，她说："如果是工作，无所谓。"

"无所谓？"项征十分意外她的用词。

"只要能完成任务，我可以摒除个人好恶。"滕雪刃说。

"如果是爱好呢？"项征又问。

这次，滕雪刃没有那么快回答了。项征偷空看她，她侧头看向窗外。他本以为滕雪刃不会再答，哪知滕雪刃突然说："我不知道。"

车辆开到起伏不平的路面，车身有些颠簸，滕雪刃的声音突然转小，几乎要淹没在音乐声中。但项征根本没在听歌，他的注意力除了开车，就是放在滕雪刃身上。

他听到滕雪刃说："我不知道爱好是什么。"

项征咂了咂嘴，想，这话听来真不是滋味啊。

夜色降临，俩人找到了投宿的旅社。

项征知道这种地方住宿环境不会好到哪里去，可拿着行李进屋子一看，他立刻顿住了脚。

屋子里冷冰冰的，床上的被褥上黄黄黑黑，手摸到桌沿，还有种说不出的油腻感。

算了，他又不是来旅游的，凑合睡吧。

两个人刚安顿好，楼下就传来车声。滕雪刃敲门喊项征，项征开门，她招了招手："你过来看看。"

"看什么？"项征不解。

她拽着项征去二楼露台，指着楼下的车。车上下来三女一男，项征立即认出了多木。另外三个女生看着眼熟，他想起来，其中一个就是宋悦。

"我来的时候问了，只剩一间房。"滕雪刃说。

项征不喜欢和人一屋同睡，但这个时候，他也不可能让这几个人流落在外。他想了想，说："我让多木和司机跟我挤挤。"

"不行。"滕雪刃一口拒绝。

"难道你要跟我睡一起啊？"项征笑了笑。

"我下去跟老板说，你把行李拿到我房间来。"说完，滕雪刃就下楼了。

项征看得愣住，他想，这女人还真是独断专行啊。

滕雪刃下了楼，多木领着三个女生站在前台，老板正操着半生不熟的普通话跟他们说只剩下一间房的事。

"老板，我们这边退一间房，你看他们要不要。"滕雪刃用番语对老板说。

老板依言复述，多木看她一眼，眼里藏着狡黠，像是知晓了滕雪刃的秘密。

滕雪刃说完也不久留，转身上楼。

宋悦扯着身边的女生小声嘀咕："她比项苑差多了，怎么项征不和姐姐出来，偏偏选了这个女人？"

"也许是人家女朋友呢？"朋友笑着调侃。

宋悦努了努嘴，没说话。多木找司机商量，问他肯不肯共住一间，司机点头，几个人便在这里安顿下来。

滕雪刃走到屋子前敲门，项征喊了一声："进来。"她进屋，项征说，"你这屋子比我那间干净暖和多了。"

"我是常客。"滕雪刃说。

"VIP待遇啊。"项征感慨道。

俩人一通收拾，项征见她直接把两块羊毛毡铺在床铺上，又盖了一层床单，这才将睡袋摆了上去。

等滕雪刃收拾好了，项征问："我们上哪里吃饭啊？"

"这里吃。"

"这里？"项征有点难以置信。

滕雪刃从包里翻出食物，指挥项征把那些瓶子、盒子都带上，等门外的脚步声安静下来，他们下楼绕到了厨房。在厨房里忙活的本地人一看是滕雪刃，立即用番语和她打招呼。滕雪刃只说了两句，他们就让出了一个灶。滕雪刃便端了口石锅，开始忙活起来。

项征抱臂倚着门框看滕雪刃，她不管活在哪里，总能让自己过得舒舒服服的。这种本事，不是人人都有的。

"项征。"滕雪刃喊。

项征往前走了两步，问："怎么？"

"把锅端房间去吃，别走餐厅。要是游客见了容易引起误会，给人家添麻烦。"滕雪刃说。

"什么麻烦？"项征问。

滕雪刃告诉他，去年差不多这个时候，她在这里住，也是一个人煮了东西在餐厅吃。游客闻着香味跟旅社里的人闹，非要吃一模一样的东西。可这锅里的东西都是她从逻些带来的，他们再怎么强烈要求，旅社里的厨子也做不出来。那几个人临走时在网上给旅社留了恶评，劝说大家都不要来此地住宿。

说到这些，滕雪刃也觉得不好意思。项征听来好笑，可嗅着这口锅里的香气，又觉得人家的无理取闹也可以理解。

两个人窝在房间里，吃了顿又辣又鲜美的粉丝汤。汤底是用牛肉和番茄炖的，辣椒是她从泾河带的，白菜是从逻些买的。在这种雪地小村里，能吃上这样的食物，项征觉得很满足。吃完去还锅，项征绕到餐厅看了一圈，没一个人比他吃得好。这么一对比，项征觉得更幸福了。

回房间时，项征遇到了多木和宋悦。宋悦一见项征又扭头，项征故意搭话："好巧啊，你们怎么在这里？"

"这里就你能来，我们都来不得吗？"宋悦反问。

"能，那你们要去哪里呢？"项征又问。

宋悦不说话了。

"要我说，你们往北走二十公里路，那边有个草原，还可以看看寺庙。看完了赶紧打道回府，这几天可能还要下雪。"项征好心建议道。

他不知道多木是用什么法子引这几个小女生同路跟到了这里，可项征觉得不妥。风雪天气，路况不好，他们又没个自救能力，在这种时候乱跑，是对自己的不负责。

宋悦以为项征是在讽刺她，脸都气白了，说："我就是出来玩的，你不是说不要听陌生人的吗？你不是陌生人吗？"

见小女生一脸倔强，项征也不好再说什么。他嘱咐了一句："注意安全。"说完，就往楼上走去。

走廊尽头倚着一个人，走近看，原来滕雪刃站在那里看他呢。

"热闹好看吗？"项征问。

"受点教训，他们自然也就长记性了。你的苦口婆心还不如小姑娘亲自摔一跤。"滕雪刃说。

"教训太大，伤了、残了怎么办？"项征又问。

"那也是自作自受。"滕雪刃转身进房间。

第二章

我只信你

临睡前，滕雪刃说：“我睡外面，你睡里面。”

“别了吧，万一你半夜滚到地上去，我还要负责捡你。你睡里面，我拦着。”项征说。

“我几年没睡过好觉了，更不可能睡到从床上摔下去。那天在火车上，是我第一次睡那么熟。”滕雪刃说。

项征脱了外衣，往睡袋里一躺，用旅社提供的被子盖住了腿脚。这时他算是知道那个羊毛毡的好处了，厚实、温暖，躺在上面真舒服。

他说：“可能你相信我，所以在我身边睡得安稳。”

“你就当我没说过刚才那些话。”

滕雪刃也脱了外套，跨过项征，钻进了睡袋。她躺在睡袋里，想起项征的话，还是浑身一抖。

项征看到她的睡袋一动，坐起身，像条毛毛虫一样蠕动着拿起了另一床被子，狠狠地压在了滕雪刃身上。

“你干吗？”滕雪刃被被子压得发出一声闷哼。

“不是看你冷得抖了一下嘛，我这是好心。”项征说。

我那是恶心。滕雪刃默默地道。

睡到半夜，项征梦见自己站在水草丰茂的河边，一头野牦牛突然从山上往下俯冲。他记得有人说过，牦牛胆子不大，但好奇心重，站着不动，也许能逃过一劫。他站在原地，看着野牦牛从山上冲了下来。哪知这牛犊子完全没减速，他转身就跑，被牛角顶了左胳膊和肋骨。

他疼得一声闷哼，从梦里醒来，只见一个黑色脑袋顶在他的胳膊上——身侧的滕雪刃睡成了“L”形，脑袋一下一下地顶着他的胳膊，恨不得把他顶下床去。

项征忽地坐了起来，滕雪刃的脑袋溜到了他之前躺下的位置，他揉着胳膊，突然听到门锁处传来动静。入住时，他发现旅社的锁很古旧，随便撬撬就能被人撬开。他侧着耳朵听，门外传来“刺刺啦啦”的声音，真的像是有人在掏锁孔。

项征忙不迭地打开睡袋，半跪在床上，狠狠地推了滕雪刃几下。

滕雪刃被惊醒，项征压低声音：“别说话，听门口的动静。”

滕雪刃清醒过来，迅速扯开睡袋，招呼项征穿鞋子，两个人一前一后蹲在门侧。滕雪刃拨开门锁，迅速朝外扑了过去。她身手很快，项征甚至还没反应过来。他想，如果不是常年遇到此类事情，哪有这么利索的反应。

门外一阵乱响，项征眼看着那个人要跑，他个高手长，一下揪住了那个人的衣领，另一只手揪住了那个人的头发，将人拖进了屋子里。

滕雪刃点灯，项征牢牢地将人摁在地上。灯亮，两个人看清了这个撬门锁的贼，居然是多木他们的司机。

司机大喊：“你们干吗呢干吗呢？把我摁在这里是个什么意思啊？！”接着又是一阵胡踢乱打。

房间不隔音，好几个屋子的人都打开房门跑了出来，没过多久，多木跑了过来，连宋悦也披着衣服赶了过来。

“疯子吧，你们这一对公母是不是有病？我回房间呢，你们把我抓到这里！”司机嚷嚷着，双手在地板上乱挠。

“不知道谁是疯子。”滕雪刃背着手，抬高一只脚，“再喊我就冲你这手踩下去。”

司机愣住，面对滕雪刃凶神恶煞的模样，他还真不知道该不该喊。

宋悦先站出来：“他是我们的司机，要是伤了他，我们怎么回去啊？你们这是干什么呀？”

“我们干什么？你倒是问问他在干什么。半夜不好好睡觉，跑来这里撬门锁？”滕雪刃反问。

“我哪里撬门锁了，我是回房间！我看你们才是居心不良，想杀人是不是？”司机又叫。

滕雪刃不耐烦，抬高的右脚又放低了些，就差几厘米，鞋底就踩上司机的左手了。

“哎哎哎，你这个女的，疯子！”司机喊着。

“你就是不希望别人和你同路，你肯定有什么不可告人的秘密！”站在门边的宋悦指着滕雪刃，突然喊了起来。

“对，肯定是大叔撞破了你什么秘密，现在你恼羞成怒了！”另一个女生也附和起来。

“大叔一路挺照顾我们的，怎么可能是半夜撬门锁的人？你就是看我们不顺眼。”宋悦又补充了一句，眼睛看向项征，满脸怨气。

项征没看宋悦，只是盯着司机，像是想看出点什么来。

滕雪刃刚准备说话，多木蹿到中间，他伸长手臂，向两边解释：“误会，这肯定是个误会。我们房间太近，他肯定起夜上厕所走错门了。”

“厕所在另一头，你们住在中间，我们住在这一头。东西两个方向，这样都能走错，那也是晚上喝得太多了。”滕雪刃也不气，笑眯眯地说。

多木没接话茬，转头对宋悦等人说：“女士们先回去休息，这里我来解决就行。你们是出来玩的，一定要保持好心情。”

说着，他把三个人送回了房间。宋悦还一脸不开心，小声嘟囔：“那个女的肯定要做什么坏事，还想独占项征。”

多木心说，我的姥姥哎，滕姐要独占老板，早就在泾河霸王硬上弓了，还等来这里啊?

但他面上仍做出义愤填膺的模样，说：“是是是，肯定是这样。宋悦你别气，我去跟她好好说道。”

多木又嘱咐了她们锁好门，转身往滕雪刃的房间赶去。司机的脑袋被扣在一张木椅子底下，滕雪刃坐在椅子上，一只脚踩在司机的背上，姿势很是霸道。看她那副怡然自得的神态，再看看老板那副纵容的嘴脸，多木差点笑出声。

“警告你们一句，要是有下次，我就剁他的手。”滕雪刃对多木说。

“是是是，这是误会，是误会。人在旅途，和气生财不是？”多木连忙讨好。

滕雪刃悠然起身，右脚又在司机的背上狠踩了一下。司机大叫一声，多木扶着他起身往外走。走出房门，多木突然转身，滕雪刃的嘴唇动了动，速度很快。

多木颔首，滕雪刃关上房门。

项征钻进睡袋，见滕雪刃折回床铺，小声问：“那司机想来偷什么啊？”

“谁知道呢。”滕雪刃也躺好了。

“你跟多木说了什么？”

“有鬼。”滕雪刃说。

“有鬼？”

“多木那么聪明，一听就知道什么意思。我跑的路不好走，有时候给司机加钱，司机也不愿意跑这些路线。怎么他们一找，就能找到愿意跟车的司机呢？”滕雪刃说。

项征没说话，只是看着滕雪刃。事情刚刚发生时，项征草草地看过一遍屋子里的人。多木再机灵也带了几分惊惶，更别说宋悦等人，脸上露怯不说，基本靠吼壮大声势。只有滕雪刃不卑不亢，神色一如既往。那群人走了，她躺在睡袋里，抽丝剥茧地分析情况，她到底什么来头？

滕雪刃还在说：“我这么羞辱他，他也没说带着这一车人打道回府不赚钱了，反而一口咬定说是走错了房间，这又是为什么呢？”

“别人这么跟着你，你就不怕出什么岔子？”项征问。

“怕又能怎么样呢？难道有人跟着，我就不过日子了？”滕雪刃翻了个身，背对项征。

明明是平淡的语气，项征却听出了这种无奈的认命。要成为这样波澜不惊的人，她只怕遇到过很多类似的突发事件。但不管她是什么来头，在项征眼里也只是个姑娘。

项征从睡袋里伸出手，又往滕雪刃的方向蠕动了几下，滕雪刃还没反应过来，就被项征轻轻地搂住：“没事，我陪你。”说完，项征松手，又蠕回了自己睡觉的那块地盘。

滕雪刃被这种突如其来的温情折腾起一背的鸡皮疙瘩。她闭着眼不敢往后看，告诉自己赶紧睡觉。

第二日上路，项征开车，他的车开得又快又稳。山路难走，还是双车道，左边是逆行而来的货车，右边是万丈悬崖，实在让人心惊胆战。

项征气定神闲，摆弄这辆大车像摆弄玩具似的，滕雪刃不由得多看了他几眼。

“过了这山再看我。”项征突然说话。

“啊？”滕雪刃不解。

“少看我两眼，不然我会分心。”项征说。

她疑惑地看向项征，完全不明白其中的关联。转过弯道，项征伸手，将滕雪刃的脑袋扳过去，让她面朝挡风玻璃。

“保持这个姿势别动，翻了这山再转头。”

他态度随意，动作自然又挑不出什么毛病，滕雪刃想要多想，也觉得自己是自作多情。

后面跟车的多木等人就惨多了，盘山公路走得人晕头转向，几个姑娘脸都白了。刚爬过一座山，宋悦立即叫停。三个姑娘冲下车，蹲在路边大吐特吐，眼泪都出来了。

多木从后备厢拿水给她们，很是无奈。人比人得扔，怎么就不见滕姐下车吐呢？想到滕雪刃，多木又往司机的方向看了一眼，司机又走出很远，背着几个人偷偷打电话。

项征一口气将车开到目的地，抵达时，天色全黑。他下车，呵出来的气凝成团团白雾。

远处层峦叠嶂，寺庙藏身于群山间，像是重重险隘伸手呵护一粒珍珠。经幡随风雪舞动，白塔金顶在雪地的折射下闪着微光，寺庙朱墙被黑夜笼罩，难以得见白日里的恢宏。

“想什么呢？”项征身后响起滕雪刃的声音。

“想他们今晚住哪里。”项征说。

滕雪刃踢了一脚覆盖在地上的雪，绕到项征面前。她昂首看着项征，问：“有没有人说你多情？”

项征一笑，冷厉的气质变得柔和，他说：“多了去了。”

“所以啊，我信你。”滕雪刃说。

这话让项征不自觉地退了一步，他还没来得及再问什么，远处就走来一道绛红色的身影。

滕雪刃迎上前去，项征留在原地，他还在琢磨那句意味深长的话，心里敲起了小鼓。他不明白，那句关于“多情”的评价是好还是不好。

前来的僧人名叫次仁达杰，是仁钦桑波的管家，也是这所寺院的管家。项征按照次仁达杰的指挥将车停好，两个人随着他的脚步进了后院。

仁钦桑波还没睡下，滕雪刃和项征见到了这位活佛。他性情敦厚，神色温和，周身却有着区别于他们的气势。项征不知该怎么形容那种感觉，大概就是所谓“超凡脱俗”吧。

俩人向仁钦桑波行礼，滕雪刃从衣服里掏出那块石壁。

项征小声问："你不会就一直把这东西绑在你身上吧？"

"有什么问题吗？"滕雪刃问。

项征想，如果那个司机真的要偷这块石壁，那得连着滕雪刃一起偷走才行。

仁钦桑波端详着石壁上的佛像，时间一分一秒地过去，屋内温暖，滕雪刃和项征一人一个呵欠相互传递着困意。他们又不好意思在这样的人面前表现不端，只能强撑着眼皮，尽量保持仪态。

在滕雪刃差点儿头点地的那一瞬间，项征眼明手快地扶住了她的前额。滕雪刃眨了眨眼，睡意还没从她的眼里退去。

仁钦桑波抬头，温和地冲俩人笑了笑。他说："次仁，带他们去休息吧。"

滕雪刃双手合十行礼，头也不回地跟着次仁达杰出门。项征晚了一步，他听到仁钦桑波的声音："你和她之间，有很深的缘分。"

项征收住脚步，看向仁钦桑波，眼里透出疑惑。

仁钦桑波笑了笑，说："你还有问题想问吧？"

项征一惊，摸了摸下巴，不知该如何接话。

"你心里是怎么想的？"仁钦桑波问。

"我自然是往好的方面想的。"项征斟酌后，认真回答。

"那一切都是好的。"

这话太空泛，项征不自觉地流露出质疑的神色。

仁钦桑波像是知道项征在怀疑，他又说："有些人有运气，怎么想，事情就怎么发生。有些人没运气，怎么想，总是事与愿违。而你是好运。"

项征说："我还什么都没说呢。"

"康拉不会带无关的人来。她带来的人，肯定和乌丹古城有关。你想问的，无非是关于乌丹古城或者考古队的事，不是吗？"仁钦桑波说。

项征立即走回仁钦桑波身侧，问："那我姐姐是不是没死？"他下意识地捏住了脖子上挂着的戒指，眼神流露出罕有的脆弱。

"想想我之前说的话。去吧，好好休息。"仁钦桑波说。

项征被折返回来的次仁达杰带去屋子。寺庙没有多余的房间，项征和滕雪刃又睡在一间屋子里。项征想，自己的坏毛病可能要被这女人治好了，他居然不讨厌和她共处一室。

滕雪刃已经躺下，项征坐在床铺上。他的声音很轻，问：“滕雪刃，你说你梦到了我姐姐，那为什么我一次也没梦到过她？”

回答他的，是滕雪刃均匀的呼吸声。

“算了，问什么你也不会说。”项征脱掉外套和毛衣，钻进睡袋，侧身而眠。

睡到半夜，项征又被滕雪刃撞醒。他困得不行，迷迷糊糊地伸手，在滕雪刃的发顶摸了摸。滕雪刃奇迹般地安静下来，脑袋抵着他的胳膊，安安分分地睡到了天明。

项征起床时，滕雪刃已经不在屋子里了。他收拾好床铺往外走，遇到了次仁达杰，问：“你知道康拉在哪儿吗？”

次仁达杰问：“你要不要先吃点什么？”

项征权衡一阵，决定先吃点东西，反正滕雪刃在这里不会出什么事。

从吃饭的地方走出来，乌云散开，天空放晴，映得远处的雪山如钻石璀璨。项征站在院子里看了好一阵风景，慢慢地吐了口气。

次仁达杰说：“你像是回家了。”

项征笑了笑，没说话，转身，看到一群穿着僧侣服装的人在屋檐下把棕红色的泥巴搓成一条一条的东西。他对次仁达杰说：“你们自己制香吗？”

次仁达杰点头：“自己制香礼佛，也是一种修行。”

看过制香过程，项征回头去找滕雪刃，进屋时，滕雪刃正好收起了石壁。

项征凑到前面行礼，又问滕雪刃：“弄明白了吗？”

“弄明白了，不过也没多大用处。”滕雪刃说。

仁钦桑波和她都觉得这块石壁只是从乌丹古城城内挖下来的文物，较为特别的一点就是壁画上的金色勾边，这是其他壁画上所没有的。除此之外，并没有值得注意的地方。

项征笑出声，滕雪刃和仁钦桑波都看了过来。项征说：“生活不就是这样，大张旗鼓地白跑一趟。”

仁钦桑波听了，点了点头：“有几分哲理。”

滕雪刃说：“这个虽然没多大用处，但是值钱。市面上流出的乌丹古城的东西仅有几件，剩下的都被国家收藏了。”

她说了价格，项征倒吸一口凉气。

她又说：“像这种壁画，起码是那个价钱的两倍。”

听到价格，项征终于明白了为什么那些盗宝贼不顾性命也要把这东西偷出来了。就这块石壁，不仅能够这辈子衣食无忧，下辈子也不愁花销了。

“有什么用呢，有命花才行啊。”项征搓了搓手。

“谁都觉得自己是被老天眷顾的，怎么会觉得没命去花钱呢？”滕雪刃说。

“你什么时候给我讲讲乌丹古城和你的事？”项征问。

“你什么都不知道，就跟着她来了？”仁钦桑波问项征。

“来了总会知道。”项征一脸无所谓。

项征盘腿坐在床上，一派风轻云淡。他一只手支在桌子上，托着下巴，一眨不眨地看着滕雪刃。那双棕眸很是坦诚，看得滕雪刃血液冲上面颊。

她霍然起身，背对项征面朝门，声音有几分暗哑：“你跟我来，我告诉你你想知道的事。”

乌丹古城，是横穿羌塘的旅者无意中发现的遗迹。起初旅者以为是自然形成的雅丹地貌，如同魔鬼城一般，走近后发现，城墙有明显的人工痕迹。

考古队根据线索好几次进入乌丹古城，可惜时节不对，遇上了沙暴，迷失了方向，都无功而返。后来，一场雪融性的洪水冲垮了距离乌丹古城最近的村落，洪水退去，村里散落着从未见过的金银器和石碗，还有半毁的羊皮纸画像和木制经文拓印。恰逢考古队在村里驻扎，他们从牧民手里收了文物。经鉴定，这些东西属于一座仅存于野史的古城。从此乌丹古城的历史有了物证，不再是传说里的故事。

当年统治高原的王朝倾覆，一队王室后裔往北而去，为了逃过追杀，那队人在羌塘边缘驻扎，形成乌丹古城。乌丹古城城内修筑了很高的城堡，还修建了不少秘密地道，可以直通晴河边。

后来乌丹古城发生战乱，两方兵戎相见，城主退守城堡。敌人曾经试图阻断城内水源，不料城内有完备宽广的提水暗道，城堡安然无恙。于是敌人强迫在城堡下生活的百姓从很远的地方搬运石头，企图垒出和城堡一般高的石墙，活捉城主。

当城主看到百姓们试图逃跑被敌人砍断手脚，不服从者被斩首示众，服从命令者被当牛做马一般驱使……城主痛心疾首，他一只手托着金子，一只手托着银子主动下山，向敌军投降。

敌军冲上城堡，将王妃、公主、侍妾、女仆等人从城堡高处扔下悬崖，身着华贵服饰的众人从空中坠落，落入晴河。传说晴河河水曾是天空的颜色，因为这场战乱血染乌丹，连河水都被牺牲者的鲜血染红。

项征听得咋舌，脸上流露出显而易见的怜悯之色。

滕雪刃倒是有些意外了，很多男性听到这个故事，都会觉得理所当然。两方战斗，战败的一方百姓为奴，首领和家眷全被屠戮，这是胜方为了保证权力，也是为了防止复仇。她知道屠杀背后的用意，但她从不认为杀戮就是“理所应当”。

滕雪刃问：“你在伤感吗？”

项征点头：“城主可怜百姓，可敌人却不可怜城主及其家人也是人命。在高原上，生命很可贵。”

“果然是多情的人。”滕雪刃说。

“总觉得你在骂我。”项征说。

滕雪刃的眉眼弯了弯，说：“知义多情，从来不是坏事。”

项征狐疑地看着她，她岿然不动。他肩膀一松，摆了摆手说：“你继续说乌丹古城的事吧。”

滕雪刃告诉他另一种说法，民间传言，乌丹古城被山神诅咒，先是居民失踪，后是晴河河水变红。她递给项征一本笔记本，说：“这是我整理的和乌丹古城有关的资料笔记，你无聊的时候可以看看，不要外传就行。”

项征接来随手翻阅，滕雪刃的字迹很有特点，每一个转折都很硬朗。他见过滕雪刃在酒吧用的账本，乍一看，还以为是男人的笔迹。他合上笔记本，问滕雪刃：“那你觉得乌丹古城是如何消失的？”

“高原气候诡谲多变，河流也常常改道。现在的羌塘，多年前可能是水草丰茂的地方。当年那里可能适宜人类居住，但时移世易，气候变化，重要的饮用水也短缺减少。即使再依依不舍，为了生存，人类也会抛弃住所，重新寻找能够活下来的地方。这是我觉得最合理的猜测。在这里，被称为神明的是自然，人类是最渺小的存在。”

滕雪刃语速不快，字句清晰。项征听完，叹了口气。

“叹气做什么？我说的理由你不认同吗？”滕雪刃反问。

“浪漫一点不好吗？比如相信一下河水被鲜血染红，比如相信一下是神明的诅咒。”项征摇了摇头，像是哀其不幸，“别人来高原，都是跑来涤荡心灵、冲洗灵魂，你呢，你是来破除封建迷信的。”

滕雪刃被他的话逗笑，一双眼里溅出了星光。项征看得心头一动，想在她的额头上弹一下以解手痒。

她说：“我看到很多人对逻些和雪山都有不切实际的幻想，觉得挺有趣的。他们还有憧憬和向往的空间，我不是来放松的，一开始就少了浪漫的期许。”

“说说你吧，到现在为止，我只知道你的姓名，其余的一概不知。”项征说。

“我可不信你没向老卡打听我。”滕雪刃手叉腰佯怒。

两个人之间的氛围有些许变化，彼此间的关系像被一双看不见的手无形地拉近了不少。

“老卡能知道什么啊，传闻永远是传闻，还是本人亲自告诉我比较有意思。”项征说。

滕雪刃在他身边落座，说起了自己的事情。

滕家，从有家谱记载时就开始外出探险。他们不是考古世家，而是探险世家，往上数三代，家中已经有人随船出海，远到拉美等地。因常年在世界各地往来，家族生意多以进出口贸易为主。

早年国内还没有水下考古的经验，英国人迈克尔·哈彻在中国南海上探得清代沉船“哥德马尔森号”，盗捞十五万件中国瓷器，一百二十五块金锭和两门青铜铸炮。一九八五年，哈彻将十五件瓷器交给拍卖行拍卖，拍卖会持续九个月，实现了两千万美元的成交金，轰动全球。国内相关部门本想阻止拍卖，可哈彻的打捞过程隐蔽，我们拿不出证据证明沉船位于中国领海，法律上的空白让相关部门最终无奈放弃追讨。

从那时起，滕雪刃的祖辈就发愿，要协助我国考古事业发展。

由于滕家常年在世界各地探险，经验丰富，装备齐全，也常被考古队聘用为顾问。滕家会在每一辈人中选出一个人专门负责此类事务，称为“负责人”。想要成为负责人，必须通过层层考验，难度不可估量。

滕雪刃说：“我就是这一辈协助考古的负责人。”

听到这话，项征心下了然，怪不得她遇事处变不惊。他好奇负责人的考核标准，故意露出疑惑的表情，上下打量滕雪刃，问：“你们什么考核标准，谁好看谁当？”

滕雪刃轻笑：“这不是秘密，我可以告诉你。”

“哪有，我是夸你。”他扬了扬下巴。

负责人必须通过关于身体素质和精神方面的考核，还需要学会使用各种交通工具和技能，如开车、开船、开飞机、下海潜水等。除此之外，语言和历史类学习必不可少，平时还要看不少古玩，也要经常拜访博物馆，更是时时都要关注拍卖公司的拍卖信息，有时跟着考古队到当地后，还要了解当地风俗，学习当地语言等。

当负责人是苦差事，并不是如表面看起来那样风光。负责人常年天南海北地跑，很容易出意外，伤残是轻，送命的更是为数不少。不过滕家是大家族，总有候选人可以提上来补漏。

不少人也会争着抢着成为负责人，因为负责人所掌握的权力和财富，确实足够让人眼馋。

譬如滕雪刃的那辆车，她拉了整个改装车队上来了解逻些的特殊环境，要他们从动力到外观全部改了一遍。整车在国外改装，再运回国内，改装费甚至比车辆本身的价格还要高。这种喜好上的费用，也是可以被满足的，毕竟负责人平日没有休闲娱乐，除了工作，就是任务。

“那些跟踪你的人，是你家族里的人？”项征又问。

“有些是家族里的人，他们跟踪我，是想找机会出手，把我从这个职位上拉下来，自己取而代之。还有一些人就是那些盗宝贼，他们想抢的，无非是我手里的资料和乌丹古城的遗物。”滕雪刃说。

“找机会出手，把你拉下来，怎么拉下来？”项征发问。

滕雪刃在脖子上比画了一刀，说：“还能怎么拉下来？杀了我，佯装是意外。毕竟干我的工作等于把脑袋别在裤腰带上，生死由天意。”

她的口吻风轻云淡，如同被跟踪被追杀只是件小事，根本不值一提。

项征摸着下巴，一阵感慨，这完全就是探险世家的故事，她本人就是当代劳拉·克劳馥啊！

他看着滕雪刃，上下打量许久，摇了摇头：“真看不出来，你能肩负如此重任。”

“人不可貌相。”滕雪刃说。

“那你也太真人不露相了。”项征说。

“你就是看不起我。”滕雪刃说。

“绝无此意，看我真诚的眼睛。”

滕雪刃不想再跟他玩文字游戏，楼下传来一阵喧闹，她“啊”了一声，项征问：“怎么了？”

“时间不早了，我们去附近的村里送点东西吧。”滕雪刃说。

两个人去车里拿东西，太阳正好，僧人们三三两两站在一起。他们手臂上挂着佛珠，脸冲着对手说了一阵之后，高扬的右手落下，双手击掌，像是要给对方一个下马威。

项征问："那是在辩经？"

"那是在诘问。"滕雪刃说。

"为什么要拍手？"项征问。

"三层含义：一是一个巴掌拍不响，一切都是众缘和合的产物；二是掌声无常，一切稍纵即逝；三是击醒慈悲和智慧，驱走恶念。"滕雪刃解释道。

"你怎么什么都懂？"项征很是意外。

"我也不想的，等你坐到我这个位置，你也会被逼到什么都懂。权力催生责任，责任催生能力，相辅相成，没有天上掉馅饼的事。"

滕雪刃在后备厢找东西，找了半天，后面被翻得乱糟糟的。项征看不过眼，问："你在找什么呢？"

"你买的瓜子和糖呢，还有那几个毛绒玩具？"滕雪刃问。

"这里。"

项征长手长脚，右臂一展，拎出黑色的袋子摆在滕雪刃面前。滕雪刃拆开一看，他买了好多。

"走，带你串门去。"滕雪刃拽住项征的袖子，领着他往寺庙外走去。

项征看她眉眼含笑，不似以往紧绷。这样的表情仅出现过几次，也就是她自己做食物的时候。看样子，现在的她也很放松。

"你怎么没问我买这些东西有什么用？"滕雪刃问项征。

"自己一探究竟更好。"项征说。

"万一我是跟你开玩笑呢？"她眼波流转，俏生生的脸蛋上流露出别样的风情。

项征舔了舔唇，压制着心里那点悸动，面上带笑："你不至于那么无聊。"

俩人边走边聊，远远看见草原上有零星白点。寺庙不远处有牧民驻扎，项征和滕雪刃刚一靠近，就有小孩跑过来，前前后后将两个人围住。小孩都说番语，嘴里喊着"康拉、康拉"。

滕雪刃弯腰和他们聊了一会儿天，帐篷里有人走出来跟滕雪刃打招呼。

滕雪刃直起腰，将袋子往地上一放，小孩子们都去抢袋子里的东西，她抬手揉了揉一个女孩的脑袋，脸上露出笑容。

项征不由自主地伸手，在滕雪刃的下巴处刮了一下。滕雪刃反应更快，“唰”地一下拍红了项征的手背。

项征看她，问：“干吗？”

“你干吗突然摸我。”她掩着下巴，一脸莫名。

“只是看你笑得那么开心，想沾点喜气。”项征解释。

滕雪刃瞪他，憋了半天，终于挤出三个字：“耍流氓！”

项征被她气鼓鼓的模样逗得笑出声来，他站在滕雪刃身侧吹起了口哨，仔细听，那口哨吹的是《敖包相会》。

滕雪刃掩着脸，脸颊发烫，连冷风都吹不散那灼热的感觉。

项征和滕雪刃被男主人索朗旺堆请到帐篷里做客，女主人熬酥油茶、炸油饼，还端了牛羊肉和帕扎玛果。项征瞟了眼滕雪刃，她满脸笑意，默默地拉开了和食物的距离。

索朗旺堆非要塞给她一块炸得酥黄的油饼，趁着他转身的工夫，滕雪刃撕了一半油饼，直接塞到了项征嘴里。

项征嘴里嚼着甜油饼，一脸莫名其妙地看着滕雪刃。

滕雪刃很小声地说：“我不爱吃这个。”

她脸上的孩子气取悦了项征，他嚼了嚼嘴里的食物，还挺香，就替她吃了吧。

滕雪刃和索朗旺堆说话，暗地里总是趁着他们不注意把食物塞到项征手上。一通谈话下来，项征撑得无法动弹。滕雪刃时不时斜眼打量他，眼里带着几分笑意。

项征旁听两个人谈话，具体的他不懂，只能听个大致。大概询问的是今年的收成和气候，还有孩子们的学习问题。

他半懂不懂，主人语速又快，更让人头疼。项征目光游弋，落在墙壁上的《镇魔图》上。

传说高原地形如魔女仰卧，古代藩王建十二镇魔寺以镇压女魔四肢关节。项征一直嗤之以鼻，只觉这是联想记忆法，方便人们背下地形图和寺庙位置而已。如今看来，他更觉得自己的猜测有理。那幅《镇魔图》看得久了，项征突然想起滕雪刃拿来的那块石壁。石壁上的佛像会不会和那个《镇魔图》有异曲同工之处?

不是别的，主要是凿下来的那块石壁的大小，和那片他试图穿越的羌塘形状太像。

这时，滕雪刃向主人辞行，出门时又被那群小孩缠了半天。两个人往寺庙走去，四周无人，项征突然开腔，向滕雪刃说明自己的想法。

空地里风声呼啸，掀得两个人的衣角猎猎作响。滕雪刃听完项征的话，半天没有反应。

“如果真的如你所说，那事情就糟了。”滕雪刃突然说。

项征和滕雪刃赶回寺庙房间，滕雪刃取了地图和纸笔，又把一直带在身上的石壁拿了出来。她将两件物品摆在一起，项征拿纸笔勾勒形状。

项征用红笔将石壁的形状画在纸上，又将那张纸和地图叠在一起，对着光线充足的地方比对。

“康拉，过来看看！”项征喊她。

滕雪刃站在一侧，项征将图纸比给她看，她叹了口气，石壁形状果然和羌塘地图形状相似。

滕雪刃转身去拿石壁，又开始端详佛像。她拿过画有石壁外形的纸，将佛像依样画到纸上，再用别的颜色的笔勾出佛像头顶的丹珠，又将图纸交给项征。

项征将纸叠在地图上，举起来看了又看。

滕雪刃问：“你看出什么了吗？”

“我倒是想。”项征将两张纸转了又转，完全没头绪。

“佛像上那颗丹珠的位置，就是地图上乌丹古城的位置。早期发掘工作时，我们调查研究发现，古时乌丹城城主所统领的区域，正是现在的羌塘。”滕雪刃说。

听到这话，项征立即坐回滕雪刃的身侧，拿过那块石壁，仔细端详菩萨像。

菩萨像上有金粉汁勾勒，两条金色线条沿着袈裟内侧顺势而上，接着一条从耳郭游走，另一条从面上游走，两路盘旋，画到帽顶丹珠的位置。

另外两条从肩膀线条延伸，一条划过佛像身侧祥云，走到帽檐，沿着外侧而上，指向帽顶丹珠。另一条也是扭曲盘旋，数次画到与菩萨像不相干的位置，最后攀援而上，至丹珠为止。

项征侧着脑袋，脸几乎都要贴到石壁上了。

乍一看去，四条金线并不引人注意，像是画面上的油彩斑驳，仅剩这些颜料。可现在细究，这四条线像是人为的路线图，目的地便是帽顶那一颗丹珠。

“我本来以为这石壁上的金线是颜料斑驳脱落，刚借着光看了很久，总觉得好像不是这么回事。”项征抬头，看向滕雪刃。

“对，的确不是颜料脱落，是本来就有这四条线。”滕雪刃点头。

“这四条线蜿蜒向上，直指佛像头顶那颗丹珠，会不会是进入乌丹古城的四条路线？”项征又问。

“我就怕是这么回事。”滕雪刃说。

“嘿，那我还挺聪明。”

项征不由得自夸了一句，滕雪刃被他气笑，扬手在他胳膊上来了一下。她说：“现在的问题是，不知道是谁发现了这块石壁，也不知道是谁要取走石壁。还有石壁中间经过多少人的手，又有多少人发现了这个秘密。”

“也许只有我呢？”项征耸肩。

“做你的梦吧，没有人是唯一的。墙上那么多绘像，偏偏凿下这一块？一定是有人发现了这个秘密。”滕雪刃说。

“为什么是四条线？”项征突然发问。

“不知道。”

“晴河边的盗宝贼，会不会走的其中一条路线？”项征又说。

“不知道乘以二。”

项征被滕雪刃突如其来的冷幽默噎到，不知该说什么好。他扔开纸和笔，脱掉鞋子，盘腿坐在床上，想了想，说：“既然你都不知道，别人看到这张图也要花时间琢磨。事情应该没那么糟。”

滕雪刃听到这粗糙的安慰感觉挺不是滋味的，破罐子破摔大概就这意思了。

“我好不容易摸索出来一条通往乌丹古城的路，结果这石壁一出，来了四条路线。这四条线我一条都没走过，我郁闷不郁闷？”滕雪刃仰头倒在床上，双手在床铺上乱砸，打得毛毡发出闷响。

坐在一旁的项征差点被她的拳头砸到，连忙往旁边挪了挪。难得见她这样撒泼的样子，他欣赏好一阵，看够了才劝她：“不是，时隔多年，你也不知道这石壁是几几年出土的吧。你自己也说了，高原上气候多变，说不定河流改道、山川被风沙吹平，路线也失了准确性呢？咱们先冷静冷静，我给你倒杯水。”

项征跳下床铺，往滕雪刃的保温杯里倒了半杯开水，又兑了半杯凉水，将杯子递到滕雪刃面前。滕雪刃伸手，项征会意，把她拉了起来。两个人第一次正正经经双手交握，再互看一眼，完全分不出到底是谁的手更粗糙。

滕雪刃捧着水杯，对项征说：“你多涂点护手霜，我包里有。”

“彼此彼此。”项征回敬。

项征拿了滕雪刃的笔记本坐到床上补课，滕雪刃端起水杯喝水，一杯水喝完，她的情绪平复下来。

滕雪刃偷瞟坐在床上看笔记本的项征，只觉得这人挺奇特的。他的存在像是能够安抚人心，可转念间，滕雪刃又谨慎起来。她不该，也不能将自己的情绪绑在一个人身上。而且，她今天跟项征说得太多了，多到不应该的地步了。

又是一夜过去，项征吃了早饭，去仁钦桑波的房间找滕雪刃。他见到了仁钦桑波，滕雪刃却不在此处。

仁钦桑波告诉他：“你去偏殿找一找。”

项征闻言而动，仁钦桑波又叫住他，往他手里塞了张纸。

项征打开，纸上写着番文，他看了半天，说：“我看不懂。”

仁钦桑波笑了，说：“去问康拉吧。”

项征在寺院里转了一圈，找到了所谓的“偏殿”。这里更像一个四合小院，几人在屋檐下制香，旁边放着大大小小的碗，手里还拿着金属器皿擦擦刮刮，在地上绘制什么。

滕雪刃也蹲在地上画东西，项征走近，才发现他们在练习画沙画。

坛城沙画，是重大节日时寺庙僧人会绘制的佛国世界，画成的那一日，也是沙画被毁掉的时候。盛大繁复的壮丽画卷被金刚杵分割，颜色绮丽的沙子被混成一堆暗淡的灰烬。此举是告诉所有人，再美再好的事物，不过一捧沙，拿得起，也要放得下。

僧侣绘佛国，滕雪刃画花。她捏着细沙勾勒出红色花朵，又以白色的沙粒勾出边缘。一朵似莲非莲的花在地上绽开，花瓣舒展，枝叶纤细。

项征半蹲半跪，凑在滕雪刃旁边看她绘制的图案。他记得这花车门上也有，项征好奇地问：“这是什么？”

有嘴快的僧侣替滕雪刃回答：“康拉说，那是风神的花。”

项征不解。

滕雪刃没说话，花朵圆满，她的双手置于胸前，呈祈祷状。忽而，她低头吹散了那朵沙绘的花。

让人奇怪的是，本该散落在滕雪刃身上的沙粒被一阵突如其来的风扬起，将红白两色的沙送到了项征面前。

项征一时惊愕，嘴唇微张，吃了不少沙子。等他回过神来，连忙跑去漱口。

等他漱口回来，滕雪刃笑意盈盈地坐在屋檐下晒太阳聊天。项征三两步走到她面前，一根手指点在滕雪刃额头上。他问：“你这是报复吧？”

“我刚刚接到县里的电话了。”滕雪刃说。

这句话来得没头没尾，项征一愣，收回右手。

滕雪刃抱膝仰头，表情乖顺，她说：“多木他们那车没探好路，掉坑里了。女孩子们吓得直哭，打电话叫救援队拖车。救援队赶来时遇上暴雪，路不好走，迟了半天。等赶到的时候，三个女生劈头盖脸把人家救援队的人骂了一顿，抱怨他们为什么来得这么晚。领导听了，直接把那段路封了，大家都走不了了。”

项征觉得这群小孩挺可笑的，但在那种情况下，人确实无法控制自己的行为。他挨着滕雪刃坐下，说：“我手机都没信号呢，多木想打电话来找我求助都不行。”

“是啊，还好我有卫星电话，可以听听他们的惨状。”说着，滕雪刃从衣服里拿出电话摆了摆，又塞了回去。

“说到底，你还是怕他们出事，特地关照过周边的救援队吧？”项征这话不是凭空猜测，他听到滕雪刃打了几个电话，还假装无意打听过宋悦和多木的名字。

多木本名林森，他记得滕雪刃听到多木的本名还感慨了一句：“名副其实。”

滕雪刃被风吹得眯起了眼睛，她没回答项征的问题，说：“你不觉得风很神奇吗？”

“你解释解释。”项征说。

“不知从哪里降生，不知要走到哪里。拂过海面和桃花，拂过雪山和天涯。你认得出旧相识，却认不出吹过你的那阵风。”滕雪刃说。

项征说：“你不想回答问题，也不用扯一个这么玄妙的话题讲给我听吧？”

“你和风一样，都很玄妙。”滕雪刃按着他的肩膀顺势起身，“今天是我们在这里的最后一个晚上，明天启程回逻些吧。”

“你这话，听起来像是要告别。”项征去握她的左手手腕。

这一次，滕雪刃没有像初见时那样顺势躲开，被他抓了个正着。她的手腕很细，仿佛稍稍用力就能捏断。可滕雪刃展现出来的力量，远比她的手腕结实太多。

“乌丹古城还是我自己去吧。”滕雪刃说。

项征觉得莫名其妙，问：“为什么？”

“我没告诉你的事太多，你听了也会选择打道回府，不如在逻些就此别过。如果我找到你姐姐的消息还能活着回来，我就来告诉你。”滕雪刃说。

她逆着光，脸上的神情难以分辨。项征站起身，一只手揪住了她的衣领。他居高临下，如剑的目光狠狠地看着滕雪刃。

项征说：“那你就告诉我啊，你不能把我排除在外。姐姐的事情我自己去找，不需要再从别人的嘴里得到消息。你找到我，不就是为了让我和你一起进城。难道现在又有更好的人选，就决定把我抛下了？耍着人玩有意思吗？”

这话说得重，滕雪刃不自觉地抿了嘴唇。

两个人不熟时，哪有那么多犹豫和考量。带他熟悉路线，提供靠谱的救援队在后方支援，让他从羌塘走出来就行。

可现在呢，滕雪刃被项征感染，对他有种莫名的好感，还管起了旁人的死活。要是再跟项征相处下去，只怕他给她的影响更大，到时候她会变得犹豫软弱，不能迅速做出决断。

本以为带个信任的人进去能解决隐患，谁知这个人本身才是最大的隐患，这样下去，一定会影响到任务。

现在事态有变，不该来逻些的人也赶来了。前景越发扑朔迷离，要是带上项征，恐怕既不能保证自己拿到印章，也不能保证让他活着走出乌丹古城，平白给别人作嫁衣。

“那个时候我跟你不是很熟，公事公办，会利落很多。”滕雪刃说。

“可以啊，从现在开始，我们保持陌生人的距离。谁也别搭理谁，就是共事的人而已。合作之后各走各路，互相都没关系。”项征说。

他眼神认真，不像是在开玩笑。滕雪刃感受得到，如果她敢说个“不”字，被拧成一团的就不是她的羽绒服，而是她的脖子了。

“行。”滕雪刃改了口。

项征松了手，绕开滕雪刃走远了。滕雪刃站在原地，慢慢地抚平被他揪得鼓起的衣料，过了好久才叹了口气。

人和人之间还是相互利用比较好。同走一条街，下段路就分别，跟谁也不要发生牵连，也许这样就不会产生负疚感了。

回到逻些城已经是深夜，项征把车停在路边，拿了行李往老卡的客栈走去，连声“再见”也没对滕雪刃说。

滕雪刃坐回驾驶位，小声嘀咕：“不至于这么小气吧？”

可项征就是这么小气，不管滕雪刃怎么看，他头也没回，消失在她的视线里。

手机就在副驾驶座前方的置物架上，滕雪刃几次伸手想要拿过来。她很想向项征解释其中缘由，但出于种种考虑，最终选择放弃。

滕家传来的消息，长期在逻些活动的一队盗宝贼闻风而动，已经开始寻找滕雪刃手中石壁的下落。如果贸然牵连项征，肯定又会掀起一场不小的风波，她不想波及无辜的人。

可这些话能说给项征听吗？以他的性格，他能抛下她不管？不如就让他误会吧。

滕雪刃发动车子，消失在马路尽头。

次日起床，项征在前厅遇到多木。多木连走带跑地冲到项征面前，说：“老板这几天舟车劳顿辛苦了，要喝点什么我给你买！”

“你几时回来的？”项征问。

“前天就被救援队送回来了。那仨小姑娘昨天上午走了，宋悦还找我要你的联系方式，我没给。”多木的口气像是邀功。

“给了我也不会管她。”

多木一听项征的口气就知道有什么不对，他想，一定是项征和滕雪刃之间闹得不太愉快。但为什么不愉快，他想不出来。

“老板，滕姐在哪儿啊，我找她有点事。”多木说。

“我哪知道！你找她，你自己想办法。”项征的口气很差。

“老板，你和滕姐吵架啦？”多木问。

“我和她是陌生人，有什么架好吵？”项征往房间的方向走去。

为了早点赶路回逻些，他一路开车，没怎么休息。经过昨夜的休息，现在也没见好转，项征觉得肩膀疼，腰也快断了，再好的车也架不住路远。

“老板，我帮你揉揉肩膀，看你赶路很辛苦的样子。”多木殷勤地道。

项征没有拒绝，转过身背对多木。

多木双手置于项征的肩膀上，不轻不重地捏着项征的肩背肌肉。看他的神色放松下来，多木又说：“老板，能把滕姐的电话留我一个吗？”

“你先说说找她有什么事。”项征闭目道。

“那个司机真的有问题。要不是我探路的时候把他往沟里引，他可能要对你们动歪心思。”多木说。

项征的眼睛睁开，转身看向多木，说：“你坐下来，把事情的本末交代清楚。”

多木从老卡那里打听到项征的去处，又被宋悦缠上。宋悦询问项征的目的地，多木报上地址，宋悦决定和多木同去。宋悦的朋友们也讲义气，说宋悦难得撞到心目中的偶像，当然要跟上，要陪着宋悦一起。多木倒是无所谓几个人去，人多还可以平摊路费，没什么不好的。

项征要去的寺庙名气很大，但位置偏僻，冬天路难走，多数司机都不愿意往那里去。

多木学着这里的游客，将自己要去的地方和联系方式写在纸上，贴到了“联络墙”上。那堵墙都是用来张贴拼车组团信息的，多木不抱希望地想，如果在临出发前还没找到司机，他就不去了。可谁知道消息贴出去不到两个小时，就有人打来电话。

司机找上多木，说自己正好要去寺庙给做僧侣的亲人送东西，看到他们贴出来的消息，想顺便赚个油钱。宋悦等人很高兴，多木留了个心眼，把那个人的车牌号抄送了一份叫人查了查。别人回复说车牌没问题，司机也没案底，于是一群人便上了路。

半信半疑中，多木要司机跟着滕雪刃的车跑，司机问了原因，还没等他编理由，宋悦先开腔把话说圆了。

到这里为止，一切看起来都很正常。问题就出在他们投宿的那一夜，司机突然对滕雪刃发难，多木劝住双方，拉着司机回房睡觉。多木有轻微的高原反应，睡到清晨五点因呼吸不畅醒了过来，发现司机不在房内。因为滕雪刃的话，多木对司机留了心眼，他溜出门佯装上厕所，在二楼走廊尽头的窗户处看了看，发现司机站在车边打电话。楼很矮，清晨又很安静。虽然司机声音很小，多木仍听到了滕雪刃的名字。

多木沿途都没提过滕雪刃的名字，司机又是从何得知？

上路前，三个女生的东西多，她们又在客栈买了风干牛肉，想放到后备厢里。塞东西时，不知是碰到了什么，其中一个女生被司机一顿数落。翻过雪山后，三个女生因晕车停车休息，多木帮她们拿水，司机刚好走去一旁接电话。多木偷偷在后备厢里翻东西，竟然摸到了一把包裹起来的土枪。他心中一凛，觉得司机不简单，于是在下车探路时，故意搞错前车司机传递的信息，车辆掉入泥坑，陷得很深。

不知是不是老天助他，天空突然下雪了，三个女生吓得直哭，多木也在一旁添油加醋。没办法，司机决定打电话叫救援队拖车。为了安全返回逻些，多木没少出力气吓唬三个女生，以至于三个女生等来救援队时，劈头盖脸地指责了对方一顿，给救援队留下了深刻印象。这样的话，不管出什么事，救援队和边防人员也会记住他们和这个司机了。

听完多木的讲述，项征一言不发，起身往房间走去。多木看出项征神色有异，也没多话，只是静静地待在原地。

项征回房，将随身背包里的东西抖了一床，果然看到了油布和塑料布包起来的东西。拆开层层包装，发现是那块绘有佛像的石壁，四条金线在屋内充足的光线下熠熠生辉，看得他忍不住闭上眼睛。

左思右想，项征还是做了和滕雪刃一样的事，将石壁绑在了身上。他在床边坐了很久，觉得滕雪刃临时拆伙肯定事出有因。但原因在哪里，他想不出来。也许是多木的司机对滕雪刃构成了威胁，也许是跟踪她的人将目标转移到了他头上。为了不牵连他，滕雪刃就和他拆伙了。

可为什么滕雪刃要把石壁放在他这里？难道是因为她会出什么事？

想来想去，项征决定找滕雪刃问清楚。他拿出手机给滕雪刃打电话，连拨两次，电话没有接通。放在往常，滕雪刃不接电话、不回消息是常态，没什么好担心的。可现在听多木说了那些事，项征不得不多想，他有点后悔没留下滕雪刃的住址。

项征去找老卡，老卡不在前台也不在院子里。他给老卡打电话，老卡说："我现在在机场接人呢，很重要的客户！"

"你能找到康拉吗？"项征问。

"你跟她比较熟吧，你问我？"老卡很是疑惑。

"我就问问，你知不知道她住哪儿，或者是有什么朋友能联系到她。"项征说。

"我帮你找找，一会儿给你发消息。"老卡说。

趁着等消息的工夫，项征又去找多木，多木还在院子里的沙发上晒太阳。见项征出现，多木说："老板，我想来想去，觉得还是应该把滕姐找来和我们一起住。滕姐一个女人，独身在外很危险。而且对你们图谋不轨的司机手里有枪，法治社会，怎么会有人偷偷带枪，这对滕姐的人身安全相当不利！"

多木说得越多，项征嘴唇抿得越紧。他说："少说两句，我想办法联系滕雪刃。"

听到项征的话，多木突然凑到他面前，神情有些意外："老板，我第一次见你对哪个女人这么上心。果然还是神秘的女人对你比较有吸引力。"

项征撇了下嘴，懒得和他废话。

这时有住客跑出来，那个人主动和多木打招呼："多木，你知道外面失火了吗？"

"什么？"

"有地方失火了，我看到黑烟往外冒，咱们去看看。"住客说。

多木跟着住客跑了两步，又回头对项征说："老板，我先去看个热闹。"

多木出了名地喜欢凑热闹，凡是人多的地方肯定有他的脑袋。现下项征也无心和他多纠缠，摆了摆手让他走了。

项征的手机振动，他拿起来一看，是老卡的消息。老卡要他找这个人问问，应该能打听到滕雪刃的住址。他看到名字，笑了，居然是邓肯。

上次项征本来要留邓肯的电话，因为姐姐的戒指突然出现，忘了这件事。兜兜转转，他又和邓肯联系上了。

项征拨通电话，那边传来邓肯的声音。项征自报家门，邓肯笑了：“巧了，我本来想找康拉问你的联系方式的。”

“你知道康拉住哪儿吗？我给她打电话她没接。”项征说。

“我联系她，有消息打给你。”邓肯说。

“好，谢谢。”挂断电话，项征的心还悬着。

他生平鲜少有几次会如此不安。父母离世是一次，姐姐出事是一次，现在也是一次。他很不喜欢这种感觉，转身去餐厅要了杯甜茶。

他刚在院子里的沙发上落座，多木就从院子外跳了进来：“老板你知道吗？两条街之外的居民区发生了火灾，消防车被卡在外面进不去，现在开始搭云梯了！”

项征一听他大声说话就头疼，按着额角，假装听不到。

“老板，火灾！”多木凑到他面前，表情很是夸张。

项征置之不理，喝了口甜茶，手机在口袋里振动。他接通电话，那边传来邓肯焦急的声音：“项征，康拉出事了！”

项征被甜茶呛到，一阵猛咳。他清了半天嗓子，问：“出什么事了？”

“我赶到她的住处附近，消防车堵在门口。我打听之后，发现是她住的地方起火了。”邓肯说。

项征挂断电话，一把拽过多木，压低声音说：“滕雪刃住在火灾现场，你想办法进去看看，把你打听到的一切消息都转告我。如果看到滕雪刃，把她带回来。”

多木一看项征的表情，就知道事情的严重程度。他点了点头，小声说：“老板放心。”

“千万不要让人发现你在找滕雪刃，尽量装成看热闹的。”说这话时，项征的声音更轻。

多木点头，转身跑走。项征再次拨通邓肯的电话，电话接通，他说："刚刚手机电量耗尽，自动关机了。现在呢？火势如何，你看到了什么？"

冬季风大干燥，火势蔓延很快。小巷狭窄，消防车进不去，只能靠人力想办法救火。在失火前，有人听到了爆炸声。现在现场一片混乱，根本没办法靠近，而且火快烧到最近的变压器了，万一引起爆炸，后果不堪设想。

邓肯说他被拦在小巷外，根本没办法进入现场，更不可能确认滕雪刃的情况。

项征忧心滕雪刃的安危，也知道自己万万不能着急，于是尽量口气平和地说："好的，我知道了。"

邓肯问："我们现在不采取什么措施吗？"

项征压下心头古怪的感觉，反问："我们能做什么？"

邓肯沉默一阵，无奈地笑了，说："是我糊涂了，现在只能等。"

"那随时保持联系，一有康拉的消息，记得打电话给我。"项征说。

"你也一样。"邓肯说。

挂了电话，项征坐在椅子上，发了好一会儿呆。

不知是不是受了滕雪刃的影响，项征觉得邓肯是在套他的话。这种念头一出现，便挥之不去。他摸着脖子，叹了口气。

项征不喜欢这种坐以待毙的感觉，起身，将敞开的外套拉链拉上，走出了客栈大门。他凭着记忆，往最近的民间消防队赶去。

逻些房屋密集，老街区的设施更是陈旧，消防隐患很多。三年前，为了维护本地房屋安全，民间消防队被发展起来。当年项征和项苑一同开餐厅，民间消防队也会定期检查餐厅的安全。因为这个原因，项征不仅认识民间消防队的人，而且曾经和老卡加入过民间消防队。

他走到民间消防队所在的地方，推门而入，里面的人忙成一团。有人抬头，看到项征时愣了一阵。方老头似是不信，犹豫半天，喊了一声："项征？"

"是我。"项征勾起嘴角。

“你不是再也不……”方老头话没说完，被项征打断。

项征表示，自己的女朋友被困在发生火灾的居民区，现在他联系不上女朋友，很担心她，想亲自去看看。他脸上的急切不是装出来的，万一滕雪刃出了事，那他可真的就找不到姐姐了。而滕雪刃口口声声说相信他，他不想辜负了这份信任。

方老头和项征是旧相识，知道项征的能力，他借了套消防服给项征，又说：“再担心，你也不能拿自己的生命开玩笑，不要冒险。”

项征笑了笑，拍了下他的肩膀：“知道了，你以前给我培训的消防知识我都记在脑子里呢。”

“记得亲自把衣服还给我啊。”方老头咬重了“亲自”二字。

“知道了。”

项征换好消防服，往目的地赶去。

消防队手脚很快，在火势蔓延到变压器前，他们已经制住了势头。

场面混乱，项征赶去救火。不断有人被消防员救出，项征看着那一张张面孔，眉头越发紧皱。他说不清自己的感受，他既不想在伤员中看到滕雪刃的脸，又希望能找到她的下落。越往前走，情况越是危急。

老旧的门楣被火烧得坍塌，堵住了路。房屋里发出爆炸声，好几个人堵在狭小的院门里，进也不是，退也不是。

项征跟着消防员清开了挡路的砖瓦木头，冲了进去。有个年龄尚小的孩子被吓到，她又哭又叫，嘴里说着番语。

消防员面面相觑，没听懂女孩在说什么。项征依稀辨得出几个单词，拼拼凑凑，他听出来小女孩说的是——“房子里还有人”。

火势太大，屋子根本进不去。就在项征想办法的时候，身后的房屋突然发出爆炸声。

热浪伴随房屋碎片一起飞溅出来，项征将小女孩护在身下。小女孩大喊：“康拉，康拉。”

听到这话，项征的脑子里发出“嗡”的一声，看着小女孩泪流满面的脸，想张嘴问话，半天都发不出声音。直到有人过来拽他，他这才反应过来自己该起身了。

他抱着女孩走出巷子，巷外停着救护车。有医护人员前来搭手，小女孩被抱走。

项征摘下头套，靠在墙边，大口呼吸，试图将那个不好的念头挤出脑海。那孩子说的康拉绝对不是滕雪刃，天底下哪有这么巧的事?

他又想到当年的事。

当时考古队途经逻些，在餐厅落脚吃饭，一个名叫李想的男人和项菀在收银台聊了起来，聊到乌丹古城，项菀两眼放光。没过多久，项菀就对项征说，她要跟着考古队进羌塘，要他好好看店。项征不同意，两个人大吵一架。第二天项征起来，就看到项菀留了张字条，她已经离开了。再后来，项征等来了项菀的死讯。

两件事叠在一起，项征狠狠地揪住自己的头发，紧紧咬住牙关，不允许自己露出脆弱的表情。

如果这一次重蹈覆辙，他真的承受不来。

平复了很久，项征拖着沉重的步伐去消防队换了衣服。方老头问他找到女朋友没，项征只是摇头摆手，一个字也吐不出。

方老头不知该如何回应，只说：“现场混乱，可能看漏了呢，不要往坏的方面想，你再等等。或者你把名字告诉我，我帮你找。”

项征感念朋友的热心，叹了口气，说：“我再想想办法。”

不是他不信任方老头，只是滕雪刃身份特殊，他不敢随便乱说。

项征赶回客栈，老卡也回来了，他一只手揽过项征的肩膀，问：“怎么，找到康拉了吗？”

项征摇头。

“正常正常。你没听过我们常说的一句话，没有人能掌握风和康拉的行踪，习惯就好。”

老卡拍了拍项征，又说：“你不是想问关于乌丹古城的事吗？我的客户来了。他是个民俗专家，我可以帮你引见一下。”

说话时，老卡指了指前台旁站着的男人，小声说：“就是那个人，侯奇逸，民俗专家。之前你说的歌谣，就是找他问到的来源。”

项征看向侯奇逸，那个人正从钱包里掏出身份证给前台登记。他看起来有些紧张，接过身份证时把钱包扫到地上，硬币叮叮当当滚了一地，好不热闹。

侯奇逸清俊的脸上露出窘迫的表情，他挠了挠后脑勺，腼腆地笑了。前台女生绕了出来，两个人蹲在地上，开始拾起了硬币。

项征看到这个景象，扬了扬下巴，说：“他忙着呢，我晚点再来吧。”

老卡也笑了：“得，你先去休息吧，我也去帮忙。”

项征点头，转身回了房。

项征躺在床上，想要闭上眼休息，脑子里乱成一团。他一会儿想起那个小女孩的哭喊声，一会儿想起自己和滕雪刃在寺庙里吵架的模样，一会儿又想着俩人最后告别时他连“再见”也没说。

绑在身上的石壁压得他呼吸不过来，他抚了抚那块石壁，心里比石头还沉，沉得都没办法呼吸了。

项征靠在床沿，脑袋死死抵住墙壁。

滕雪刃，你可千万别出事。

项征晚饭也没吃，醒醒睡睡就这么过去了。

第二天早上，他饿得不行，下楼吃饭时突然想到一件事。他光记挂着滕雪刃，完全把多木抛之脑后了。

项征吃完东西，一边拨打多木的电话，一边赶回客栈。电话没人接听，前台轮值的两个工作人员都说没有见到多木回来。他还特地查了入住记录，多木没有退房。

在征得老卡的同意后，项征进入多木的客房。他硕大的旅行包靠在墙角，床头柜前堆着好些零食，换下来的衣服则扔在床上。

床上的被子没打开，床单上没有睡过人的痕迹，房间也没有打扫。多木确实没有回来。

多木没回客栈，难道是找到了滕雪刃，两个人一起藏起来了？

项征想了想，如果是这种情况，多木应该会打来电话通知一声，不会凭空消失不见。

走下客房，项征听到有人议论昨天的火灾，他决定再去火灾现场看看。

赶去两条街外，项征远远就看到了被烧得黢黑的残垣断壁。他绕到附近，假装路人一般四下探看，还借着买水的名义找店家问了问起火原因。

老板说，是一家人用取暖器烤衣服，人不在家，衣服被烤着了，这才引发了火灾。

项征点了点头，又问老板有没有见过多木。他掏出手机给老板看照片，老板一看就叫了起来："这个人我见过！"

听到这话，项征感觉自己摸对门了。他压下心头的激动，又细问了几句。

老板说他对多木印象深得很。昨天多木出现，一直说他姐在巷子里，想要进去救姐姐。因火势太大又不安全，多木被身侧的一个同伴强行拽住。但多木情绪太激动了，他的同伴觉得这样不是办法，就把多木带回客栈休息了。

多木有没有同伴暂且不谈，但多木根本就没回客栈。

老板问项征："怎么，这小子是出什么事了吗？"

"哦不是，是他姐姐被送到医院，一直发高烧，还不忘找弟弟。我是消防队的，见她可怜，要她把弟弟的照片发给我了，我帮她找。"项征说。

听到这话，老板又热心地提供了一些线索。项征将这些信息记在心里，有个不好的念头在他的脑海中浮现。

项征匆匆告别了老板，径直往市中心的街道走去。

他得找信得过的人帮忙查查，多木很有可能被绑架了。

项征赶到市中心的街道，街上大部分都是卖特产和饰品的小店，还有些咖啡馆和餐厅。项征往远处的一家咖啡馆走去，没走两步，一群小乞丐冲了出来，围着他又叫又跳，找他要钱。

这也是逻些特色，游人日益增多，乞丐也越来越多。以前沿街乞讨的人几毛钱就能打发，现在连一块钱都不放在眼里了。

项征没那个心思，伸手拨开他们。那些小孩子难缠，抱腿的抱腿，拽胳膊的拽胳膊，将项征缠得无法动弹。

“我可没钱，你们觉得我像游客吗？要不然你们就这么缠着我别下来，我把你们扛去派出所。”

说话时，项征真的扛着俩小孩往前走了数步。

项征生气时表情狠戾，显得格外不好惹。几个小乞丐大概也看出了项征不好对付，纷纷从他身上跳了下来。

他们跑远了几步，其中一个小孩还回头对项征做鬼脸，嘴里吐了句骂人的番语。

“你以为我听不懂啊！”

项征又把那句骂人的番语骂了回去，小孩明显一愣，扭头跑得更快了。

项征拉了拉被那群乞丐扯乱的衣服，整理好外套，将手揣回口袋里。左手伸进口袋时，他摸到了一张纸。

之前他的外套口袋是空的，什么都没有，怎么会凭空多出一张纸呢？

项征将那张折了几折的纸展开，纸上的字迹让他紧绷的神经松懈了不少。这是滕雪刃的字迹，他认得。

纸上写：来的卢咖啡二楼找我。

他掏出手机查咖啡馆定位，检索结果出来，撇了一下嘴，抬头往前看。

不远处的二楼观景台上站着一个戴墨镜的人，那人身姿纤细，项征一看就知道是谁。

项征将手中的纸捏成一团，跑向咖啡馆。他一进门，咖啡馆服务员被他的脸色吓退，半天不敢上前。项征直奔二楼，果然在二楼角落处找到了穿一身黑衣、戴着墨镜的滕雪刃。

滕雪刃见他走来，摘下墨镜刚准备说话，项征直接伸手将她搂入怀中。

他抱得太紧，滕雪刃只觉得连肺里的最后一点氧气都要被挤出来了。她拽项征的衣角：“我要被你勒死了！”

“罗叔说了，祸害遗千年，你没那么容易死。”项征咬牙切齿。

第三章

一莲托生

松开滕雪刃时，项征还是一肚子火。他不甘心，想狠狠在她脸上掐一把，又发现她左眼下有一大块青紫。

他的手改掐为摸，轻轻抚上那处瘀痕，开口问：“你怎么搞成这样了？”

说话时，项征语气温柔，一身冷厉化为春水，双眸里的关切都快溢出来了。

滕雪刃觉得不自在，想拨开那只手。项征阻止了她的动作，又说：“先回答我。”

“被人打的。”滕雪刃说。

“我都没舍得打你，谁抢在我前头了？”项征不自觉地拔高了音量。

滕雪刃是又好气又好笑，憋了半天，还是笑了。项征顺势捏了捏她小巧的下巴，说：“会笑就好，事情总归不是太糟。”

“却也不好。”滕雪刃说。

项征将椅子摆在滕雪刃身边，落座后，又用左手捏住她的右手手腕，将她的手压在自己的腿上。

做完这些，项征说：“好了，你可以交代这两天的经历了。”

滕雪刃奇怪地道：“你这是干吗？”

“怕你跑了，这样做我心里踏实。别废话，快说你是怎么回事。”项征捏了捏她细瘦的手腕，说不上为什么，心里蓦地生出一种满足感。

滕雪刃挣扎了两下，可在对上项征的眼神后，又作罢了。

滕雪刃向项征说明，那天在寺庙里的“拆伙宣言”的确事出有因。

这次她找项征进乌丹古城主要是两方面原因：一方面是她已经得知印章下落，另一方面是和他们暗中竞争紧盯乌丹古城的盗宝团伙天鹰座出现了问题。盗宝团伙起内讧，几股势力互相斗争，无暇做出反应，更不会有人来高原和她抢城主大印。

滕雪刃想借着这个机会速战速决，所以才找到项征筹划这事。两个人抵达逻些，滕雪刃发觉此地气氛有异样。以前她即便被人跟踪，也不会有如此大的压迫感。但这次她感觉到有人步步紧跟，似乎是要从她手里找到什么线索。

在多木和宋悦出现后，滕雪刃找人查过跟车司机的资料。司机背景干净，和盗宝团伙没有关系。可同事却透露了另一个惊人的线索——司机的车曾经被五月份来逻些的滕家人征用过。

项征适时补充道：“多木说他听到司机说出了你的名字，不是康拉，是滕雪刃。”

她很是赞许地看着项征：“你也不是只有块头嘛。”

项征冷哼，做了个“请”的手势，让她接着说。

这话说得周到，滕雪刃一听便明白了。滕家人一般叫她本名，本地人称呼她为康拉，盗宝贼喊她滕六。

项征一听，心下了然。滕六是中国古代雪神，也可以代指雪。虽然称呼不同，但本质上没有区别，大家以雪代称滕雪刃。

项征装傻，问：“滕六滕六，难道你在家中真的排行第六？”

滕雪刃颔首：“不仅在同辈中排行第六，而且我出生时天降大雪。”

项征一笑，忍不住说：“高节志凌云，不敢当滕六。”

滕雪刃眉毛一挑，项征居然知道滕六的意思。她查过项征，发现他大学时除了忙着参加户外运动，还参加了学校的诗歌协会。她原以为项征是凑数参加，没想到这个看起来五大三粗的男人是真的有文学修养。

四周的客人多了起来，他们俩的身影隐入其中。滕雪刃见此情景，紧绷的身体也放松了些。项征看了看时间，说：“我饿了，点些吃的。”

两个人点了些食物，餐食上桌，滕雪刃吃完一整盘面条。她一直皱着的眉头终于放松了几分，又问：“你还要听吗？”

项征点头：“我想知道这两天分开时发生了什么，还想知道天鹰座到底是什么情况。”

“说来话长，我尽量长话短说。”滕雪刃说。

抵达寺庙后，同事给滕雪刃打电话，一直紧盯乌丹古城的天鹰座有新的动向。乌丹城城主印章的价格又被炒到了天文数字，甚至连最神秘的“捞宝人”佛罗伦萨也为此出动，直奔羌塘而来。

佛罗伦萨是天鹰座的首领，常年在地下市场走动，为出价最高的买家寻找他们想要得到的珍宝。无论合法不合法，只要利润足够，他会不择手段，第一时间满足雇主的需求。

这群天鹰座的盗宝贼目的明确，手段恶劣。他们如果不能完整地将文物带走，便会直接捣毁。这一举动在既不给任何人留机会的同时，还能抬高同期文物的价格。

而以滕雪刃为首的文物保护组织要做的是保护以及救回文物，确保文物的完整性是他们的首要目的。二者相差千里的初衷，也就决定了滕雪刃等人始终处于下风。

在和滕雪刃等人对抗时，盗宝团伙会毫不留情地痛下杀手。团伙内部有规定，如果杀掉负责人，可以拿到高达百万美金的奖励。

虽然滕雪刃从未直面佛罗伦萨，但她和佛罗伦萨的属下“罐头”交过几次手，输赢对半，抢回的文物寥寥。

还有一次，两个人在羌塘相遇，滕雪刃差点惨死在罐头手下。她伸手挡刀，手臂上留下深可见骨的刀痕，好在捡回了一条命。为了记住这个教训，滕雪刃没有借用手术除去疤痕，她要牢牢记住这个教训。

项征默不作声地拉过滕雪刃的手，卷起袖子，狰狞的长疤出现在他面前。

原来他看到的长疤有着这样的来历。

滕雪刃动了动手腕，将胳膊收回。她拉好衣袖后小声说："这次带上你，我的本意是避开他们行动。可佛罗伦萨突然出动，实在出乎我的意料。连罐头我都没有十足的把握去对付，更别提佛罗伦萨本人了。我不想再把无辜的人牵扯进这件事，这种毫无意义的伤亡和损失，我想尽量避免。"

他不赞同地摇头。滕雪刃说："就是知道你不会答应，所以我才只能假装无理取闹和你分道扬镳，好让跟踪你的人以为我和你没有牵连，能暂保你和石壁安全。"

"你的命就不是命吗？你出了事我心里能好过吗？到底是谁把你伤成这样的？是跟踪你的滕家人，还是那群盗宝贼？"项征压低声音问。

滕雪刃没有回答这个问题，只说这两日发生的事。

二人分别，滕雪刃回到住处时发现门锁有异样——她事先藏在门锁里的铅笔芯断了，肯定是有人出入过这里。

第二天起床，滕雪刃听到楼道发出爆炸声。她本来打算躲在屋子里，哪知四处都有人喊"起火了"。

滕雪刃开门一看，楼道里满是浓烟，连路都看不清。她远远听到有小女孩的哭声，本以为是有人引她上钩，哪知真的是同楼层的小女孩跌倒受伤了。

无法，滕雪刃只能将小女孩抱出楼栋。刚走出楼下的大门，她突然想到屋子里还有很重要的资料。

她放下小女孩往回赶，回到屋子里，只见两个从未见过的男人在里面乱翻，屋内一片狼藉。

滕雪刃很快和两个男人扭打成一团。她抢到资料时，火势已经蔓延到门口。她将资料扔进火里，转身破窗而出，逃离现场。她逃走后又听到爆炸声，也不知道那两个男人有没有追出来。

她没空回头确认，只能躲在熟人的青年旅社里。滕雪刃联系了自己的眼线给项征送信，没想到项征很快就出现在了她的眼前。

“你的眼线就是那个用番语骂人的小乞丐？”项征问。

“用他们多好。他们可以合理地出现在城市里的每个角落，也不会引人注意。”滕雪刃说。

项征这才相信滕雪刃的确是负责人，她心性坚韧、思考理性、反应敏锐，连平日最容易被人忽略嫌弃的乞丐都能被她收用，确实本事不小。

想到这里，项征又说：“能拜托你的眼线找找多木吗？”

“多木出事了？”滕雪刃问。

项征将多木被人带走一事说给滕雪刃听。她的眉头皱起，眼里有显而易见的谴责。她说：“早就说了要你们离我远点，你和多木偏不听。”

项征两手一摊：“我们不像你，我们有人味儿。朋友出了事，我们会担心、会寻找，不会事不关己高高挂起。”

话说完，项征又后悔了。遇上滕雪刃，他总沉不住气，忍不住把最伤人的话往外甩。

滕雪刃面无表情地说：“希望你以后少点人味儿，不然会是件麻烦事。多木的事，我会搞定的。”

“你会搞定？那意思是把我排除在外？”

项征眯着眼，兽类特有的眼神被释放出来。看到他的表情，滕雪刃想到了荒原上的狼。狼不一定伤人或吃人，但和它对上了，绝对不是什么好事。

她垂下眼睑，说：“是为了安全起见。”

项征轻哼一声，扭动脖子发出“吧嗒”一声响。他轻拍腹部，说：“石壁在我这里，如果你把我排除在外，我现在就把石壁扔下楼。”

“你不会。”

虽然她面无表情，但左手握成拳，隐隐有些担忧。

“我会，而且做得出来。”

项征脱掉外套，刚准备扯出石壁的绑布，滕雪刃眼明手快地按住项征的手：“不撇开你。”

“迟了。”项征手下动作没停，还在扯带子。

眼看他真的要把石壁拿出来，滕雪刃举手投降：“你说条件，可以吗？”

项征停手，又把衣服披了回去。他说：“早答应不就好了，非逼我动手动脚。”

滕雪刃想，现在后悔还来得及吗？这个人比定时炸弹还要危险。

他整理好衣服，喝空了杯子里的咖啡后对滕雪刃说：“走，去我的住处。”

“不安全。既然多木能被人绑走，说明你住的地方已经被人盯上了。”滕雪刃说。

项征朝滕雪刃伸手，也不说话。滕雪刃看着项征，百般不解。

两个人互看一阵，项征一把抓住滕雪刃的手，直接把她带起身。滕雪刃没防备，直直地摔入他的怀抱。

她的鼻子被他坚硬的胸膛撞得发酸，泪水不自觉地聚集在眼眶中。项征低头，正好迎上滕雪刃谴责的目光。他笑：“含着眼泪瞪我，看起来半分说服力都没有。先跟我回去处理伤势，再想办法解决多木的事。”

滕雪刃愣住，向来都是她安排别人，这次倒被人安排得明明白白。她还想说点什么，项征截住了话头：“别说危险还是安全，已经到这种地步了，就走一步看一步。没人会责怪你，我会对自己的性命负责。”

她无话可说，只能任由项征拉着，往老卡的客栈走去。

两个人回到客栈，进门时，项征和迎面而来的侯奇逸差点撞到一起。侯奇逸连忙扶住自己的眼镜，站到一旁，露出腼腆的笑容。项征点了点头，道了句“你好”。

滕雪刃透过墨镜看了侯奇逸一眼，便收回了目光。

他们走到项征的房间，滕雪刃随手关上门，说：“刚刚遇到的是不是侯奇逸？”

项征翻着包里的东西，又将之前塞在腹部的石壁塞回床下。他随口接话：“你倒是谁都认识。”

“老卡就是要我帮侯奇逸办张通行证。”滕雪刃说。

项征将包里一沓用保鲜袋装好的东西扔到床上，转身看向滕雪刃：“好了，脱衣服吧。”

滕雪刃抓紧衣领，好在有墨镜挂在脸上，瞪圆的双眼藏在后面，没有泄露她的意外和紧张。

“傻站着干吗？快把外套脱了，让我看看你身上哪里还有伤，帮你上药。”项征说。

“不……不方便吧？”滕雪刃讲话舌头打结。

“我又不会占你便宜。再说了，你这几天躲躲藏藏，不信任别人，身上有伤自己也不方便处理，不如我来。”

项征起身去拽她，又放下窗帘，然后背过身去，说：“床上有我睡觉时穿的短袖，你换一下，方便看伤处。”

“我不能拒绝吗？”滕雪刃问。

“不能。”项征斩钉截铁。

滕雪刃犹豫再三，还是拿起了短袖。她背对着项征摘下墨镜，说：“你不许回头，我说好了你才能回头看。”

“这时候倒是扭捏起来。”

虽然这么说，但他背过身去，双手遮住眼睛，没有回头偷看。

滕雪刃换好衣服，再用被子裹住全身，声音闷闷的：“可以转头了。”

项征转头看见滕雪刃将自己的下半身藏在被子里，身上披了件外套，捂得严严实实。她那张精致的脸上没有表情，耳根却红了个彻底。

明明两个人同床好几次也没见她害羞，现在倒像个正常女人了。

项征的心被莫名的情绪撩得发痒。他憋着笑去掀滕雪刃的外套，她胳膊上的瘀痕和伤口惊得他不由自主地皱起眉头。

伤口往外卷着，像是被钝器砍开。皮肤上青一块紫一块，如同颜料打翻在白色的画布上，格外触目惊心。

“你都伤成这样了还能忍？”项征翻出消毒棉片，撕开包装后，小心翼翼地为她擦拭伤口。

滕雪刃不自觉看向项征，他半跪在地上，神情专注地处理着她的伤口。项征的手很轻，棉片擦过伤口只有微微的刺痛感。

“不忍，哭给谁看？谁会为我的眼泪埋单啊。”滕雪刃反问。

“你对着我掉两滴泪不就知道了？”

项征处理好滕雪刃两条手臂的伤，又站起身，坐到她的身后。他伸手轻抚滕雪刃左肩的青紫处。那个地方伤势不轻，肩膀肿得像小馒头。

他在肿胀处按了一下，滕雪刃转过头，对他怒目而视。大概是痛的原因，她的眼睛被水光晕染，亮得出奇。

被她一看，项征原本平缓的心跳莫名增速。他吸了口气，试图平复这种莫名的情绪。项征一言不发，将注意力放在她的伤口上。他处理完伤口，伸手探向她的额头。

“你是不是有点发烧？”项征问。

“不知道。一直头晕、没力气。”

即使是这种时候，滕雪刃也能保持镇定，让项征觉得好气又好笑。他胡乱把衣服往她身上套，见她皱眉，又怕弄伤她，只得小心翼翼地帮她穿好衣服。他半蹲下来，对滕雪刃说：“去诊所。”

滕雪刃点头。

在高原上发烧是很危险的事，稍不留神就会引发肺炎或是肺气肿。项征又在她身上裹了件外套，这才背起她再带上石壁往诊所而去。

经医生诊断，滕雪刃果然是伤口引发炎症导致低烧。好在项征及时发现，如果再晚点可能需要住院。

项征陪着滕雪刃在诊所打吊针。滕雪刃精神不济，昏昏欲睡。见她坐不住，项征默不作声往滕雪刃的方向靠了靠，她挺着背，没有靠过来。

项征说：“行了，留着力气干点别的，别逞能了。”

他将滕雪刃的脑袋按在了自己的肩膀上，滕雪刃挣扎了几下，到底还是没动静了。项征圈住她的肩膀，又轻拍了两下，像是无声的安慰。

靠在他的身上，起初的不自在和惴惴不安全被抛之脑后，滕雪刃竟然生出奇特的心安和松弛感。

她从未有过这种感觉。

理智告诉她应该从这样的怀抱中挣脱出来，但感情和身体的惰性占了上风，她缓缓闭上眼，不想再去想那些事了。

就当她贪心，神经紧绷了两三天，这个瞬间，终于敢放任困意如潮水般席卷而来。

滕雪刃身体下滑，项征连忙扶住她，将她安置在自己的腿上。他调慢了吊针的输液速度，又摸了摸她打针的左手，犹豫再三，他轻轻握住了滕雪刃冰凉的左手。

滕雪刃的眉头皱了一下，倏然又松开。她紧绷的表情松弛下来，项征的心也随着松弛了下来。

项征嗤笑，笑自己的行径，原来滕雪刃的细微表情也能牵动他。

吊针打完，项征又把滕雪刃背回房间。夜里温度低，滕雪刃将下巴搁在他的肩膀上，他呼出的白气如烟似雾。滕雪刃懒得动，汲取他背上传来的热量，只觉得四肢百骸都被温暖了。

她突然能够理解那些追逐项征的女人了。他总能适时提供肩膀和背脊，恰好的体贴，最让人贪恋。

滕雪刃说："多木的事，明天再说。也许我的线人会送来情报，也许绑架多木的人会送来要求。现在能做的，只有等。"

项征想，就滕雪刃这情况，能捡回一条命已经是好运了。其他的事，确实只能等。

滕雪刃睡床，项征睡地板。怕她半夜发冷气短，他还特地在前台借了被子和氧气罐。

凌晨两点，项征被滕雪刃急促的呼吸声惊醒。他连忙扶起滕雪刃吸氧，待她呼吸平稳后，才松了口气。

她的脸蛋潮红，汗水将额发浸湿，一张小脸显得格外平和。她似乎有些怕冷，一直往项征的方向靠拢。直到她将脑袋枕在他的腿上，这才松了口气，眉头舒展，沉沉睡去。

他挪了挪腿，滕雪刃的眉头皱了起来。她微微睁眼，很是不高兴地瞪了他一眼。

项征哭笑不得，他可是头一回做君子做得如此艰难。

无奈，项征只能卷着被子躺在床上，因为冷的关系，滕雪刃几乎把他当取暖器。他又不敢乱动，直挺挺躺了一整夜。他时不时去摸滕雪刃的额头，等到热度退下，他才松了口气，闭上眼休息。

等天光大亮，滕雪刃转醒，看到项征靠在床头，一只手还揽着她的腰，自己居然是半倚在项征身上睡着的。

这人难道是颗安眠药？为什么每次在他身边，她总能睡得这么好？

项征的睡颜很是平和，看起来像个大男孩。他的嘴长得极好，棱角分明，颜色红润，唇瓣犹如桃花的花瓣。滕雪刃忍不住伸手，拿食指描摹他的唇形。在他刚刚睁眼时，她又将手抽回，佯装无事，只是看着他。

“醒了？”项征咳了两声。

“我睡了多久？”滕雪刃问。

项征拿起手机看了看时间，说：“一夜吧，大概七八个小时。”

“这么久？”滕雪刃很是意外。

“你自己看。”项征将手机递给她，小心翼翼地抽回手脚。他刚起身，半边身子被滕雪刃压得发麻，手脚不灵活，直接摔到床下去了。

滕雪刃见他那副模样，先是一愣，随即又笑了。项征被她笑得愣住，一时间竟然挪不开眼。

含羞半敛眉，眼神如秋水。她一如梨雪玲珑，连春日韶光都要比她逊色几分。

见过了这样的笑，很难再记住别的笑容了。

滕雪刃伸手，项征拉着她的手起身。他说：“小姐，你枕着我睡了整夜，我摔倒，你还笑？”

“我以前从卧铺滚到地上，你也笑过。扯平了。”滕雪刃说。

项征俯身，两人鼻尖相对。距离太近，滕雪刃根本看不清项征的模样，只能看到他的棕色双眸。

“人和人之间，永远没有扯平的时候。不信你试试？”项征说。

滕雪刃没说话，只是看着他。项征瞧着她的脸，突然笑出声。

“你笑什么？”滕雪刃不解。

“没什么。赶紧起床洗漱，我帮你上药，再去吃点东西。回来后，再看看有没有人来反映关于多木的线索。”项征说。

滕雪刃裹着被子，心率不太正常。她按着左胸深深地吸气，不明白自己到底怎么了。

他反身去洗手间，面对水池前的镜子，突然又笑了。

今日他才发现，滕雪刃的面无表情下其实藏着诸多情绪。比如刚刚，她明明紧张无措，偏偏要装出深沉脸。

两人吃完东西回客栈，项征被压麻的手脚还没恢复过来。他一手搭在滕雪刃肩上，滕雪刃本想甩开，但她压了他的胳膊整宿，到底是她理亏。滕雪刃忍了又忍，到底没甩开。

两人刚准备进客栈，一个脏兮兮的小男孩跑了过来。项征定睛一看，这不是昨天冲他骂脏话的小鬼吗？

小男孩不理项征，他抱住滕雪刃的腰，叽里咕噜说了一通番语，语速极快。

滕雪刃听完小男孩的话，拿出一张红票子塞给他。小男孩收下之后，又跑开了。

“这钱可真好赚啊。”项征感慨道。

“回去再说。”

两人走回房间，滕雪刃关上门窗，又在房间里巡视一圈。项征抱臂，问："怕有监听设备？你也太看得起这个客栈了。"

查完后，滕雪刃找椅子坐下，说："小家伙说，多木被人绑架了，和进我房间的人是一伙的。他看到绑架多木的人和进我房间的人接过头。"

她掏出口袋里用拍立得拍出的照片，指着上面的人说："就是照片上的人把多木带走的。"

项征接过照片看了看，上面有个一脸横肉的光头男人。画面最右侧还有多木的半拉黑脸。

他由衷佩服滕雪刃利用本地乞丐的想法，这可真是个绝妙的主意，连拍照都显得尤为合理，不会打草惊蛇。项征抖了抖相纸，说："照片能借我吗？我去打听打听这个人。"

"可以。"滕雪刃点头。

"跟我一起去。"项征说。

"为什么？"滕雪刃有些意外。

"留你一个人在房间，万一出事怎么办？两个人在一起，总能想出办法。"项征说。

"要是两个人一起被抓了，谁救谁？"滕雪刃问。

"救个屁啊，那叫活该，只能认命。"项征说。

滕雪刃听得一愣，抿着唇压住笑意。

她和项征真的太不一样了。她总爱提前筹谋计算，布置措施，留出后路。可项征则是走一步看一步，坚信事到临头总能解决。放在往常，她不会认同。但此时此刻，她觉得项征的话有道理。

要是他俩一同被抓，可不是活该吗。

项征打了几个电话后，叫滕雪刃出门。两人走到院子里，被老卡叫住。老卡问："项征，你那朋友还住不住这儿啊，东西也不收拾，钱也不给，拖了两天房钱了。"

滕雪刃看向项征，项征马上回答："我正要去找他呢。要不然这样，我把他的东西收拾到我房间里，你把他的房间挂出去得了。他回来了我再安排，不耽误你的活儿，成吗？”

老卡点了点头，找人拿了多木的房间钥匙给项征。

项征和滕雪刃往客栈大厅走，项征又被前台妹妹叫住。前台妹妹问：“你和林森是朋友吧？”

乍一听这个名字，项征和滕雪刃都愣住了。还是滕雪刃反应快，说：“是，他是我们的朋友。”

“我今天收到了林森的快递，要不你们先拿着？前台东西多，我怕给忘了。”前台妹妹说。

滕雪刃刚准备去接东西，项征一把将她挡到身后。他拿了东西，说：“辛苦你了。”

两个人往多木的房间走去，滕雪刃说：“让我看看这包裹，说不定是绑架他的人寄来的。”

“就因为有这个可能性，所以我来拿。”项征说。

“为什么？”滕雪刃不解。

听到这话，项征唇角一翘，这是她第一次问“为什么”，感觉挺新鲜。

“不知道这里面是什么东西，万一是危险物品，那就糟了。”项征说。

“你拿不一样危险吗？”滕雪刃更不明白了。

多木的房间已到，项征打开房门，两人进屋，项征将东西放到一边。项征想，得，不能跟她生气，他要好好把这话讲明白。

项征抬了抬手，滕雪刃走到他的面前。他说：“你懂不懂什么叫保护？”

滕雪刃点头。

“现在的我，就是想保护你。你受伤了，你是女人，你刚发过烧精神不济……这些都是我想保护你的理由。所以我不想要你拿着危险品，万一出事，我会担心。就像我不能眼睁睁看着多木出事，我也不会放任你不管。能够理解了吗？”

项征头一回体会把话掰碎了说是个什么感觉。他恨不得把滕雪刃的脑袋掰开看看，她的脑子是不是真的和别人长得不一样。她为什么完全不能理解人类的情感？

滕雪刃似懂非懂地看着他，脸上略显困惑。过了半晌，她才迟疑地点了点头，还是不太懂为什么。

项征吐了口气，算了，慢慢来。滕雪刃这理解能力，没办法速成教学。

滕雪刃收拾了多木的行李，没发现有价值的东西。他的行李里都是换洗的衣物，还有一颗哺乳类动物的牙齿和一个狼头徽章。她把东西塞回背包，又转身去看项征。

项征拆开了包裹。塑料袋里放着纸盒，纸盒中塞满纸团，中间放着一个用食品袋封好的旧手机。项征将手机拿出来，长按开机键后，其中空无一物，只有相册内存着一段视频。

两人对视一眼，项征点开了视频。

视频播放，刚开始画面一片漆黑，后来出现了零星的火光。项征把画面调到最亮，这才看得到被罩住眼睛、绑在椅子上的多木。突然，有一个戴着头套举着烛台的人出现，他二话没说，抬脚踹向多木，多木连人带椅子被踹翻在地。

头套男朝着多木的腹部踢了好几脚，多木还是一声不吭。平日里明明扫把倒在身上都要叽叽歪歪一通的多木，在视频里却格外有骨气。

画面里的头套男说，要赎回多木，他们需要带上那块绘有佛像的石壁，在二十五号前赶到切琼乡。

滕雪刃算了算，绑匪给了五天时间。

视频里又说，如果他们报警，或是有警方来过一次，那多木的生命安全就无法得到保证了。

看完视频，滕雪刃一阵沉默。项征问：“你在想什么？”

“为什么绑匪会给五天时间？”滕雪刃说。

“听你的话，像是发现了什么。”项征说。

“从逻些到切琼，我开车两天就能到，给我五天时间是为什么？”滕雪刃说。

“确保……石壁能安全到达，所以给的时间特别宽裕？”项征问。

滕雪刃打了个响指，肯定了他的话。她说：“他们的目的在于石壁，既然要保证石壁到手，那么人质一定是安全的。我只希望多木的身体情况能够撑到我们去救他。”

项征点头，觉得滕雪刃的话有理。他说：“总之，我们还是先找人问问，那个带走多木的人到底是什么来头。”

项征拽着滕雪刃的胳膊，将她拉出房间。项征在逻些挺有人脉，他很快就拿着照片问到了消息。

光头姓陈，外号就是光头。他曾经因过失杀人进过监狱，后刑满释放。释放后他在一间餐厅打工，因为和后厨的人发生争执，有人爆出他过往的经历，于是被老板赶出了餐厅。

那时候他谈了个女朋友，女友意外怀孕了。他打工挣钱就是为了和女友结婚，现在工作没了，女友临盆在即，干什么都要钱。于是光头铤而走险，和人搞起了盗猎的活。

再后来，他不在逻些活动，人家也就没了他的消息。

在项征找消息的同时，滕雪刃也没闲着。她借了电脑将视频传给同事滕翰音，又询问了光头陈的信息。视频需要时间解析，光头陈的信息还有记录。滕翰音手里的资料不全，他建议滕雪刃去公安局找王睿警官调查光头陈的资料。

王睿警官和滕家人也是长期合作的关系，逻些警方和滕家人联手破获了好几件文物盗窃案，所以滕雪刃和他还挺熟的。

滕雪刃想了想，挂断电话和项征说明情况。项征听完，又问：“王睿这人可靠吗？”

“什么意思？”滕雪刃觉得项征话里有话。

“跟踪你的司机和滕家人有关，说明滕家有人在暗中盯着你的动向，还想偷走你的石壁。现在有人绑走多木，想要以石壁做交换。绑走多木的人可能是滕家人，也有可能是盗宝贼。但如果王睿跟滕家人交好，咱们不是自己往坑里跳，主动将石壁交给暗中跟踪你的滕家人吗？那你不是吃了大亏？”项征说。

一开始滕雪刃没有拿着照片直奔公安局，也是存着这个想法。她怕消息从王睿处传到了滕家，那些隐藏在滕家想对她不利的人会借机抓到把柄。

但滕翰音已经保证没问题，滕雪刃也觉得从项征的渠道获得不了更多信息，多木又危在旦夕，她也没有别的办法了。对于项征的推测，滕雪刃有些意外。当初是他一心要救多木，她本以为项征不会管这些暗中的争斗，没想到的是项征居然如此细腻，还注意到了这些问题。

滕雪刃不想吐露自己复杂的内心想法。她只说：“应该不会。”

项征有些怀疑。

“不是你要救多木吗？怎么事到临头比我还疑神疑鬼？”滕雪刃反问。

“我这是疑神疑鬼吗？还不是你的情况太复杂了，怕你吃亏。”项征撇了下嘴，很是不耐。

滕雪刃垂下眼睑，心头情愫满溢。原来项征不是她想象中的“圣母”，他的多情，还是自有几分智慧暗藏其中，绝不是胡乱感情用事。

“没事。你不是说了嘛，出事有出事的解决办法。我们先去找王睿问问情况。”

项征听到她的话愣了一下，什么时候两人的角色对调了？

去公安局之前，滕雪刃带着项征走街串巷，来到了一间挂着无数唐卡的屋子。项征踏进昏暗的室内，被满屋子的口水味熏了个趔趄。他耸了耸鼻子，看着身边无动于衷的滕雪刃，小声问：“你怎么这么镇定？”

“不就是口水的味道？习惯了就好。”滕雪刃说。

屋内四下无人，几十张唐卡置于其中。项征随便一看，只觉得画中佛菩萨正在看着自己。那些眼睛画得极为逼真，比真人的视线还要迫人。项征被几十双眼睛盯着，感觉浑身不自在。

滕雪刃走了几步，来到一个黄铜铃铛下。她拉着绳结撞响铃铛，不一会儿，绛红门帘后出现一张脸。

男人神色困倦，眼皮耷拉，半长的头发被油污染成一缕一缕的，顶在头上的发髻随着拖沓的步伐一摇一晃。他走路步伐虚浮，但目光格外锐利，整个人的感觉非常奇怪。

项征不自觉地站在滕雪刃的身前，将她护在了后面。滕雪刃不以为意，拍了拍项征的胳膊，示意他放心。

大概是项征的怀疑太明显了，男人趿着布鞋走到项征面前。他努力睁开耷拉的眼皮看着项征，又看了看滕雪刃："这是你男人啊？"

项征以余光偷觑滕雪刃，心里敲着小鼓，他居然有点好奇滕雪刃的答案。

滕雪刃颔首，面色如常："是啊。"

"那就不是了。"男人"啧"了一声，没了兴致。

男人兴致缺缺，项征的心里像被鼓槌重重砸过，脑子里发出"嗡"的一响。向来与人泾渭分明的滕雪刃说出这话，真的合适吗?

项征第一次觉得自己矫情，他以前哪会想这些事情。偶尔吃饭为了占便宜，随便找个女人去刷情侣套餐都是常有的事。可现在的他，居然介意起来，真是奇怪。

滕雪刃没管项征的反应，她对那男人说："唐延，帮我仿个壁画，这两天就要。"

听到这话，唐延伸出右手，食指和中指动了动："先把东西给我看看。"

"后面去看。"滕雪刃说。

唐延一下来了兴趣。如果是寻常物件，滕雪刃一定会随手拿出来给他，这会儿的她很是小心，说明带来的东西可能是文物。他立即把店门锁了，带着两人往后面走去。

通过滕雪刃和唐延的谈话，项征得知了唐延的身份。他原本是杭城美术学院的教授，主攻宗教画方向。后来因学院撤销了这个专业，唐延失业了。他先在画室教了几年画，攒了些家底，四处游荡采风，最后在逻些落脚。遇到滕雪刃后，她将店铺租给这个老小子，唐延落户后，跟着师父学画唐卡，闲时去广场画画人像赚点小钱，一直就在这里待着了。

项征下意识询问滕雪刃店铺的租金是多少，唐延说他每年挣得不多，年底就给个小一万。但他平时也没闲着，除了打理卖画生意，还要给滕雪刃打扫屋子、购买生活用品，以用人身份抵债。

“就你？”项征看唐延那邋遢模样，不太相信。

“我这是刚和师父结束了寺庙整面墙的坚唐绘制，连着睡了五天才恢复过来，所以没空洗头！”唐延冲项征喊。

所谓“坚唐”，是一种按照寺院墙壁大小绘制的唐卡。一般都不是小工程，画起来都是按月来算时间的。

项征很是无辜地看着唐延：“我什么都没说，这话都是你自己说的。”

滕雪刃“啧”了一声，叫项征把石壁交给唐延。他小心翼翼地接过石壁，神态忽然就变了，原本困顿的面容瞬间放出精光，对着自然光源反复端详石壁，看起来相当专业。

看过石壁，唐延说：“这幅坚唐残片，画法很像齐岗画派，你看这鲜明的色调，和阿里风格很是接近。这画技成熟老练，我只在博物馆和老师的藏品中才见过类似的作品，你这个东西，很厉害。”

“从乌丹古城出来的。”滕雪刃说。

唐延的眼睛瞪圆了。他冲着滕雪刃吼：“那你怎么能这么包装呢！这里的温度和湿度都不对，这样会影响唐卡的保存寿命！”

“顾不了那么多了，你这两天能不能给我仿一个？我要拿去救命。”滕雪刃问。

“时间紧，要求高，我不太敢说自己能画得有多好。”唐延说。

“意思就是能画？”滕雪刃又问。

“可以，但今年你不许收我房租。”唐延说。

“先把事情办成了再提要求。你之前一直说想看看乌丹古城的壁画，我给你带来了。你不谢谢我，还一堆屁话。”滕雪刃轻哼一声，眼神很是不屑。

“画，我画！”唐延冲滕雪刃喊。

绘制唐卡往往步骤繁杂，规矩也多。唐延现在要完成仿品，虽然做不到焚香卜时，但他也要先去洗个澡。滕雪刃要唐延拍了几张石壁的照片，带着项征和石壁离开了。

两人进了公安局，找到了王睿警官。

王睿比项征想象中年轻。他皮肤黝黑，一双鹰眸，浓眉如剑，嘴唇紧抿，一副相当坚毅的长相。

三个人在办公室详谈，王睿事先接到了滕翰音的电话，已经准备好了光头陈的资料。资料显示，这人除了搞盗猎，也跟着不法分子进入过羌塘。他四处替人收天珠和多地的文物，再转给那些地下文物商人，借此赚点倒手费用过日子。

滕雪刃大概明白了，光头陈可能受到了盗宝贼的驱使绑架多木，想要以多木换走石壁。

她忍不住苦笑，前有狼后有虎，这日子还真是闲不下来。

王睿联系切琼方面，那边已经在着手排查最近进入切琼的车辆。挂断电话后，王睿问滕雪刃："你准备怎么办？"

"带着石壁开车去，把人换回来。"滕雪刃说。

"我再带两个便衣和你同行，如何？"王睿问。

冬日行车多有不便，更别提有些路段治安不好，肯定会耽误时间。万一盗宝贼以多木为幌子半路抢劫石壁，她和项征也不一定能够对付。如果有王睿随行，肯定会方便很多。

滕雪刃颔首，又问："佛罗伦萨要来羌塘拿城主大印，现在他已经抵达金城，可能最近就要到逻些了。"

王睿的眼神如同磨快的刀，锋利异常。他的声音里藏着压抑不住的情绪："罐头呢，他是不是也来了？"

"应该是。"滕雪刃颔首。

王睿握紧了拳头，眼睛隐隐有些充血。看他这副模样，项征暗自揣度，难道又是一个和罐头有血海深仇的人？

"我马上向上级汇报，最快我们明天出发。"王睿说。

"最好是后天，石壁的仿品还没做出来，明天太仓促了。"

"行。"

"那我先走了，有事电话联系。"

说着，滕雪刃从王睿桌上摸了纸笔，写了一串电话号码。项征定睛一看，这不是他的手机号吗?

王睿夹起纸片抖了抖，问："你的电话？"

滕雪刃指着身边的项征说："他的，我的电话在打架时弄丢了。"

王睿轻笑一声，像是早就料到了答案。他轻飘飘地看了项征一眼，项征觉得这道视线别有深意。

滕项二人走出公安局，项征终于想明白了。王睿可能以为他是滕雪刃的"男宠"。毕竟他跟在滕雪刃身边一言不发，什么主意也不出，也没有参与讨论，联系人之类的琐碎事情也是他负责。

想到这里，项征没忍住，笑出声来。滕雪刃莫名其妙地看着他，他摆了摆手："没事。"

忙了一天，项征饿得慌。他催促滕雪刃去吃饭，又把她带去诊所打针换药。打针时，项征问起了王睿的事。

王睿自警官学校毕业后自行申请分配到逻些，当初只是普通民警，无意间参与破获一桩文物走私案件，对上的正是以罐头为首的盗宝贼。王睿年轻气盛，一腔热血，就想着把罐头拿下。在多年的纠缠对抗中，王睿的女队友不幸被卷入其中，是罐头开车，将女警察绑在车后拖行数公里。高原不比内地，空气含氧量低，长时间跑行，肺部受压过大，女警察炸肺身亡。

从那之后，王睿轻易不找搭档，为人愈发沉默，但对于罐头的案子从未松懈过。

项征突然问："我在王警官的桌上看到一个倒放的相框。我好奇相框里的照片，多看了两眼，没想到他把相框收到了抽屉里。"

滕雪刃对于项征的观察力有了新的认识，她本以为项征只是无所事事地坐在那里喝水，没想到他早就把一些细微之处尽收眼底。

“那个相框里就是他和那个女警察的合照。”滕雪刃说。

“我猜也是。”项征点头。

见滕雪刃神色困倦，项征大方地借出肩膀。她也不再客气，倒在他肩膀上睡觉。说不上为什么，滕雪刃在项征身边总能睡个好觉。难道真的是因为信任的关系?

她还没想明白，就睡着了。

一觉醒来，天色全暗，两人并肩往客栈踱去，路上没什么人，走到巷陌转角，路灯昏暗，项征突然问：“你有没有产生‘放弃多木’这个念头？”

以滕雪刃怕麻烦的性格，为了营救多木劳师动众，实在让人意外。其实滕雪刃和多木也没什么关系，算起来，她确实可以假装看不见。

但滕雪刃没有和他争辩，反倒很认真地筹谋起营救多木的事来。这一点，的确出乎项征的意料。

“想过，而且‘放弃多木’这个念头在我心里占据压倒性的地位。”滕雪刃说。

“你为什么不说呢？”项征说。

“你不会答应的，我说了也没用。”滕雪刃回答。

“我可以自己去。”项征又说。

“项征。”

滕雪刃喊了一声他的名字。她站在无光处，脸庞朦胧，唯独一双眼如天边寒星，又冷又明亮。

他看着滕雪刃。

“事情因我而起，我不可能假装没看到。之前我想和你拆伙，也是因为你这个人，在不知不觉中影响了我。你影响了我的判断，我不得不把你作为一个变量加入到考虑中。”滕雪刃说。

项征惊异于她的坦白，心脏被她的话搞得越跳越快。

“总之，我放弃了之前的想法，采取了新的举措。现在需要考虑的，就是如何在保留石壁的情况下，将多木救出来。”滕雪刃说。

“懂了。”项征点了点头。

“没什么疑问了？”滕雪刃又问。

“你讲话这么直白，不怕别人兜你圈子？”项征调侃道。

“上一个讲话跟我兜圈子的人，我把他的手掰折了。”滕雪刃说。

项征不自觉地将双手背到身后。

滕雪刃看到他的小动作，翘起了嘴角。

滕雪刃和项征回客栈休息。回到客栈时，项征发现老卡拉着侯奇逸在院子里喝着酒吃着烧烤。

滕雪刃没兴趣，借口回房睡觉先上楼了。项征送她上楼，滕雪刃找他要手机。他递出手机，便下楼找老卡和侯奇逸。项征想借此机会和侯奇逸聊聊，既然老卡说他是民俗专家，对乌丹古城有研究。如果能多聊几句，也许能有新发现。

这样想着，项征拿了瓶啤酒在侯奇逸身边落座。侯奇逸不如项征身材高大，可项征发现他的身体并不单薄，不是传统意义上的“文弱书生”。

大概是项征的目光太过犀利，侯奇逸有些紧张地推了推眼镜。项征一笑，用桌角磕掉了酒瓶瓶盖，把酒递给侯奇逸。

侯奇逸连连摆手：“我身体不大好，喝不了酒。”

“那吃肉。”坐在对面的老卡递了两串烤得“嗞嗞”冒油的羊肉。

三个人边吃边聊。项征得知侯奇逸明天要离开逻些，去往溪卡孜进行一年一度的民俗考察，老卡正在为他举办欢送会。

项征对老卡说：“你这是找机会喝酒，才不是帮人家侯教授举办欢送会。”

侯奇逸听到这话，笑得腼腆。他说：“听老卡说，你对乌丹古城很有兴趣？”

“是有缘分。”项征撇了撇嘴。

“很多人都觉得那是一段杜撰的历史。即使有文物证实，很多人也觉得那是野史。你怎么看？”

提到乌丹古城，侯奇逸改变了坐姿。他本来靠在椅背上，此时此刻端坐起来，连背脊都挺直了。

看起来确实像个学究，项征想。

“除非我亲眼看到，不然我也不会贸然下定论讲看法。”项征说。

“你对乌丹古城哪方面的知识比较感兴趣？也许我能帮到你。”侯奇逸说。

“你知道两三年前，有一批考古队队员进入乌丹古城的事吗？”项征问。

老卡有些意外，他看向项征，脸上充满疑惑。

“这个啊……”

侯奇逸用食指推了推眼镜，拿过桌上的啤酒瓶，浅啜一口，像是在组织语言。

事情要从几年前说起。

考古队从村子里收来从乌丹古城中冲出的金银器后，开始注意到这一段本来被认为是野史和传说的历史。之后考古队多次收集资料，在羌塘边缘打探。他们耗时三年，规划好路线，向乌丹古城出发了。

临出发前，考古队中最重要的向导临时退出。考古项目本来要延期，但考虑到洪水频发，乌丹古城再被冲几次，黄土砌成的宫殿建筑恐怕要荡然无存。

考古队冒险出发，在逻些找了一名当地向导，他们备好物资，带上可靠专业的救援队员做支撑，一队人就这样进入羌塘。

进入羌塘后，队员时时向外传消息、报坐标，一行人顺利抵达乌丹古城，展开考古工作。可没过多久，有队员传来关于洪水的消息，再后来，就什么也没有了。

等救援队抵达，乌丹古城已经被洪水洗过一次。城内遗迹损毁，考古队员也不见踪影。经过救援队不断搜寻，终于在晴河流域找到了考古队员的尸体。

听完侯奇逸的讲述，项征问：“侯教授，你是从什么渠道得知这个消息的？我不是质疑消息的正确性，只是关于考古队的事我问了太多人，他们说这是保密信息，根本无人知晓。”

侯奇逸摘下眼镜，看着项征。他的眼里有显而易见的伤感，似乎不愿提及一些事。他揉了揉鼻子，平复了好一阵，然后问：“听你的话，考古队里也有人是你的朋友？”

项征没说话。他垂下眼睑，不敢去想项苑。

见项征的表情有异，侯奇逸叹气：“不知道你有没有听过阮希声这个名字。”

项征一怔，脑子里出现了一张浓眉方脸，他不由自主地点了点头。

“他是我多年的朋友。”侯奇逸说。

项征心头一凛，不知是什么滋味。他看着侯奇逸，突然生出一种相惜的情绪，项苑的事呼之欲出，有种莫名的感觉压在心头。项征想了又想，没说项苑的事，只是说：“我和李想是朋友。”

李想是考古队的副领队，当初他多次前来考察，总是在项征和项苑的餐厅吃饭，和项苑混得很熟。在向导退出后，项苑主动担任了考古队的当地向导。

老卡和项征是老友，两人自有一份默契。老卡虽不明白项征的举动，但他说什么就是什么。

侯奇逸闻言又是一叹。

以考古队为契机，侯奇逸和项征都得知彼此有朋友在队伍中，无形间，两人拉近了不少距离，聊得很热烈。再加之有老卡，三个人将这个“欢送会”搞得更加热闹。深夜时分，还能听到三个人的低语声。

如果不是侯奇逸第二天非走不可，他们能喝到天亮。

“欢送会”散场，三个人各自回房。项征走回房间，伸手一推，门就开了。

他按下开关，只见滕雪刃趴在窗沿上。她裹着毯子，手肘搁在窗台上，手掌撑着脸颊，一动不动地凝视着窗外。

“不是睡了吗？”

项征脑子清醒，四肢却不听使唤。他走路歪歪扭扭，干脆一屁股跌坐在毛毡子上。

自从滕雪刃搬来客栈养伤，她便指挥项征将两层毛毡子搬来这里。她本来是要睡地上的，项征觉得让伤患睡在地上不太厚道，把床让给了滕雪刃。

不过也没什么用，这女人睡到半夜总会滚到他的怀里，像会主动寻找热源的猫科动物。

“你们说话的声音太大，我睡不着。”滕雪刃说。

“是因为我不在你身边才睡不着觉吧？”项征除了鞋子和外套，倒在垫子上。

滕雪刃没说话，心下很是羞恼。她一直失眠成疾，职业所致，想睡个好觉基本不可能。让她意外的是，只要躺在项征身边，她就能迅速睡着。这件事屡试不爽，让她更是无奈。

滕雪刃没说话，披着毯子起身关了灯。项征看她一眼，总觉得她有点怪怪的，问：“你不是在看风景吗，不需要灯光？”

“不需要，室内太亮，影响我看远处的觉康寺。”滕雪刃说。

她走到窗台前落座，背影相当孤单。项征卷了毯子站起身，缓慢地走到她的身后。他循着滕雪刃的目光看去，远处是逻些最著名的景点觉康寺。寺庙被灯光照耀，连夜里也是雪白圣洁的。它孤零零地矗立在那里，接受着千百万信徒的顶礼膜拜。

项征问：“你去过觉康寺吗？”

滕雪刃点头，反问项征：“你呢？”

项征摇头：“一次也没去过。”

“你在逻些好几年，一次都没去觉康寺？”滕雪刃很是意外。

项征点了点头，拿了张椅子在滕雪刃的身边落座。他坐不直，顺势靠在滕雪刃的身上。

按理说来，两人的关系并不亲密，但靠在一起，竟没觉得古怪。

滕雪刃调整了坐姿，让他靠得更舒服一些。项征闭着眼，缓缓说：“以前在逻些时，总觉得去觉康寺的人太多，想等一个没人的好天气再去。可等到今天，还是没去。”

滕雪刃从项征的话里听出了惆怅，一动没动，说：“和我一起去觉康寺的人失踪了。”

“什么？”

项征抬起头，又抹了把脸，一时间不知道该不该接着问。

“我在楼上隐约听到你们说起考古队的事，是吗？”滕雪刃问。

“你听力挺好。”项征抿了下唇。

“当初和我一起去觉康寺的人就在考古队担任副队长，名叫李想，也是我的未婚夫。而我就是那个退出队伍的向导。当时我高烧不退，在医院住了两天，医生勒令我不许出院，所以只能退出考古项目。如果我没有退出，你姐姐就不会出事。”

滕雪刃语气平淡，眼神也未见波澜，仿佛只是在说一件和她无关的事。可项征听来却像是一记重拳打到了他的胸口，他喝的那些酒逆流而上，冲得脸颊火辣辣的，头晕目眩，几乎要坐不住。

滕雪刃抓住他的胳膊，说：“小心别摔倒。”

项征连做了好几个深呼吸，才勉强把心头的不适压下去。他的目光不离滕雪刃，脑子里乱成一团。滕雪刃的话将责任尽数揽到了自己的身上，但项苑离开，是自愿的。他能怪滕雪刃吗？

如果真的要怪谁，他应该怪李想才对。

对于李想此人，项征颇为不喜。李想初次来餐厅吃饭，项苑就对他多有照顾。后来两人成为朋友，李想多次在项苑面前唉声叹气，总会说到自己名义上的未婚妻雪雪。

他对项苑说，自己和雪雪的性格有着天差地别。他喜欢以理服人，遇到雪雪就不一样。有一次她说不过他，就把他摁在地上一通揍。

从那之后，李想就很反感雪雪。可天不遂人愿，他越是反感她，两人的关系就越紧密。雪雪不仅是他爸爸的学生，她的工作也和他关联紧密。工作上，李想觉得她仗着蛮力看不起人，她觉得李想做事拖拉又感情用事。两人互相看不惯，也只能相互迁就。

生活上，李想是个挺有情趣的人。休息时，他喜欢看电影逛艺术展，也会逛街买衣服，走到家居店，还会买些装饰品回家做摆设。可雪雪不是这样的人。她在休息时完全见不到人影，即便两人出门同行，看电影时她在一旁睡大觉，逛街时她在一旁刷手机，只有吃饭这件事最上心。

项苑问过李想，既然不喜欢，为什么又同意订婚？李想迟疑很久才告诉项苑，因为雪雪在家中的处境太艰难了，如果结婚能让她好过一些，他觉得和她在一起也没什么。

听到这个理由，项苑觉得李想很温柔，项征却觉得这话相当扯淡，而且很不负责。但项苑就是吃这套，不管项征怎么阻拦劝说，她还是义无反顾地陷入了名为李想的旋涡。

项征忧心不已，恨不得从李想处偷来那位“雪雪”的联系方式和她说明实情。可李想把雪雪藏得很好，他根本无从下手联系。

李想还约项苑去觉康寺，项苑问项征要不要同行，项征实在不喜欢李想，也就没答应。

可谁能想到他竟然再也没有和项苑同去觉康寺的机会。现在听到滕雪刃的话，项征既觉得意外，又觉得在情理之中。原来她能找到自己、相信自己，是有这样一层特殊的原因暗藏其中，只怪他没能早一步想明白。

“我都告诉你我叫滕雪刃了，你就没想到什么吗？按李想那种嘴碎话多又爱抱怨的性格，他没提到过我？”

滕雪刃眼见项征的表情变了又变，觉得有些好笑，忍不住逗他。

项征自嘲地笑了笑：“谁能想到呢。”

即便知道很多人以“雪”代指滕雪刃，但项征根本没有想过“雪雪”这样过于女性化的称呼指的是滕雪刃。这段时间接触下来，觉得滕雪刃根本就不是李想形容的“雪雪”，她讲理明是非，没有仗着蛮力揍人，心地良善，也有担当。

至于生活上，滕雪刃厨艺一流、博学多才，还会彩沙画画，哪里如李想所说的那样差劲？

这么想着，项征又哼了一声：“李想真不是好人。”

滕雪刃仰头笑出声：“不管好不好，他都已经不在了。”

“那我姐呢？”项征又问。

滕雪刃没出声，眼睛不离远处的觉康寺。过了很久，四周寂静到只能听到两人的呼吸声。这时，滕雪刃说："我困了，先睡觉了。"

次日，项征被滕雪刃叫醒。天被暧昧的乳蓝包裹，连眼前的人也透着神秘的气息。滕雪刃说："去觉康寺吧？"

项征宿醉未醒，头有些疼。滕雪刃毫不客气地给项征灌了一大杯水，他终于起床了。

他边擦嘴边问："什么情况，怎么要起这么早？"

"无利不起早。我们去一趟觉康寺拿绘制唐卡的颜料，交给唐延。"滕雪刃说。

项征很快穿好了衣服，两人离开客栈。走出大门，滕雪刃下意识往店里看了一眼。项征注意到她的动作，问："怎么了？"

"感觉有人在看我们。"滕雪刃说。

她这么一说，项征提起了防备心。他问："要我和老卡问问最近旅社里住了什么人吗？"

"暂时不用，明天上路，今天就不要打草惊蛇了。如果对方要跟踪我们，怎么都甩不开的。"

滕雪刃往上看了一眼，有人影在窗边岿然不动。那人似乎料定了滕雪刃看不到他的脸。

她收回视线，跟着项征往前走去。

直到两人的背影消失不见，站在窗边的人这才拿起行李箱，往楼下走去。在前台退房时，办理手续的工作人员说："侯教授，什么时候回来啊？"

侯奇逸推了下眼镜，态度很是谦和，说："最多不过五天。"

"您一路小心。"工作人员说。

侯奇逸推着行李箱出门，走出小巷后，才拿出手机打电话。

"罐头，你还没到？"侯奇逸问。

"来了！"

街角蹿出一辆相当普通的越野车，车速很快，突然在侯奇逸面前停下。

从车上下来一个身材结实的男人，他的脸被方巾围住，围巾上绘有骷髅，只露出一双大眼角下勾得特别厉害的眼睛，看起来很像狐狸。

罐头拿起侯奇逸的行李箱放到后备厢，上车后，他又问：“老爷，滕六还没出发，我们现在就要走吗？我还想会会王睿呢。”

侯奇逸摘下眼镜扔在一旁，捏了捏眉心。他说：“做戏就要做全套，你要玩可以，不能坏了我的好事。”

侯奇逸瞥他一眼，眼神中充满警告的意味。罐头虽然放肆，但对侯奇逸还是相当敬畏。他耸了下肩膀：“是，老爷。”

“另外一拨滕家人知道我已经到了逻些吗？”侯奇逸问。

“暂时不知道。”

“那就告诉他们，让他们把消息传给滕六。”侯奇逸笑了笑，表情充满了玩味。

“是。”

滕雪刃和项征走到觉康寺。天光大亮，寺庙被镀上金色的微光，仰头看去，宛如神迹。

项征站直身子看了好半天，鼻头一阵发酸，感叹原来建筑也有如此神性的一面。滕雪刃没催他，等他欣赏够了，这才出声：“这么看觉康寺才好看，人工灯光远远比不上太阳，身处其间永远比不上仰望。”

项征收回视线，又看向滕雪刃。他说：“你带我见过这么好看的觉康寺，以后我还怎么跟别人看啊？怎么看都会想到你。”

听到这话，滕雪刃只觉得耳根发热。她将脑袋往衣服里缩了缩，衣领挡住了她的半张脸。她将声音又压沉了些：“进去了。”

走到德央夏广场，广场两侧是僧侣的宿舍，有人进进出出。项征站着看了一会儿，有个僧侣朝滕雪刃走来。他手里捧着一个小罐，说话时语速极快，表情慎重。滕雪刃点了点头，接过小罐子，向他道谢。

僧侣腼腆一笑，反身往自己的宿舍去了。滕雪刃将小罐子递给项征：

“拿好，这是很重要的东西。”

“什么？”

项征对着光看了看小罐，里面似有金沙流动，在阳光下呈现出别样的光泽。

“好容易找寺里的唐卡画师要来的金色胶汁。这是他们代代相传的制作方法，和百年前绘制唐卡的颜料没有什么区别。石壁上最重要的便是那四条金线，所以必须要用和原画上类似的材料绘制。而且做金色胶汁很耗时间，需要将金箔碾碎，加入适量牛皮胶，用手指反复揉捏五六个小时。我们没有时间。”滕雪刃说。

“原来你昨天借我电话是向唐延询问进度？顺便帮他取要金色胶汁？”

滕雪刃颔首，说：“唐延很厉害，说动了他的师父一起参与绘制。师父听闻是要救命的，也就放弃了烦琐的礼仪和规矩，两人一直加班到现在。”

“那我们赶紧过去吧。”

两人从觉康寺离开，项征很是不舍地回望了一眼白色的建筑。没有刚才的金碧辉煌，此时的觉康寺又成了圣洁的雪山模样。项征想，他可能这辈子都忘不掉来时的惊鸿一瞥，那样的场景，只能被记在眼里，不管说什么都显得词穷。

他们赶到店铺，滕雪刃带着他从后面进去，上到二楼，黑黢黢的屋子里找不到光源，项征一脚下去，地上传来一声闷响：“要死啊！”

项征拿出手机一照，原来是唐延躺在地板上。

“画好了？”滕雪刃问。

“师父在接手，我休息一会儿。”唐延翻了个身，拉着毯子将自己裹住。毯子不知道盖了多久，酥油味和体味混在一起，掀起来时熏得滕雪刃和项征快步离开。

项征打着灯，两人走进工作室。工作室光线充足，项征看到了坐在窗边画画的女人。

当唐延说起“师父”时，项征一直以为是男人，毕竟画唐卡的画师基本都是男人。这一行也是个传男不传女的行当。

见俩人进来，女画师停下画笔。她脸盘圆润，五官柔和，气质温柔，冲他们一笑，看着滕雪刃说：“今天下午就能完成，但做旧工艺可能比不上原始的石壁。”

滕雪刃点头：“你肯帮忙已经是万幸了。”

项征好奇地看着女画师，女画师转眼去看项征。两人视线相触，项征和她打了个招呼：“你好，我是项征。”

“我是杜宝娟。”

她起身倒水，滕雪刃让项征拿出金色胶汁。杜宝娟喝过水后拿起小罐，又说：“也只有你什么都能拿到。”

滕雪刃一笑：“也不是，可能大家都是慈悲为怀，想着救命。”

“说话真好听。”杜宝娟笑了笑。

“我明天早上出发，顺便来取石壁。你们这两天小心，不要出门，有事给我打电话。”滕雪刃说。

杜宝娟点头：“我又不傻。”

项征在一旁听着，忍不住闷笑。他本以为滕雪刃说话已经够气人，没想到这个温柔得如同菩萨一样的女人说话更呛，比滕雪刃更狠。

滕雪刃也不生气，说：“我先走了。”

“嗯。”

走出商铺，项征和滕雪刃去采购物资。滕雪刃带他去了停车场，他将手里的东西塞到了滕雪刃的黑色大盒子车上，两人又开车去加油检修，再去派出所和王睿商量路线安排。为了方便联系，王睿给了滕雪刃一部对讲机，他说明频道，告知两人该如何调试。

一通忙活下来，项征觉得大脑里所有的弦都绷得很紧，没有一刻松懈。夜里躺上床后，他上好闹钟，闭上眼就睡着了。

清晨出发，项征灌了一杯浓咖啡下肚。滕雪刃先去取了仿制石壁，又往后座搬了蔬菜和水果。见后排座位放了满满当当的食物和厨具，项征想，这女人的危机感真不是一般重。

滕雪刃坐在副驾驶座上，反复端详那块石壁，不禁感慨道：“杜宝娟和唐延的手艺几乎可以以假乱真。”

项征拿来看了几眼，一时间有些错愕。石块相似，画面几乎看不出差别。如果不是他摸过真正的石壁，可能就要把这块石壁当真了。

滕雪刃要项征把真石壁拿出来，两块石壁包上同样的防水袋和布袋。接着，她做了一个让项征难以理解的动作。滕雪刃将两块石壁在两只手上颠倒交换，看得眼花缭乱。

换完后，滕雪刃将其中一块石壁交给项征，他刚准备拆开包装，滕雪刃说：“不要拆，我也不知道哪块是真的，但是不要打开。”

“为什么？”项征不解。

“这样我们就不会临到重要关头露馅，我们会以为自己身上的石壁是真的，从而拼尽全力，不会让任何人看出其中的异样。”

“殊死一搏？万一我们之间有人把真的交出去了呢？”项征说。

滕雪刃微微一笑：“那就是活该。”

这话怪耳熟的。

项征将石壁绑上身时，终于想明白了，这不就是自己说过的话？项征看向身侧的人，滕雪刃在一旁偷笑，完全不复之前忧心忡忡的模样。

见她展颜，项征也轻松了不少。他将手掌按在她的头顶，揉了两下：“不管发生什么事，我都会和你站在一起，我们一起面对。”

项征的手很温暖，滕雪刃莫名有些感动。她抿了下嘴唇：“总有些事需要自己面对吧，比如说上洗手间。”

“我可以帮你守门啊。”项征笑眯眯道。

滕雪刃“扑哧”笑出声来：“行了，开车。”

两人上路，车子驶出市区，然后有两辆车跟了上来。滕雪刃往后视镜里看去，又从包里拿出对讲机，调好频道后，对着对讲机说：“你们跟上来了？”

“跟上了。”

“保持联络。”

第四章

魑魅魍魉

滕雪刃等人赶到切琼乡，花了两天时间。她下车，抬头看了眼湛蓝的天空。天空很低，云朵仿佛触手可及。她深深地吸气，空气里的氧气不足，凛冽的风割在脸上生疼。

这样的疼痛和不适让滕雪刃感觉思维越发清晰。

“你在想什么？”项征走到她的面前。

“在想那群人怎么联系我，在想多木现在情况如何。”滕雪刃说。

“想有什么用啊？”项征捋了下背包的带子，“人生那么多意外，你想得来什么？不如见招拆招，空闲时吃喝睡觉。”

滕雪刃疑惑道：“来之前，你比我紧张。”

“那时候不知道你的想法。现在有了对策，我就不紧张了。”项征将背包抡到肩上，说，“走，先去登记住宿。事情来了，总会有办法的。”

“那要是解决不了呢？”滕雪刃又问。

“我还在你身边。”项征说。

滕雪刃咳了一声，将“有什么用”几个字吞了进去。可项征却从她的眼神里读了个明明白白。

“如果要问有什么用的话，那应该就是，两个人可以互相责怪，不需要一个人承担所有。”项征笑着说。

这个男人不说漂亮话，不做无用的承诺，也知道她不需要无意义的安慰。他主动帮她卸下责任，从一个人，变成“我们”。

这么多年，她没有听过这样的话。

滕雪刃揉了揉发酸的鼻子，往前迈步。她背对着项征，说：“还不走？”

“走，你去哪儿我去哪儿。”项征回答。

入住房间后，滕雪刃接到了王睿的电话。

他向滕雪刃说明切琼方面调查的结果，那群绑架多木的人不在居民区活动。他们暗中访问了两天，调查的人都是生面孔，应该不会打草惊蛇。

但就是这样，也没打听到半点消息。

滕雪刃听完这话，看向窗外。在来的时候，滕雪刃有留意到路边的情况，沿路走来，有不少牧民的帐篷和屋子。

如果人不在切琼的镇子上，那以此地为中心点辐射搜索沿途牧民居所，范围更广也更大，越发难找。

“知道了。如果绑匪联系我，我会第一时间通知你。”滕雪刃说。

等滕雪刃挂断电话，项征问：“有什么坏消息？”

她把警方的消息又说了一遍，项征说：“嗯，不算坏消息。你开了那么扎眼的车来，绑匪应该早知道你来了。如果他们明天还不联系我们，我再想想办法。”

“你？”滕雪刃有些疑惑。

“我。”项征点了点头。

滕雪刃突然好奇起来，连当地警方都没查到绑匪的下落，他又能从什么地方查？

天亮后，滕雪刃和项征一起吃过早饭，项征就出门了。

滕雪刃留在房间里等消息。没过多久，她接到了滕家的来电。早在收到视频的时候，她就将视频交给滕家人处理，现在结果出来了。

电话里，负责处理视频的滕翰音告诉她，他们调亮了画面，做了房屋内部细节的处理，试图找出更多线索。

滕翰音一边打电话，一边将处理后的图片发送过来，滕雪刃看清了屋子里的陈设。这是一间很典型的牧民小屋，从逻些到切琼，沿路都有这样的牧民小屋。如果要说定位到哪一间，确实有困难。

而且视频经过转录转存，没有最原始的文件，又增加了定位难度。

那这个视频基本没用，滕雪刃“啧”了一声，有点烦躁。她又问滕翰音：“关于佛罗伦萨，有消息吗？”

“昨天收到消息，他到逻些了。”

“我很好奇，谁也没见过佛罗伦萨的长相，你们怎么确定那个人就是佛罗伦萨？”滕雪刃反问。

“滕真源确认了，他说那个人的确是佛罗伦萨。”

滕真源是滕家人。滕家名字里带“真”的都是宗家，滕雪刃是旁系的人。虽然同姓滕，但滕真源这一支很早就从闽地搬去了扬城，并且发展得很好。反倒是闽地的滕家人越活越局促，守着村子离不开了。

滕雪刃就是闽地出来的滕家人，一同出来的还有堂弟滕翰音。细算起来，滕真源还是滕雪刃的小叔。两人虽然只差四岁，但隔了一辈。平日两人工作交集很多，私下却没什么来往。滕真源履历出色，体能更是在她之上。滕家有人说过，这一届的负责人本该是滕真源。

而且滕真源曾与佛罗伦萨正面交手，虽然没看清佛罗伦萨的长相，但能活着回到滕家，也是一件很值得称赞的事。

有这样过人的履历，还有骄人的成绩，滕真源明显更加优秀，可偏偏就是滕雪刃做了负责人。

滕雪刃的脑子里闪过滕真源的脸，她对滕翰音说：“盯紧佛罗伦萨的动向，也别放过任何可疑的人。我不是不相信滕真源，只是谨慎些总没坏处。”

“姐这段时间不一般啊。”滕翰音说。

“怎么不一般？我难道不是我自己吗？”滕雪刃反问。

“说不上来，自从你去泾河找到项征，之后的一举一动都很不同。但要我回答哪里不一样，我也不知道，大概就是从个人变成了集体。找林森这事，放在以前你一个人单枪匹马就办了，没想到这次还找了这么多人。”滕翰音认真回答。

她的脑子里闪过项征的脸，问：“这样比以前好吗？”

“说不上好不好。如果你早这么做，也许滕真源那一派对你的意见会小很多。”滕翰音说。

“佛罗伦萨来了，那罐头呢？”滕雪刃又问。

“被佛罗伦萨派回老窝了，佛罗伦萨不在，罐头不在，没人压得住。”滕翰音说。

“消息可靠吗？”

“很可靠。”

“好。”

午饭时，项征还没回来。滕雪刃将处理过的视频和截图交给王睿，自己下楼在旅馆附近走了走。

她不是散步消食，也不是看风景，只是有点焦虑。她想，为什么项征还没回来，他怎么连电话都不打一个？

难不成，他出了什么危险？

思来想去，滕雪刃回旅馆借电话，拨通了项征的号码。电话那头居然是忙音，他的手机关机了。

不会真出什么事了吧？滕雪刃拿着手机看了半天，莫名有些担心。她甩了甩头，想要把这种情绪从脑袋里释放出去，却不得章法。

她鲜少为谁如此担心，这种情感太陌生了。

整整一个下午，滕雪刃什么也没做，只是摁亮屏幕，又看着它缓缓熄灭。

屏幕亮起，屏幕熄灭。

滕雪刃不知等了多久，听到门外传来一阵喧闹声，她立即起身开门。

项征出现在走廊尽头，他身边还有一个人。那个人双手反剪，被项征抓住衣领，走路踉踉跄跄。

滕雪刃从房间里跑出来，气息不稳，看着项征。项征一见她就笑了，抹了抹嘴角的瘀痕，脸上带着止不住的得意，说：“我就说能给你带点线索回来吧？”

她没说话，只是看着项征。那眼神里热切的光烧得项征心头发热，几乎不敢直视滕雪刃。

他垂下眼睑，看向手边的人，说：“先看看这家伙会说点什么吧。”

滕雪刃和项征敲开了警察的房门，他们一见项征这架势，愣了。其中一个人早跟项征混熟了，半开玩笑道：“我们征哥出手，就是不同凡响啊。”

项征拉着滕雪刃落座，向王睿等人交代了来龙去脉。

昨天夜里，项征向旅店老板打听了本地的市场和集市时间，一大早就去市场转悠了。他找人打听哪里能买到肉梳子，如果可以，他还想买一块牦牛皮的菜板。

所谓肉梳子，就是野牦牛的舌头。野牦牛舌头上有一层很厚的肉齿，可以舔食很硬的植物。不少人将野牦牛的舌头割下来晒干，当梳子使用。晒干的舌头不变形也不断齿，几乎可以用一辈子。但野牦牛被列为国家一级保护动物，“肉梳子”这种东西已经很少见了。

项征提出这种要求，完全是因为光头陈的盗猎行径。如果他长期在切琼活动，应该能从这方面找点关于他的线索。

不知是项征长了张大款脸还是他运气好，兜兜转转，他竟然真遇到个卖菜板和野牦牛肉的。

项征花钱买了他的东西，又闲聊了两句。那个人在对谈时言语简单，神色也有几分警惕。项征假装无意透露自己以前是在光头陈手上买野牦牛肉的，那个人的表情发生了微妙的变化。

项征看出来了，这个卖家对光头陈不陌生。

卖家敷衍了两句，就将项征打发走了。项征假装离开，实则站在不远处监视着这个卖家。

卖家四下打量，看到项征不见了，这才拿出手机打电话。

就在这个时候，项征冲了过去，将卖家给拿下。他拿起打翻在地的手机，翻开通话记录，电话果然是打给光头陈的。那手机联系人上明明白白写着“光头陈”，连名字都没改。

项征直接将这个人带回了旅馆。

滕雪刃想，项征的脑子还挺好使。

不管这个人跟光头陈有没有关系，盗猎都是犯法行为。项征出手，人赃并获，就没有抓错这一说。

如果跟光头陈有关系，那就是项征撞大运了。要是和光头陈没关系，项征也是功德一件，做了好事。

“你运气真不错。”滕雪刃感慨道。

“你听过一句话吗？”项征看向滕雪刃。

“嗯？”

“想了解动物的生存方式，不是去动物园，而是去丛林。”项征说。

在场的人皆是一副若有所思的表情。滕雪刃看向那个蹲在角落里的盗猎卖家，说：“那先从他这里打开丛林的入口吧。”

三名警察加上滕雪刃和项征，一共五个人，轮流审问那个盗猎卖家。他本来就不算灵光，现在被众人轮番逼迫，精神防线很快便被攻破了。

盗猎者叫李强，一直居无定所，起初在西海做生意，后来见盗猎无本万利，便开始搞起了副业。

这次李强来切琼，正是光头陈要求的。光头陈告诉他自己手里有个大买卖，一个人吃不下，所以叫了他来。李强先到逻些，光头陈给他看了五万块现金。然后又说，如果两个人一同将这车生猪运到切琼，他就能拿到五万块现金。

要知道，一头野牦牛的利润在万元左右，追捕时还有风险。他只要运一车猪就能拿五万，这活儿还是挺不错的。

一日，光头陈拖了个麻袋，将一个不断折腾的东西扔上了货车。李强问光头陈那是什么，光头陈说：“是野猪。”

货车后的栅栏里还有不少生猪，他也就没有多想，跟着光头陈从逻些赶往切琼。据光头陈说，收货的买家就在切琼。

上路后，李强才发现，原来光头陈说的野猪是个活人。

李强虽然盗猎过野生动物，但没想过自己有一天会搭上这种人命关天的大事。他本想找机会逃走，但光头陈说好的五万块钱迟迟没给，他气不过，便偷了光头陈的东西拿出去卖，想要换点钱。

前两天卖得还挺顺利，哪知今天就被项征抓了个正着。

在李强精神恍惚时，滕雪刃拿出了处理过的图片。她问：“见过这间屋子吗？”

对方已经没力气伪装了，无力地点头：“知道，这是我们在路上住过的屋子。视频就是在这个屋里拍的。”

“离这里远吗？”滕雪刃问。

“百来公里路。”那人说。

“那个被你们绑架的人呢？”滕雪刃问。

“不是被我绑架的！”李强连忙撇清，说，“我不知道，我昨天就没看到光头和那个男的了。”

这时，屋外警报声大作，滕雪刃站了起来，说：“我的车警报响了。”

项征也站了起来，两个人一同下楼。他们在车辆引擎盖上捡到一架四轴飞行器。

滕雪刃拿下飞行器下面的袋子，掉头往外走去。项征跟上，问：“你想找到操纵飞行器的人吗？”

滕雪刃点头，脸色相当难看。

“别费心思了。对方用飞行器把东西送来，就是不想让你找到他们在哪里。”项征说。

“飞行器有操纵范围，只要去找，一定能找到线索。”滕雪刃说。

“等你找到了线索，你还有体力去救人吗？万一你也被人半路掳走了，我要救谁？”项征说。

滕雪刃想了想，乖乖跟着项征回了旅店。走回车边，滕雪刃心疼地摸着车头的一道划痕，小声说：“要是让我知道是谁干的，我要照着这划痕在那个人身上来一道。”

项征懂了，滕雪刃怒气冲冲跑出去，是因为她的车被飞行器划了一条痕迹。这么看来，滕雪刃还挺像个小孩子的。

他忍着笑说：“行，等你找到那个人，怎么折腾都行。现在我们先回去，看看纸上写了什么，再看看王睿怎么安排。”

滕雪刃很不甘愿地点了点头。

回房间后，两人拆开袋子，里面有一张打印纸，纸上写着见面的时间和地址。滕雪刃一看，交易时间是明晚上十点半，地点在谢通县某屠宰场。王睿打电话问了地址，消息反馈回来，屠宰场位置偏远，荒无人烟，靠近省道高速。

“确实是选了个好地方。靠近省道，方便随时开车逃跑。又是冬天的晚上，谁敢追啊？”滕雪刃哂笑。

切琼就一条路进出，只要派人把守，一定能堵死绑匪的去路。可现在他们换到了谢通县，就很不一样了。

王睿捏着纸，眉头紧皱。他看向缩在角落的李强，李强连连摇头：“我什么都不知道，我没有参与这件事。”

“没人说你参与，你事先知道光头陈要换交易地点吗？”王睿又问。

李强摇头，忽而又定住了。他缓缓地说：“来切琼的路上，光头陈曾经抱怨过联系人换了。”

滕雪刃一听，迅速走到李强面前。李强对这个冷面女人多有忌惮，之前审问时，他就觉得这个人太难缠了。

“我还记得现在的联系人的名字，我说出来，你们能不能给我减点罪？”李强说。

“前提是你没有胡说八道。”王睿说。

“我怎么会胡说呢？我记得那个联系人名字很奇怪，叫什么……罐头。”李强说。

听到这两个字，王睿和滕雪刃面面相觑。王睿藏在背后的双手已经握成拳，紧抿的嘴唇和脖子上暴出的青筋已经昭示出他无名的怒火。

滕雪刃更是意外，她接到的消息是罐头不在国内，这中间到底出了什么差错？

王睿走出房间，留下一句：“让我冷静一下。”

李强缩在角落，以为自己说错了什么。

滕雪刃俯下身子，一双黑眸凝视李强。她的眼神冷厉，让李强更是惧怕：“怎……怎么了？我可没骗人啊。”

她起身抬头，说：“没什么，就是想看看。”

项征闷笑，这个女人倒是把他的招数学了不少。

不一会儿，王睿走进房间。他示意同事将李强押上车，又对滕雪刃和项征说：“我已经和谢通县的警方联系了，现在就上路吧。”

滕雪刃点头，项征又说了一句：“去之前应该会路过李强和光头陈拍视频的牧民屋子，到时候去看看吧？”

“有什么必要吗？”王睿不解。

“也许会有意外发现。”项征说。

听到他的提议，滕雪刃点了点头。她对王睿说：“如果你不同意，你可以先去谢通县，我和项征去看看。”

“现在不是分散队伍的时候，要去一起去。”王睿拍板定论。

一行人往牧民小屋赶去。路上，滕雪刃问项征：“屋子里有什么？”

“我猜光头陈应该躲在那里。”项征说。

滕雪刃挑眉表示不信，项征说：“到时候就知道了。”

天色擦黑，他们抵达牧民小区。几个便衣训练有素，很快将小屋前门和侧面窗户围了起来。王睿破门而入，项征和滕雪刃随后跟上。几个人在屋子里搜索，最后项征从做饭的大灶里将光头陈给揪了出来。

王睿眉毛一挑，虽没说什么，但心里对项征多了几分认可。滕雪刃站在一旁看着，只有项征能想到这种地方还能藏人。

现在没空细审，王睿将光头陈带上车，大家继续往谢通县赶去。

当天半夜，众人抵达谢通县。滕雪刃和项征先去旅店住宿，王睿等人则将光头陈和李强带去公安局看守。

去到旅店，项征照旧只要了一间房。滕雪刃调侃他："不是不爱和人住一间屋子吗？"

"你不是人，所以没关系。"项征说。

滕雪刃猛捶了一把项征的胳膊，项征疼得龇牙咧嘴，这一下可比罗叔的烟杆疼多了。

"你是仙女，仙女怎么能和凡人相比。"项征连忙开口。

滕雪刃横他一眼："油嘴滑舌，该揍。"

两个人放好行李，滕雪刃累得没力气做饭，饥肠辘辘又睡不着觉，只能拿出电高压锅煮点面。

待煮好面后，滕雪刃问项征："你怎么知道光头陈藏在小屋里的？"

项征围在高压锅旁闻香味，笑了笑："直觉。连你们都怕罐头，我就不相信他不怕。他胆子又小心眼又多，肯定会找个最熟悉又安全的地方把多木放下来让对方接走，自己趁机躲起来。既然他认为在牧民小屋拍视频安全，那么在那里躲着也会很安全。小屋距离谢通只有几十公里路，是一个很好的选择。"

滕雪刃点了点头，夹了一筷子面在放了调料的碗里。面条拌开，香气扑鼻。

项征很快将整碗面吃干净，滕雪刃边吃边想问题，突然觉得他的话很有道理。她和王睿太过在意罐头，导致束手束脚，想不到别的事了。而项征作为旁观者，能够清晰地辨认他们遗漏的线索。

正是因为项征和她很不一样，她才会选择和项征一同上路。

想清楚了这一层，滕雪刃多少有些释怀。她低头吃面，突然发现碗里的面凭空少了好些。再抬头，项征的碗里多了一筷子面。

“项征！”滕雪刃瞪他。

“晚上少吃点，睡觉积食胃不舒服。我个子大，替你承受负担。”

说着，他呼啦啦将碗里的面一扫而空，起身去洗碗。滕雪刃又好气又好笑，到底也没说什么。

两个人躺入睡袋，滕雪刃担心王睿那边的情况。她给王睿打电话，可那边一直处于关机状态。她叹了口气：“也不知道王睿审出了什么。”

“还是先睡觉吧。不管审出了什么，明天最重要的事也不会变。”项征说。

项征这两日表现得相当轻松，但心里还是压着大石，无时无刻不在担心多木。只是他不想把这种负面情绪表现出来，事情没有完成，先被无用的情绪压倒，实在不好。

滕雪刃将他的手机放回枕边，说：“你说得对，我们要保存精力，等待明天晚上。”

次日起床，两个人吃完早餐，王睿匆匆赶来了。他的衣服带着隔夜的气息，眼圈发红，头发东倒西歪。见桌上还有面包，他毫不客气地拆了包装，狼吞虎咽。

项征给王睿倒了一杯酥油茶，王睿喝完抹嘴，说：“昨天审了一夜，问出了点新东西。我更加确定，这件事罐头绝对脱不了干系。”

王睿告知二人，光头陈在逻些接到任务，和两个男人对接。其中一人长期出入多木住宿的客栈，和多木关系不错。那人高头大马，总是穿一身冲锋衣。

滕雪刃立即看向项征，这形容倒是和项征颇为相似。

“我起初也以为是项征，转念一想，这个套路相当熟悉。当初罐头也是用同样的手段挑拨离间，害得我同事牺牲了。如果项征要绑架多木，他肯定会改头换面，怎么会做平常的打扮？”王睿说。

项征吐了一口气：“真是谢谢你为我澄清了。我还真记得有一个人和我打扮相似，当初就是那个人喊多木同去看火灾的。”

说到这里，项征起身给老卡打电话。老卡根据他的描述，很快就把对方的登记信息发来了。王睿把照片转发给同事，同事给光头陈看，光头陈确认这就是和他接头的人之一。

滕雪刃将信息传给了滕翰音，不一会儿，滕翰音发来消息："这个人和滕真源有密切往来联络，五月份滕家人的羌塘行动，他也有参与。"

看到这个消息，滕雪刃说不出话来。项征无意中瞥到滕雪刃的短信消息，心里暗叹一声。虽然李想不怎么样，但他有句话说得很对。滕雪刃在滕家的处境确实艰难，现在滕家还有部分势力和佛罗伦萨勾结，确实不好办。

项征想，多木和他还真是无意间卷入了好大一盘棋。

见滕雪刃眉头紧锁，王睿问："怎么了？"

项征一只手搭在滕雪刃的肩膀上，将她拉到自己怀里，用力摇了两下："没事，有我在。"

滕雪刃疑惑地看他一眼，似乎在无言地询问他到底有什么用。

项征说："还是那句话，实在不行，可以把责任推到我的头上。我扛得住。"

滕雪刃和王睿都笑了，本来凝重的气氛被项征搅散了。

世人都不爱担责任，偏偏有个傻子把这种祸事往自己身上揽。滕雪刃看着项征，左手不自觉地捏住了他的衣角。她拽得很紧，似乎想从中汲取一点力量。

夜里十点，风雪交加，滕雪刃和项征抵达谢通县城郊外的屠宰场。两个人身上带了监听和定位装置，以备不时之需。

便衣警察分别埋伏在两个路口处。夜里有雪，路面结冰，行车艰难，两个埋伏点的设置既可以挡车，又可以防止绑匪从此处跑向后方的深山。王睿守在后方，随时待命抓捕罐头。

此处地广人稀，警察不能跟得太近，不然很容易暴露。罐头本就机警，如果他又要更改交易地点，那就得不偿失了。所以他们只能远远地守着，屠牢场里面的情况只能靠滕雪刃和项征自己把握。

雪太大，滕雪刃看不清路，不好停车。项征刚准备说他下车探路，哪知滕雪刃方向盘一打，油门一踩，车辆直直地照着破旧的院门开去。垮了一半的木栅栏被撞飞，半天没听到落地的动静。

黑盒子气势凶猛地停在院子里，像一头蓄势待发的猛兽。

项征想，这女人真是强势惯了。即便落于下风，也绝不肯服软。他又想，李想那种感性又慢条斯理的性子，怎么配得上她？

滕雪刃停车的位置很好，车辆远光灯一开，直直地照向黑黝黝的屋内，屋内几个人影全部现了原形。

项征轻笑道："霸道。"

"方便。"滕雪刃说。

两个人下了车，滕雪刃站在屋子门口喊："东西我带来了，人给我。"

几个绑匪还是藏在阴影里，有人说："我怎么知道你拿来的东西是真的？"

"我又怎么知道你没把多木弄死？"滕雪刃反问。

项征站在一旁，心想，也不知道谁更像强盗。

一个绑匪转身往黑暗处走去。不一会儿，他就拖来一个双手被绑、头上套着麻袋的人。绑匪将那个人脑袋上的麻袋摘下来，一张又黑又肿的脸露出来。

项征蹲下身眯着眼看了一阵，起身说："你们随便打肿一个人，往他脸上抹点炭和牛粪，也能说是多木。"

"老板……你……你不能……这么说……"多木开腔，嗓子里像吞了一斤黄沙。要不是语调熟悉，还真听不出来是多木本人。

"你把我的人打成这样，还想要石壁完好无损地交到你手里？"滕雪刃眯了眯眼，声音沉了几分。

"他这是高原水肿。"绑匪说。

滕雪刃一声冷笑，从衣服里掏出包得严严实实的石壁，作势就要往一旁的泥墙上砸去。她果断干脆的姿势不像是吓唬人。藏在暗处的几个人全出动了，所有人的目标都是滕雪刃手上的石壁。

滕雪刃定睛看去，发现其中两个人身形眼熟，正是前些时日闯入她家的人。

项征自然想去护着滕雪刃，可他知道，如果自己往滕雪刃那边跑去，就浪费了她的努力。趁着所有人的注意力转移，项征抓住多木往外跑去。

多木身上到处有伤，被项征拖拽时嗷嗷直叫。项征又好气又好笑，说："你在视频里怎么不叫两声？"

"面对敌人，不能丢了老板和滕姐的脸。"多木说。

风雪不知不觉变得更大，刮得人睁不开眼。项征驮着多木往车上赶去，只见门口处有三个人走来，两个人手里端着枪，强迫一个人走在了最前面。

项征打开车门，努力将多木推上车。他转头去看滕雪刃，她深陷多人围攻里，还有一个红点一直追着她的胸口。

"康拉！"项征大喊出声。

"走！"滕雪刃对项征喊。

项征被她喊得一愣，立刻回应："做不到！"

正说着话，项征两步冲到围住了滕雪刃的人群中，一踢一踹，将意图举刀刺中滕雪刃的歹徒打倒。他长手一伸，把滕雪刃拉到身后，滕雪刃则将石壁揣回胸前。

红点顺势落在了项征的身上。

滕雪刃一边喘息一边说："你真是，拖我后腿。"

这话讨厌，但口吻软软的，像一只小手挠到了心里最软的角落。项征回头，双眸一弯，说："没办法，所谓'我们'，就是这么拖后腿的东西。谁也不能落下谁。"

"我没想到这群人还埋伏了狙击手。这么大手笔，看样子这次跑不掉了。"滕雪刃说。

"别这么说。只要不是要我们的命，一切都好说。"项征说。

像是为了安慰滕雪刃，他抓住她的手，牵得紧紧的。

面对三个人的胁迫，滕雪刃的心跳都没什么大的起伏。现在被项征这么一握，她却不自觉地心慌了。

端着枪的两个人走到了滕雪刃和项征的面前。项征定睛一看，那个被绑着押来的人居然是侯奇逸。

“侯教授？”项征出声道。

侯奇逸仰起头，脸上的眼镜也没了，神情茫然，无比狼狈。他眯着眼看了好一阵，问：“是项征吗？”

站在项征身后的滕雪刃小声说：“得，现在改认亲大会了。”

“哟，既然都认识了，不如滕小姐直接把石壁交出来给侯教授认一认真假吧。”其中一个端枪蒙面的人说。

听到他的声音，滕雪刃无端一抖。她问：“罐头？”

那个人笑出声：“滕小姐好记性，我是罐头。”

滕雪刃突然握紧了项征的手，项征一愣。

“佛罗伦萨呢？他可以认一认真假，我不介意亲自把东西交给他。”滕雪刃说。

她的声音平稳，可项征发现了她藏起来的恐惧。

“滕小姐，没人跟你谈条件。交，你还有活路；不交，我就要试试手里的枪了。”罐头掂了掂手里的M4A1，将枪口对准滕雪刃的方向。

“试试就试试，朝我胸口打。提了我的脑袋，你还可以向佛罗伦萨换点钱。”滕雪刃说。

项征一只手掩住了滕雪刃的嘴，压低声音：“别瞎说！”

“滕小姐，我不会先打你。这里有你的朋友，外面的路口还埋伏了一批警察。这么多条人命，够我慢慢处理的。”罐头说着，将枪口对准了不远处的那辆巴博斯850，“抑或我先拿你的爱车开刀？不是被飞行器划了一下下就要冲出来找人算账吗？我倒是好奇，如果留几个弹坑你会怎么样。”

滕雪刃将几乎快要冲出喉头的怒喝吞了下去，问：“是你要换的地点？”

“滕小姐，交出石壁才有得谈。”

“你口气那么大，弹药充足吗？”滕雪刃问。

“够，我连狙击手都带了，怎么会不够？”罐头说。

风雪呼啸，吹得人都要站不住，可那一颗红点就是稳稳地落在项征的胸口。滕雪刃愈发焦虑，看着不远处端着枪的罐头，心里没底，头一次生出几分茫然的感觉。

“滕小姐，我没什么耐心，给你最后五秒。五秒过后，先从你的车开刀，接着是外面埋伏的人，最后是这里的人。”

罐头话音落下，几个人端枪指向了多木和项征。一时间，谁也分不清到底是砸在身上的雪粒更冷，还是黑洞洞的枪口更冷。

“五。”罐头开始倒数。

项征和滕雪刃同时对望，两人谁也不知道身上的石壁是真是假。

“四、三……”

倒数还在继续。

项征转身，搂住滕雪刃。他在她的耳边低声说：“等一会儿我出去，你借机带着侯教授和多木赶紧走。”

滕雪刃犹自挣扎，项征力气更大，狠狠地圈住她。

“二。”

“项征，他不会放过任何人，不如我出去，你们的胜算更大。”滕雪刃急得语调都变了。

在罐头喊出“一”的时候，项征抱住滕雪刃，将自己身上带着的石壁换到了滕雪刃身上，再将那块石壁转到了自己的衣服里。

“项征！”滕雪刃大喊，抓着他的手不放。

项征拨开她的手，冲罐头大喊：“哎哎，我们改变主意了，我们交出来！别杀我，别杀我！”

他举起双手缩着脖子，投降的姿态要多窝囊有多窝囊。

“还有个明事理的人。”罐头说。

项征准备从衣服里掏出石壁，滕雪刃上前按住他，压低声音说：“你别自作主张。”

项征没听她的话，将衣服里的石壁拿了出来。罐头要人去拿，那人刚接过石壁，项征反手就掐住了那人的脖子，将他拉到身前。

谁也没有料到项征突然的举动，众人皆是一愣，罐头举枪对准项征，说：“什么意思？”

“想跟你谈条件。”项征说。

罐头冷笑一声：“有种。”

“放他们先走，我把石壁给你。”项征说。

“项征！”滕雪刃左手紧握成拳，难言的情绪如海浪般不断翻涌，几乎要淹没她引以为傲的理智。

她总是挡在别人身前，可项征总会把她护在身后。算起来两人的交情也不至于到那种程度，她还对他瞒了好些事，项征却总是这样义无反顾。

“万一你身上的东西是假的呢？你这条命不值钱，不如让滕小姐和石壁留下来。万一石壁是假的，抓了她，我也能交差。”罐头说。

“你都分不出真假，还出来做什么买卖？”项征笑出声。

“我分不出，总有人能认得出来。”罐头一脚将侯奇逸踹到前面。

见罐头如此大大咧咧地将侯奇逸推出来，项征想，罐头不可能会相信一个外人，他绝对还有后手。

侯奇逸被踢倒在地，双手撑在地上想要爬起来，露出来的手被冻得发乌。罐头这帮人的装备特别完备，羽绒服厚得像被子，一看就是有备而来。

不行，再拖下去，即使他和滕雪刃受得了，侯教授和多木肯定受不住。况且风雪没有变小的趋势，外面守着的那几辆车也不安全。

他正在想该如何让滕雪刃等人先走，滕雪刃突然拉开衣服，掏出石壁，向罐头砸了过去。

罐头向滕雪刃放枪，项征想也没想就推开身前的人，往滕雪刃的方向跑去。

项征将滕雪刃挡在身后，又回头检查她的伤势。罐头笑出声：“我只是吓吓滕小姐，没真的伤她，你就把心放回肚子里去吧。”

项征确认滕雪刃安然无恙，这才说：“你要的东西得到了，该放我们走了吧？”

“谁说的，我还没验真假。”

罐头示意身边一个人出列，那个人举着手电筒和特殊的灯具仔细验过一遍后，点了点头。

罐头又往侯奇逸腿上踢了一脚，说：“喂，看看，真的假的？”

侯奇逸被迫接住那块石壁，摸了又摸，瞧了又瞧。看了好一阵，他突然抱着石壁就往无人的方向跑。他身边的蒙面人立即将他按倒，枪口对准了他的后脑勺。

侯奇逸还在喊：“不能把这个东西交给你！不能给你们！”

罐头上前两步，从侯奇逸手里抢回石壁。他掂了掂分量，说：“知道了，这是真东西。”

有人适时地递上袋子，他们将石壁装好。罐头挥手，一直点在项征胸口的红点就消失了。

滕雪刃看了一圈，还是没找到狙击手埋伏在哪里。

“滕小姐，你做了正确的决定。”罐头张开戴着手套的左手，露出一个按钮开关。

滕雪刃冷汗都出来了，她问：“你要求更换地点是因为在这里布置了炸药？”

“当然，就在你脚下。为了对付滕小姐，我花了不少钱。不过今天赚回来了。”罐头说。

滕雪刃强忍住冲动，站在原地听罐头的调侃和羞辱。这时，项征突然出声：“切琼的飞行器是你们放的？”

“是啊。”罐头回应。

“谁放的，让他出来。”项征说。

罐头喊了一声“出来”，就有人往前迈了一步。项征趁着那人没注意，一拳将其打倒在地。罐头开了一枪，项征躲得快，但左臂仍旧被子弹擦伤了。项征伸手捂着左臂：“不是这么小气吧，我就打了一拳而已。”

“再动一下，你少的可就是脖子上的东西了。”罐头说。

滕雪刃上前，将项征挡在身后。项征将她拨开，自己又换到了她的身前。

一点悸动在滕雪刃心中绽开，很细微，却很清晰。

“东西我们拿了，你们可以滚了。”罐头说。

项征走过去，将侯奇逸搀起来，架在身上。

罐头转向滕雪刃，说：“滕小姐，希望这是我们最后一次在这里打交道，下次再见，我不会手下留情的。”

“你这次也没有。”滕雪刃回敬道。

“起码你的命还在。”罐头说。

“谢谢了。”

说话时，项征已经把侯奇逸带上了车。滕雪刃转身向着车走去，罐头又喊了一声，她回头看了过来。

罐头端枪指着项征的方向，说：“小心身边的人。”

滕雪刃向来不把罐头的话放在心上，她扭头就走。

“不听我的话，你会后悔的！”罐头又喊。

“滚！”滕雪刃大喊了一声。

罐头在后面放声大笑，突然打了一梭子子弹。夜空被巨响撕裂，滕雪刃加快步伐跳上车。她没有按原路返回，反而直直地撞上院墙。项征被滕雪刃的举动吓了一跳，问：“这是为什么，你不是很宝贝你的车吗？”

回答他的是身后传来的爆炸声，项征从后视镜里看去，屠宰场被一片火光笼罩。

不远处还传来了引擎的咆哮，车内的对讲机里传来王睿的声音：“我们去追罐头了，你们先回去。”

滕雪刃回应之后，头也不回直奔谢通县公安局。项征看得出她的心情很差，不知是不是因为车的原因。他一句话也没说，车后座的两个人也没敢出声。

天空还在飘雪，路面结冰，又盖了层雪，相当难走，滕雪刃行车缓慢，几乎是爬到了旅店。项征和滕雪刃一人扶一个，将多木和侯奇逸拖到了房间。

滕雪刃处理多木的伤势，她下手不分轻重，按得多木直叫唤。见此情景，排队等候处理伤势的侯奇逸看着项征，眼里写满了恳求。项征被侯奇逸的眼神看得心软，认命地伸手为他检查。

侯奇逸的伤势比多木要重，在处理伤口时，项征问出了侯奇逸被绑走的前因后果。

侯奇逸被绑架的经过没有多木那么曲折，他一直做高原文物鉴定工作，近两年被调来参与科考活动，闲暇时开始走访高原各地，重点考察民俗和各地神话歌谣。

这次走访溪卡孜是侯奇逸早就定好的计划。刚出发半天，他就被一队全副武装的人给劫持了。他们将侯奇逸关在车里，一路除了问他关于乌丹古城的事，还问了关于象泉河流域的考古问题。其间，罐头拿了好些文物给他辨认，其中金塑佛像和法器最多。

滕雪刃问："侯教授，那些文物是真的吗？"

侯奇逸叹了口气，缓缓点了点头。他按着太阳穴，神情沮丧，说："怪我没用，没办法将那些珍贵的文物解救出来。"

滕雪刃仔细观察侯奇逸的表情和动作。虽然她对侯奇逸的突然出现仍有疑虑，但这种行为确实符合罐头的习惯。罐头辨不清文物的真假，时常就打着各种旗号找多位专家鉴定。有时事发突然，绑架也不是没有的事。

如果罐头抢到了真东西，就会带回给佛罗伦萨。如果抢到了假的，就会找文物交易市场或者黑市连骗带强迫将东西转手，得来的钱就拿去赌。

滕雪刃还想细问，多木和侯奇逸已经疲惫不堪。多木歪在床上发出了鼾声，侯奇逸困得直点头，项征说："侯教授，我扶着你上床睡觉吧。"

侯奇逸有气无力点了点头，他躺到床上，裹着被子就睡着了。

项征和滕雪刃两人退出房间，他们走回自己的房间时，滕雪刃说："项征，你胳膊上的伤还没处理。"

被滕雪刃一说，项征这才想起自己的手臂被子弹擦伤。纱布已经用完，两人又回到车上。之前没人提起伤势还好，现在项征想起来胳膊有伤，冷风一吹，伤口越发刺痛。滕雪刃却抱臂没搭理他，任由他在混乱的后车厢里翻医药包。

项征问：“能搭把手吗？我胳膊疼。”

“胳膊疼你早说啊。”

滕雪刃很快翻出了医药包，项征气得看天。他忍了又忍，别的小姑娘看男友手臂上一道擦伤都心疼得要死，她还要人提醒才知道？

转念一想，刚刚她为多木处理伤口时，多木叫成那样，她一脸不解。项征为她处理伤口时，碗口大的瘀青，他相当用力去按，滕雪刃只是一声闷哼。到今天，她身上的伤还没好全，却没见她有什么异状。

项征问：“你是不是不怕疼啊？”

听他这么一问，滕雪刃愣了。她看着项征的伤口，说：“这样的伤口很疼吗？”

如果不是因为她的表情太过真诚，项征都要以为她在讽刺自己。项征伸手在滕雪刃的胳膊上狠掐了一把，滕雪刃脸色没变，说：“还好，没什么感觉。”

项征懂了，刚才那事儿不能怪她，她是真的不怕痛。

处理伤口时，滕雪刃怕他会感染，消毒相当彻底，项征疼得恨不得骂脏话。他狠狠地瞪着滕雪刃：“能不能轻一点？”

滕雪刃摇了摇手边的盒子：“不如吃一颗止疼药吧？”

“是止疼药的事吗？”项征拧着床角的被子，说话都疼到漏风。

多木喊疼她没什么感觉，甚至连半分波澜都没起。但项征喊疼，滕雪刃却觉得心里很不自在。他皱眉，她也跟着咬唇；他喊疼，她的心也被揪起。她想了解决办法，却被项征否决了。

“那怎么办？”滕雪刃停下手。

项征见她一副茫然的表情，心里起了歪心思。他突然俯身，轻声说：“亲我一口，可以止疼。”

滕雪刃瞪大眼睛，满脸意外，还有几分不知所措。项征第一次看她露出这副模样，心下早就笑开花了。哪知滕雪刃抿了抿嘴唇，说：“虽然我知道你这话是在骗我，也许是在耍流氓，也许是想看我翻脸，但如果是你，我会亲。”

项征翘了一半的嘴角定住了，他的心怦怦直跳，想要说什么，脑子里却一片空白。正在这时，滕雪刃凑上前来，嘴唇贴在了他皴裂起皮的嘴唇上。

痛感瞬间退去，项征的呼吸变了节奏，思维开始抽离。软嫩的嘴唇像初绽的花瓣，揉了蜜一般，甜得不可思议。

滕雪刃的唇瓣重绘了项征的世界。

滕雪刃退回原位，脸颊变得粉扑扑的，黑白分明的双眸变得湿漉漉的。

项征却被定在原地，半天回不过神。趁着这个机会，滕雪刃给他涂上药，又用绷带缠好后，收起了药箱。

他呆愣愣地抚摸自己的嘴唇，脑子里还在回想滕雪刃的话，她的那番话比罐头射出的子弹更加震撼。

等到滕雪刃洗漱完毕，裹着睡袋躺下，项征还在发呆。滕雪刃原本也很紧张，心几乎从胸腔飞出去，这是她从小到大第一次主动亲吻异性。

当然，人工呼吸不能算。

让她没想到的是，明明该是浪子的项征，却因为她的吻呆坐了半个多小时。她躲在睡袋里面朝墙壁，身后还是没有动静。

滕雪刃叹了口气，转身伸手，推了推依旧呆滞的项征。项征回过神来，他不敢看滕雪刃，侧过头去，却暴露出了通红的耳根。他站起身往洗手间走："我去刷牙，你赶紧睡吧。"

滕雪刃刚"哎"了一声，项征忙说："你不要说话，我在想事情。"

她闭上嘴，眼看着项征拿着牙刷和杯子往大门的方向走去。项征打开房门走了出去，随手关上了门。

过了一阵子，敲门声响起，滕雪刃从睡袋里爬出来开门。她打开房门，项征露出憨厚的笑容："不好意思，走错了。"

这是滕雪刃第一次从他的脸上看到这样的表情，她莞尔："没关系，我会给你开门的。"

只要有项征在，滕雪刃总是睡得安稳。

可项征就没那么好命了。他想睡觉，刚一闭眼，满脑子都是滕雪刃吻他的画面。

他从来没因为这种事兴奋得睡不着觉过。他觉得自己回到了少年时代，那种被喜欢的人吻到的成就感，简直盖过了天地万物，甚至连晚上被人端枪指着的恐惧感都抛之脑后。

明明是带着任务来的，却被一个吻搅得连重心都偏移了。除了滕雪刃，他什么都记不得了。

曾经他还嘲笑那些爱情至上的人。怎么可能会有人因为爱情什么都不管不顾，做事没有章法，甚至连基本的责任心都没有了。

如今一看，他也成了自己曾经嘲笑过的人。他明白了，他喜欢滕雪刃。

因为喜欢所以时时念着她，因为喜欢所以要把她护在身后，因为喜欢所以不希望她看轻自己。

想到这里，项征吐了口气，紧绷的心弦松弛下来，久违的困意终于回来了。

隔日起床，滕雪刃问项征要石壁，项征解下来递给她。她微微一怔，充满了困惑。项征凑过来看，也是一怔。他说："这块……好像是真的。"

"是真的。"滕雪刃点头。

"难道我们骗过了罐头？"项征问。

滕雪刃想到昨日侯奇逸的表现，又想到罐头的举动，不自觉地拧紧了眉头。难道她的办法配合侯奇逸的耿直表现，真的骗过了罐头？难道杜宝娟和唐延的画技了得，已经到了以假乱真的地步？

她深吸一口气，脑子里的念头纷繁芜杂。项征说："要不然我们去问问侯奇逸？"

滕雪刃摇头："我和这个人不熟，不想透露实情。既然保住了石壁，那就别做他想，一心将它带回去上交给文物局。"

项征想了想，觉得这话有道理。

两个人收拾好东西，楼下传来了动静。滕雪刃正准备出去探看，项征把她推了回去，自己走出去查看。当见到是王睿等人，项征松了一口气，转头叫滕雪刃出来。

王睿追着罐头跑了一整夜，对方似乎早有准备，逃跑时更是驾轻就熟，专往难走的地方跑。风雪夜里路难走，王睿等人不敢开快，想从两边包抄。哪知两侧路面各有陷阱，一辆警车被暗藏在雪地里的钉板扎爆胎，一辆警车陷入深坑。王睿拼死拦下了其中一辆盗宝贼的车，好容易抓到了两个人，剩下两辆车逃之夭夭。

他气得不轻，抓了这么久的人近在咫尺，却连个面都没见着。

一行人收队回到谢通县，已经精疲力竭了。他向上级报告，上级安排他尽快带着两个人回到逻些，追查罐头一事，他们会另外安排人手负责。

滕雪刃简要地说明了昨天在屠宰场发生的事，王睿听得仔细，将重要信息记录下来，又问："今天我们要启程回逻些，一起吗？"

滕雪刃点头。

"收拾一下，半小时后在公安局门口见。"

临走前，王睿扫走了滕雪刃的面包、罐头和火腿肠。他一双手拿不下，就翻了个塑料袋一并装走。他对滕雪刃说："每次和你出外勤就这点好，吃喝永远不愁。"

见王睿的表情还算正常，滕雪刃悬着的心也放下了。

等王睿走后，项征紧盯着滕雪刃说："你还挺关心他呢。"

"我和他多次合作，深知他对罐头的执念。这次他肯退一步先回逻些，已经是很大的变化了。"

项征眯眼，细看滕雪刃，心里涌上一股酸意。昨天她才亲了自己一口，今天就大方地讨论别的男人？

滕雪刃没注意到他的心思，说："我收拾东西，你去叫多木和侯奇逸上车。"

四个人上了车，往公安局驶去。到了门口，侯奇逸说要去一下洗手间，多木自告奋勇陪侯奇逸去了，滕雪刃想去看看被王睿抓到的盗宝贼，也跟着去了。

他们进门，王睿正好出来。滕雪刃问：“能看看被你抓到的两个人吗？”

王睿抬了一下头，目光看向走廊处，有两个人被两名警察押了出来。滕雪刃哼笑出声：“熟人啊，这俩人就是跑到我的住处偷东西、放火，还打伤我的人。”

其中一人看到滕雪刃，同样报以冷笑：“抓到我们又如何，反正我们已经找到需要的东西了。”

滕雪刃紧盯着他，对方也不甘示弱地看了回来。警察推了下盗宝贼的脑袋：“看什么看，上车了。”

那个人被押上了车。

石壁是假的，资料被她烧了，这人却说他们已经拿到了想要的东西。滕雪刃垂眸，难道还有什么是她不知道的？

这时，多木和侯奇逸已经出来了，多木喊了滕雪刃一声，三个人一同往车上走去。

项征见滕雪刃表情不对，问：“怎么了？”

正在上车的多木见了，先看了看滕雪刃，又看了看项征。滕雪刃的表情分明没变，项征又是从何处看出她不似往常？

多木短促地“哈”了一声，项征回头看他：“你又怎么了？”

“老板，你对滕姐有些不一样啊。”多木挤眉弄眼道。

他的脸还肿着，几处擦伤呈现肉粉色，现在做出个鬼脸，整个人就像外国马戏团的小丑，格外恐怖。就连滕雪刃见了，也忍不住皱眉。

侯奇逸说：“多木，现在的你，似乎不太适合俏皮的表情。”

“为什么？你是不是嫉妒我这张英俊的脸？”多木反问。

侯奇逸略显局促，良好的修养让他说不出打击人的话。他纠结许久，说：“等你的脸消了肿再做这些表情吧。”

项征靠在椅背上，声音悠悠地传来：“侯教授的意思是，你现在不要顶着一张丑脸吓人。我们费了这么大力气才把你救出来，不是要你吓唬我们的。”

说到这里，多木敲了敲项征的椅背：“老板，你昨天夜里的表现真是帅爆了。我吓得腿都软了，你还敢和那群人开玩笑。”

侯奇逸同样送出佩服的目光，说：“是啊。如果我和你一样，也许就能救出被那群人抢走的文物了。”

滕雪刃从后视镜里看去，侯奇逸流露出深深的自责。一天相处下来，发现他确实很符合他的身份：文弱，书卷气，正义感十足，谦和。他时时刻刻都有种端起来的文人架子，眼里的忧愁也挥之不去。

侯奇逸觉察到滕雪刃的目光，笑了笑，说：“滕小姐，有件事我觉得不应该瞒着你。”

“什么？”滕雪刃问。

“你交出去的石壁应该是假的。我不知道你是不是被人骗了，还是故意交出仿品糊弄那群盗宝贼，我只觉得我应该尽量配合你们。他们那群贼，偷走了太多珍宝了。”

说话时，侯奇逸的义愤填膺很打动人。多木听他痛斥历年来各地的盗宝行为，也是气得不行。两个人叽叽喳喳在后排讨论，滕雪刃开一会儿车就要揉一会儿耳朵。坐在副驾驶座上的项征见了，问：“耳鸣还是不舒服？”

滕雪刃摇头：“好久没这么吵了，不太习惯。”

“那我要他们安静一点？”项征问。

“多木哪有安静的时候？”滕雪刃反问。

项征一想，这话说得太对了，于是笑了两声，也没再说什么。

不过拜多木所赐，滕雪刃和项征也了解到了侯奇逸的经历。他早年从修复专业毕业后，一直在博物馆做修复工作。后来是工作调动，来到了逻些博物馆。他跟着前辈学习，认识了阮希声，两个人空闲时就在各处收集民谣和道歌，整理成册。阮希声被抽调到考古队，因为任务需要保密，两个人很久没有联系。直到阮希声去世，他才知道原因。

滕雪刃将她听到的转发给滕翰音确认，他表示确有其人。但罐头一事让滕雪刃长了个心眼，对于侯奇逸此人，她也不敢尽信。

一辆车，四个人，滕雪刃能够全心信赖的，只有身边的项征。生死之间，他率先挡在她的身前，这种以命相托的人，有且只有他一个。

一行人驱车回到逻些，王睿带着犯人去了公安局，多木和侯奇逸被送进医院，还有警察相随录口供。滕雪刃和项征去了趟文物局，将石壁上交。

回到老卡的客栈时，项征有种轻微的迷茫感。他觉得自己被奔腾不息的河流裹挟，也不知道到底去向何方。偶尔瞥到岸上熟悉的风景，也像上辈子的景色。

他突然明白为什么滕雪刃会有种很强的疏离感，因为她也是被河流裹挟的人，自顾不暇，早已没空留恋什么。

回到房间，项征拉住滕雪刃。他说："我有点事要找你聊聊。"

滕雪刃抬头看他，她神色清明，表情平静，又回到最初无波无澜的模样。项征低下头，鼻尖触碰鼻尖，滕雪刃脸红了。

"说话就说话，离这么近干什么？"滕雪刃不自觉后退。

"有些话走得近，听起来就会不一样。"项征说。

"你又胡说八道。"滕雪刃双手拧在一起，脸色微窘。

项征刚准备说什么，手机振动起来。他接起电话，王睿的声音传来："我找康拉，有急事。"

项征顺势将电话递出，滕雪刃接起电话，王睿说："你知道四时路线图吗？"

"什么东西？"滕雪刃不解。

"你过来这边吧，我从那两人嘴里问出来和石壁相关的内容，他们说他们要找的是进入乌丹古城的四时路线图。"王睿说。

滕雪刃说："我马上过来。"

她挂断电话，对项征说："我们去一趟公安局。"

"怎么了？"

"有关石壁的线索出来了，我要去探个究竟。"

两个人下楼，还没走出院子，项征就接到了小马的电话。

“老板，酒吧进了小偷，潜入你的房间乱翻一通。那小偷胆子大得很，把罗叔打伤了，我们把罗叔送到县里的医院去了。县里的医生说，罗叔脾脏破裂，要转到市里去动手术。老板，你要是有空，能不能赶紧回来一趟？这事我们做不了主啊。”小马语气焦急。

听到这话，项征心头一凛。他说：“知道了，我立刻订票回来。你们安排转院，越快越好，钱记我账上，我回来补给你。”

“好的老板。”小马说。

滕雪刃看到项征的脸上显出担忧之色，等他挂了电话，她忙问：“怎么回事？”

项征犹豫一阵，到底没把罗叔的事说给滕雪刃听。逻些的事已经够让她烦恼了，他不想再给她平添负担。

他说：“泾河有急事，我要回去一趟。”

“罗叔出事了？”

滕雪刃一只手抓住项征的胳膊，大有他不说清楚就不让他走的架势。

项征狠狠地闭眼，深吸一口气：“是，脾脏破裂，需要转院手术。”

“你赶紧订票走，我回头买部手机和你联系。”滕雪刃说。

项征点头：“那你小心。”

“知道。”

滕雪刃头也没回，直接往门外跑去。项征订好机票，返回房间整理东西，然后背着包去前院找老卡。他向老卡说明情况，老卡主动请缨载他去机场。两个人在车上时，项征又说：“房费刷我的卡，记得给滕雪刃准备点食物和水果，她这个人……比较喜欢吃东西。”

老卡笑了：“你这嘱托是不是太朴实了？”

项征也觉得好笑：“我想不到她有什么爱好了。”

“女孩都喜欢浪漫，要不要我替你每天摆束玫瑰花在房间里？”老卡提出建议。

项征想了想，只怕滕雪刃会把玫瑰花瓣揪下来做糕点吃。他摇头：“还是送吃的吧。”

老卡笑他：“她要是喜欢你，你送什么她都开心。”

项征想，他也不知道滕雪刃是不是喜欢他。这种不确定的感觉让人焦灼，他想要好好和滕雪刃说明自己的感情，却没有时间让他倾吐。

他想了想，又说：“那还是都送吧，万一呢。”

老卡竖起大拇指：“这还差不多。”

登机前，项征接到小马的电话。他们关了酒吧，随救护车将罗叔送到市里的医院，正准备去做手术。

落地后，他又接到小马的电话，说罗叔的手术很成功。项征赶到医院已是半夜，罗叔尚在昏睡，小马和小蔡轮流陪床。

项征帮罗叔掖了被子，确认了监视仪器上的指标，倒空尿袋后洗了手，就把小马叫出了病房。

两个人走出住院部，去不远处的长廊坐下聊天。

小马说，在项征和滕雪刃先后离开后，多木也走了，酒吧只剩下罗叔和他两个人操持。罗叔发现，有陌生面孔常常在酒吧和院子附近出没。起初他们以为是来找项征的，可等了几日也没有人上门打听项征，反倒是院子门口出现了一些脚印和大尺寸的轮胎印。

没过多久，罗叔就发现滕雪刃住过的屋子门锁坏了，屋内被人翻过一遍。罗叔觉得奇怪，如果是小偷，为什么不去酒吧翻东西，这后院根本没东西好偷啊？

罗叔报了案，又加了几把锁。一天夜里，他起夜上厕所，撞到有人从项征的房里跑出来。他大喊抓贼，那人反手一棍子打伤了罗叔，罗叔躺在地上许久爬不起来。

等乡邻赶到，那人早就跑了，罗叔被送到了医院。医生诊断罗叔脾脏破裂，需要转院手术。

按小马的说法，来酒吧的小偷不去酒吧柜台里偷钱，首先瞄准了滕雪刃的房间，接着又去他的房间乱翻，只怕目的不简单。

项征和小马对了时间。酒吧附近有人监视时，他和滕雪刃正在前往寺庙的路上。酒吧出现小偷时，他和滕雪刃正在赶往切琼。罗叔被小偷打伤时，他和滕雪刃正好返回逻些。

恐怕这“小偷”是瞄准了滕雪刃来的。

想到这里，项征拿出手机，又给老卡打了个电话。已经是清晨四五点，他就不信老卡的电话还占线。

老卡接了电话，声音显得很困倦：“项征，你这哥们儿不厚道。有人这么早打电话的吗？”

“有点麻烦事要拜托你。”项征说。

项征要老卡睡醒后去公安局找滕雪刃，务必要她回电，他有很重要的事情交代。

老卡满口应下，虽然不知道项征葫芦里卖的什么药，但朋友说很重要，那就一定是很重要的事。

项征取了钱，交给小马和小蔡。他在椅子上躺到天亮，等到医生查了房，他确认罗叔安好，这才动身离开。

从市里转回泾河镇有五个小时的车程，项征在车上睡了一觉。他的右手紧紧握着手机，生怕错过了滕雪刃的电话。

直到项征回到煤气灯酒吧，他的手机都没响过。

项征拿钥匙开了门，四下看了看，最后走到收银台前，翻了翻桌面和抽屉。抽屉里的零钱没见明显减少，但账本少了一册。

煤气灯酒吧业务量不大，在滕雪刃来之前，他们一直是手工做账。滕雪刃来了一个多月，记账记烦了，这才把手工账全部改成了电子账本。

项征将账本全部翻了一遍，少的正是滕雪刃登记的那一册账本。他走到后门，发现后门门锁被钳断了，有人趁着罗叔入院手术，再次潜入酒吧。

这群人到底要找什么呢？

项征走到后院，上楼查看房间。他和滕雪刃的房间门锁都被撬了。他进了自己的房间，房里一片狼藉，连内裤都被翻出来了。

项征站定，环顾四周，突然记起罗叔说过，这间屋子是滕雪刃修整的。想到她之前把石壁藏在自己包里，项征沿着墙壁摸了一阵，找到了没修补前的墙缝所在之处。他捡起翻出来的冰镐，对着墙缝挖下去。他掰下松动的墙砖，发现里面果然藏了东西。

项征拿出藏在其中的盒子，揭开层层包裹，看到里面是一个移动硬盘。他将硬盘重新包好，塞到了衣服口袋里，又去了滕雪刃住的屋子。屋子里只有床和柜子还是完整的，其余的东西乱成一团，连被套都被扯下来了。

谁能想到，滕雪刃早就把东西藏在了项征住的屋子里。他摸了摸口袋里的硬盘，不自觉地咂了咂嘴。

她的信任，真的不是空穴来风。

项征沿着院子又多走了几百米，发现了很特别的车辙。他拍下来，走到路旁的院子打听情况。还没敲门，项征的手机就振动起来。他拿起来一看，是老卡的电话，电话里传来滕雪刃的声音。

“有事找我？”

一如既往单刀直入。她没问“你去哪里了”，也不问“你怎么不告而别”，只是一句“有事找我”。

项征咬牙，这女人真是让人又爱又恨。爱她的干脆利落，绝不拖泥带水；恨她在感情上一点也不缠绵，都不把人放在心上。

他向滕雪刃说明缘由，又提到自己在酒吧查到的线索。他没说硬盘的事，只说在院子外见到了特殊的车辙。

电话那头一阵沉默，随后滕雪刃问：“罗叔还好吗？”

“不知道，我准备回医院看看。”项征说。

“车辙是不是……”

滕雪刃描述了一遍车胎花纹及大概的尺寸，项征走回车辙处仔细比对，和滕雪刃所形容的毫无二致。

项征心里隐隐冒出一个不太好的想法，他抿紧嘴唇，尽量不让自己的怒气倾泻而出。

电话里，双方沉寂良久。

项征问：“只怕这群人，在你来酒吧时就在附近徘徊了吧？”

“是。”滕雪刃没有隐瞒，干脆回应。

她的回答把项征气笑了。

项征问：“你之前不说就算了，我们去逻些时你怎么也不说一声？罗叔六十岁的人了，摔了、磕了都是大事。现在他是脾脏破裂做手术，万一他撑不过来，你要我怎么办？啊？”

罗叔是项征的远房表叔，父母逝世后，罗叔得空就来照顾这一对姐弟。后来罗叔的独子结婚成家去了外地，罗叔一个人孤单生活，项征和项苑便将他接到了逻些。

他们本想让罗叔来养老，但罗叔闲不住，在餐厅里忙前忙后。见他身体硬朗着，两姐弟也就没再阻止了。

后来项苑出了事，项征才和罗叔回了泾河。那段最难熬的日子，是罗叔和他一起度过的。罗叔的腿摔断过一次，身体大不如从前。于是项征雇了几个人帮忙，罗叔还是时不时去后厨露一手。

他和罗叔虽不是父子，但这么多年的感情沉淀下来，已经胜似父子了。

现下项征听到滕雪刃的回答，他又气又恨。滕雪刃导致他的亲人受了这么重的伤，可她就轻飘飘地回答了两句不痛不痒的话。

项征想，也许滕雪刃真的没有感情，确实不像个正常人。

电话还未挂断，项征听得到滕雪刃的呼吸声。只听她轻声道：“你照顾罗叔，后面的事情我来处理。你姐姐的事……我会记在心上，一有消息就告诉你。”

“滕雪刃！”项征突然暴喝出声。

“我在。”滕雪刃说。

她的回答彻底激怒了项征，她的理智和冷静衬得项征越发无理取闹。

可罗叔这事儿，分明是滕雪刃有错在先。她不该是这种态度，也不该说这种话。

“你为什么不早告诉我这些人徘徊在我们身边，是不是怕我打草惊蛇？你把我和罗叔当什么了？如果你把我和罗叔当掩护和诱饵，你又为什么要救多木？”

滕雪刃没有回答。

“我心心念念都是你的安危，你呢？你有没有把我放在心上？”项征问她。

滕雪刃没说话，从听筒那头传来她的叹息声。她没有回答项征的问题，又问：“罗叔在哪家医院，酒吧和屋子的损毁状况如何？”

她的询问太像保险公司的客服了，项征几乎觉得自己就像个无理取闹就地打滚的泼皮无赖，就是为了找她索要赔偿金。

他冷笑数声，先说了医院的名字，又说：“还不知道损毁状况如何，你看着赔吧，只要你开心就好。”

说完，项征就愤然挂断了电话。

第五章

人间青山

项征开着自己的车回了医院。他的车是一辆保养得很好的老款陆地巡洋舰，虽然和滕雪刃的车比不了，但这车性能也挺好，曾两次陪他穿过羌塘，行驶路程超过十万公里。

赶到医院，项征停好车。下车时，他见到一对男女从一辆豪车里走下来。男人甩手走在前面，女人又拎包又拿病历，还护着大肚子。男人走得较远，见女人没跟上，回头冲女人喊："你走快点不行吗？"

哪有这样的男人？

项征有些替女人鸣不平，他快步走到前面，准备叫那个男人走慢些。哪知他听到女人举着病历冲男人喊："要是我这次成功生了孩子，你家那位该让位了吧？都多少年了也生不出个孩子，还是你老婆呢。"

男人停下脚步说："那得是个儿子才行。"

女人努嘴："女儿不可以吗？"

"别以为我不知道你在想什么。你跟着我不就是图钱？不然还能为了什么？”

“你放屁！”

这对男女边拌嘴边走远了，项征站在原地，突然很想笑。

感情这种事，谁都看不分明。连身处一段关系里的人，都会对彼此有误解。

也许他和滕雪刃之间根本就没搞明白对方的意图。滕雪刃为什么会如此冷静地处理一切，他又为什么会对这件事这么生气，也许彼此都不清楚对方的想法，他也没有给滕雪刃时间去理解。

她对感情的事迟疑又迟钝，哪能明白那么多？

想到这里，项征叹了口气。都这种时候了，他还要替滕雪刃的行为找借口开脱。他挥了挥手，想要斩断那些纷繁的念头。

不能再想滕雪刃了，他怕自己忍不住又去打听她的消息，又去寻找她的踪迹。

项征暗暗告诫自己，现在最紧要的是罗叔的身体，不是滕雪刃和乌丹古城，也不是早就失去消息的姐姐。

在滕雪刃的安排下，有专业人员来照顾罗叔的起居饮食和术后疗养，还有人暗中相随，保护他们。

罗叔毕竟年纪大了，身体恢复得很慢。好在术后调养得好，伤口和缝合部位都还不错，没出现感染等其他情况。项征悬着的心总算放下来了。

项征一反常态，日日陪在罗叔身边，寸步不离。罗叔见他这耐心的模样，更是意外：“以前叫你安安静静坐一下午你都不肯，现在你是怎么了，腿被打断啦？”

听了这话，项征摸了摸鼻子，想要忽略那一阵酸意。他吐了口气，说：“叔，丢了什么都不重要，你要注意自己的安全。”

“那怎么行？以后有这种事，我难道就应该躲起来吗？”罗叔说。

“当然。”项征点头。

罗叔习惯用烟杆子打人，眼下两手空空，只能举着巴掌在项征的胳膊上来了一下。项征吃痛，罗叔真是会拍，一掌下去，正好拍中他被子弹擦伤的地方。

“叔，你这是精神头回来了？”项征疼得龇牙。

见他那样，罗叔捂着伤口，轻声笑了。他靠在床头，目光温和地看着项征，说：“我不知道你和女娃娃在外面惹了什么事，和什么人结了仇。但我被人打伤，跟你们都没关系。我要管，是因为我觉得我去管的这件事是对的，不是因为有什么样的后果。”

“可……”

罗叔拍了拍他的脑袋：“我知道你是担心我。你喜欢户外运动，你喜欢的东西有多危险，我难道就没有担心过吗？”

项征低头看白色床单，没说话。

“就像你拦不住项苑，我也拦不住你。到头来，你也拦不住我。我们都不看后果，只做想做的事。你不要自责，也不要怪任何人。”罗叔说。

“可……”项征于心有愧。

“如果你爬山遇险，你不会责怪向导是不是？”罗叔问。

项征点头。

“我也一样。这是我选的，就不需要任何人负责，更何况我现在被照顾得这么好。”

“懂了。”项征说。

“女娃娃身份不简单？”罗叔问。

项征很意外罗叔的问话。

“滕雪刃刚来时，我就觉得她不简单。她的眼神不是那些追着你跑的小女生的单纯眼神，她的眼神让人看不透。她为了留在酒吧，第二天就把一头长发剪了。女娃娃都爱美，滕雪刃也长得好看，她能不假思索把头发剪了，很不简单。”罗叔摸着下巴说。

“那你还把她留下来？”项征惊奇地道。

“她没坏心，我们也确实缺人。再说了，女娃娃再不简单，又能不简单到哪里去？更何况，她的能力真是没得说。”罗叔说。

项征叹了口气，又摇了摇头。他想，滕雪刃真的很不简单，能不简单到不似正常人。

罗叔笑了笑，揶揄道：“哟，还有我们项征觉得棘手的人呢。”

“不是……”项征按着太阳穴，不知该怎么向罗叔解释这其中的关系。

“不用解释，自己问心无愧就好。”罗叔说。

“叔，我怎么突然觉得你好伟大啊。”项征说。

“废话，我好歹比你多活几十年。”

罗叔见项征舒展眉头，松了口气。他手撑着床，说：“跟你说了半天，我也累了，扶我躺下再睡一会儿。”

“叔，你是不是哪里不舒服？”项征问。

“就是累了。人老了，精神也差多了，我躺会儿就好了。”罗叔说。

项征扶着罗叔躺下，等罗叔睡了，他下楼去车里取了电脑，又拿出移动硬盘插上电脑。

硬盘里全是加密文件，项征看不了。唯一没加密的文档是乌丹古城的文物黑市价格，令他看得咋舌。项征突然想起滕雪刃所说的四时路线图，又想到那次和罐头的对峙中，她义无反顾要他带着多木离开。

也许罗叔受伤这件事背后另有隐情？她不像是隐瞒实情不报的人。如果她是，那她就不会管多木和侯奇逸。她又不爱解释，误会也就误会了，从不擅长澄清。

想到这里，项征重重地叹了口气。他以为自己喜欢的永远是幽默开朗的女人，结果遇上滕雪刃，一切都颠覆了。

项征不肯再想，他关了电脑，又从包里抽出笔记本。

那是滕雪刃记录乌丹古城的笔记本。他拿着看，一直忘了还，滕雪刃也没主动要，他就一直放在包里了。

看了好一会儿笔记，项征头昏脑涨，像是回到了高中课堂。他揉着发酸的眼睛，突然听到门口有动静。他抬头，门口又什么也没有。

项征将笔记本握在手里，起身走出病房。他四下探看，只见拎着鸡汤的小马回来换班了。

项征突然问：“你回来时看见谁了吗？”

小马不解：“没有谁啊。”

项征叹了口气，觉得心底突然冒出的念头又荒唐又诡异。

他到底是发什么疯才会觉得刚才是滕雪刃来了？那个女人一定还在钻研她手里的石壁，搞什么四时路线图。他很清楚滕雪刃对待工作的态度，即使天塌下来，她也绝不动摇。

他和罗叔又怎么会让她挂心呢？

项征自嘲地笑了笑，转身回病房。他摊开躺椅对跟进来的小马说：“我先睡会儿，有事叫我。”

等罗叔能下地了，项征就打发小马和小蔡先回泾河了。罗叔对项征说：“你也可以走了，该忙啥就去忙啥。”

“我该忙什么？我该操心的只有你！”项征说。

罗叔笑了笑，也没接话。

一日，项征出门买生活用品，回来时见病房里多了俩鼓鼓囊囊的麻袋。罗叔的床头柜上有两个纸杯。项征的心猛地一提，眼睛死死盯着那个多出来的杯子。

罗叔趿着拖鞋坐在床沿，正拨弄着其中一个麻袋。项征见了，问：“叔，谁来了？”

“女娃娃啊。”罗叔说。

听到这话，项征搁下手里的几个塑料袋转身就往外跑。他找遍整层楼，又坐着电梯追到楼下，甚至跑出了医院大门。找了好大一圈，项征无功而返。回病房时，他喘着粗气，眉头紧拧，活像有人打了他好几棍子。

“滕雪刃走了十几分钟了。你也不早点回来，我拖都拖不住她。”罗叔抱怨道。

“她来做什么？”项征语气急促。

“探望做了手术的老人。”罗叔说。

“她说了什么？”项征又问。

“和我说对不起，一直埋着头不敢看我。我从没见过她那样。”罗叔说着，忍不住叹了口气。

这一口气像是拳头，狠狠地打在了项征的胸口。他不自觉地后退一步，又问：“除此之外呢？”

“找教授仔细询问了我的情况，确定我的身体恢复得不错，她才露出了一点点笑容。”罗叔拿手比画着，两根手指在指尖掐出了大概几毫米的距离，“就这么一点点笑。女娃娃看起来很难过，眼睛都没有以前那么亮了。”

项征坐回椅子上，伸手去抓麻袋。

“问完我的情况，她又找来护工叮嘱了一番。我给她倒了杯水让她多坐一会儿，她又坐了一会儿，后来接了个电话，还是走了。这也要怪你自己，谁让你不早点回来。”

“谁说我要见她了？”项征缓过气，嘴硬道。

“刚才是谁急着往外跑？”罗叔问。

“我那是着急上厕所！”项征说。

“病房里有。”

“上完厕所我发现钱包落在缴费处了。”

“行，就你这钉嘴铁舌，总是要吃亏的。”罗叔干脆脱了鞋子，躺上病床。

项征想，这女人是掐准了他不在才来的吧？这不是心虚是什么？要是她问心无愧，为什么不等他回来？她为什么就不能再等十分钟呢？或者给他打个电话，他一定不会耽误，立刻开车回来。说来说去，滕雪刃肯定是不想见他。

越想越恼火，项征一脚就踹上了麻袋。罗叔说这俩麻袋是滕雪刃提来的，他倒是要看看，滕雪刃带了什么东西来探病。

项征动手拆开麻袋，往袋子里一看，又立即掩住袋口，抬起头来。

见他的表情有异，罗叔问：“你这是咋了？”

项征又松开袋口，向罗叔的方向展开。

罗叔看完，叔侄俩面面相觑，都愣住了。

这俩鼓鼓囊囊的麻袋里，装的全是成捆的百元钞票。项征不是没见过钱，只是他没想到滕雪刃会拎了两麻袋的钱来探病。

罗叔喃喃自语："这女娃娃确实不简单。"

项征同意地点了点头。

项征将这两麻袋钱拎去银行，他凶神恶煞的模样搞得大堂经理以为这是他杀人越货抢的钱，差点报警。

项征一脸不高兴地坐在柜台前看点钞机点钱，柜员报了个数，项征一听，这钱还不少呢。

他好气又好笑，滕雪刃这女人的脑子是怎么长的？气话也听不出来？

拿着这两袋钱到处跑也不是事，于是他开了张新卡，把钱存起来，准备到时候见面再还她。设密码时，他本想用滕雪刃的生日做密码，一转念，他发现自己根本就不知道滕雪刃的生日。

罗叔在医院待不住，正好医生也说罗叔可以出院了，项征准备接他回泾河，便在病房里帮他收拾住院的用品。罗叔在护工的照管下在楼道散步，病房里只有项征一个人。

有人敲门，项征抬头，一个其貌不扬的男人站在门口，说："我们安排好了车，您预备什么时候出发？"

项征觉得奇怪，这个人是谁？

见项征面露疑惑，那人忙解释自己是滕雪刃派来的，怕路上颠簸，滕雪刃特地准备了一辆较为舒适的商务车。说着，那人还热情地帮项征提生活用品的袋子。

正当那人准备拿起项征的背包时，项征劈手把包夺了过来，一把将人撞到了床头柜上。项征护着背包往后退，脸上满是防备之色。

那人揉着腰说："项先生，您不相信滕小姐吗？"

项征笑出声：“我就是因为太知道她是什么人，才看出你是个骗子。你到底是谁派来的？你说！”

滕雪刃还会安排商务车？别笑死人了。项征想，他的手臂被子弹擦伤，拿医药箱时滕雪刃都不会主动搭把手；她探病不带水果，拎两麻袋钱。这女人神经粗成电线杆，会那么细心怕罗叔路上颠簸？她压根儿就没想过这件事。对她来说，疼又不是什么死人的大事。

医院里的医护人员绝口不提滕雪刃的名字，暗自保护的人也从不出头。这人突然自称是滕雪刃的人，会不会太可笑了？

那人眼珠子一转，项征探手入包。他的包里放着冰镐，就是防着这种情况发生。

对方抓起床头柜旁的开水瓶向项征掷去，项征闪得快，开水瓶砸到了地上，项征顶着包往门口跑，边跑边喊：“罗叔，躲起来！”

走廊尽头的罗叔听到项征的声音，护工立马扶着他躲到了邻近的开水房里。项征往安全通道跑去，那人一直穷追不舍。

跑到住院部一楼，此处有保安，项征扯着嗓子喊：“救命，有人要杀我！”

保安听到项征的话，立即冲了上来。项征和那几名保安等了一阵，楼道里始终没有人出现。他们拾级而上，一直走到病房楼层，那人都没再出现。

保安看项征像是在看神经病，项征却无动于衷。他回到病房，地上已经没有开水瓶的痕迹，连半点碎片都没留下。

项征又去寻找罗叔。罗叔在他的呼唤下，这才应声。出来前，他还隔着门和项征对了好几个问题。

项征想，罗叔这安全意识可真不是盖的。

保安巡视一圈，没发现可疑人员。他们转头去病房，斥责了项征一通。

项征认错并道歉。等保安走后，项征迅速拣了些重要的东西，带着罗叔上了车。

平日回泾河，项征喜欢抄小道走捷径。这次他专挑有摄像头的大路走，生怕行踪没被拍到。

回到泾河后，项征把罗叔安置在项家老宅。罗叔见项征心事重重，也没多问，自己先回房休息了。

项征一个人在屋子里坐了很久，怎么也理不出头绪。他想，虽然他常年乱跑，遇到的事情不少，可这种事还是头一回。好在他反应快且处理及时，不然他和罗叔要被人带去哪里都难测。

难道滕雪刃每天都过着这样的生活？怪不得她不信任人，有些话也从不说尽。如果他总遇到这种事，他也会远离人群，尽量一人待着。

天色沉得像玻璃瓶里的墨水，夜风很冷，吹得项征有些鼻塞。他起身关窗，听到手机振动。他接起手机，就听到了多木的声音。

“老板，你还好吗？罗叔还好吗？”

“还活着。”项征说。

“老板，滕姐要我告知你，她安排了人去泾河保护罗叔。这段时间有点不安全，你们要注意。”多木说。

项征想，自己还真像个小公主，已经沦落到被女人保护的地步了。

“老板，滕姐还说，要你别多想，她帮的是罗叔，不是你。”多木又说。

项征摸了摸胸口，怎么，这女人还能隔空感应，她怎么知道他在想什么？

“你们怎么样？”项征问。

“老板你能不能坦诚点？你想问的是滕姐怎么样吗？”多木的声音压得很低，还发出一阵轻笑。

“罗叔做手术你不回来，他真是白疼你一场了。你就在逻些待着吧，别回来了。”项征说。

“哎哎，老板，话可不是这么说啊。老板，你给我个机会解释啊！”多木喊道。

“继续说啊。”项征问。

“我错了。”

项征想，要是滕雪刃能和多木学学，他早前就不会说出那样的话了。

多木说，他、侯奇逸和滕雪刃在逻些的日子非常忙碌，所以他没空询问罗叔的近况。

项征很好奇："你们在忙什么？"

"最近各大驴友聚会场所和青年旅馆开始流传一种说法，有人从文物唐卡里找到了冬季前往乌丹古城的路线。滕姐人手不足，安排我们调查这些流言从何而起。我和侯教授这段时间四处埋伏，终于被我们找到了线索。"多木的口吻很是得意。

"你们在哪里找到的？"项征追问。

"不告诉你，你让滕姐伤心，我代表滕姐惩罚你！"多木说。

项征翻了个白眼，你以为你是美少女战士？我代表月亮惩罚你？

"好好说话，不然工钱全扣。"项征说。

"老板我错了。"

硬气不过一句话时间的多木迅速服软，他说："反正我们不在逻些，老板你暂时别来了，好好照顾罗叔。我和侯教授会照顾滕姐的，放心吧。"

项征眯眼冷笑，脸上的表情相当狠戾。他说："你敢说你能保护滕雪刃？"

"当然，滕姐救了我，我豁出命去也要保护她。"多木说。

"你和我抢人？"项征反问。

多木半天没出声，项征心里憋得慌，对着电话说："她信赖我，只有我能护得住她。你告诉我地址，我马上赶过去。"

"滕姐前几天问我，有没有见过你之前的女朋友。她还问我，你喜欢什么类型的女生。"多木一改平日嬉皮笑脸的口吻，突然变得正经起来。

项征的心不受控制地狠狠跳了两下，左手拧着床单，不自觉地握紧。他问："那你说了什么？"

"我说，老板喜欢个子小、有腰有屁股、头发长的，反正不是滕姐你这样的。"

听到这话，项征立刻说："你放什么屁！"

"老板，滕姐不适合你。"多木很认真地说。

"什么意思？"项征声音低沉，语气变重。

“老板，你不会是喜欢滕姐吧？”多木狐疑地问。

项征心想，我为什么要告诉多木？他本想否认，可话到嘴边又卡住了。吞吞吐吐间，他含糊地发出了一个“嗯”。

“啊？”多木在电话那边叫得很大声，“老板，你是不是想玩弄滕姐的感情？我告诉你，滕姐救了我的命，我不允许！即使你是我的老板，我也不允许！”

什么跟什么？项征无言以对。他问：“你们在哪里？”

“滕姐说不要告诉你。”多木一口拒绝。

“是滕雪刃说的还是你说的？”项征又问。

“老板，真的，不要玩弄别人的感情，会遭报应的。你有那么多选择，滕姐不过是其中之一。你别看滕姐看起来厉害，她在感情上单纯啊。如果栽在你身上，我们连朋友都没得做，会很尴尬的。而且我们还要一起去乌丹古城，到时候气氛有多尴尬，你能想象吗？”多木在电话那边嚷。

“你给我闭嘴！你不告诉我地址，我自己找。”说完，项征挂断电话，整个人向后仰躺，倒在床上。

项征想明白了，那次他在电话里对滕雪刃发脾气，不是真的在责怪她。他气的是滕雪刃并没有把自己当最亲密的人，他没有被滕雪刃依赖。而且，责怪别人比责怪自己容易，总要找个情绪的出口。

他想要成为滕雪刃的依靠，现在从种种迹象看来，他才是被保护的那个人。他狠狠地往床上砸了两拳，心想，自己和滕雪刃真是拿错了剧本。

项征“噌”地从床上爬起来，开始收拾行李。他决定了，等滕雪刃的人一来，他就开车回逻些。不管用什么办法，一定要找到她。

次日起床，项征准备出门买早点。刚走到厅房，他就被罗叔叫住了。

罗叔端着两碗面走出来，扑鼻的香气勾得人拼命吞口水。项征连忙接过面碗，边走边说：“叔，你才出院，怎么就闲不住钻厨房？”

“怕你走了吃不到我这面条，馋得慌。”罗叔说。

项征看着罗叔，没说话。他将面搁在桌子上，将心中翻涌的情绪逐一压制下去，这才问：“叔，你怎么又知道了？”

罗叔指着桌上的两罐香菇酱，说：“别忘了把这个带上，女娃娃爱吃。”

滕雪刃派的人到了泾河，项征便开车前往逻些。出发前，项征一反常态，婆婆妈妈、啰里啰唆，拉住罗叔不断说着术后注意事项。

罗叔被项征勒令暂时戒烟，但罗叔习惯了烟斗的陪伴，烟斗绝不离身。他拿着烟斗敲了敲项征的手臂：“干脆点，你以前是这样的吗？”

心无挂碍，自然无有恐怖。心有牵挂，走哪里都变得啰唆。当然，这些话项征不肯说给罗叔听，他怕罗叔担心。

“叔啊，健健康康地等我回来。”项征抹了把脸，表情坚毅。

“回来别把老宅拆喽！”罗叔说。

“放心吧。”

说完，项征上了车。车辆走到路的尽头，变成一颗芝麻大小的黑点，罗叔才依依不舍转过身去。他叹了口气，走回屋子后，在佛龛处抽了三炷香点燃，朝着菩萨拜了几拜。

罗叔念念有词：“一定要平安回来啊。”

项征抵达逻些，先回客栈见了老卡。老卡不知项征和滕雪刃发生过争执，反而拍着胸脯对项征说：“兄弟，你交给我的任务完成了。我看康拉挺喜欢我替你送的零食和玫瑰花，她都带走了。”

项征刚准备问老卡她去哪儿了，谁知老卡又说：“我看她走得匆匆忙忙，是去哪里了？”

听到这话，项征只能将问题吞回去。他说：“有任务，我也不方便说。”

“哦好，秘密，我会保守的。”老卡了然地点头。

项征要了杯甜茶在院子里坐了一会儿，身边不少人说起什么“四时路线图”，还有人说他弄到了通往乌丹古城的路线图，现诚邀伙伴共同探路。

他一听，假装感兴趣凑了过去，和那人沟通了一阵。那人神神秘秘摊开一张黑成一团的复印件，某条路线用红笔勾勒出来。项征一眼就认出来，这是石壁上的佛像，他看了太多次，已经留下了深刻的印象。

这条线的位置项征很是熟悉，他立即想到了石壁上的四条金线。难道那四条线真的就是通往乌丹古城的路?

那人还问：“哥们儿，有兴趣一起上路吗？”

“不要随便往羌塘跑，一来你没有许可证，二来那里很危险，会送命的。”项征说。

对方如同看傻子一般盯着项征看，说：“你还真是个胆小鬼。”

项征也没多争辩，眼看着对方又去找下一拨人了。他想，如果真的有人按照路线图出发寻找乌丹古城，那可真是糟透了。

项征想了想，直奔公安局去找王睿。王睿出外勤去了，打电话不接，也不知道什么时候才回来。他抓着手机犹豫半天，拨通了邓肯的电话。他没有直接问滕雪刃的去向，只是询问邓肯能不能出来吃顿饭，聚一聚。邓肯表示自己不在逻些，反而问了项征关于滕雪刃的事。

敢情大家都在找滕雪刃呢？项征耐着性子回答了邓肯的问题，又寒暄了几句，便挂断电话。

项征想了想，可能真的又要去唐延的店里了。

他步履不停地往街上走去。时值冬天，是逻些的旅游淡季，好些店铺已经歇业，唯有唐延的店门还开着。他赶到店里，满屋子人的目光和他对上，他觉得头皮都是麻的。

拉响黄铜铃，唐延的声音如烟雾缥缈。他掀开帘子走到店内，一见项征，“啧”了一声：“怎么又是你？”

“有点事要问你。”项征说。

“滕雪刃的事？”

项征颔首。

“楼上说。”

两个人上楼，这次室内明亮了不少，空气也好闻了许多。两个人在餐桌前落座，画室大门突然打开，杜宝娟捧着玻璃杯走出来。她见到项征，也是同样一句话："怎么又是你？"

"我很招人烦吗？"项征反问。

"烦倒不至于，就是不太想见你。"杜宝娟说。

项征想，这女人能活到今天也是奇迹。

"你是来问滕雪刃的下落？"唐延问。

项征点头。

杜宝娟捧着杯子笑了一声："看，我说得对吧。"

唐延想了想，说："她前两天来找过我们，说过关于石壁上佛像的事。不知你有没有听闻城里很多人都在说通往乌丹古城的路线图？"

"我来的时候就有人拿着路线图找伙伴上路，而且路线图就是石壁上的佛像。"项征说。

唐延点头："滕雪刃来找我，就是商量这件事。我们合力将佛像印在了地形图上，又找出了相应年代的地图做对照。我们发现这四条金线正好对应四季，这块石壁应该就是传说中的四时路线图。"

项征想到滕雪刃给他的笔记本里曾经写到了一种猜想。古时乌丹古城城民赖以为生的晴河水突然断流，城民不得不重新寻找栖息地。他们再度搬迁，可仍有人对这片土地念念不忘，毕竟还有祖先埋在此处。他们将前往乌丹古城的路线绘入图画中，供后人按图索骥，前往城内吊唁。

他说出了这种猜想，唐延说："我们也是这么认为的。"

杜宝娟插话道："象泉河流域也有古城遗迹，城里的壁画与乌丹古城里的壁画技法相似，怀疑是出自同一派之手。而且象泉河流域还有道歌记载，说是有一群人不畏艰难，跋涉到不毛之地，为了跟随祖先的足迹。"

"我明白了。所谓四时路线图，就是四季去往乌丹城的路线图。路线上应该有很多季节性的河流，不然不会以四季为分界线。但现在河流改道，和百年前的风貌大相径庭，难道泄露路线的人就是为了让这些人去探路，最后试出最准确的路？"项征捏着下巴，模样深沉。

唐延和杜宝娟一起点头。唐延说："还有一种可能，那群拿了路线的盗宝贼只是为了让这些人分散警方的注意力，他们好乘虚而入。"

"心思还挺多。"项征说。

"受这个路线图影响，冬季番地又没什么事情可做，就有很多人按图索骥。但今年天气不好，道路交通事故频发，救援队忙不过来。滕雪刃配合警方去救援队支援了，顺便问问路线图一事。"杜宝娟说。

"师父，你就这么告诉他好吗？"唐延突然转头。

"我不喜欢小年轻那一套你误会来我错过去，没意思。有问题赶紧解决，能过过，不能过就滚蛋。"杜宝娟说。

项征冲杜宝娟抱拳，说："如果你能把地址说得更详细一些，我觉得就更好了。"

"没有地址，只有坐标，我发给你。"唐延说。

项征收到坐标，起身就往外跑，边跑边说："回来再谢你们，条件随你们开。"

等他跑远了，唐延说："也不指望什么谢礼，如果能再免一年房租就好了。是吧师父？"

杜宝娟没好气地看了唐延一眼，说："起码两年。"

项征问到地址后，马不停蹄地驱车往救援站赶去。

这几天天气很怪，动不动白日飘雪，生生耽误了赶路时间。项征赶到救援站，停好车就往屋子里冲。屋里坐着的义务救援队队员一见项征，不自觉地后退好几步。

也不是别的，项征人高马大，脸一板，眼神愈发冷厉凶恶，活像来找碴打架的。

"那……那什么，你是……你是谁啊？"坐在桌子前的人站起身来，颤着嗓子问。

"滕雪刃在吗？"项征问。

“滕……滕……”

项征听那人结结巴巴把话又复述一遍，耐心都被磨尽。他想，这人是真结巴还是冻傻了？

“康拉。”项征又说。

那人还没说话，就有人掀起厚门帘进屋。项征转身，只见多木和滕雪刃一同进来。多木抬头一看，反手把滕雪刃推出了屋子。他将门帘盖得严严实实，说：“老板你怎么找来了？”

“你松手。”项征说。

“外面风大雪大的，我把门口堵严实点，免得老板你冻着。”多木假模假样地又掩了掩门帘。

外面响起侯奇逸的声音：“多木，快把我们放进去，别玩啦。”

“是啊多木，别把人侯教授冻着了。”项征抱臂，居高临下地睨着多木。

多木“嘿嘿”一笑，没接话，依旧挡在门帘处。

项征没有耐心跟多木“眉来眼去”，将门帘和多木一起掀开。多木抓着帘子愣了半晌，他确实不胖，也不至于如此轻易就被搬开了吧。

项征走到门外，四下看去，侯奇逸偷偷指了指不远处的那辆黑车。项征颔首，轻声致谢，往那辆巴博斯的方向走去。

走到车头前，项征看到了车里后视镜上挂着干枯的玫瑰花。原来老卡说的话是真的。

项征沉重的心情轻快了许多，见到这束花，他觉得情况应该也没那么糟。

滕雪刃不在车上，她靠着驾驶室的门，双手插在衣袋里。她头上戴一顶帽子，衣服拉链拉得很高，只有一双眼露在外面。她像雪地里的赤狐，稍微眨眼，就会消失不见。

两个人之间距离很短，项征走得很慢。细雪纷纷，窸窸窣窣、低低切切，像是项征的心被忐忑磨出的声响。

项征走到滕雪刃面前，滕雪刃低头看地，一直没有抬头。她脑袋上的荧光粉帽子太扎眼了，项征忍不住摘下自己的黑帽子，又摘下她的帽子，将黑帽子戴在了她的头上。

滕雪刃终于抬头，一双眼睛亮得惊人。不知是不是错觉，滕雪刃的脸颊略凹陷，像是瘦了。

想到自己的突然离开，又想到多木的话，项征喉结一动，之前打好的腹稿全忘了。他扶住她的肩膀，想了好久才说：“你来看过罗叔啊。”

滕雪刃没说话，眼睛不自觉地看向一旁。

“罗叔的身体恢复得不错。”项征说。

“我知道。”滕雪刃说。

“你有什么不知道又想知道的事？我说给你听。”项征声音温柔。

滕雪刃叹了口气说：“要是天气再冷一点就好了。”

“为什么？”项征不解。

“就可以把你刚才说的那句话冻起来，以后随时拿来用。”滕雪刃说。

项征一听这话，立即明白滕雪刃没有生气。他悬了好几天的心终于落下，拍着胸口说：“早说啊，我用手机录下来，你什么时候想用就什么时候放。科技改变生活，我们也有后悔药。”

瞧他那灿烂的模样，乌云都要被他笑得散开来。滕雪刃想，平时看他一副不好惹的样子，笑起来却如此平易近人又可爱腼腆。

不过想想也是，他长得不好亲近，但性格爽朗，会主动照顾女生和队伍里的弱者。这样的反差，只会让他更受人欢迎。

他拿出手机，准备点开录音。气温太低，手机冻得开不了机。项征“嗨”了一声，说：“走，进屋去。等手机暖和了，我录个十句八句，你挑一条最喜欢的存着。”

滕雪刃以为项征只是随口敷衍。进了屋子，项征谁也不搭理，就坐在火盆边等手机变暖。开机后，项征真的对着手机说了十来句一模一样的话。

多木在一旁看傻了，问滕雪刃：“刚才老板在外面摔坏脑子，变成复读机了？”

滕雪刃不好意思解释，揉了揉鼻子。项征录完语音，将手机塞到滕雪刃手里，立刻转到多木身后，声音冰冷："知道你耳没聋、嗓子没哑，不用特地说废话证明。"

多木一下跳开老远，他本以为项征要给他一脚，哪知项征完全没有动作。多木很是意外，老板脾气变好了？

项征挨着滕雪刃坐下。他环顾小屋，此处环境简陋，但胜在暖和，不过空间很小，一看就挤不下几个人。

"你在这里待了几天？"项征问。

"五天了。"滕雪刃说完，将项征的手机凑到耳边听录音，嘴角隐约勾了起来。

项征压低声音问："那你睡哪儿？"

"借宿牧民多出来的帐篷，我一人一间。"滕雪刃说。

项征缓了口气，说："还好。"

见两个人凑在一起说话，多木急了。他蹿到两个人中间说："滕姐，不是说好我们要生气生久一点吗？你怎么这么轻易就原谅老板了？这样不好！他会觉得你是一个没有挑战性的女人！"

滕雪刃握着手机，歪了下脑袋，问："是这样吗？"

"你又在教滕雪刃什么鬼东西，胡扯什么呢？"项征问。

"难道不是吗？那些女人追你，不是你在店里说，没意思、没挑战、太轻易之类的？"多木问。

"那是借口，你听不懂借口吗？"项征问。

"嘿，看不出来老板如此双重标准。"多木说。

见项征又要动脚，坐在一旁的侯奇逸赶紧上前。他将多木往外拖，一边拖一边说："时间不早了，我们要赶去帮拉姆准备晚饭了。"

多木还有话要说，侯奇逸捂着他的嘴，赶紧把他拉出门外。

侯奇逸和多木一走，屋子里那位救援队的队员也想走。项征也不希望屋子里有人，就对那人说："你先走吧。"

"那……那……"男人又结巴了。

“救援电话我守着，会及时给你反馈的。”滕雪刃说。

“谢谢……谢……”

男人结结巴巴道谢后，也离开了。

小屋里只剩下项征和滕雪刃。取暖用的炉子偶尔发出噼啪脆响，那是干牛粪燃烧的声音。项征看着滕雪刃被烤红的脸，忍不住伸手刮了一下她左眼下方的位置。曾经的瘀青消失不见，她的脸又恢复了曾经的白净模样。

项征问：“伤好了？”

“七七八八差不多了。”

滕雪刃想避开他灼热的指尖和目光，却怎么也挪不开身。她吸了吸鼻子，双手交握放在身前，握得很是用力。

项征看到她握得指尖泛白的手，不自觉地笑出声。他问：“你紧张啊？之前被罐头用枪指着，你还能说俏皮话呢。”

滕雪刃一双唇翕动半天，好容易才挤出一句：“那不一样。”

“什么不一样？那种情况比现在更危险？”

“是……危险的是你。”滕雪刃说。

面对工作上的险境，滕雪刃总能想出很多解决办法。但是面对项征的质问，滕雪刃总是不知道该如何面对。以前和他没有深交时，她还能泰然处之，可经过两次出行，两人之间的关系和感情发生了变化。其中最让她惶恐的是，项征不仅仅能影响她的判断，还能够影响她的心情。

这几天在救援站时，看到穿着橙色冲锋衣的男人，滕雪刃总会忍不住愣上几秒。明知项征因为罗叔受伤待在医院，可她总希望项征能陪在自己身边。

以前孤身一人时从未尝过孤单的滋味，现在即便有多木和侯奇逸在身边相伴，她还是觉得孤单。

这是滕雪刃从未有过的心情，她甚至不知道该如何排解。她想给项征打电话，可想到项征冲她发火的语气，他似乎不想和她交谈。

可她仍旧有一丝期待，她将自己所在的坐标发给了唐延。滕雪刃将想念深埋在心底，要多木向他说明她已经找人去保护罗叔了。挂断电话，多木的脸上挂着别有深意的笑容，他也没向她明说什么，只说要她不要轻易原谅项征。

滕雪刃想，她从没责怪项征，何来原谅一说？

不过多木告诉她，项征最近肯定会赶来救援站。滕雪刃又是期待又是忐忑，她从没想过，自己有一日会因为一个男人出现这样的情绪。

李想虽然是她的未婚夫，但她从来只把李想放在朋友的位置。除了订婚那日李想为她戴过一次戒指，两人平时连手都没牵过，更别说对他有什么期待了。

如果真要说期待，大概就是期待李想少添点麻烦。

可是这一次，她对项征的感情很不一样。

这种感觉不受控制，就像是身体的本能反应，看到醋就觉得酸，看到盐就觉得咸，看到项征，就觉得喜欢。看不到他，就心慌意乱。

滕雪刃愣怔地看着项征，项征被她不知所措的表情逗得开怀。她的困惑犹如情窦初开的小女孩，不知道该如何安放这一份突如其来的喜欢。

“为什么我很危险？”项征问她。

“因为你能左右我的想法和情绪。”

“别人不行吗？”

“没有别人，自始至终只有你。”滕雪刃一字一句，说得十分清晰。

这话比烈酒还要凶猛，令项征头晕目眩，狠狠眨眼也没办法排解掉突如其来的眩晕感。

刀刃在肉体上留下伤口，子弹能贯穿头颅，而滕雪刃的话在项征的灵魂深处打上了最深的烙印。灵魂一旦被打上记号，那可是要记一辈子的事。

项征捂着胸口，缺氧的感觉再一次涌了上来。

他鲜少有这种感觉，但这种感觉只会在他看到滕雪刃时发生。

滕雪刃见他表情有异，连忙起身去找氧气瓶。项征尽力稳住心神，对她说：“我没有缺氧，只是你说的话太有杀伤力了。”

“是不好的意思吗？”滕雪刃有些疑惑。

项征一把搂住了她的腰，将自己的脑袋埋在她的怀抱中。他的眼眶发热，呼吸变得急促。他小声说：“是很好、非常好、好到不能再好的意思。”

“可是……”

“没有可是。你说了这话，就不许改了。”项征仰头，双眸里写满了认真。

“哦。”

滕雪刃想，她根本不可能再遇到下一个项征，她也不会允许生命里出现第二次意外。

项征正要说话，滕雪刃突然说：“罗叔受伤，酒吧和你们家院子出事了吗？”

滕雪刃怀疑是滕家人来抢东西，不仅仅因为车辆是她经手改装的，车胎花纹让她印象深刻，除此之外，还有一个更重要的原因。

从滕家离开前，为了保障项征的安全，不让他的信息外流，滕雪刃把电脑上所有关于项征的痕迹全部清除了。她不担心滕家人追来打探，因为他们不会伤害项征等人。滕家人做事总是有分寸的。

但这次罗叔受伤，确实出乎她的意料。滕雪刃本以为离开泾河，滕家人也会自行离开。可没想到的是，她还是给罗叔添了麻烦。

所以不管项征说什么，她只能默默受着。这是她的过错，她理应承担后果。可让滕雪刃没想到的是，罗叔没有怪她，项征也没有怪她。

她不能因为他们的不责怪就暗自庆幸逃过一劫，她还是要负责。

提到这茬，项征想起滕雪刃藏在他房间的移动硬盘，说：“你是不是在我房间的墙壁里藏了东西？”

“他们是冲着移动硬盘去的？”滕雪刃问。

项征想，如果滕雪刃对感情的敏感度能有工作的一半就好了。

“是。我带着移动硬盘去医院，有人来抢。他假装是你的人，还说准备了车。幸好我机智，识破了他。”项征说。

“你是怎么识破的？”

他们的伪装必然不会逊色。项征是户外专家，但不是鉴定匪徒的专家。她很好奇项征是如何发现的？

“对方说怕罗叔在路上颠簸，你哪有那么细心？上次我的胳膊被子弹擦伤你要我自己去拿药箱，这次你还能记得什么路上颠簸？”项征说。

滕雪刃实在没想到，居然有人会从这种角度分析问题。滕雪刃搔了下左手，项征抓住她的左手，问：“你这手都冻成这样了，不知道涂点药？”

滕雪刃正准备挠手上的冻疮，项征立刻把她的手拍开。他对滕雪刃说：“你等等，我带了药，你不许挠。”

她点了点头，模样很是乖顺。项征顺势拍了一下她的脑袋，出门去车上拿药了。

项征拿了药回来，滕雪刃果然没有再抠手。她像是幼儿园放学等着父母来接的小朋友，坐在长椅上，两脚晃悠，脑袋低垂。项征的心如同被加热的黄油，就这么轻而易举地融化了。

他坐在滕雪刃的身边，先帮她擦了手，又帮她涂药。项征的双眼盯着患处，模样很是认真。他的鼻息细细打在滕雪刃的皮肤上，向来不敏感的她居然感受到了细微的暖意。

她想，项征真是奇妙，他总会给自己带来完全不同的感受。

项征将移动硬盘交给滕雪刃，好奇地问：“里面的加密文件都是什么？”

滕雪刃没有瞒他，说：“你的生平资料。”

项征“嘶”了一声，脸上出现不易察觉的窘迫：“有多齐全？”

“也没有那么全，但能了解的都了解到了。毕竟我要和你组队进入羌塘，我要保证我选的队友没有案底，和各方势力都没有牵连。”滕雪刃老实说。

“为什么不带滕家人进入乌丹古城？那是你的队伍，应该更好带也更轻松一些。”项征又问。

滕雪刃笑了笑，说：“你又不是不知道，有人和佛罗伦萨暗中有联系。我最初察觉是我们去年进入乌丹古城，我们从城中带出文物清点后造册，后来黑市上很快就流出了乌丹古城文物的价格，和我们的专家预估价格相差无几。我在誊写价格时无意间写错了一个数字，黑市的专家预估价上那个数字和我写错的一模一样。”

项征听得咋舌，说：“敢情你们队伍里还能玩‘无间道’呢？”

滕雪刃耸肩，脸上的表情很是落寞。项征看得出来，对于滕家人的事，滕雪刃并不一定能够做到真的不在乎。毕竟他们曾经是同生共死的战友，现在战友站到了敌对方，换了是谁都不会好受。

项征一把将滕雪刃搂入怀里，她伏在他的怀里，一动不动。

每次躲在他的怀里，滕雪刃就像远航的船找到了停泊的港湾。她不是依赖项征，而是想在他身上找到一种信赖和稳定的感觉。

在滕家这么多年，来来去去，她竟然找不到一个可以完全信赖的人。

滕雪刃忍不住苦笑，又将脑袋埋得更低一些。

项征轻拍她的后背，说："没关系，你还可以相信我。"

项征一来，滕雪刃等人终于吃上了几顿好的。早上有包子、油饼，晚上还能吃顿火锅。项征还带了挂面和香菇酱给滕雪刃煮拌面，看得多木眼馋极了。

多木找项征讨香菇酱，项征护住玻璃罐子说："罗叔说了，这是特地带给滕雪刃的。"

滕雪刃听了，心里的愧疚顺着喉管往上走，一直走到了鼻头。她捏了捏鼻子，想把这股酸意压下去，最后还是止不住，只能吞了一大口面条。

跟这群人走得越近，她的情绪波动就越来越频繁。以前她还能不受情绪操控完成任务，现在事事都要将这群人考虑进去，很麻烦，但她并不反感。

多木讨不到香菇酱，转头便去滕雪刃处使坏。他故意说得很大声："滕姐，你知道王睿王队长之前是怎么说老板的吗？"

滕雪刃从面碗里抬头，看着多木，项征的耳朵也竖了起来。侯奇逸叹了一口气，多木真是两天不挨打骨头就痒得难受。

"怎么说？我也想听听。"项征说。

"王队说，项征看着就像吃女人软饭的，只有滕雪刃那种没什么情商的才会被骗。"多木说。

滕雪刃差点把嘴里的面条喷出来。这么一个黑大个儿，吃软饭？滕雪刃很难想象项征会放下身段去迎合谁。

可想到项征小心翼翼地捧着自己的手给自己上药的模样，滕雪刃又无声地笑了。

哪知这时，项征慢条斯理地拧好香菇酱的瓶盖，说：“医生说我胃不好，只能吃软饭。要吃我也只能吃独一家的，不然肠胃菌群紊乱，容易拉肚子。”

多木捧着碗，默默回到了侯奇逸身边。算了，遇上流氓又不要脸皮的老板，这一仗他不打了，香菇酱也不吃了。

滕雪刃闻言抬头，看着项征。项征被她那双黑亮的眼睛看得很是不好意思。他扭过头摸了摸鼻子，说：“好饿啊，我去找点东西吃。”

她低头，边吃面边笑。每一口面入嘴，滕雪刃都觉得甜滋滋的。

在救援队的这几天，项征见识到了救援队的辛苦。冬天行车本就困难，为了安全考虑，不少地方都封路了。偏偏有些人，哪里封路就往哪里钻，哪里不好偏走往哪里去。

有时救援队救了人也不讨好，还要被骂来得迟。这种算是轻微的，有人的车陷入坑里，车不走人不走。可那车根本打不着，想走也走不了，车主就地耍赖，平白增添了一大堆麻烦。

项征这几天开了眼，算是什么人都见过了。

多木无所谓，他天生一张嘴皮混饭吃，能哄人。侯奇逸动之以情晓之以理，一阵说教也正好用对了地方。

不过他们也不是全无收获，几个人从不同的车主那里打听到了关于“四时路线图”一事。大家都说，是从自己所住的客栈里传出来的。

其实对于“四时路线图”一事，多木不如项征和滕雪刃了解得透彻，更别提乌丹古城的事了。多木隐约知道他被绑架和石壁有关，石壁和进入乌丹古城有关，但再往深了探究就不知道了。

不过多木有一点很好，他不懂就问，从来不装。多木向滕雪刃讨教，想借机和滕雪刃搞好关系，借此能够顺利和滕雪刃一同进入乌丹古城。但滕雪刃鲜少向人解释什么，更别说给人讲课了。连项征都是自学，她就更不会和多木说些什么了。无奈之下，多木又去求助侯奇逸。侯教授倒是平易近人，每天收队后都会给多木讲课。

滕雪刃偶尔也会跟着听课，她也觉得侯奇逸的课讲得很好。在项征来之前，侯奇逸已经和多木说完了关于乌丹古城的传说，现在正好说到古时番人是如何划分季节的。

项征也来了兴致，和滕雪刃一起听侯奇逸给多木讲课。

古时番人已用四分点法分出运算太阳时的四点来确定四季，即二十四节气中的“春分”“夏至”“秋分”和“冬至”。乌丹后人以四时季节为线索，命人绘制了四时路线图。因季节的不同会造成季节性河流，四时路线都不相同。这样既保证了准确性，又有一定的隐蔽性。

项征咳了一声，举手示意：“侯教授，我能提问吗？”

“你说。”侯奇逸做了个“请”的手势。

“河流会改道，山不会被吹没吗？四条路线还有所谓的准确性可言吗？”项征问。

侯奇逸推了推眼镜，认真地看着项征，说：“这个我也不能确定。毕竟只是一段口口相传的历史，我没见过证据，没有实物证据，也就没有‘确定’二字可言。而且古时番人为了准确表达高原特殊气候，除了春、夏、秋、冬四季外，他们还有独特的六季划分法，即春、后春、夏、秋、冬、后冬。我们不确定乌丹古城的人们当时是什么季节出来，又是以什么季节为绘图标准。”

“侯教授，您是从什么地方得知的这段传闻呢？”滕雪刃发问。

“我去过距离乌丹古城最近的双措县，那里有曾经深入羌塘边缘放牧的牧民。某些探险者去羌塘冒险有去无回，而牧民却能带着牛羊牲畜平安回来，我觉得很奇怪，就向那些牧民询问。牧民说，祖辈传下了一幅路线图，只要沿着图上的路线走，不仅有水源，说不定还有水草可以供牛羊吃喝。我不懂那是什么路线，他们就跟我说了关于乌丹古城的故事。可这座城没有历史记载，起初我一直以为是神话故事。直到那场洪水，直到阮希声出事……”

说到这里，侯奇逸摘下眼镜，揉了揉疲惫的双眼。

多木从侯奇逸嘴里得知了阮希声的事，连忙打岔，指着帐门说：“要不要去看星星？今天白天难得天晴，夜里肯定能看到星河。”

侯奇逸的悲伤神色显而易见，滕雪刃点了点头说：“走吧，一起看星星。”

一行四人包得严严实实走出了帐子。项征怕滕雪刃冷，又多拿了条毯子。他把自己的帽子扣在滕雪刃的脑袋上，说：“也不知道是谁选的，偏要买一顶荧光色的帽子。”

多木扭头，狠狠地看向项征。他说：“老板，你这是歧视我的眼光！”

“荧光色太刺眼了，康拉不适合。”

项征说着，把荧光色的帽子套在自己的头上。别说，在那张冷厉黑脸的映衬下，这顶帽子确实又显眼又好看。

滕雪刃努力踮脚，无奈项征太高，她还是够不到项征的发顶。项征看穿了她的意图，主动蹲下身，仰头对滕雪刃说：“男人的脑袋不能随便乱摸，摸了要负责的。”

滕雪刃一笑，也没摸项征的头顶，只是帮他把帽檐卷了卷。项征失望地起身，滕雪刃却将手拍上他的头顶。她抿唇一笑，嘴角露出酒窝。

项征的舌头在嘴里轻敲一下，左手不听使唤，食指按在了她的酒窝上。

他在心里长长地舒了一口气，不知道有多舒坦。

多木和侯奇逸走在前面，没见项征和滕雪刃跟上来。多木转头喊：“两位走快点啊！满天星星就在前面！”

项征搭着滕雪刃的肩往前走，四个人走到一个小土坡上。多木帮侯奇逸架好摄像机，终于安静地坐下了。

星河在上，人间在下。头顶的星群如同地面的河流，河流被太阳晒过，浩瀚壮丽又熠熠生辉。四周都是暗的，只有头顶处有这样斑斓的光线。

远离了城市的灯火，黑夜重回黑夜的本貌。

烈风穿肩，泥香交错，银河绚烂。

滕雪刃待在高原许久，抬头就能看到这样的天空。她无心欣赏，也无人主动提及。

今天是人生第一次，有人陪她看星星。

项征用毯子将滕雪刃裹成粽子，生怕她冷着了。滕雪刃笑他：“我哪有那么脆弱。”

“我觉得你冷。”项征将她搂在怀里。

多木在旁边揶揄道：“滕姐，你就受着吧，老板这可是第一次如此主动。”

滕雪刃完全不觉得多木是想让两个人害羞，侧身去看项征，眼里亮晶晶的，满脸欢欣，像是得到了殊荣与赞誉。项征被她看得颇不好意思。

他转开话题，说：“不如咱们以星星为关键词，一个人念一首诗？”

“吟诗？老板，你这五大三粗的模样，长得就像小时候班里的坏学生。你呢，只会挑事、打架、逃课，成绩还差，背诗只会‘床前明月光’，考试只会写学号和名字。”多木扭头对项征说。

“我以前成绩很好，常常排年级前十。”项征从牙缝里挤出一句话。

滕雪刃点了点头，项征确实成绩很好。她调查过项征，男人从小学到大学一直都是绩优生，除了文化成绩好，体育成绩也不赖。滕雪刃想，他在学校肯定很受欢迎。

“我相信侯教授能吟诗，但就是不知道老板能吟出个什么来。”多木起哄道。

“我先抛砖引玉来一个。”侯奇逸清了清嗓子，念道，“宫腰袅袅翠鬟松，夜堂深处逢。无端银烛殒秋风，灵犀得暗通。身有限，恨无穷，星河沈晓空。陇头流水各西东，佳期如梦中。”

多木一通胡乱鼓掌，搅碎了寂静的夜。项征啐他：“小心把狼招来。”

多木笑了笑，没接话。

滕雪刃想到了那次从多木背包里翻出来的狼图腾徽章和狼牙，难道他和狼之间有什么奇特的关系？

但多木没有说话，滕雪刃岔开话题，对项征说：“侯教授已经念完了，该你了。”

"侯教授念的是秦观的《阮郎归》，那我就来首现代的。"

项征直起上半身，坐姿突然变得很正式。他的声音低沉，在冷风里显得掷地有声——

"让软香轻红嫁与春水，
让蝴蝶死吻夏日最后一瓣玫瑰，
让秋菊之冷艳与清愁
酌满诗人咄咄之空杯；
让风雨归我，孤寂归我，
如果我必须冥灭，或发光——
我宁愿为圣坛一蕊烛花
或遥夜盈盈一闪星泪。"

如果这首诗由侯奇逸来念，倒是迎合了诗文的气氛。

可项征吟诵时，却添了一份难言的气韵。他有一副硬朗的骨架，撑得温柔有分量，托得浪漫有缘由。

太多人说，她是风，又是雪，抓不住，握不牢。她不近人情，不留余地，总是独身一人，只会与孤寂相伴。

说得多了，她也信了。她以为自己就该是这样，不该奢求任何人帮助，也不该停留在任何地方。

可今天，有人对着漫天星河大声念过"让风雨归我，孤寂归我"。她的心被这句话叩得犹如千树蝴蝶振翅，斑斓缤纷。

兜兜转转的风，也终于因为巍峨的山停下了脚步。

滕雪刃的眼里透着天上的星，疏疏密密，闪个不停。

温度下降，四个人被冻得不行，于是各自回房睡觉。

滕雪刃躺在里面的床铺上，项征睡在外面，中间隔着帘子。

见她呼吸平稳，大概是睡着了，项征脱下外套准备睡觉，摸到了外套口袋里的字条。项征拿着手机电筒照了照字条上的字，是上次在寺庙时仁钦桑波塞给他的。他忙忘了，还搁洗衣机里洗了一次。

不知是不是衣服防水性太好，字条上字迹清晰，半点没沾水。项征想了想，将字条收回口袋里，准备等第二天再问滕雪刃。

次日起床，项征洗漱后本想去帐子吃饭，刚撩开门帘，就见救援队的队员慌慌忙忙往车上赶。项征随手抓了个人问："怎么回事？"

"413冰川有人翻车，已知的是三个人受伤，一个人死亡。我们现在要赶去救援。"队员说。

"滕雪刃呢？"项征问。

"有车打不着，她帮忙修车，在后面。"队员往后指了指。

她还会修车？

走到近前一看，滕雪刃正在滚车胎，将车身垫起来。垫起来后，她钻到车下查看，喊："冻裂了，不用修了，这车走不了了。"

"那怎么办？"有队员着急道。

"看看他们传回来的消息，先打电话联系维修厂。估计前后两个月，这车就能运回来。"

滕雪刃从车底爬出来，转头看到了项征。项征饶有兴味地盯着滕雪刃，问："你这是什么特技？"

"千斤顶没了，用备用车胎充当一下，不然看不仔细。"滕雪刃说。

"现在呢，我们要出任务吗？"项征问。

"你早饭吃了吗？没吃赶紧吃，我等消息。如果要出发，估计也是这半个小时的事。"滕雪刃说。

项征听她的话，赶紧去小食堂一阵胡吃海塞。掀帘子出来，他就看到侯奇逸和多木戴着荧光色的帽子往车上跑。多木见到项征，老远就跳了起来："老板，这次严重事故，一个车队都栽了！救援队人手不够，前车打滑陷在路上，我们要赶去救命！"

侯奇逸按着多木的肩膀，说："你省点力气，这里是高原，小心缺氧！"

多木一听，动作幅度立马变小了。

项征往滕雪刃的方向走去，滕雪刃拍了拍车门，示意他上车。两个人坐在车里，滕雪刃驱车离开。

上路后，滕雪刃简要地交代了情况。

一个车队，三辆车连环相撞，第一台车被撞下路面，驾驶员当场死亡，车内三个人受伤。其中一个人下半身被压在车下，情况很危险。

项征听得头皮发麻，问："医疗队呢？"

滕雪刃说："你看看这天。"

雪越下越大，路面冻上了一层冰壳，表面还积着雪花。车胎上拴着重重的防滑链，开车如同蚂蚁在爬。项征叹了一口气："医疗队在路上也耽误了？"

"耽误了。我收到最新的气象消息，两小时后会有暴风雪。"滕雪刃说。

"我们赶过去要多久？"项征说。

"运气好，一个半小时吧。"滕雪刃面不改色。

项征一掌拍在额头上，低声问："413冰川不是封路了吗，这车队怎么进去的？"

"进羌塘需要通行证，不也有人偷着往里溜？"滕雪刃说。

项征无奈地叹气，摇了摇头，说："这些人不把自己的命当命就算了，连别人的命也不当回事。要不是有任务在身，谁愿意在这种时候出来？"

"希望能平安回去吧。"滕雪刃说。

滕雪刃和项征尽量以最快的速度赶到现场，尽管他们早有心理准备，可到了现场一看，仍是一惊，情况比想象中的还要糟糕。

现场一共五辆车，头车掉出路面，后面两台车被撞到无法动弹，还有两辆车完好。偏偏有人自作聪明，想要将头车拉起来，将压在车下的人救出来。

其结果是车抓地力不足，绳索松脱，造成伤员二次受伤，现在危在旦夕。而且救人的车也出了问题，底盘被拉裂，无法行驶。救援队只来了四台车，这边人数超额，单独一位伤员就占用了整个后座，总有人要被剩下，等待后面的救援。

滕雪刃首先安排伤员离开现场。一见少了一台车，不少人情绪激动，无法冷静，连救援队的指挥都听不进去。有人坐在地上哭，有人拿拳头抡车，有人紧张到缺氧……

项征手抚着额头，看着天边越来越浓的灰云，心情被染成同样的颜色。

车队里有一个戴着黑框眼镜的女孩比较冷静，救援队来后都是她全程沟通的。不过也是她出的主意，想要将头车吊起，没想到会发生意外。

滕雪刃上前和女孩沟通，得知女孩名叫范安琪。这是一支临时凑成的车队，车队里有人声称搞到了去往乌丹古城的路线。路线是根据文物破译出来的，准确名称是“四时线路图”。即便在冬季行车，根据图上的路线走，也能安全抵达。

滕雪刃心一动，也不急着追问。她找来项征和多木，又叫来救援小队负责人，四个人一同商议车辆的安排问题。

多木脑子灵活，绕场跑了一圈，大致情况都摸清楚了。饶是他办法多，现下也觉得十分难做。他对滕雪刃说：“滕姐，除非把人都绑在车顶上，不然一趟绝对带不走。”

狂风和暴雪砸在几个人的身上、脸上，像是碎瓷片一般，打得人生疼。远处还有哭声，飘荡在风里，像冤魂在号哭。

项征烦躁地揉了揉帽子，说：“我看这种有力气哭的可以留下来等后面的救援车。”

滕雪刃知道项征说的是气话，没搭理他。几个人商议，能挤则挤，不能挤就只能让救援队的人留下来了。

几个人确定好方向，开始着手安排人上车。有人没被安排上第一辆车，一时间心里恐惧，头痛呕吐，肢体失调，甚至面色发紫。救援队队员马上反馈给滕雪刃：“滕姐，有人急性脑水肿犯了！”

这次，轮到滕雪刃抓帽子了。

项征当机立断把人抬上后座，又塞了两个身形娇小的女孩蹲在后排。副驾驶座安排了一个略通医理的救援队队员，让他抱着氧气罐照顾病人。有人想要上前理论，项征猛地拍了拍驾驶座的车门：“司机，走！”

滞留者拽着项征的衣服：“凭什么！这路不好走，暴风雪马上就来了。犯了脑水肿肯定是会死的，不如把这车的空位留给我们！”

项征立即把那人踹开，那人打了个趔趄，扑倒在地。项征看向滕雪刃，滕雪刃会意，递上扬声喇叭。项征开着喇叭喊：“都听好，不服从安排的站到我面前来，接得住我两脚的，我安排他先走！”

他人高马大，气势威严，口吻清晰冷静，活灵活现一个领队的形象。他的理智和冷酷迅速镇住了现场。

被项征踹了一脚的人冷哼一声：“你是救援队的，反正怎么都能走。”

项征转身，拿着喇叭对着他的耳朵喊：“我是救援队的，我有义务保证大家的安全。即使我能走，我也会守到最后。”

滕雪刃站在一旁，目光不离项征。他傲然挺立于风雪之间，只有这样的人，才能朗声说出：“让风雨归我，孤寂归我。”

天气越来越差，能见度也越来越低。飞雪如刀，片片都磨得锋利，割在脸上疼得让人张不开嘴。

好在有项征镇住了现场，救援队可以有序地展开调度。赶在更大的风雪来临前，车队里的人都被安排上了车。

最后一辆车被塞满，可滕雪刃和项征还站在路面上，实在是上不去了。

风大得人都站不住，车上的人看看项征和滕雪刃，心有余，但谁也不会主动下来换人。这要是换了，说不定就把命给搭上了。

车里一阵沉默，邻座的人相互对看，又不约而同地把脑袋低了下来。无人催促司机快点发车。

项征拎起滕雪刃往副驾驶座上塞。他指着坐在副驾驶座上的范安琪说：“坐过去一点，把她给我护住了，快点出发。”

滕雪刃不肯走，她拽着项征：“你上来。”

项征满不在乎地指了指那几辆坏掉的车，说：“我等后面的救援，可以先在车里待一阵子，你不用担心。”

滕雪刃还想说什么，但她实在拗不过项征。车门关上，项征比了个“走”的手势。

“项征！”

车子发动，滕雪刃趴在车窗上，不住地往项征的方向看。她看到项征那张被冰雪染白的脸，眼眶隐隐有些酸胀。

滕雪刃转过头看向前方，又抓着对讲机询问救援队天气情况。前方有人回答，恐怕这雪只会越来越大，一两个小时都不会变小。

她又问第一批到达救援站的人有没有发车，听到那头的回答，滕雪刃迅速在车里翻出所剩的救生薄膜，喊了停车。

第六章

孤注一掷

项征见车开走了，这才走向那几辆不能开走的车。他弯腰前行，心里暗自唾骂风速。他上了一辆被夹在中间的车，又在车上找了胶带和救生薄膜。他一阵忙活，想将四面车窗都贴起来，谨防大风卷来的大石将其砸破。

在高原大雪里贴玻璃可真不是什么容易的活儿，项征刚贴了两扇窗就已经累得倒在后座上。他平躺了一阵，看着车门边缘插着一瓶冻得结实的冰水，自嘲地笑了笑。

再度从泾河出发时，项征就已经想到了最坏的结局。他想着，也许会被跟踪滕雪刃的人杀掉；也许会在路上遇到车祸；也许会在去往乌丹古城的路上被困住……

可他没想过，自己居然会因为主动救人而被困在这种鬼地方。

项征伸手戳了戳那瓶冰水，不自觉地想到滕雪刃被吹得冰凉的脸。将她塞上车时，他完全没想过自己能不能扛过这场暴风雪，只想着滕雪刃平安就好。

原来喜欢一个人，是这样的感觉。

还没等项征想完，就听到有重物敲击车门的声音。项征坐起来，只见驾驶座的车窗上映出一张熟悉的脸。

滕雪刃？

两个人隔着车窗对望，项征定定地看着她的脸。那一瞬间，所有的风声都从他的耳边消失，他的眼里也看不到雪白的世界，只能映出眼前人的面容。

项征知道，自己这辈子都要栽在这个女人手里了。

见他没反应，滕雪刃又敲了敲车窗。项征连忙打开车门。

冷风冷雪卷着冰凉的滕雪刃一同进入车厢，她反手关好车门，双手环住项征的脖颈，将自己的脑袋搁在他的肩膀上。

项征还是没反应过来，巨大的惊喜已经冲昏了他的头脑。项征木手木脚地抱住滕雪刃，好一阵后才终于找回自己的声音。他问："不会是那辆车上的浑蛋嫌挤，把你扔下来了吧？"

滕雪刃想笑，可脸早就被吹得麻木，连笑也困难。她靠着项征的肩膀上，说："怎么可能呢？"

"想想也是，那辆车上的人哪个打得过你？"项征摸了摸她的脑袋，忽而又问，"你怎么来了，难道是车坏了？那群人不会白救了吧？"

"车是好的，你不用担心。"滕雪刃说。

"那……我实在想不出原因了。"项征说。

"还能因为什么？我担心你。你肯把我塞上车不考虑自己，我也能从车上跳下来找你。"滕雪刃仰着脸，认真地道。

车内的温度好歹比车外要高点，她脸上被雪覆盖的眉毛和睫毛慢慢化成了水珠，看得项征心痒。

他伸手拂去她脸上的水，又慌忙找纸巾。他说："赶紧把脸擦擦，涂点药，不然脸就要被冻开花了。"

"嗯！"

滕雪刃像只小动物一般伏在项征的怀里，任由项征摆弄。项征好容易翻出纸巾，却弄掉了字条。趁着项征不注意，她将字条捡起来，攥在了手里。

项征给她擦干净脸，又细心地上了一层膏药。他轻触滕雪刃的脸，满意地笑了："这样才行。"

滕雪刃摇了摇握成拳头的左手，在项征面前摊开。她问："什么东西这么宝贝，还是从你的口袋里掉出来的。"

项征展开字条，说："仁钦桑波写给我的。我说看不懂，他要我问你。哪知一路上都是事情，我给忘了，昨天翻衣服才找出来。"

"我看看。"滕雪刃接过字条。

项征正好腾出手，将两个人用救生薄膜裹起来。她眯着眼看了许久，说："这字条上写的是，你所踏上的路，将极力装饰的愿望变成可能。"

愿望，什么愿望？他抱着滕雪刃，脑子里根本想不起别的事情，只记得她突然出现在车窗前的模样。那双晶亮的眸子一下就照进了他的心，这辈子都不可能忘记。

"哦。"项征干巴巴地应了一声。

"你向仁钦桑波问了什么？"滕雪刃问。

"不记得了。"项征诚恳地道。

"这都能忘？能找他要这个，是很殊胜的事。"滕雪刃觉得好笑。

"不记得了。我觉得你能迎着暴风雪朝我走来，也是很伟大的事。"

项征亲手将她送上车，为了她留下来，他心甘情愿。可让人意外的是，滕雪刃主动放弃希望，转头朝着他的方向跑来。

他已经不止一次从滕雪刃嘴里听到"责任"这个词，凡事她都以任务为先。初见时，项征认为她冷静、理智，甚至有些不近人情，满口都是任务完成率，就像个小机器人。

可项征从没想过，他看滕雪刃是如此顺眼，只要她不在身边他就浑身难受。

他从来都不是安分的人。即便父母去世，姐姐不知所终，项征还是止不住脚步，全世界地跑。罗叔说了他多少次，平安是福，那意思再明白不过，就是叫项征别折腾了，好好过日子。

可项征偏不。

没有灾难和危险，哪里衬得出平安和幸福。只有过安稳日子的人，想什么都是理所当然，站着说话不腰疼。殊不知他们都是幸福的瘸子，无根无基，凭借“安稳”这根拐杖而立，失去了应对突发情况的本能。

他就是因为失去过太多，才不想麻木地活着。他想切实感受每一个当下，即便下一秒就要死去。

活过、爱过、体验过，不可惜。

今天，项征还亲眼看到，这个被人说冷血的滕雪刃，抛开了“任务”和“责任”，也忘记了“身份”，向他而来。

这样活过一遭，又痛快又值得。

两个人合力将所有窗户都封住，窗外的风怒吼着，像是愤怒的魔鬼要掀翻一切障碍。滕雪刃听到这风声，又紧了紧自己的双手，对项征说：“我终于知道为什么高原的人总是喜欢称呼风雪为魔鬼了，这动静，真的挺可怕的。”

“跳下车时那风声不可怕？你就不怕这小身板被风掀起来吹不见了？”

像是应了项征的话，车身被风吹得猛地一抖，两个人跟着摇晃，彼此都能看到对方眼里一闪而过的惊恐。

惊恐过后，两个人放声大笑。

“笑什么，刚才是谁把我的脖子勒得那么紧的？”项征调侃道。

“是你的脖子先动的手。”滕雪刃移开眼神，不看项征。

“哟，那我的脖子跟你道歉，硌你手了。”项征又将她搂得紧了些。

滕雪刃得意地吐了吐舌头，神态娇俏可爱。项征看得心动，只得空出一只手，狠狠地在她脑袋上摸了两下。看到她的头上戴着自己的帽子，项征更得意了。

“别睡啊，等这场暴风雪过去，我抱着你在屋子里好好睡一觉。”项征说。

“你也别睡，一定要撑下去。”滕雪刃说。

两个人神色狼狈，嘴皮皴裂，嘴唇略透着紫色。好在他们手边的保暖物品够用，粮食和水也都不缺。只要车窗不被打破、车子不被大风吹翻，他们就有活下来的可能。

滕雪刃有些困倦，项征抱着她晃了晃。一晃，滕雪刃就狠狠地用脑袋顶一下项征的下巴，把他撞清醒过来。

“你打瞌睡我怎么遭这种罪啊？”项征揉着下巴问。

“有难同当。”滕雪刃说。

“行行行，你再打瞌睡，我就掐自己。”项征连连点头。

滕雪刃带来的对讲机久久没有声响，车子的发动机也打不着火。随着时间的推移，两个人不由自主地感觉身体无力、浑身发冷。在这种情况下越发不能睡觉，如果睡着了，很有可能就再也醒不过来了。所以滕雪刃和项征只能相互提醒，尽量以聊天说话的方式保持清醒。

项征抱着她说起以前的户外活动经历。滕雪刃安静地听着，间或插嘴询问。项征发现她的问题很有针对性，不愧是常年在各地进行探险活动的人。

项征问：“那你呢？我说了这么多，你也该给我说说你的故事了吧？”

“我的故事？你想听什么？”滕雪刃问。

“家庭啊、上学的经历啊、工作啊、任务啊，只要是关于你的，我都想知道。”项征说。

滕雪刃想了想，说起她还没进入扬城滕家的日子。

那时她和滕翰音还在闽地鸿家山，鸿家山是新罗区海拔最高的村落之一。自唐代初期，就有一支滕氏子孙在此地生活。

鸿家山分为上下两寨，上下两寨村民有着同一个祖先。西晋时发生“八王之乱”，滕氏先祖滕百七郎逃难至此，先于竹贯安家，后在鸿家山附近放牛。他发现牛群日益壮大、品种精良，便跟随牛群赶到聚集地点。滕百七郎认定这是一块风水宝地，请堪舆先生前来踏勘。堪舆先生拿着罗盘踏勘后，称赞此处是个难得的“牛眠吉穴”。

滕百七郎就带领家人和宗亲，从竹贯来到了鸿家山。此处果然是宝地，不过三代，人丁兴旺。族中部分人向外开拓，便形成了下寨。但上下两寨的村民都在同一处宗祠祭祀祖先，这个宗祠便是南阳堂。

以南阳堂为核心，村落面对一池水，背靠大山，形成典型的围龙屋。祖先永远在心中，历经百年，谁也不会忘却。

虽说南阳堂是滕氏宗祠，但滕雪刃更喜欢村子外廊桥边的茂林宫，旁边有棵巨大的杉树。她第一次见到茂林宫就定在了原地，仿佛时光倒流。建筑飞檐翘角，从下往上看，能看到层层叠叠的斗拱延伸出去，接住了岁月和光辉。

宫内供奉着十二部神王，这是客家人的传统信仰，在别处很少见到。

后来她在世界各地行走，再也没见过类似茂林宫那样的地方。

十岁之前，滕雪刃都生活在这里，每天在村落和林间辗转往来。村子前有池塘，滕雪刃和滕翰音偷偷在里面捉鱼游泳，被大人抓住，总有一通好骂。

她也会跟着爸爸去山上挖笋、砍竹子，黄昏时两个人下山，妈妈会在廊桥上等着他们回家。

逢年过节，村子里还保留着古旧的习俗，四季都有不同的习俗。过年时，家家户户还会摆桃符，是真正用桃木所制，上书福字。

项征听得心驰神往，说："我一定要去看看。"

滕雪刃笑了笑："好。"

风雪越来越大，天色渐暗，滕雪刃和项征轮流推开车门检查情况，就怕雪大到把车门封住，那可真是叫天叫地都不灵了。

为了给救援人员明显的标识，两个人将荧光粉的帽子绑在一根登山杖上，又将登山杖牢牢地安置于车顶。

滕雪刃担心帽子会被暴风雪卷走，项征说："别担心，这帽子这么丑，暴风雪不会想要的。如果它连这么丑的帽子都能欣赏，也应该会放过我们。毕竟我们比帽子好看多了。"

滕雪刃"扑哧"笑出声来。她想，项征的性格真好，即使身处险境，也不忘开玩笑。有他在身边，连绝望都会被驱散。

项征见滕雪刃冷得犯困，在她额头上轻敲一记。滕雪刃揉着额头嘟着嘴，问：“又怎么了？我只想闭眼休息三分钟。”

“那你回答我一个问题。”项征说。

“什么？”

“你是什么时候知道我的。”

项征想问这个问题很久了，今天终于问出了口。

滕雪刃手托着脸，陷入沉思。项征以为她睡着了，刚想拍醒她，她突然抬头：“很久了。”

“很久？久到什么程度？”项征感觉不可思议。

“久到考古队项目还没被批准的时候。”滕雪刃说。

李想的父亲李瀚教授，二十多年来一直致力于高原文化的保护和研究。当他看到从村落中收上来的文物后，更加坚定了要前往羌塘一探究竟的想法。为此，李瀚和滕家联系，滕雪刃多次往返高原，进入羌塘探路。

进入高原，一定会在逻些休息。滕雪刃以前没来过逻些，同事推荐她到一对姐弟开设的餐厅用餐。餐厅的名字简单又古怪，叫“爱来不来食堂”。

滕雪刃慕名而去，餐厅提供普通炒菜、盖饭和面条。她吃了一次，终于明白为何此处总是门庭若市了。这家“爱来不来食堂”的食材新鲜，味道挺好，价格也公道。她在逻些待了几天，就去了几天。

看店收银的总是两姐弟。姐姐项苑秀丽温婉，热情爱笑。弟弟项征人高马大，气势冷厉。有朋友在场时他才会露出笑脸，其余时间总是守在姐姐身边，谨防有些心怀不轨的人借机和项苑搭讪。

那时滕雪刃就注意到项征了，二十啷当岁，总有女生为他等在店外。有时滕雪刃在逻些的街道散步，也能遇到项征和朋友们骑着摩托车飞驰而过。

项征是张狂的，是肆无忌惮的，是没被约束过的。

光是看着项征，滕雪刃就会想，多好啊，这才是生命该有的样子。

可羡慕归羡慕，滕雪刃没想过自己和他会有交集。

临近出发前夕，考古队办公室发生火灾。滕雪刃帮李想等人抢救文件文物，出来又淋了雨，不幸发烧了。

发烧的人没办法上高原，滕雪刃临时抽调滕翰音帮忙。滕翰音临阵挂帅，李想很是不满，但李瀚坚持要抢在汛期前赶到乌丹古城，一行人就这样出发了。

他们去往逻些，在“爱来不来食堂”就餐。李想和项苑相谈甚欢，提及乌丹古城一事，项苑对羌塘及周边路线很是熟悉，对乌丹古城也有研究，多次深入羌塘腹地，就是想探察乌丹古城是否存在。

两个人一拍即合，李瀚也觉得带上本地向导会更安全，便让项苑加入了队伍。

滕雪刃本以为发烧是小病，两三天就能康复。哪知这次病情来势汹汹，根本就不是简单的淋雨引起的，查出来是病毒性感冒。高烧退去，低烧不断，折腾了小半个月，她的烧才退下去。滕雪刃拖着这样的身体，绝对上不了高原。滕雪刃时时和考古队保持联络，略尽绵薄之力。

电话里，滕雪刃常常听到李想夸赞项苑，听得多了，便对项苑留下了印象。

考古队进入乌丹古城，滕翰音和李想分别联系滕雪刃。李想在电话里情绪激昂，表示乌丹古城真的存在，是一颗尚未被发现的遗珠，是文明的奇迹。

而滕翰音带来的消息更让滕雪刃心惊。他说，在进入乌丹古城前，他看到了其他车辙和盗宝贼活动的痕迹。滕雪刃要滕翰音劝说考古队撤出，却无一人响应。滕雪刃给李想致电，李想直接挂断电话。

一天深夜，滕雪刃刚刚入睡就被电话吵醒。她接起电话，那边传来李想的声音：“雪雪，对不起。你一个人也要好好活下去。”

背景音嘈杂，有人尖叫，有人奔跑，还有人小声说：“大印藏好了，他们肯定找不到。”

“李想，你冷静一点，说清楚情况，我想办法帮你。”滕雪刃说。

“雪雪，再见。”

话音落下，是重物落地的声音。滕雪刃没有挂断电话，没过一阵，就听到了枪响。

她的心猛地下沉。

滕雪刃身体恢复后带队上高原，因季节的关系，她所知道的路被洪水冲断，连渡河都困难。滕雪刃和队员“望河兴叹”，只能择日再来。

回到逻些，滕雪刃鬼使神差又去了“爱来不来食堂”。餐厅客人稀少，项征一脸颓意地坐在门口赶客：“不营业了，都给我走！”

滕雪刃远远看着项征，他的绝望和伤心太过明显，连流泪也不加掩饰。滕雪刃想，即便她再伤心，也不会显露于人前，更别说像他这样了。他的难过如此外露，又如此鲜活，滕雪刃觉得深藏在心底的眼泪，也一并被他流了出去。

她看了项征很久，直到暮色四合才离开。

洪水退去，滕雪刃再次带队进去乌丹古城。城内被洪水洗过一遍，墙画斑驳，珍宝零落，连尸身都找不齐全。科研队成员连同项苑一共十二人，滕雪刃找来找去也只找到七具尸体，其中还有一具是盗宝贼的尸体。

唯一能感到安慰的是，项苑和李想的尸体不在其中。可当地村民说可能是被狼叼走了，也有可能是顺着洪水冲到了别的地方。

滕雪刃又扩大了搜索范围，沿着晴河流域找了下去，既找不到尸身，也找不到活人。无奈，滕雪刃只能原路返回，如实向上级汇报死亡和失踪人数。

在报告下发时，滕雪刃特地去了一趟“爱来不来食堂”。餐厅歇业，门口贴着“招租”字样。滕雪刃打听项征的去向，隔壁店铺老板说，项征开车往羌塘去了，说是姐姐在羌塘失踪了，他要去找姐姐。

滕雪刃本可以不管项征，鬼使神差之下，滕雪刃还是致电驻扎在双措县的巡逻队。叮嘱他们如果发现了项征的踪影，务必回电。

不过半个月，巡逻队给滕雪刃回电了。他们在羌塘中线巡逻时，发现了迷路的项征，已经及时将他送回了安全地区。

滕雪刃松了一口气，还好他没事。

第二年夏天，滕雪刃又接到消息。项征再次独闯羌塘，因洪水泛滥被挡在路上，无功而返。

“再后来，我找到了乌丹古城大印的线索，就来找你了。”滕雪刃说。

项征呆望着滕雪刃，半天没有反应，像是被冰雪冻住。滕雪刃推了推项征，项征说：“你等我缓一缓。”

他本以为滕雪刃是临时起意才找上自己，哪知对方早就认识他了。怪不得她总把“我只信任你”挂在嘴边，原来她早就把他调查得清清楚楚。

项征试探着问：“那个移动硬盘里的资料详细到什么程度？不会还有我历年来的成绩单吧？”

滕雪刃颔首。

“那我交往的女友呢？”他又问。

“当时不喜欢你，就没有在意。”滕雪刃很坦然。

“我听多木说你问过这个问题，你问他，我喜欢什么类型的女人。”

“那时候你生我的气，我在想有没有挽回你的可能性。”

项征皱了一下眉头，表示不解：“那和这个问题有什么关系？”

“听说即便人再生气，也会对喜欢的人网开一面。”

项征听得发笑，伸手在她的鼻子上刮了一下。滕雪刃有些困惑，项征把头贴上她的额头，两个人的鼻息纠缠在一起。

“多木怎么说的？”项征问。

“多木说，你喜欢有挑战性的、神秘的。”滕雪刃说。

“他说错了。”项征说。

“那你喜欢什么样的？”滕雪刃问。

项征刚准备回答，车外突然传来猛烈的敲击声。他和滕雪刃赶紧戴好帽子和口罩，他拍了拍车门，外面也传来相同的回应。

滕雪刃对着车门敲出一段有节奏的声响，那边还了另外一段节奏。滕雪刃一听，对项征说：“是多木。”

“你怎么知道？”项征惊奇道。

“这是多木发明的敲门声，说是方便我们隔着门相认，没想到今天发挥了作用。”

滕雪刃推门而出，只见多木和侯奇逸的荧光帽子扑面而来。多木的声音里带着哭腔："滕姐、老板！我以为你们死定了！"

车外风雪飘摇，比之前小了许多。见到快成雪人的两个人，滕雪刃难得感觉到心里一股酸涩。

她真的没想到，他们居然会冒着生命危险开车前来营救她和项征。

"你们……"滕雪刃只说了两个字，感觉喉咙堵得慌，再也说不出话来。

"快上车。这个天气行车，发动机和油箱都受不住。"多木催促道。

项征扶着滕雪刃，一只手拉着侯奇逸，又招呼多木拽好侯奇逸的衣角，四个人弓背弯腰，以抵御大风的侵袭。

临到车前，项征先将侯奇逸和多木送上车，滕雪刃上车时，她伸手去拉项征。项征站定，声音很大冲着滕雪刃喊："你不是问我喜欢什么类型的吗？"

滕雪刃愣住。

"我就喜欢你这样的。"

车上四个人全被他那一嗓子喊愣了。滕雪刃抿紧嘴唇，不自觉地咳了两声。多木下巴都要掉了，侯奇逸和范安琪都尴尬地转移了目光，不敢多看他们一眼。

看到滕雪刃苍白的脸上泛起红晕，项征对驾驶座上的范安琪说："去副驾驶，我来开车，你指挥。"

滕雪刃看着项征的背影，眼里已经被他占满。刚刚的话还萦绕在她的耳边，一时间无法消失。

暴风雪声势渐息，几个人顺利"爬"回了救援站。

项征的车技让人放心，但让滕雪刃感慨的是，范安琪居然敢顶着大风大雪赶来救他们，而且她之前还遇到了那样的事也没有受到影响。如果没有一定的坚韧的心性和顽强的意志，肯定做不到。

他们从车上下来，救援站的人看到滕雪刃和项征，不自觉地别开脑袋，不敢和他们对视。

多木拉着侯奇逸大摇大摆地走在最前面，见人就仰起头用鼻子发出巨大的“哼”声，扬眉吐气的滋味可真好啊。

折腾了一整日，滕雪刃和项征精神紧绷，一时半会儿也睡不着。他们借了救援站的砖瓦房烤火，多木、侯奇逸和范安琪也挤了进来。

滕雪刃忍不住问范安琪：“你怎么会和多木他们一起来救我们？你就不怕再出意外吗？”

范安琪笑了笑：“我已经错了一次，所以要弥补回来。”

项征鼓掌：“好样的。”

多木不服气：“老板，你都不知道我和侯教授是怎么和救援站这些人吵架呢！”

“怎么吵，你说说？”项征来了兴趣。

“暴风雪来临时，我和侯教授在救援站等了很久，清点人数后发现你们俩不在。我们当时想开车赶过去，是她拦住了我们。她说你们一定能找到暂时的避难所，我们现在赶去不过是去送死。”多木说。

多木听完，当场差点和女生动起手来。滕雪刃和项征救过他的命，他不可能在这种时候见死不救。好在侯奇逸按住了多木，范安琪才得以把话说完。范安琪告诉多木，她一直都关注着天气情况，只要暴风雪变小，就可以出发。

有救援队的人嘲笑范安琪：“你也太理想主义了吧？在这种暴雪的情况下行车，谁敢保证自己有命回来？而且本来是你想着救人吧，结果把人救成了重伤。”

范安琪一言不发，任凭对方嘲笑。多木看不惯，跳起来说：“那起码人家在那种情况下都没有放弃，你们呢？你们就想着自己活下来，对别人的生死就闭上眼睛？”

多木此话一出，救援站里立即炸开了锅。多木和侯教授两个人在辩论方面几乎无人能敌，站里的人也不是项征那种流氓性格。不过一两个小时，大家就被多木和侯奇逸说到偃旗息鼓。

“随你们去送死！”救援队的人说。

“我们不是去送死，我们一定会活下来，还要把滕姐和老板给带回来！”多木说。

就这样，三个人开了滕雪刃的车上路，车辆一路爬行到目的地。抵达时，多木和侯奇逸跳下车，多木远远地看到一顶荧光色的帽子立在车顶。他拽着侯奇逸往前走，果然找到了滕雪刃和项征。

说到这里，多木得意地看着项征，说：“看我多有先见之明，帽子选得好，以后多买两顶！”

多木的话引得大家都笑了起来。滕雪刃看着众人的脸，心里升腾起莫名的温暖，比炉子里的火更加灼热。

不管是侯奇逸、多木还是范安琪，他们都有一万个不来救人的理由，可他们还是将生死置之度外，不惧艰险前来救人。

自此，滕雪刃再也不敢说他们是无关紧要的人了。

睡前，多木神神秘秘地把滕雪刃叫走。项征本来已经睡下，听到动静又爬了起来。多木和滕雪刃走到篝火边，多木问：“滕姐，今天老板对你表白，你没什么想法？”

“你就这么操心我的感情？”滕雪刃反问。

“嗨，作为朋友，肯定会担心啊。不过我之前说的话你别放在心上，老板对你，真的很不同。”多木说。

蹲在不远处偷听的项征点了点头，这小子终于说了句人话。

滕雪刃笑了笑，拿手边的木棍捅了一下落到一旁的炭火，说：“嗯，所以我能想什么呢？”

“当他女朋友啊。”多木连忙说。

滕雪刃的眼睛被火光照得越发明亮，她说：“不行，我会给他带来麻烦的。罗叔一事你还不清楚吗？如果我和他在一起，他身边就总有源源不断的麻烦。而且谁知道我进了羌塘还能不能活着走出来？有一个死掉的前女友，听着多晦气啊。”

项征在不远处的木头堆后轻声叹息，只怕是李想的事她还没想通。滕雪刃看似冷酷，其实内心相当柔软。她不想和人有牵连，就是不想麻烦别人。她总说“扯平了”，也是因为同样的原因。

“呸呸呸！”多木瞪她。

“人总要死的，哪有那么多禁忌。”滕雪刃嘴角含笑。

“滕姐，我本以为你和我一样潇洒，谁知道其实你还是束手束脚。想那么多以后干吗？喜欢就在一起，至少现在是幸福的，这不就得了？”多木说。

项征点头，忠于当下就好，以后的事，以后再说。

滕雪刃显然还有顾虑，她没说话，起身拍了拍身上的残灰。她说：“多木，谢谢你。”

“你都没想明白就谢我？”多木有些不解。

“谢谢你提醒了我，我只有当下，没有以后。”

她起身往帐篷走，项征拔腿就跑，迅速钻进自己的睡袋里。滕雪刃随后就到了，但她在门口站了好一阵子才进来，也不知道在想些什么。项征盯着帐篷上滕雪刃的黑色身影，心思如夜色浓稠。

他要找个机会，好好和滕雪刃聊一聊这件事。

他不怕麻烦，也不惧生死，人生最怕的只有一件事——不能痛快地活着。希望她能明白，两个人在一起不是谁给谁添麻烦，是要一起解决问题。

休息了两三天，滕雪刃和项征才恢复过来。恶劣的天气过去，天已放晴。滕雪刃的任务时间已到，准备返程逻些。她打电话向救援队队长报告，也没提自己身陷险境一事，只说还需要派些车来，将幸存者送回逻些。

安排好这些，滕雪刃就收拾了自己的行囊准备离开。项征本就是来找她的，她要走，项征也走，多木和侯奇逸自然也是跟上了。

待在救援站里的幸存者看到他们要走，开始蠢蠢欲动。有人找上滕雪刃和项征，问能不能捎上他回逻些。

项征拒绝：“我车上已经坐满了。”

那人转头去找滕雪刃，说要出钱买座位。滕雪刃说：“我不差钱，我的后座要留给做饭的工具。”

项征听到她的回答，捂着脸笑得不行。

临出发前，范安琪找上滕雪刃，请滕雪刃捎带她回逻些。滕雪刃正好有事要问，便应下了。

项征这下不乐意了。他本来安排好自己的车上坐多木和侯奇逸，滕雪刃一个人一辆车，两边用对讲机联络。现在滕雪刃的车上多了一个人，而那个人还不是他，他就是不高兴。

想来想去，项征为自己找了个绝妙的借口。他将滕雪刃拉到一边，说：“我不放心范安琪。你让她开我的车带多木和侯教授，我和你一辆车。”

“你什么时候警惕性这么高了？”滕雪刃问。

项征双手抱臂，严肃地看着滕雪刃，说：“刚刚。”

“我找她有事。”滕雪刃说。

“什么事？”

滕雪刃将营救时听到的话转告给项征，项征听完，说：“我来安排。”

听到这话，滕雪刃点了点头，去检查两辆车的车况去了。

范安琪听从项征的安排，由她开车带多木和侯奇逸。多木看着项征暗笑，偷偷用胳膊捅他，说：“老板，你这攻势也太猛烈了吧？”

项征装傻，问：“什么公式，数学、物理还是化学？”

“德行！你就装吧，我看你能装到几时。”

说完这句，多木眉毛一挑，说：“老板，我有独家大消息，能跟你换点什么吗？”

“什么独家大消息？”项征双手抱臂。

“我和滕姐单独聊过，我们有提到过你，你想知道滕姐说了些什么吗？”多木不怀好意地笑。

“不用，我已经偷听到了。”项征说。

多木一愣，叹了口气，边说话边往别处走：“忘了你比较无耻这件事了。”

项征一把将多木拽回来，对他说："你和范安琪一辆车可是有任务的。你问问她是如何加入车队，车队里又是谁有进入乌丹古城的路线图。把这些弄明白了，回了逻些告诉我们。"

一听有任务，多木的眼睛都亮了。他拍了拍胸脯说："包在我身上。"

滕雪刃检查完两辆车的车况，调好了对讲机的频道，项征将车上的物资清点一遍，确认完毕后，众人便上车出发。

回逻些的路上，滕雪刃和项征轮流开车，车内对讲机中不断传来多木等人的声音。多木在套近乎一事上是天生的本领，没过多久便将范安琪的身份摸了个透。

范安琪毕业于逻些大学历史系，毕业后在逻些市资料馆工作。工作之余，她在资料馆里看到关于乌丹古城的口述记载，闲暇时便开车沿着书上的记载探寻乌丹古城的历史遗迹。

这次上路，是源自户外驴友的线下聚会。一群朋友聚在一起，聊天喝茶，说说旅途上的事。有人提到高原王朝上的故事，大家挨个儿细数，不知不觉就说到了乌丹古城。

其中有个人提到，他找到了进入乌丹古城的四时路线图，按照冬季路线进发，一定能找到传说中的神秘古城。

在冬日的逻些本就无所事事，这群人不是晒太阳就是聚在一起喝茶聊天，突然听到这样的消息，大家都一愣。他们追问路线图的来历，他说那是他从双措县的牧民家得来的。

这群驴友常年跑野外，对自己的本领有几分自信。他们研究过路线图，觉得还有几分可信度。如果路线图是真的，他们就能一举扬名；如果路线图是假的，就当是一次长途旅行了。

几个人跃跃欲试，相约成团，凑足五辆车就上路了。

刚出发的两日还算顺利，第三天就开始出问题了。风雪不断，车辆在路面打滑严重，行车无比艰难。加之路线图有些年头了，准确度不高。他们找不到路标，数度迷路，车辆陷入坑里，一挖就是一上午。

多地封路、寸步难行、迷失方向、队员身体状况欠佳……在征得大多数人的同意下，领队决定返回。

在返回逻些的途中，头车因车况问题决定抄近路往413冰川方向前进，哪知驾驶员身体抱恙，连忙刹车。后面两台车没注意路面情况，直直地撞上了头车。路面结冰打滑，头车被撞了下去。

多木谨记项征交代的任务，问："那个提供路线图的人是不是也在救援站啊，我见过他没？"

此时对讲机里正好传来项征的声音："大家停车休息，准备吃午饭。"

范安琪闻言，跟着滕雪刃的车将车停好。几个人下车，范安琪对多木说："他不在。出发当天他急性肠炎犯了，就没上路。"

"我也对四时路线图好奇，你能给我看看吗？我们侯教授前两天才提到这个四时路线图呢。"多木说。

一路上，范安琪也听侯奇逸说过乌丹古城的事，侯教授的讲述专业，手机里还存着好些文物的细节图。侯奇逸也有在逻些大学工作的同事，两个人一交流，居然还有共同认识的人。

听到多木这么说，范安琪立即从手机中找出那个人的联系方式。她说："我之前找他要了一份扫描文件，我翻翻看。"

范安琪翻出图片发给多木，多木转手就给了项征。项征看到图片，心一紧，这是临摹的石壁佛像残片。为了掩人耳目，佛像被虚化，金线被去掉三根，只剩下一根加粗的黑线。

项征将手机递给滕雪刃，她的眉头拧紧。

"这个拥有路线图的人，十有八九是罐头的人。"滕雪刃小声说。

项征往多木等人的方向看去，多木跟在范安琪身后。项征一笑，对滕雪刃说："没关系，多木都会问出来的。"

滕雪刃转身去后备厢拿食材，边走边说："也行。看在多木的功劳上，午饭给你们加点牦牛肉吧。"

众人吃完滕雪刃做的午餐，个个心满意足。特别是范安琪，她看向滕雪刃的目光种写满了崇拜。

吃完饭后，大家各自回车上休息。多木拉住项征有话要说，于是滕雪刃先上了车。她放倒后座椅背休息，没过一阵，只觉腿上一重。她再抬头，就见项征的脑袋压在她的腿上，他举着手机冲自己晃，说：“我劳苦功高，借你的腿枕一下。”

“解释一下？”滕雪刃说。

项征闭着眼说：“第一张图片是多木照下来的，是那个拥有路线图的人的联系方式，但是那个人把范安琪删了。第二张图是两个人的聊天记录，范安琪在车队负责做联络人，要到了那个人的电话和暂住的旅店地址。多木见了，趁范安琪不注意，顺手拍了下来。”

滕雪刃扫了一眼，记下号码，顺手用项征的手机拨了出去。不出滕雪刃所料，手机号码变成了空号。她又打电话给王睿，要王睿查旅店地址和人名。

王睿直接拨了电话过来，告知滕雪刃，这个人的确是罐头的手下，也是按照罐头的要求散布这张路线图的。

滕雪刃听了这话就来气。她大费周章做了个假石壁，哪知把最重要的信息给交出去了。

现在罐头将路线图大肆散播，她每看一次就被提醒一次自己到底犯了多大的错。

罐头肯定是故意的，他羞辱人的招式可真是花样繁多。

“这个人抓到了吗？”滕雪刃问。

“抓到了，可没用。他也不知道罐头的去向。”王睿说。

滕雪刃直叹气，被人耍得团团转的滋味真是太难受了。

一行人顺利回到逻些，范安琪和滕雪刃等人交换了联系方式。临走前，范安琪问：“滕姐，如果你有需要我的地方，随时打电话。进乌丹古城，我第一个报名。”

“为什么这么说？”滕雪刃问。

"不知道，我是这么感觉的。我怎么想，就怎么说了。"范安琪回答。

"知道了。"滕雪刃说。

待范安琪走远了，项征踱步而出。他说："不答应也不否认，这话说得漂亮。"

"语言的艺术。"滕雪刃说。

项征咧嘴笑了，一只手搭在滕雪刃的肩上，说："你跟我待久了，别的没学会，脸皮见长。"

"客气啦。"她歪着脑袋笑，模样让人心痒。

送走范安琪，滕雪刃和项征赶去王睿的办公室。滕雪刃将近日收集的线索交给王睿，王睿仔细看过，半晌没有言语。过了好一阵，王睿起身对他们俩说："我换套衣服，出去说。"

项征和滕雪刃在公安局门口等王睿。项征问滕雪刃："你觉得王睿想说什么？"

"我要是知道我还会等？我直接就走了。"滕雪刃说。

项征想，滕雪刃真是追求效率，绝不做无用的等待。

正值中午，太阳光线强烈。门口站不住，滕雪刃和项征转入旁边的小巷，两个人躲在屋檐下，只见旁边有只猫在和他们一同躲太阳。

那只猫背上和脑袋上都有三色花纹，神情慵懒，遇到人也不惊慌。迎着两个人的目光，猫还打了个呵欠。

它这呵欠一打，滕雪刃和项征不自觉地也打起了呵欠。两个人相视一笑，猫闭上眼，将脑袋搁在前爪上睡着了。

白花花的日光洒在地上，亮得让人睁不开眼。高原正午的日头太烈了，那样肆意，仿佛要点燃一切阴暗的角落。滕雪刃眯了眯眼，问："你听过逻些本地一句流传很广的谚语吗？"

"人的性命，猫的呵欠。"项征的口吻十分笃定。

"第一次听到这句话我不理解，人的性命那么长，如何与猫的呵欠相提并论。”滕雪刃说。

“现在呢？”项征追问。

“人的性命，猫的呵欠，都是无常。它不受掌控，不要看得太重，也不要看得太轻。”滕雪刃凝视那只猫，眼神温柔。

“还有风。”项征伸手，五指张开，有风穿过。

“嗯？”滕雪刃抬头。

“风也是无常的。不知何时诞生，也不知何时消失。环绕过你的风，也吹拂过我，把我们的联系吹成一段故事，送去远方。”项征说。

“怦”的一声，滕雪刃清晰地听到自己的心跳声。哪知王睿自巷外出声，伸长手臂冲两个人晃了晃。

一腔旖旎被王睿的突然出现搅散了。滕雪刃想，还没说出口的话，就交给刚刚拂面而去的一阵风吧。

三个人去了一家小餐厅，因王睿的职业习惯，他找了个纵观整间餐厅的角落坐下。菜一上齐，王睿便压低声音说明自己最近在逻些、谢通和切琼多地调查的结果：罐头已经离开了高原，他剩余的同党各有任务，四下藏匿起来。他们消失得很快，几乎没有痕迹可以追踪。

王睿还告知他们，其实罐头是半路接手多木的，前期绑架多木的人不是盗宝贼，而是滕家人。

滕雪刃的目光一定，半晌回不过神。项征偷偷在桌下握紧了她的右手。感受到他的温度，滕雪刃转头看向王睿：“证据呢？”

“罐头的手下自己说的。看他们的表情，应该没有骗人。”王睿说。

滕雪刃深吸一口气。她很想否认王睿的说法，毕竟罐头非常擅长让对手内讧、产生信任危机，从而给自己制造机会。譬如这次罐头就找了一个和项征相似的手下，但王睿没有中招。

难道这是罐头的后手？

她又想起罐头那天在屠宰场说的话，要她小心身边的人。“身边的人”指的又是谁呢？

项征看到滕雪刃又困惑又迷茫的模样，心里很不好受。他出声道：“管他真相如何，问问你自己，你要做的事和这些有关吗？”

听到他的声音，滕雪刃立即从混乱的情绪中清醒过来。

其实她早就想到滕家人和佛罗伦萨暗中有所勾结，所以才找上项征进乌丹古城去取城主大印。可当这话被第二个人说出来时，她还是会觉得难过和难以置信。但项征说得对，她要做的事和这些东西不相干，她不能被这些信息影响。

她打起精神，冲项征笑了笑，又对王睿说：“谢谢你告诉我这些。”

王睿点头，说：“滕家人里我只和你还有滕翰音合作，滕真源等人，我基本不往来。”

这话一出，滕雪刃感觉心一暖。她很清楚，王睿这是在表明自己的立场。

“谢谢。”

“有什么用得到我的地方，尽管开口。”

一顿饭吃完，消息也互通了。王睿很担心四时路线图一事愈演愈烈，即便他们出面也不能拦住那些一拨一拨往羌塘去的游人。

滕雪刃想了想，也许这件事多木会有办法。她对王睿说：“我去问问多木，他鬼点子多，应该能想点招数。”

王睿想到多木，虽然觉得看起来不靠谱，但自有一套立身的本事。他点头：“我这边也会想办法的，多多益善。”

项征带着滕雪刃往老卡的客栈走去，准备回客栈稍作休息再去找多木。

走到路上，滕雪刃见路边有家手机店，转进去买了一部手机，又将早就复制好的电话装入手机里。项征在她旁边站着，说：“你给我一个埋单的机会行不行？我站你旁边，都被店主看尴尬了。”

滕雪刃头也没抬，继续摆弄手机。她说：“不要管别人的目光，你的钱也是辛苦钱，好好攒着。你的力气比较好使，以后用得上你的地方多得是。”

项征想，他喜欢的人就是不一样。探病带两麻袋钱，还稀罕他这一身腱子肉。

两个人走回客栈，刚进门，滕雪刃的手机就响了。她面色平静地接完电话，转头对项征说：“出事了。”

这语气太平静，比“今天天气不错”还要来得冷淡。项征怀疑自己听错了，狠狠地揉了揉耳朵。

滕雪刃又说：“有件事我一直瞒着你，但现在瞒不住了。项征，你要向我承诺，听到这件事后，你不能打我、不能骂我，也不能转头就走，更不能对我恶语相向。”

项征认识滕雪刃有段时间了，他从没听滕雪刃说出过如此要求，一颗心顿时提到喉咙口，跳得很快。

他狠狠地吞了口口水，将滕雪刃拉到客栈院子的角落里。角落处有一张双人沙发，项征深吸一口气，在沙发上落座。他双手交握，抬头看着站在面前的滕雪刃，说：“我准备好了，你说吧。”

“你……你先发誓。”滕雪刃双手抱臂，面色严峻。

还有事情能让滕雪刃慎重成这样的？难道是罗叔出事了？

项征在脑子里胡思乱想，对着滕雪刃发誓时，讲话都像在吃螺丝，一连说错好几次。他磕磕巴巴将誓言说完，心里愈发紧张。

“有件事我一直瞒着你，是关于你姐姐的。”滕雪刃说。

听到这话，项征一下就站了起来。他瞪大眼睛，连呼吸都忘了。

“她……没有死。”

项征伸手按住滕雪刃的肩膀，一把将她带入怀里。他的呼吸又重又急，连滕雪刃都能感受到他激动又难以抑制的情绪。滕雪刃伸手抵住他的拥抱，想为自己争取一点空间，快被他勒死了。

“你讲话不要再大喘气了，你给了我希望，再给我一个不好的转折，我可能会当场死在这里。”项征说。

滕雪刃推了推他的手臂，项征这才意识到自己抱她抱得太紧。他松开怀抱，拉着她一同坐下。

项征尽力克制自己的情绪，将右手捏成拳头，攥得死紧。

“你还记得我之前带你去过的牧民索朗旺堆家吗？你姐姐被我藏在了那里。有人发现了项苑的存在，想要逼问她关于大印的下落。好在项苑聪明躲进寺庙，逃过一劫。现在那里已经不安全了，索朗旺堆给我打电话，说他们正在赶往逻些的路上。”滕雪刃说。

一时间所有的情绪都挤入了项征的大脑，他捂着胸口不断地深呼吸，试图将这些恼人的情绪全部排出去。项征起身，忽而又落座，想让自己平静下来。不过作用不大明显，滕雪刃以为他是高原反应发作，急得找前台要了个付费的氧气罐。如果不是项征拦住，她可能真的要强行把面罩套在他的脸上。

项征干脆将冲锋衣脱掉，整个蒙在脑袋上。他对滕雪刃说：“你该干什么干什么，我要冷静一会儿。”

说完，项征就势往沙发上一倒，缩成一团。

滕雪刃抱着氧气罐，身后是闻讯而来的老卡。老卡看了看滕雪刃，又看了看项征，小心翼翼地说：“不好意思啊康拉，我们项征就是脾气有点大。我也是第一次见他生气生得要吸氧，你就……原谅他吧？”

过了半个小时，项征缓了过来。他揭开冲锋衣，眼眶还红着。滕雪刃坐在一旁递纸巾，项征顺手接过，抹了抹眼睛。

“对不起，我瞒了你这么久。”滕雪刃垂着脑袋，小声说。

“我没怪你。”项征说。

滕雪刃很诧异，她侧过头，项征刚好伸手，一把捧住她的右脸颊。他说：“姐姐活着，还被你照顾着，这是好消息，我为什么要怪你？”

“你喝点水。”滕雪刃递过水。

项征接过来喝了大半瓶，又深吸一口气。他问：“我能去接我姐吗？”

“你会问这个问题，就已经预料到我会拒绝吧？”滕雪刃说。

“我怕再等下去会发现自己是在做梦。梦醒了，就什么都没有了。”项征说。

“你一动身，这逻些城里的眼睛就盯着你。你现在能做的就是相信项苑能够平安抵达逻些。”滕雪刃说。

“还是罐头那群人？”项征问。

“十有八九。”

“畜生玩意儿！”项征抓着沙发扶手，手背上的青筋暴起。

“冷静一点，刚才你已经够不冷静了，好在大家都误会是我和你在吵架。不要被来来往往的人看出异样，我们最好假装和解了。”

滕雪刃的话音落下，项征起身，抱着她就在原地转了个圈。放她落地时，两个人的脸凑得很近，她看得清他那双深棕色眸子里的水光。

项征飞快地在她的嘴唇上啄了一下，很大声地说：“对不起，我错了。”

滕雪刃用手掩着嘴唇，半晌没反应过来。她想，项征在干什么？

“不是和解吗？情侣之间和解不该亲吻吗？”项征反问。

滕雪刃想，项征的话是很有道理，但她怎么总觉得是自己被占了便宜呢？她瞪着项征，有些羞恼。项征捧着她的脸不放，认真地说：“滕雪刃，谢谢你。还有，我绝对不会破坏计划，我会在这里等姐姐回来。”

几年都等了，这几个小时项征肯定能等下去。

他又乖顺又认真的模样就像一只大型犬，滕雪刃被他看得不知所措。她很难抵抗项征的直视，仿佛与他多对视几秒，自己的理智就会溃不成军。

为了冷静下来，滕雪刃将项征留在客栈，只身去找多木商量四时路线图一事。项征不放心，但看到滕雪刃一副躲闪的模样，也知道她在逃避什么。

他看得出来，滕雪刃还有犹豫，不敢往前一步，也许是李想的阴影横亘在两个人之间，又也许是她的身份投射出了深邃的暗面。不管是哪一种负面，都牵绊住了滕雪刃的脚步。

项征只能暂时后退，他说：“你去找多木，我在这里等你。”

侯奇逸在逻些有房子，多木为了省住宿费，强行搬到侯奇逸的房子里去住了。即便滕雪刃说给他安排住处并支付房费，他也不干。他说去侯奇逸处顺便可以补课，学习一下高原的历史。

滕雪刃事先打过电话，侯奇逸本来下午要带多木去寺庙逛逛，实地讲课的，听闻她要来，两个人便在屋子里等。滕雪刃一来，说明了目前的问题。她还没开腔让多木想办法，多木已接过话头："我有主意。"

滕雪刃饶有兴味地看着多木，多木被她那双眼睛看得有些不好意思。他"嘿嘿"笑着，说："滕姐，我们做个交易。"

"你跟我谈交易？"

说话时，滕雪刃眼波流转，嘴角微勾，活像一只小狐狸。

她平常冷冰冰的，现在突然流露出这种表情，真让人吃不消。多木看得"咕咚"一声咽了口口水，他吸了吸鼻子，说："对，谈交易。"

"你说。"滕雪刃扬了扬下巴。

"如果我能平复这场流言，你要带我和侯教授去乌丹古城。"多木说。

"先不说我同不同意，万一在去的路上出了意外怎么办？"滕雪刃问。

"嗨，我的人生那么精彩，绝不后悔。"多木把手一挥，很是潇洒。

"侯教授呢？"滕雪刃看向侯奇逸。

"不后悔。"侯奇逸坚定地说。

滕雪刃叹了一口气。如果不是工作缘故，她再也不想踏进乌丹古城。沿途环境艰险，行车困难，天气诡谲多变，处处危机四伏。她就想不通了，怎么身边这么多人，连性命也不顾，偏要去乌丹古城？

"好，给你一个月时间。如果成功了，我就带你们去乌丹古城。"滕雪刃说。

"没问题！"多木一脸兴奋的表情。

滕雪刃临走时，多木伏案想法子，侯奇逸送她下楼。走到门栋处，滕雪刃说："侯教授，不用送了。"

"我答应了多木，要把你送到客栈。"侯奇逸推了推眼镜，语气很是坚定。

"侯教授，我没问题的。"滕雪刃说。

"逻些也不安全，女孩子还是要小心一些。"侯奇逸说。

见他如此执拗，滕雪刃也不好再说，只得由他去了。

走出小路时，滕雪刃习惯性地观察周围的情况。她一回头，只见附近民房上有刺眼的光芒一晃而过。滕雪刃转身再看，又什么都没有了。

侯奇逸察觉到滕雪刃的动作，问："怎么了？"

看他那副紧张到直往后退又要故作冷静的模样，滕雪刃忍住了笑意。她摇了摇头，说："没什么，有光晃了我的眼。"

"这片居民区有人迷信风水，会挂镜子，有反光也不奇怪。你看那边。"

滕雪刃顺着侯奇逸手指的方向看去，果然看到了迎着太阳的镜子。她暗笑自己多心了。

回到客栈，滕雪刃买了杯甜茶上楼。打开房门，项征反坐在椅子上，趴在窗台上，像是睡着了。听到门响，他睁眼看向滕雪刃。

项征笑了笑："回来了。"

他睡眼惺忪，表情温和，轻柔的口吻就像是在和亲人对话。滕雪刃颔首，心里涌动着丝丝暖意，她说："我回来了。"

在滕雪刃离开的时间里，项征一个人冷静了许久。他将最近发生的事全部梳理了一遍，突然发现一件很重要的事——滕雪刃一直在暗示他项苑还活着。

初见时，她只说梦到项苑，并没有像其他人一样断言生死。

带他去寺庙，见到仁钦桑波，仁钦桑波的回答句句都有暗示，他没听明白。

即便是发表"拆伙宣言"时，滕雪刃说的也是"如果有你姐姐的消息"。现在看来，这话说得很巧妙。项征原以为是滕雪刃对失踪者的尊重，但以滕雪刃的性格来说，失踪了好几年的人，她一定会做死亡处理，怎么会说出这种话?

再者说来，如果是用项苑的线索骗他合作，还不如说找到大印是姐姐的遗愿来得好用。

项征总结——自己是真傻!

"给你买了甜茶。"滕雪刃将甜茶塞到他手里。

项征很是错愕，他端着甜茶，上下打量滕雪刃，眼珠子都快要掉出眼眶了。滕雪刃怎么会突然如此体贴?

“你不喜欢吗？”

听老卡说项征很喜欢喝甜茶，难道她听错了?

项征喝了一大口，然后舔了舔嘴唇：“我只是没想到，你突然会这么细心体贴，我还以为你出门一趟被人调包了。”

“你也很细心，我只是向你学习。”滕雪刃说。

她扶着腰在床上坐下，项征看到她的举动，不免有些担心。她被人打的旧伤未愈，为了救多木强行上路，回来后又赶去救援队帮忙收集线索，接着再赶回逻些。

这样的强度，饶是铁打的也受不住，滕雪刃竟然一声不吭。如果不是他现在看到，也不知她要忍多久。

他说：“你等着，我去找瓶药酒给你揉揉。”

“不用了。”

滕雪刃刚说完，项征便拿了钱包下楼。不多时，他便拎着袋子回来了。滕雪刃见他拿了药酒出来，忍不住笑出声。项征不解：“笑什么？”

“不会又要我脱衣服吧？”

滕雪刃想到自己那次的窘状就好笑，她没想到的是，看起来“流氓”的项征其实是个真君子。

“这倒不必。”项征说。

他帮滕雪刃揉了一会儿腰，两个人说着四时路线图一事。她还告诉项征，多木和她做了一笔交易。可等他再细问，她就没出声了。

项征绕过去一看，滕雪刃已经累到睡着了。

他轻手轻脚地将她挪正，又给她盖上被子。见滕雪刃眉头紧拧，他的指尖轻轻点在上面。项征想，到底是什么事情，困扰得她连睡觉都要皱着眉。项征趴在她耳边小声说：“滕雪刃，你的烦恼和忧虑可以说给我听，你不是一个人。”

不知道是不是他的话起了作用，滕雪刃的眉头竟然慢慢松开了。她翻了个身，将脸蛋深埋在枕头里，嘴角微微勾起。

夜里起床，滕雪刃和项征下楼吃饭。院子里在搞单身烧烤聚会。

老卡很擅长搞活动，客栈的人气就是这样被炒起来的。项征知道滕雪刃不喜欢人多，两个人快速穿过人群，走到了外面。他们往商业街走去，项征又见到街头小乞丐冲上前抱着滕雪刃的腿要钱。

小乞丐如愿以偿地要到钱，然后大步跑开。项征看着那个孩子远去的背影，再次感慨滕雪刃的情报网之广。

“他说了什么？”项征问。

“城里来了一群人，他们和一般游客很不一样，已经来了两三天了。”滕雪刃说。

“不是很明白。”项征直白地说。

两个人不知不觉走到了觉康寺附近，夜里的灯自下而上照亮寺庙，远远看去，寺庙像是一座巍峨的雪山。

滕雪刃看着觉康寺，神情凝重，双手背于身后。她轻声说：“佛罗伦萨来了。”

一听到“佛罗伦萨”这个词，项征马上想到了罐头。他突然好奇地说：“他们在哪儿？”

“你想去看看？”滕雪刃问。

“罐头绑架多木的阵仗那么大，那佛罗伦萨又该是什么派头呢？”项征问。

“走，带你去看看。”滕雪刃说。

项征跟着滕雪刃穿街走巷，来到了一家豪华酒店门口。滕雪刃下巴一抬：“他们住在这里。”

项征觉得不可思议，他说：“不是，这群人是来偷东西的，不躲躲藏藏，居然住这么贵的酒店？”

“对啊，住这么贵的酒店的人，又怎么会去偷东西呢？”滕雪刃嘴边带着讽刺的笑。

“厉害啊。哎，不然我们进去喝杯东西再走吧？”项征问。

“我觉得在老卡的院子里喝点啤酒也比在这里舒服。”滕雪刃说。

项征闻言一笑，伸手将滕雪刃带入怀里。他说：“你怎么就那么省钱呢？想带你喝点贵的你都不肯。”

“你是想找机会看看这群人吧？”滕雪刃问。

“奇怪了，我肚子里的蛔虫怎么会说话了？”项征摸着肚子，疑惑道。

滕雪刃又给了他一拳，这次下手轻了不少。她说：“不用想了，他们的车都用车罩挡起来了，房间号也是保密的，就餐一般送到房间内。楼上有专供套房的酒廊，他们是不会出现在楼下酒吧的。”

“这也行啊。”项征有些无奈，“那我们还是回去吧。”

两个人往外走，滕雪刃突然说：“我想吃烧烤。”

“这大晚上的，我看看哪里有烧烤卖。”说着，项征就掏出手机查找烧烤店，还真被他找到了一家。

项征带着她去买了烧烤和饮料，回到客栈后，将独立的院门关上，又拖来两张椅子。

滕雪刃缩在椅子上，双手捏着签子的两端，小口咀嚼着食物。她的酒窝时隐时现，眼睛被夜里的灯映得发亮。她那副满足的模样，项征看得目不转睛。

他心想：滕雪刃也太容易满足了吧？

项征拖过椅子挨在滕雪刃身边，随手拿起一根肉串，问：“这家烧烤也没那么好吃啊。”

“可我就是想吃。”滕雪刃说。

“你还有什么想做的事，一并告诉我。”项征说。

“很多呢，但能实现的很少。”滕雪刃说。

“你先说说，万一我能满足你呢？”

滕雪刃吃完手里的肉串，放下竹签，擦了擦手，掰着手指头数：“想要好好过个年，能吃上好吃的年夜饭；想没有负担地吃个早饭，不用看手机和新闻；想安安静静在家享受一天的生活，可以自己做饭、看书、睡觉。嗯……暂时就这么多了。”

项征听完，哑然失笑。

他走过很多地方，见过不少人，听太多人说过自己“想做的事”。有些人想功成名就，有些人想摆脱现状，有些人想娶到心仪的人……他们的“想”，是需要非常努力才能达到的“想”，更多的还是一种“空想”。

可滕雪刃的“想”，朴实到让人发笑。项征想笑又笑不出来，总觉得心里不是滋味。

项征一只手按在滕雪刃的脑袋上，缓缓地说：“这不叫想完成的事，这叫日常的事。”

滕雪刃又挑了串烤土豆往嘴里送，说：“是吗？那你好幸福。”

她的语气平淡，看向项征的眼里却透着艳羡。项征被她的话惹得又是心酸又是无奈。

“我可以满足你一个心愿。”项征突然说。

“嗯？”

“你说冬天进不了乌丹古城，那你应该有时间来我家过年？”项征说。

听到这样的邀请，滕雪刃很意外。她歪着脑袋看着项征，项征伸手轻刮她的鼻头：“不肯来？”

“不是……”

“你再忙，过年也应该有时间吧？”项征问。

“如果有时间，我去你家过年。”滕雪刃说。

“提前告诉我，我会准备你爱吃的食物。”项征很认真地说。

“好。”

夜深，灯灭，客栈也安静下来。项征和滕雪刃裹着毯子靠在椅子上，项征突然从钱包里抽出一张银行卡，递给了滕雪刃。

滕雪刃一脸莫名：“这是干什么？”

“你拎去探病的那两麻袋钱，我存到卡里了，现在还给你。”项征说。

“这是酒吧和你家的损失费。”滕雪刃把卡又推回去。

“我自己修不起啊？”项征笑着问。

他又用这种认真又深情的目光看着滕雪刃，滕雪刃被看得有些受不住。她背过身，说：“罗叔身体不好，也要买东西补一补。”

“大小姐，钱不是这么花的。你拿着，密码是我的生日。”项征硬是把银行卡塞到了她的手里。

滕雪刃拿着卡，手指轻轻摩挲着上面凸起的数字。她的心里有些异样，说不出这是一种什么古怪的感觉。

项征不要她的钱，也不和她谈条件，遇到危险会挡在她的身前。他会因为她的一时隐瞒而发火，事后又眼巴巴地追上来，跟她解释，向她认错。

可项征又何错之有呢?

现在也是，这钱是补偿他的损失，他却不要，反而告诉她不要乱花钱。

不知是不是喝了两瓶啤酒的缘故，滕雪刃伸手拽住项征的袖子摇了摇，问：“项征，你为什么对我这么好？”

问这话的时候，她的眼睛发亮，充满了好奇和期待。

项征见她微微扬起的小脸，本来藏在心里的感情又一次决堤了。他深深吸气，怎么也按捺不下内心的蠢蠢欲动。

他说：“说过了，因为我喜欢你。”

滕雪刃似懂非懂地点了点头，说：“哦，你喜欢我啊。”

项征一愣，很是错愕。这个女人的反应似乎太平淡了一点？上次也是，明明很清楚地说过了“喜欢”，可她却是一副不甚在意的模样，着实让他失落了好一阵。如果不是因为偷听了她和多木的对话，他还以为一切都只是自己痴心妄想。

还没等他想完，他眼见着滕雪刃坐着的椅子突然向后仰倒，连忙去扶，好歹拉住了滕雪刃。

滕雪刃满脸震惊，拽着项征的手，突然结巴起来：“你、你……你、你……你刚才说什么？”

“我说，我喜欢你。”

项征发现，“我喜欢你”这四个字第一次说出口确实困难，脱口而出之后，他的脸皮就厚了起来，再说第二次、第三次时，就变得很轻松了。

“啊！”

滕雪刃叫了一声，她不敢看项征，只好拿双手去捂脸。一脱手，她便向后倒去，好在项征有防备，直接把她抱入了怀里。

“怎么，很意外吗？不该意外啊，我上次就说过了，你还要逃避到几时？”项征抱着她，小声嘀咕。

滕雪刃伏在他的胸膛，整张脸都烧起来了。

她不是没感觉到项征对自己的好感，只是她没想到项征会如此坦然大方地承认，更没想到项征会邀请自己回家过年。

身边的每一个人都说项征在感情上不是好人，是“浪子”，是“渣男”，会玩弄女人的感情。滕雪刃听得多了，自然对项征所有的举动和言语产生了免疫力。加之她本来就被身份束缚，又有李想一事在前，所以根本不想去谈什么感情。

后来多木被绑架，他们在谢通县遇到罐头，滕雪刃第一次被人护在身后。也不是没有在意和心动，只是为了任务和工作，她可以将那些痕迹隐藏起来，假装看不到。她十分清楚，任务中不能混入感情，感情会成为阻碍。

她也不是一个会为谁停下脚步的人，如果爱上了一个人，她不知道自己还有没有不顾一切的勇气。

但一切都抵不过那场暴风雪。暴风雪压倒性地推翻了她筑起的高墙，以摧枯拉朽之势将项征带入了她的心房。

今天，项征郑重其事地告诉她，他喜欢她。

滕雪刃狠狠地揪住项征的衣领，问：“你是不是喝多了？”

项征扳过滕雪刃的脑袋直面自己，一字一字：“如果你不相信，我可以明天再说。若你还是不信，我可以当着我姐姐的面告诉你。即使要天天对你说，我也不介意。”

滕雪刃不自觉地用手按住胸口，那种无法呼吸的感觉又来了。

只要和他在这种时候对视，她就不知道手脚该往哪儿摆，不知道眼睛该往哪儿看，不知道如何调整心跳和呼吸。

“太晚了，你该睡觉了。明天醒来，你会发现这一切都不是梦，我还是会对你说喜欢。还有啊，你那些莫名其妙的包袱也该扔下了，别想那么多。如果你也喜欢我，就和我在一起。”

说着，项征蹲下身，示意滕雪刃上来。滕雪刃有些犹豫，项征转过头，说：“上来啊。”

滕雪刃于是趴上他的后背。

项征起身，托着她的手，忍不住笑道：“早想这么做了，今天终于找到了机会。”

“为什么？”滕雪刃表示不解。

“问我姐去吧。”

第七章

因缘际会

次日起床，滕雪刃一睁开眼就看到了项征的脸。男人趴在床边一眨不眨地看着她，见她醒了，便咧嘴一笑："还记不记得我昨天说了什么？不记得我再说一遍，我喜欢……"

"你"字还没说出口，滕雪刃连忙用毯子遮住了他的脸，慌忙道："知道知道，我知道了。"

项征差点被毯子闷死，胡乱抓下罩在脑袋上的东西，眼看滕雪刃想逃跑，一把将她拎了回来。

滕雪刃手上有几分功夫，但项征力气大，她挣脱了几下，还是挣不过项征。项征抱着她直笑，说："我怕伤到你，没敢出全力，你就别折腾了。"

见她乖乖不动了，项征便将她放了下来。他也没看清滕雪刃是个什么动作，居然直接将他按倒在床，锁了他的喉。

滕雪刃笑眯眯地说："我也没敢出全力，怕伤着你。"

项征觉得好笑，这女人真的半点不服软。

两个人早起闹了一场，就出去吃面条。吃饱后，滕雪刃开车带项征去了郊外。项征也没多问，只是心跳快得停不下来。滕雪刃时不时看他一眼，说："我后备厢带了氧气罐，你实在撑不住了可以去吸两口。"

"你关心人的方式还是那么别致。"项征说。

滕雪刃想，也不知道是谁上次听到项苑没死的消息反应那么大，害得她紧张兮兮跑去要了氧气罐。滕雪刃越想越气，忍不住盯着他看。

项征感受到她无声的控诉，伸手在她脸上掐了一把，说："你怎么就这么可爱呢？"

滕雪刃被掐得莫名其妙。

等了大概一个小时，远处有辆货车驶来。滕雪刃推了推项征的胳膊，说："你姐来了。"

项征的脖子伸得老长，身子半点不动，像有人拎着他的脖子往前拽了又拽。眼见着货车越来越近，项征纹丝不动。滕雪刃说："下去啊。"

"我怕，你和我一起。"项征说。

滕雪刃以为项征在开玩笑，项征伸手牵过她的手。她感觉到项征的手掌冷冰冰的，比铁还冷。

"走吧。"滕雪刃轻轻反握住他的手。

两个人一起下车，项征一直握着滕雪刃的手。他的嘴唇抿紧，脸皮也绷得紧紧的。项征不笑本就显得凶悍，现在越发冷厉了。滕雪刃摇了摇他的手，他看向滕雪刃。滕雪刃说："笑一下。"

项征扯出一个笑容，滕雪刃倒退一步。她说："你还是别笑了，不然项苑还以为我是拿刀逼着你来的。"

"真有这么难看？"项征问。

"问你姐去。"

项征被滕雪刃逗笑，眉眼舒展，手的温度也逐渐恢复了。

滕雪刃这才放心了。

从货车上下来两个人，一个个子高大，身上是传统牧民打扮，另一个身形瘦削，头脸被厚重的毯子包覆住，什么都看不见。滕雪刃拉着项征走过去，项征盯着被毯子裹住的人，眼珠子都转不动了。

那个人慢慢揭开脑袋上搭着的毯子，露出一张清丽的脸。项征一看，嘴唇翕动，半晌也发不出声音。他一只手握拳，一只手牵着滕雪刃。滕雪刃感觉项征的身体微微有些颤抖。她轻声说："你松手，我去旁边等你。"

项征感激地看了滕雪刃一眼，松开了手。然后他上前一步，紧紧握住项苑的手。

项苑看到弟弟，鼻子一酸，眼泪也跟着掉了下来。虽说滕雪刃时常会带来关于项征的消息，但亲眼看到项征，还是有种恍如隔世的感觉。她一只手探上项征的脸颊，连指尖都在颤抖。

"姐，我就知道我还可以看到你。"项征的眼泪淌下来，脸上却是笑着的。

项苑也被他带得眼泪止不住地往下流，姐弟俩原本都是大大咧咧的性格，此刻却相携哭成一团，实在是令人动容。

滕雪刃不太适应这种温情的重聚场面，和索朗旺堆走到一边，说起这几天发生的事。

索朗旺堆告诉滕雪刃，五天前的夜里，他听到牛羊发出凄厉的叫声。他以为是狼来了，出去一看，几个黑影迅速消失不见，项苑住的帐篷被人打烂。他匆匆赶去，项苑不知所终。

他深知项苑身份特殊，不敢张扬，暗地里寻了一夜。天亮时，寺庙派人来找，他这才知道，项苑趁乱跑进了寺里。

项苑受到惊吓，当夜便发起了低烧。好在寺庙里有医生，立即给她喂了药。索朗旺堆明白此地不安全，不能再让项苑待下去，于是打电话给滕雪刃，但滕雪刃没接。他记得滕雪刃冬天一般都在逻些住着，想了想，干脆直接带着项苑往逻些来了。这几天，他和项苑轮流拨打滕雪刃的手机，终于打通了。

滕雪刃感激索朗旺堆的当机立断，如果没有他的这个决定，只怕那群人还会再来。滕雪刃说："你们在来的路上，有没有遇到麻烦？"

“我们结队来的。路上很小心，没出事。”索朗旺堆说。

滕雪刃还有疑问，项征和项苑正好走过来。滕雪刃止住话头，将车钥匙扔给项征，说：“你姐还病着，你们去车里坐着。”

项征点点头，姐弟俩去了车里，哭了一通，彼此也觉得尴尬。项征本来有很多话想跟姐姐说，可两个人面对面时，说什么都觉得矫情，嘘寒问暖那些话也不知从何说起，更别提突然询问她失踪的事情了。千言万语哽在喉头，真不知道从哪句开口好。项征抹了一把脸，看了看车外抱着手臂的滕雪刃。

项征在车上找了毯子和暖手宝，对项苑说：“姐，我下去给滕雪刃送条毯子，你在车上先坐一会儿。”

项苑一听，很是意外地看着项征。然后她摆了摆手：“你去吧，这里我帮你看着。”

看着项征拿着毯子和暖手宝离去的背影，项苑想，这小子和以前不一样了。

滕雪刃和索朗旺堆正说着话，突然觉得肩头搭了什么东西，转头一看，原来是项征帮她盖了一条毯子。项征将暖手宝塞到她的手里，说：“继续啊，我陪你。”

“你不和你姐多说一会儿话？”滕雪刃问。

“你的腰还没好，要保暖。”项征一只手护在她的腰上，根本没回答滕雪刃的问题。

滕雪刃也不拆穿，把自己想问的话问完，就和项征一起回到车上。

上车后，滕雪刃指挥项征将车开到医院。去医院看完病拿了药后，三个人回了客栈。老卡是认识项苑的，为了不让老卡发现，项苑蒙着头小心翼翼地溜到了小院里。

三个人回到房间，滕雪刃问项苑遇袭的经过。

项苑说，半夜她听到牛羊叫声，跟着索朗旺堆的狗率先冲进了她的帐子。她起身探看，只见三个人从车上下来，冲着她的帐篷就过来了。项苑身体虚弱，一直没养好。她身体好的时候也跑不过三个人，更何况是现在？

三个人将她包抄，他们身着黑色冲锋衣，戴着口罩和帽子，只露出一双眼睛。好在那条狗冲了进来，项苑便趁乱往寺庙跑去，边跑边喊有人偷牛。这样一来，她叫醒了不少牧民，那三个人只得离开。

滕雪刃又问："你看清对方的车了吗？"

"黑色的，很大，看不太清。"项苑说。

"除了蒙面，还有什么明显特征吗？"

项苑一路颠簸，精神不济，她努力思考，表情略显困顿。项征要项苑吃了药先休息，还有什么稍后再说。项苑还是有些不安，滕雪刃看出了她的忐忑，说："有项征在这里看着你，你别担心。"

项征问："那你呢？"

"我再去要一个房间，你和姐姐住。"滕雪刃头也不回地出门了。

这边是姐姐，那边是喜欢的人。项征又不能扔下姐姐去追滕雪刃，可不追上滕雪刃他心里又堵得慌。于是他站到窗台边，伸出脑袋看滕雪刃的背影。

"项征。"项苑喊了一声。

他转过身，看向姐姐。

"你和滕雪刃，是什么关系？"项苑问。

项征装傻，不说话。

项苑一看就乐了，弟弟明显就是不好意思承认嘛。项苑说："项征，我是你姐。"

"你是我姐，我知道啊。"项征故意摆出一副痞子模样，口吻也不正经。

"以前你带女孩骑摩托车，人家女孩子在后座吃了风拉肚子，你还嘲笑人家。今天你就知道别人伤没好不能吹冷风了？"项苑问。

项征拨了一下头发，有些烦躁："你老提以前的事干吗？"

"你这两年过得好吗？"项苑问。

"喏，如你所见，你觉得我过得好吗？"项征说。

"看你还能跟我斗嘴，我就觉得不错。你过来。"项苑冲他招了招手。

项征坐在窗边，项苑伸手摸了摸弟弟的脸。她吸了吸鼻子，眼里有泪光闪烁。她说："我是真没想到还可以见到你。"

“说什么鬼话，你当然可以见到我了。你失踪的那几年，我从来没想过你死了，我一直想着你是出去玩到不想回家了。”项征说。

项菀狠狠地在他额头上点了一下，说：“你这死鸭子嘴硬的性格，一辈子都改不掉。”

“这叫不放弃希望。你看，你这不是回家了吗？”项征说。

项菀笑了笑，说：“还是要感谢滕雪刃。不是她，我就活不到现在，更别说和你见面了。”

项征很好奇其中的经过，可他也看得出项菀真的很累了。他扶着姐姐躺下，又给她掖好毯子，说：“你睡，我陪着你。”

“那滕雪刃呢？”项菀问。

项征又不说话了，眉头拧成一团。项菀想，原来自己的弟弟也会疼人了。放在以前，他只会大手一挥：“管她做什么，那么大个人了，不会照顾自己吗？”

可现在的项征不会这样了。

项菀闭上眼，也不点破。项征就是这种性格，越说越嘴硬，总是假装满不在乎，其实心里在意得要死。别人越说他越不承认，别人不说他反倒赶着趟认了。他的事，就让他自己去烦恼吧。

有项征在身边，项菀紧张的心情也放松下来，渐渐睡着了。项征拿手机给滕雪刃发消息。

一条消息发出去，石沉大海；两条消息发出去，没回应；三条消息发出去，项征急得半死，走到门外拨通了电话。

电话“嘟”了几声，直到项征的耐心告罄，滕雪刃才接了。她声音软绵绵地“喂”了一声，项征问：“怎么不接电话？”

“这不是接了吗？”滕雪刃说。

“你怎么了，声音这么虚弱？你在哪儿？”项征压着嗓子问。

“困了，在睡觉。还没睡五分钟，就被你的电话吵醒了。”滕雪刃按着太阳穴说。

“你来我这里睡。”项征斩钉截铁。

“好好照顾你姐，她身体还没好。等你姐姐身体好了能走远路了，你们先回泾河，不要留在这里了。反正眼下也没什么事，你该忙就去忙吧。”

“滕雪刃，你到底有没有把我的表白听进去，啊？”项征烦躁不安，他不喜欢滕雪刃这种把人撇开的感觉。

“如果不把你的表白听进去，我就不会让你牵我的手。”滕雪刃说。

“那你为什么又把我往外推呢？”项征问。

“项征，你做不到又照顾姐姐又顾着我。我有自保能力，你要相信我。项苑现在精神不济，夜里可能还会失眠做噩梦。她的身体不好，你多照顾照顾她。”滕雪刃耐心地说。

“可我不能不管你。你总是先把别人安排好了，把自己排到最后，我一不注意，你转头就溜走了。我要是不顾你，你又溜走了怎么办？我去哪里找你？我不像你那样神通广大，我抓不住你，每天都在担心。”项征问。

听到项征的话，滕雪刃在电话那头沉默了。她说：“你让我想想，我不知道该如何回答。”

这次轮到项征沉默了。他想，滕雪刃每次都这样。谈工作有一说一，甚至是冷酷；谈感情黏黏糊糊，总是在回避。

不行，这次他非要下一剂猛药不可。

两个人都抓着手机，没有人挂断。滕雪刃想了想，刚准备说话，被项征抢在了前头。

他说：“滕雪刃，我不会成为你的负担，也不会用感情去限制你。我会尽量跟上你的脚步，也尽量不成为别人对付你的把柄。这样的话，你能不能考虑一下我？”

滕雪刃听得手机一滑，落在床上。她坐起身来，捧着脸干眨眼，总感觉刚刚是幻听。

她又将手机捡了回来，通话还在继续。她“喂”了一声，项征问：“你以为你逃得掉？”

“给我一点时间考虑，好吗？”滕雪刃问。

“好。”

说完，项征干脆地挂断电话。

滕雪刃倒回床上，闭着眼缩在被子里，心跳却慢不下来。她强迫自己睡觉，脑子里全是项征刚刚说的话。她闭着眼都能看到项征的脸，怎么睡得着啊？

就这样翻来覆去十分钟，滕雪刃的手机又响了。她接起来，那头是项征的声音。

“你想好了吗？”

滕雪刃哭笑不得：“不是说给我一点时间吗？”

“那一点到了，你要续费才行。”项征说。

“啊？”

项征不厌其烦，电话打了一通又一通。滕雪刃索性不接，项征又发来短信，上面写：你不答应，我就在楼下喊你的名字。

滕雪刃回复：你这是要流氓！

——我不是要，我就是。

滕雪刃握着手机，不知该说什么好。她本以为项征只是嘴上说说，哪知她正魂不守舍时，听到楼下传来浑厚的喊声：“康拉！”

他来真的！

滕雪刃抱着脑袋，连忙拨通他的电话。电话迅速被接起，滕雪刃问：“你有必要这样吗？”

“你敢逃避我就敢较真，要勇于面对自己的问题。”项征说。

“我……我有什么问题？”滕雪刃问。

“你的问题就是你不敢直面喜欢我这件事，并试图隐藏。因为你害怕和我在一起之后就没有勇气完成任务了。”项征说。

滕雪刃用手捂着心口，他是有什么读心术吗？

“你也说了，我们只有当下，没有以后。”项征又说。

滕雪刃吸了一口凉气，他还偷听自己和多木聊天！

“人生在世，也就那么几十年，短点儿的可能只有十几年。自己的心意自己清楚，既然清楚，又何必委屈自己呢？我最后问你一次，答应吗？”项征的口吻突然放软，像是在讨好她。

滕雪刃抿着嘴唇，半天没出声。项征叹了口气，说：“这样，你要是愿意试试，你就走到窗台前来，让我看到你。”

她不应该下床，也不应该走到窗台前。她记得自己的任务和工作，也记得自己要完成的事情有多么艰难。

可这一刻，滕雪刃还是不由自主地走到窗台边。她低头，就见项征扬起灿烂的笑脸在冲她挥手。

他的笑容比日光还要夺目，灿烂得让她睁不开眼。

滕雪刃也忍不住笑了。

“行了，回去躺着吧，咱们也别演罗密欧与朱丽叶的阳台会了。”项征冲她摆了摆手。

滕雪刃气结：“是你要我过来的！”

回答她的，是项征的一阵朗笑。他说：“晚点带你和我姐去吃饭，乖啊。”

滕雪刃挂断电话，转头扑回了床上。她的心怦怦直跳，怎么也慢不下来，她将脑袋埋在枕头上，却遮不住上扬的嘴角。

说是项征逼迫，其实还是出自本心。如果她不喜欢项征，谁也不能按着她的脑袋让她答应。

滕雪刃将手机握在手里，就这样迷迷糊糊睡着了。

滕雪刃再次醒来，是被项征的敲门声叫醒的。项苑裹着毯子作奶奶打扮，三个人一起出门吃饭。吃饭时，项征对项苑说：“姐，正式介绍一下，这是我女朋友滕雪刃。”

正在喝茶的项苑顿时吐了一口水，她一边找纸巾擦嘴一边说：“上午问你，你还装傻，晚上怎么又不装了？”

项征耸了耸肩："上午时机不对，现在可以泄露天机了。"

项苑恨不得将吃饭的碗盖在项征头上。

姐弟俩闹了一阵，滕雪刃看得直笑。笑过后，她说："现在逻些不安全，你们先回泾河去吧。"

"那你呢？"项苑问。

"逻些城里还有四时路线图的流言没平息，佛罗伦萨已经来了，我更加走不了了。要你们先走，也是不想分心多保护两个人。"滕雪刃说。

项征说："我发现你这人有个本事，即使是关心也能被你说得格外难听。"

滕雪刃挠了挠脸颊，项征把她的手拍下去了，说："脸不能乱挠。"

项苑看得直笑，原来弟弟细心起来是这副模样。

"好，不挠，我吃饭。"滕雪刃低头吃饭。

项征和项苑商量回泾河的时间，项征打算让项苑多待两天，一来等烧退了身体好点，二来他不想这么快就离开滕雪刃。滕雪刃却希望两个人尽快离开，她没说原因，但项征猜到肯定是有事发生。

回到客栈后，项苑借口休息先回房间了，项征拉着滕雪刃在小院里坐下。他问："出什么事了？"

滕雪刃轻咬嘴唇，想了一阵，还是实话实说了。

"上次跟你提到滕家有人暗中和佛罗伦萨勾结，这次我想借机查清楚。你们在这里我施展不开。"滕雪刃说。

项征突然伸手搂住她的脖子，滕雪刃猝不及防倒进他怀里。他低头，轻吻滕雪刃的嘴唇。他说："安全回来。"

滕雪刃绽开笑容，问："回哪里？"

"回我家，我家就是你家，回来过年。"项征说。

"我尽量。"

项征轻抚她的发，说："不要尽量，要一定。"

"说好不用感情威胁我的。"滕雪刃说。

"哦，那我改。"项征说。

“想知道我是如何找到项苑的吗？”滕雪刃问。

“你愿意说，我就想知道。”

“我告诉你。”

发现项苑是乌丹古城考古队事发后第二年的事。晴河涨水前，滕雪刃带人进了古城，寻找大印无果后，他们将几具尸体带回。滕雪刃派一部分人先将尸体运回，又亲自带队，沿晴河而下，挨个搜寻附近的牧民点，试图寻找生还者的信息。

因为滕雪刃的坚持，一度放弃的搜寻任务没有中断。有人上报消息，滕雪刃追着线索而去，居然找到了项苑。

当滕雪刃发现项苑时，项苑的情况很糟糕，不仅身体有伤，精神状况也很差。她认不清人，说不出话，表达情绪的方式只有尖叫。滕雪刃想把她带回内地治疗，才刚塞上车，她就发疯一般地撞车窗和车门。无奈之下，滕雪刃只能把她留在此地，让牧民照顾。

滕雪刃三番五次带医生来为她检查，好在她身体恢复得很快，但神志依旧混乱。医生说，这是因为项苑受了太大的精神刺激所致，什么时候能恢复，谁都说不准。

从多方考虑，滕雪刃将找到项苑一事瞒了下来。她多次往返此地照顾项苑，为了不让人发现，只说自己是义务教牧民的孩子们学习。

不过她确实在抽空教牧民的孩子们学习，要是项苑精神状态好，也会帮她的忙。项苑一开始连话都说不清，休养一年多后，口齿清楚了，记忆也慢慢找回来。

次年冬天，滕雪刃带上生活用品去找项苑。两个人一见面，项苑就对滕雪刃说：“我知道大印藏在哪里，我们一定要赶在那群盗宝贼前面，将大印拿出来。”

“然后你就来找我了？”项征问。

“我上报了乌丹古城城主大印的线索。三天之后，黑市上就流出了悬赏消息，乌丹古城城主大印的价格上涨一倍。我本想从滕家挑人进城，可看到这个消息，我有点怀疑两者之间的联系。”滕雪刃说。

“也许是巧合呢？”项征说。

“我也希望是，所以我又放出了假消息，然后黑市上的消息也跟着变了。一次是巧合，两次就不是了。以我的性格，我会觉得这是巧合乘以二吗？”滕雪刃双手抱臂，转头看向项征。

项征点了点头，说：“你确实谨慎。”

“我不知道信息是从何处泄露的，所以就来找你了。”滕雪刃说。

“因为我姐姐在你手里？”项征问。

滕雪刃摇头，说：“不是。”

“那是为什么？”项征好奇地问。

“重情的人不会重钱。”滕雪刃伸手，在他饱满的鼻头上点了一下。

项征被她的动作惹得心里一酥，抓过她的食指，放到嘴里轻咬了一口。他问：“你如何确定我不重钱？”

“去你的酒吧打工，就是为了考量你值不值得信任。我在泾河那么久，没听到关于你的任何负面消息。即使我故意刁难，你也全盘接受了。加之你的性格比较自我，面对别人的挑衅不会压抑自己的愤怒，该发脾气绝不憋着。这样的人，很难被收买。再看你和多木还有罗叔的相处模式，你很重情义，也有容人之量。你和我一起上逻些，不管我有多无理，你一路对我都多有保护，这样的你，我能够相信。”

项征愣在当场，半天没有言语。他第一次听到如此直白的评价，还是出自自己喜欢的人嘴里。他的表情古怪，神色别扭。他揉了揉鼻子，说：“你夸得我都不好意思了。”

“你能不能不要把我的话解释成别的意思。”滕雪刃说。

这时，楼上传出一声短促的尖叫。滕雪刃和项征对视一眼，拔腿跑去。他们推开房门，见床上空无一人。项征心一紧，连忙开灯：“姐，姐你在哪儿？！”

滕雪刃马上掀开床单往床底看去，果然找到了项苑。她伸手，说：“没事，这里是安全的，你牵着我的手出来。”

项苑战战兢兢牵住滕雪刃的手，从床底下爬了出来。她一脸茫然，还没回过神来。滕雪刃扶着她坐在床上，用手轻拍她的后背，说："你看，你弟弟在这里，你是安全的。"

项征上前抱住项苑，项苑突然哭了起来。她将脑袋埋在项征的肩膀上，小声抽泣，嘴里还念叨着："对不起，对不起，对不起李想。"

滕雪刃不着痕迹地看了项苑一眼，她犹自沉浸在噩梦中。

房间内的电话响起，项苑吓得整个人钻进项征的怀里。滕雪刃接起了电话，老卡问："刚才有客人说你们院子里传出尖叫声，出什么事了吗？"

"没事，和项征吵架呢。"滕雪刃很平静地说。

"小点声吵，尽量不要尖叫，怕客人会投诉。"老卡说。

"没问题，一定注意。"滕雪刃回答。

挂了电话，她走到项征身边，说："这就是我要你照顾项苑的原因。"

项征看着兀自哭泣的姐姐，点了点头。

一连两日，项苑的睡眠情况皆是如此。她半夜会做噩梦尖叫，醒来后什么话也不说，只是抱着项征哭。

眼下不能进乌丹古城，项征带着项苑，又不方便留在逻些。他想了想，最好的办法只能是回泾河。

项征买齐物资，加满油箱，和朋友们打了招呼，最后去前台结账退房。

前台妹妹说："房间的费用你女朋友已经结了。"

项征带着项苑去找滕雪刃，滕雪刃打开房门，问："准备离开了？"

"你能不能稍微流露一点难过的神情？"项征问。

滕雪刃吸了吸鼻子，面无表情地说："我好难过。"

"行了行了，你这演技还不如在泾河的时候。"项征走过去，用力抱住滕雪刃，又说，"记得接电话，记得要想我。"

"我尽量。"滕雪刃回抱项征，在他的后背轻拍了两下。

项征想，滕雪刃的干脆，衬托得他的不舍好窝囊，可他是真的舍不得滕雪刃。这么想着，他又偷偷在滕雪刃的脸颊上吻了一下。

滕雪刃送两个人上车。项菀坐在副驾驶座上，她看着滕雪刃，欲言又止。滕雪刃看向项菀，问："有什么事吗？"

"没什么。"项菀摇了摇头。

"一路平安，到了给我打电话。"滕雪刃说。

"好。"

车辆驶离，滕雪刃转头往客栈走去。项菀转头，透过车窗看着滕雪刃。过了半晌，她问项征："你为什么喜欢滕雪刃？"

"为什么啊？"项征用手摩挲着下巴，说，"喜欢她那副不服输的样子吧。看起来冷冰冰，其实挺好一姑娘，什么责任都敢往自己肩上揽，看多了有点心疼。"

"她是很好。"

说话时，项菀将头埋得越来越低，最后轻叹了一声。

"累了吗？"项征问。

"没事。"

"回去我们给罗叔一个惊喜。"项征又说。

"好！"听到这话，项菀又振奋起来。

项征看了项菀一眼，心想，也许项菀和李想之间，确实有点什么。

项征和项菀回到泾河后，给滕雪刃打电话报平安。保护罗叔的人还没走，滕雪刃让那些人继续保护他们。

滕雪刃只身一人去了酒店。她对前台工作人员说："你们的套房还没空出来吗？"

前台说："我们的套房一直被人包到了月底。"

"知道了。"

滕雪刃往消防通道走去，连爬了十几层，终于抵达套房楼层。上楼后，她推开消防通道的大门，进入走廊。

她随手敲了一间房，里面有电视的声音，但无人回应。滕雪刃说："我是滕家人。"

里面仍然无人响应。

"我是来找人做交易的。"滕雪刃又说。

依旧无人响应。

"看来是有人先来了。连门都敲不开，白爬了十几层楼梯。"滕雪刃自言自语着往外走去。

她走出酒店，打电话找滕翰音。她问："你知道最近有谁被派出去做任务了？级别越高越好。"

"我怕你听到会伤心。"滕翰音说。

"是滕真源？"滕雪刃问。

"嗯哼，正是我们的小叔，他昨天乘飞机到的逻些，今天回扬城了。"滕翰音说。

滕雪刃说了刚才在酒店受冷遇的事，滕翰音沉吟了一阵："我觉得以滕真源心高气傲的性格，应该不会和佛罗伦萨做交易。"

"凡事没有绝对，我持怀疑态度。等年底回滕家时，我再去他那里探探口风。"滕雪刃说。

"好，那我帮你订机票。"滕翰音说。

滕雪刃"嗯"了一声，滕翰音又说："姐，你好像变了一点。"

"哪一点？"

"温柔？坚定？和蔼？亲民？说不出来。你以前是一个人拼命往前冲，现在还会和我商量了。"滕翰音说。

"这样好吗？"滕雪刃反问。

"很好，继续保持。"

挂断电话，滕雪刃想，也许这种感觉是项征教给她的。做事不要一意孤行，可以和身边的人商量。以前她以为自己没有可以商量的人，可现在她明白了，是她觉得和身边人产生关联很麻烦，是她的不信任让事情发展成这样的。

如果她早一点遇到项征，也许滕家的事就不会发展成这样。但愿现在及时弥补，还能挽回一些人。

挂断电话，滕雪刃回到客栈。她还没踏进院子，就听到一阵笑声传来。她走近一看，是多木和侯奇逸。

多木一看到滕雪刃，连忙停止和院子里的客人聊天。他拉着侯奇逸走到滕雪刃面前，说："滕姐，幸不辱命，我和侯教授顺利完成任务。"

滕雪刃拿出手机看了看日历，说："不过半个月，你们就搞定了？"

"搞定了。如果你不信，可以再观察几天。"多木说。

"好，过几天我去侯教授家找你们。"滕雪刃说。

"滕姐，老板呢？"多木又问。

"项征有急事，回泾河了。"滕雪刃说。

"马上要过年了吧，我也该回泾河了。侯教授你呢？要是没安排，咱们一起回泾河过年？"多木问。

"啊不了，父母还等着我回家。一年难得见他们几次，他们已经给我打了好几通电话。"侯奇逸说。

"那你准备什么时候回去？"

"赢下赌注的时候。"说着，侯奇逸推了推眼镜，满脸认真地看着滕雪刃。

滕雪刃看到这个文弱书生突然认真起来，很是意外。为了进乌丹古城，连他都如此较真，实在让人动容。滕雪刃缓缓点了点头，说："我会认真考察的。"

滕雪刃开始出入各大旅社和驴友聚集地，她又拿出了平日里的社交面孔，打探关于四时路线图的事。

问过之后，不少人都对滕雪刃说："你别信那什么四时路线图，都是骗人的！"

滕雪刃假装讶异，问："不是都传得有鼻子有眼的吗？怎么会是假的？"

见滕雪刃一脸单纯，资深驴友们都围过来给她"科普"。他们说，有人按照四时路线图出发，结果被打劫了。还有车队也跟着去了，结果陷入一场暴风雪里，死了好几个人，连警方都贴出了死亡信息呢！

“那是路线图的问题吗？不是那群人运气差？”滕雪刃反问。

“小妹妹，这你就不知道了吧？古时候就有人搞这种把戏！原来有人说发现了莲花生大师生活过的地方，带人去朝圣，结果每一个去那里的人都被抢光了钱。现在这四时路线图也是一样的套路，都是骗人的，谁信啊！”驴友向她解释。

“原来是这样啊。”滕雪刃恍然大悟。

滕雪刃一连去了好些地方，每个人都这么说。她转头又去找王睿，王睿告诉她，最近确实没有关于四时路线图的消息了。

看样子多木和侯奇逸两个人真的平息了这场风波，可那个消息真的有这么容易销声匿迹吗？

滕雪刃按下心中的疑惑，按约定找到多木和侯奇逸，好久不见的范安琪也在。范安琪一见滕雪刃，立即起身：“滕姐！”

“你也帮了忙的，是吧？”滕雪刃问。

范安琪不好意思地低头，说：“这都被你知道了。”

“肯定是侯教授翻了书又找了典故，多木拉上你演戏。你演多木的朋友，刚从救援站回来，多木一惊一乍询问怎么回事，你说出遭遇，这时侯教授再举出例子。一个完美的故事就编好了，是吗多木？”

说着，滕雪刃看向多木。多木咧嘴一笑，很大方地承认：“滕姐，你怎么这么聪明呢！”

“我们还发动了不少朋友，在各个聚集点传播。这么算下来，还是人多力量大。”侯奇逸推了推眼镜说。

三张热切渴望的脸对着滕雪刃，眼里承载着满满的期待。

“春节之后，我们逻些见。到时候我会让你们准备很多东西，还会要你们写遗书，你们可要做好心理准备。”滕雪刃说。

这三个人完全没把“遗书”和“心理准备”听进去，一下就从椅子上起身，然后抱成一团，相互击掌庆贺，脸上洋溢的喜悦比中了彩票还要热烈。

“这不是春游啊朋友们。”滕雪刃苦笑。

可他们完全没把滕雪刃的忧虑放在心上，多木甚至喊了起来：“滕姐，我们去吃火锅吧，侯教授请客！”

侯奇逸推了推滑到鼻尖的眼镜，一张脸涨得通红。他说：“走，我请客！”

一行人吃了火锅，又返回侯教授的住宅。滕雪刃向几个人说明了去羌塘的一系列要求，大家听得很是认真，侯奇逸甚至开始做起了笔记。见他们一脸憧憬的模样，滕雪刃内心是真的不太理解。

如果不是因为工作，她真的不想再踏上那片土地。人类总是自诩主宰，可进入羌塘，自然才是王者，人类连蝼蚁都不如。

可见到三个人的眼睛放着光，她也没办法说出什么打击人的话来。交代完重要信息，几个人约定好再见的时间，滕雪刃和范安琪便离开了。

滕雪刃和范安琪一同走出门栋。滕雪刃说：“你要想好，前往乌丹古城的路很难走，到时候是不能放弃的。”

范安琪很坚定，说：“我是不会放弃的，我可以签保证书。”

其实带上他们，滕雪刃也是有顾虑的。她隐隐有种预感，他们这群人聚集在一起不像偶然。可其中谁不是偶然，细究起来，每个人都有嫌疑。

滕雪刃也有着自己的考量，既然来都来了，那就好好看看来者何人，到底有什么目的。

滕雪刃冲范安琪笑了笑，说：“去了就知道了，别哭鼻子啊。”

“不会的，滕姐放心吧。”

“嗯，回去好好过年。”滕雪刃说。

“滕姐呢？听说你一般都守在逻些？”范安琪问。

“今年不了，我今年有事要回去一趟。”

滕雪刃还有工作需要收尾，又在逻些多待了十几天。这段时间里，她和老卡混得很熟。凭借着老卡的关系，她和项征曾经交往颇深的朋友们都见了面。大家性格都很好，滕雪刃本以为自己会不适应，谁知很快便融入其中。

从他们的嘴里，滕雪刃了解到更多关于项征的事。不过几个人倒是很小心地避开了项征的感情经历，只说了些不痛不痒的冒险故事。滕雪刃想，项征还真是认识了一群好兄弟。殊不知是项征在回泾河后特地打电话关照了老卡，不许他们透露自己的任何感情故事，不然下次他来逻些，有他们好受的。

滕雪刃和他们在一起，每天都很开心。即使项征不在身边，她的失眠症又发作了。不过项征每晚都会打电话和她聊天，两个人也没说什么，但滕雪刃一听到项征的声音，便会觉得内心平静。

滕雪刃不爱聊天，更别说每天都要打电话闲聊了。放在以前，这是根本不可能的事。遇到项征，很多“不可能”和“想不到”，都被他打破了。

滕翰音打来电话，要她回去参加年终会议，于是她决定启程回滕家。

逻些到滕家所在的扬城约四千公里，飞机需要中转经停。滕雪刃买了最早的航班赶回扬城。下飞机后，她看到滕翰音在出口招手：“姐，这边！”

滕家老宅位于扬城城区东北隅的一方私家园林，已有百年历史，从闽地走出来的滕家人一直居住在此。

滕雪刃推门，先入眼的是古朴厅堂，穿堂走院，曲径通幽。往中部走去，穿过月洞拱门，则是中部花园。花园里有池塘小桥，假山奇石，长楼小亭，无一处不精致。

她惯常走近路，直接从假山间的缝隙里穿行。两个人抵达望月书楼，只见滕真源就站在门外。

滕真源穿一身黑色羊绒大衣，皮靴擦得锃亮，头发整整齐齐向后梳着，转过头来，还有一副无框眼镜架在鼻梁上。他的温文尔雅让人好感顿生。

滕雪刃不自觉地看了看自己的衣服，厚羽绒服外叠穿着冲锋衣，裤子上还有污渍，头发乱糟糟的，鞋子也是户外鞋。

两相比较，滕真源更有负责人的派头。

“小叔。”滕雪刃喊了一声。

“离会议时间还有半个小时，先去换套衣服吧，不要留话给别人说。”滕真源说。

滕真源做人做事细致妥帖，干什么都要分场合，从不留人话柄。滕雪刃也觉得这位小叔更适合负责人一职。

“是。”

滕雪刃回了住处，换好衣服，又走回花园。她妆容精致，衣裤简洁大方。重返会议室时，滕真源紧绷的嘴角这才放松下来。

会议内容和以往相同，大家汇报了一年的工作进度和成果，滕雪刃做总结发言。滕雪刃发言时，有人提问：“负责人，听说你找到了乌丹古城城主大印的下落？”

提问者是滕真源的属下，外号阿汜。他一直和滕雪刃不对盘，几乎是滕家出了名的讨厌滕雪刃的人。但滕真源很看重阿汜，业务对接上基本是他在管理。滕真源和阿汜一同长大，情同手足。据说滕真源第一次出任务被盗宝贼埋在了地下墓葬群中，是阿汜把他救出来的。也是从那时起，滕真源就非常信赖阿汜。

但阿汜这个人人品不行，平日里就喜欢占便宜，出任务时更是喜欢借机抠点油水。大家对他颇有怨言，只有滕真源把他当个宝贝。

有时滕家人也分不清，到底是阿汜和滕雪刃不对盘，还是滕真源和滕雪刃针锋相对。

有人的地方就有站队，滕家已经很明显地分成了三派——以滕真源为首的、以滕雪刃为首的，以及两边不沾的墙头草。

其实滕雪刃讨厌这样的派系之争，大家都是做同一件事，为什么还要这样搞来弄去，真的很没意思。

以前滕雪刃总觉得忍一忍就算了，但今天，她不想再接受阿汜的质疑。

滕雪刃听到阿汜的提问，下意识地看向滕真源。滕真源对上她的目光，只听她说：“用词要准确，听说是哪里听的，又是谁说的？”

阿汜又问：“你不打算带自己人去调查？”

“什么叫自己人？”滕雪刃又问。

“阿汜，不会说话就少说两句。”滕真源发话了。

滕真源神情平淡，看不出什么来。她整理好了手边的东西，说：“我先探探虚实，不能盲目带人。”

“佛罗伦萨都去逻些了，还有什么虚实？肯定是真的啊！如果不是真源亲自赶去逻些调查，我们还都被蒙在鼓里。滕雪刃，你有什么目的吗？”阿汜反问。

“你这样质问我的意义是什么？你认为我有什么目的呢？”滕雪刃说话慢吞吞的，完全不受他的挑拨。

“你应该把你的行动向大家说明一下。为什么我们的一举一动都要向你汇报，而你的行动就不给我们说明呢？”阿汜又问。

“阿汜，你闭嘴。”滕真源眉头紧拧，语气加重。

“因为我不会汇报不确定的消息。佛罗伦萨又如何？他来了，不一定证明消息是真的。我亲自探过，才能够说明虚实真假。今年五月，是谁不听我的指挥带队进入羌塘，六个人去的，结果几个人回了？”滕雪刃反问阿汜。

五月时滕雪刃故意泄露消息说大印有线索，想要看看盗宝团伙天鹰座的反应。阿汜先沉不住气，私自带队上了高原。二十个人的队伍，其中有六个是滕家人。他们进入羌塘，撞上了盗猎者，最后只有十三个人活着回来，有两个滕家人不幸遇难。

滕雪刃发了一通脾气，这才下定决心找项征合作。

被问到痛处，阿汜不说话了，只是看着滕雪刃。

“会议结束，大家过个好年。”

说完，滕雪刃拿起手边的资料往门外走去。她走到花园，刚准备穿过假山往自己的房间走，就被滕真源叫住。

滕真源走到她面前，说：“我替阿汜道歉。”

“我从不理会代人受过那一套。”滕雪刃说。

“三天前我接到消息，佛罗伦萨在逻些。我从国外结束了任务直接赶去逻些，但是没有见到他。”滕真源说。

滕雪刃这才有了兴趣，转过身，听他说话。

“可我发现了一件事。”滕真源说。

“小叔也学会说话留一半了。”滕雪刃说。

“有滕家人私下和佛罗伦萨交易。”滕真源说。

“哦，是这样吗？”

滕真源眸子里的精光透过镜片直刺滕雪刃，说：“是啊，怎么会有这样的人呢？”

“小叔可要费点心把这个人找出来啊。”滕雪刃说。

“当然。我不允许任何人破坏滕家的名声。”说完，滕真源转身离开。

滕雪刃站在原地没动，说：“小叔慢走。”

远远站着的阿汜听到滕雪刃的话，回头狠狠地瞪了她一眼。滕雪刃非但不气，反而笑得更灿烂了。阿汜见她笑，心下更恼，扭头就走。

她笑出声来，滕翰音觉得奇怪，凑上来，问她：“被人那样看，你还笑得出来？”

“怎么笑不出来？他还不及我认识的人一半无耻呢。”滕雪刃笑。

“项征吗？还真的挺流氓的。”滕翰音附和。

滕雪刃一想到项征的脸，点了点头。可不是吗？和他待久了，脸皮都厚了不少。

“滕真源和阿汜要查，传消息给阿汜的人更要查。”滕雪刃说。

“了解。”

“过年我不在这里，要是有人议论我，只说我去逻些了。谁反应最大，就把那个人盯住了。”滕雪刃交代道。

“姐牺牲大发了。”

“应该的。”

滕雪刃回房收拾行李，还没合上箱子，就听到手机振动。她拿起手机，是项征的电话。滕雪刃想，真是背后不能说人，一说项征，这电话就来了。

“听说你和老卡混得挺熟啊。”项征说。

“嗯。”

“听老卡说，你离开逻些了，有空来过年吗？再不定下来，我都不知道该怎么买菜了。”项征说。

滕雪刃听了觉得好笑，项征这借口可真拙劣。她说：“我来。”

“什么时候？我来接你。”项征说。

滕雪刃说了时间和航班信息，项征说：“好，我买了菜顺便去接你。”

“怎么不是接了我顺便去买菜？”滕雪刃问。

“等你来，集市都收摊了。不是我不等你，是菜不等你。”项征说。

“还有什么事？”滕雪刃问。

“听老卡说，你说你家有事，是滕家内鬼的事吗？”项征问。

“不是。你说的事我已经有头绪了，见了面再告诉你。我还有别的事一并要和你商量。”滕雪刃说。

滕雪刃从滕家离开，赶去机场。登机时，滕雪刃给项征发了信息。临关机前，项征的信息弹了出来，他说：我已经到机场了，等你。

她看到消息，忍不住笑了，他这也太早了吧？

飞机抵达，滕雪刃拿着行李走出出口，一眼就看到了项征。他身材高大，站在一群人里很显眼。今天的项征精心打扮了一番，胡子刮了，衣服换了，头发也用发蜡固定过。他貌似漫不经心，其实一直在看手机和航班时间。滕雪刃混在旅游团后偷偷溜出来，绕到他身后。

滕雪刃轻轻点了点项征的后背，项征转过身，长臂一伸，就将滕雪刃抱了起来。两个人额头相抵，鼻尖相触，呼吸间都是彼此的气息。

这个时候，滕雪刃感到身心松弛。只要在这个人身边，她就能感到轻松。

项征笑出声，他说：“我一直看着出口，可怎么就是没看到你呢？”

滕雪刃说：“混在旅游团里走出来的。”

项征放下滕雪刃，上下端详了一阵。他的嘴角一直带着笑，说：“没见过你这样的打扮，怪不得没注意。以前你总是羽绒服加冲锋衣，在泾河穿得也土，现在突然穿得这么好看，我都有点不习惯。”

“不知道你这话是褒是贬。”滕雪刃说。

项征一只手拿着滕雪刃的行李，一只手牵着滕雪刃往外走。他说：“我只会夸我女朋友，怎么舍得贬呢？”

滕雪刃被他的肉麻话激起了一身鸡皮疙瘩。

两个人到了停车场，滕雪刃说：“钥匙给我，我想试试你的车。”

项征把车钥匙塞到她的手里，问：“怎么想起试这辆车了？”

“开春要进乌丹古城，我预计需要三辆车。我那辆车不能进，路上油耗太高，沿路加油站的油也不行。如果你这辆车可以，我就不用去找主车了，稍微给你改装一下就好。”滕雪刃解释说。

“三辆？你和我要去，多木和侯奇逸要去，还有谁？你不是不带滕家人吗？”项征问。

“还有范安琪。如果我猜得不错，项苑也会跟去。即便只有四个人去，我也会多开一辆车备用。万一有车半路抛锚，也不用担心。”滕雪刃说。

听到她的话，项征“呵”了一声：“怪不得我姐回家这几天心事重重，听到我说你要来，她总是一副欲言又止的样子，搞了半天是为了这个。”

滕雪刃准备发车，项征拦住了她，说：“你等等。”

说着，他从后座拿了一个袋子，将袋子里的保温饭盒打开后递给滕雪刃。滕雪刃一看，里面放着的是粗薯条和炸过的茶树菇，上面还浇了一层蘑菇酱和芝士酱。

“这是？”滕雪刃有些不解。

“叔听说我要接你，怕你在路上无聊，特地早起给你炸的零食，两种酱是蘑菇酱和芝士酱。他说如果你觉得好吃，他就把这道零食加在酒吧的新菜单里。”项征说。

滕雪刃捧着那盒小吃，吸了吸鼻子，感动得半天没说话。她拿起一根蘸了酱的薯条放到嘴里咀嚼，吃完后，看向项征：“好吃。”

项征摸了摸她的头，说：“走，回家去。”

回家去，多么温暖的一句话。滕雪刃抽纸巾擦手，又将饭盒交给项征。她在滕家生活了十几年，只觉得那里是风景区，是办公室，是住处，唯独不是家。

滕雪刃又吃了一根油炸茶树菇，再擦了擦手，很慎重地盖好饭盒，说：“走，回家。”

项征指路，滕雪刃开车，两个人回到项家。滕雪刃刚把车停好，就听到了罗叔的笑声。她下车一看，转头问项征：“为什么多木也在？”

项征还没回答，多木已经撒丫子跑到了院子里。他一看滕雪刃，立即展开双臂向她奔来：“滕姐！”

这时，项征上前挡在滕雪刃面前。多木一时不察，将项征抱了个满怀。项征用手掌按着多木的额头把他往外推，说：“闲不住就去后院帮罗叔准备收东西。”

“我想抱抱滕姐，好久没见，格外想念。”多木说。

项征听到这话，打横将多木抱起，往后院扛去。多木双手双脚乱舞：“滕姐，滕姐，抱抱！”

“抱你个头，你今天不把活儿干完别想吃饭！”项征说。

滕雪刃掩嘴轻笑，跟着项征的步伐进了前厅。罗叔正好走出来，滕雪刃捧着饭盒跑到罗叔面前：“罗叔，零食好吃。”

她仰着脑袋，说话时一派天真，像个无忧无虑的少女。项征回头看她，心下柔软，如果她能一直这样就好了。

“好吃就好。”罗叔擦了擦手，“累不累？房间项征给你整理好了，累了可以先去休息。要想吃东西呢，我现在给你去下碗面。”

听到罗叔无微不至的关怀，滕雪刃有些鼻酸。她早就忘了嘘寒问暖是什么滋味了。

“罗叔身体好些了吗？你还有什么要忙的吗？我来帮忙。”滕雪刃一边卷袖子，一边跟上罗叔的步伐。

“哪有客人来帮忙的道理。”罗叔说。

“那就当我是员工吧。”滕雪刃笑嘻嘻地说。

罗叔拗不过滕雪刃，只好说：“换身衣服再来厨房，你这么好的衣服，莫糟蹋了。”

“好。”

滕雪走回以前的房间，房间内的陈设和从前相差无几。听说这里被人里里外外搜了个遍，难得项征费心还原了。她换了衣服，出门时遇到了从房间里出来的项苑。

“康拉？”项苑又是意外又是惊喜，“你终于来了！”

“身体好些了吗？”滕雪刃问。

“回泾河后，醉氧了一两天。适应之后，烧退了，脑子也清醒了不少，现在好多了。”

两个人一同下楼，项苑一直在找话题。她说完天气，又问路上辛不辛苦，鸡毛蒜皮的事情问完了，她还想说点什么。滕雪刃止住脚步，转头看向项苑：“你想说什么，就直接说吧。”

“我……”

“我习惯了直来直去，猜不出来话里的话。”滕雪刃说。

项苑看着滕雪刃，只觉得眼前的女人这神色和表情，和自己的弟弟有几分相似。她叹了口气，说：“我有个不情之请。”

“你说。”

“我想和你们一起进乌丹古城。”项苑说。

“好。”滕雪刃应得很干脆。

“嗯？”项苑很是意外，她看着滕雪刃，说，“我以为你不会答应。”

“我不答应，你也会想办法说服我。不如免了那些口舌，你养好身体。等春天一到，我们就出发。”滕雪刃说。

“真的吗？”项苑本以为自己还要费上一番工夫，哪知滕雪刃这么快就答应了。她有些难以置信，只想狠狠地掐自己一把。

“只要项征答应就好。”滕雪刃说。

“我会让他答应的。”项苑说。

“好，那你好好养身体，争取到时候跟完全程。还有，不要把大印的消息告诉任何同行的人，项征也不行。你可以做到吗？”

虽是问句，但滕雪刃口吻笃定，气势更是迫人。项苑不明白她的意图，可有求于人，她还是应下了。

“队伍里的人，我不全然信任。你和项征，我是相信的。不过相信归相信，消息还是要分开处理。所以你一定要严守秘密。如果我出了意外，你和项征要平安回来。”滕雪刃说。

项苑听得浑身一震，她不由自主地抓住滕雪刃的胳膊：“过年了要说吉利话。”

滕雪刃被她的模样逗笑，说：“只是把理由说给你听，你就别多想了。好好休养，我去给罗叔帮忙了。”

“可是……”

“别可是了，我向来都是做最坏的打算，你要答应我。”滕雪刃反手握住项苑的手说。

项苑垂下眼睑：“这也要项征同意了才行。”

滕雪刃说：“项征可真忙。”

滕雪刃来了项家，发现此地沿袭旧时年节传统。岁末时，镇子上家家户户洒扫门闾，去尘秽，净庭户，换门神，挂钟馗，钉桃符，贴春联。

镇子上还有大驱傩戏，据说是从宋朝时就保留下来的传统。演员戴面具，着绣画杂色衣装，手持金枪、银戟、刀剑等物，演员扮演的俱是将军、符使、判官、钟馗、六丁等神，一行人又吹又敲，驱祟至镇子口。

直到大年三十那天，项家祖宅被打扫得干干净净。四处张灯结彩，院子里也多了好些盆栽，看起来生机盎然。

离年夜饭的时间还早，滕雪刃想做点小零食。她路过项征的房间，只见房门大开，项征端坐在椅子上，拿着剪刀耐心地剪红纸。

滕雪刃敲了敲房门。项征头也没抬，说：“马上弄好了，再等一下。”

她老老实实站在门口，等着项征将纸剪完。半个小时后，项征放下剪刀，他抖开那张红纸，居然是她曾经用沙画过的那朵花。他居然只看了一次就记下了。

项征随手拿起桌上的胶水，另一只手揽着滕雪刃，说：“给你的门口添点颜色。”

项征拿着剪纸在门上比画了老半天，终于选出一个好位置。他招手，滕雪刃便递上胶水，将花贴在了门上。

“好了，红红火火过个年，图个吉利。”项征满意地说。

“你知道这是什么吗？”滕雪刃问。

“风神的花？我见你画过一次，看你车门上也有，应该不是什么坏东西。”项征说。

滕雪刃笑了笑，摸了摸那朵花，问：“你为什么想剪这个图案？”

“看你门上空落落的，屋子里正好还剩两张红纸，拿剪刀一比，这花就从我脑子里蹦了出来，然后手下就剪成了。”项征说。

“能再剪一朵吗？”滕雪刃问。

“可以啊。”

项征和她回到房间，他坐回椅子上剪纸，滕雪刃捧着脸认真地看着他利落的动作。项征的头发长长了些，额发凌乱地落在脸上，显出几分落拓不羁的味道。

“怎么还想要一朵？”项征问。

“想放在钱包里，时时刻刻都带着。”滕雪刃说。

“这花到底是什么？”项征突然抬头问。

“你答应我一个要求，我就告诉你。”滕雪刃说。

“嗯，你说吧。”

见他如此干脆地应下，滕雪刃反而愣住了。她看了项征好半天，说：

“我还没说是什么要求呢。”

“我答应了也不一定遵守，咱们相互应付应付得了。”

项征手下没停，剪刀一偏，弯出最后一道弧线。他将红纸抖开，这朵花比贴在门上的那朵还要精致几分。他将剪纸交到滕雪刃手里：“说吧，我一直都很好奇。”

滕雪刃第一次进羌塘时，什么经验都没有。那时导航和通信系统不如现在发达，她走错了路线，来到一片盐碱地，饮用水也无法补充。在高原反应和严重缺水的双重折磨下，她产生了幻觉，看到远处有一朵半透明的花飘浮在半空中。

那花长得十分奇怪，它有点像冰山雪莲，又有点像莲花。花呈红色，花瓣舒展凌空飘浮。看久了，有些诡异。

滕雪刃不断看着那花上下浮动，她眨眼，揉眼，甚至闭着眼倒在地上躺了很久，再睁眼时，那朵花还在原地。

她决定拼上最后一口气，向那朵古怪的花行进，看能不能找到水源。

滕雪刃身体虚弱，走路吃力。可一股突如其来的顺风吹得她几乎要飞起来，她被那阵风半推半送着到了那朵花下，居然真的找到了水源。

第二次看到这朵花，是她和滕翰音在魔鬼湖边扎营住宿。她被雷声吵醒，拉开帐篷拉链一看，不远处又是那朵红色的花。

红花在闪电和雷声的映衬下越发诡异，滕雪刃看得愣住。一阵狂风袭来，她的帐篷被风整个掀翻，被吹向那朵花的方向。滕雪刃连忙穿好鞋子，去追帐篷。

滕翰音被滕雪刃喊醒，一同去追帐篷。两个人捡回帐篷，突然天降大雨。不过顷刻间，原本离营地老远的湖水突然就淹没了之前扎营的地方。他们站在雨里，半天没回过神来。

第三次是她带队从乌丹古城出来，路遇以罐头为首的盗宝贼。两方交火，对方武器弹药充足，滕雪刃受伤，只好东躲西藏。因临时弃车，她和同伴带的物资都不齐全。跑出羌塘边缘已经是精疲力竭，她又见到了那朵花。当然，随之而来的还有那阵风。

那朵花的方向有零星的人影，滕雪刃看得不真切，和同伴努力呼喊，挥动双臂，终于得救。

他们被仁钦桑波一行人救回寺庙。从那之后，滕雪刃和仁钦桑波结缘。滕雪刃问过仁钦桑波为何会出现在那里，他说："路过时想看看这里的玛尼石堆，没想到会遇到你们。"

后来滕雪刃才知道，仁钦桑波对乌丹古城也很有兴趣。他一直在羌塘边缘收集当地的歌谣和传说，整理成册，慢慢拼凑出这段历史的模样。

滕雪刃向仁钦桑波讨教那朵花的问题，他只说："万物有灵，也许它们是真的想助你一臂之力。也许你看到的是风的化身，是具象的灵。"

从那之后，滕雪刃给那朵花命名为风神的花。养伤期间，庙里的僧侣绘制坛城沙画，她就用多余的沙绘制风神的花。

她发现一件很有趣的事，如果她心有所念，绘好那朵花后向其祝祷祈愿，会有风来回应。

项征听得嘴巴都合不拢，他一只手贴上滕雪刃的额头，喃喃自语："也没发烧，你说什么胡话呢。"

"这是我的经历，我没有说胡话。也许高原缺氧的时候人会产生幻觉，但幻觉也是我记忆的一部分。"滕雪刃说。

项征见她如此认真，便敛起了脸上玩世不恭的表情。他说："我觉得吧，幻不幻觉的先放到一边，你能活下来，是你有足够的求生意志和机敏的反应。那朵花出现，你坚持不了，照样走不出羌塘。"

"无论如何，那朵花对我来说都很重要。三次危难时，它都有出现，我什么都不信，但我不得不信风神的花。"滕雪刃说。

人在危难关头，不管看到了什么，都会认定那是神迹。那朵花的出现，及时扶正了滕雪刃的心态，给了她奋力一搏的信念。

不过他现在终于明白为什么滕雪刃不想让他们进羌塘了。她经历过的艰险，不希望别人重蹈覆辙。她的温柔和关心，总是藏在锋利的言语和行为下，不想让人发现。

项征说：“你信，我就信。”

“这么盲目？”

“我信你。”项征伸手刮了一下她的鼻头。

“老板、滕姐，你们别窝在房里啦，下来帮忙！”

院子里传来多木嘹亮的喊声，滕雪刃和项征走出房间，只见院子里放了好几箱烟花爆竹，还有不少酒水饮料。两个人下了楼，滕雪刃问多木：“买这么多鞭炮干什么？”

“除夕除夕，我们要半夜点炮除掉夕这个怪兽啊。”多木说。

“我看你只是想放鞭热闹一下。”项征说。

“罗叔说了，吃饭前要放鞭炮，我特地去买了。”多木手叉着腰，像是得了圣旨一般。

“要吃饭了吗？我准备守岁吃的小零食还没炸呢。”滕雪刃抬手看表，发现不知不觉和项征聊了三个小时。

“我已经炸好了。”

项苑撩开厚厚的门帘从厨房里出来，端着炸好的饺子、糖糕和肉干，走到滕雪刃面前，说：“我看厨房里摆了好些小吃，就顺手给炸了。等会儿大家一起吃。”

“姐，你也闲不住啊。”项征说。

“好啦，把鞭炮挪一挪，到时候好放。等罗叔回来了，咱们就准备做饭。灶也热好了，咱们今年热热闹闹过个年。”项苑说。

“好嘞，我们都听大姐头的。”多木拎着饮料，直奔餐厅而去。

多木回泾河时看到项苑，很是惊讶。可见项征和罗叔一副平淡的模样，多木只好压下心中的疑惑。私下里，多木也问过项苑到底是如何出现的，项苑只说：“问可以，每个问题酌情收费，底价一百元起。”

多木盘算了一下自己的存款，想着还要去乌丹古城，问题还是可以先往后挪挪的。

滕雪刃和项征归置鞭炮，项征指着那一提烟花棒说："我们晚上上房顶放这个。"

他一说房顶，滕雪刃就想到他从房顶滑下来的事，笑了起来。项征一见她笑，也明白了，说："嗨，那次还不是为了看你。要是我不看你，怎么会从房顶滑下来。"

"看我做什么？"滕雪刃问。

项征放下手里的袋子，捏了捏她的下巴说："你好看，不看你看谁。"

滕雪刃被他说得不知道该往哪里看才好。好在这时罗叔也回来了，拖着一车菜，对项征和滕雪刃说："快来帮我打下手，要做饭了。"

"来了。"

滕雪刃狠瞪项征一眼，往罗叔的方向走去。项征两三步赶到滕雪刃身前，偷偷牵住了她的手。

两个人去厨房给罗叔打下手，项征洗菜，滕雪刃切菜，罗叔炒菜。罗叔看到项征那么大个子束手束脚地在水池边洗青菜，突然笑出声。

项征不解地看向罗叔。

罗叔边炒菜边说："你啊，半年前连厨房都不肯进，现在还跟着在这儿洗菜，简直不可思议。"

"人总是会变的。"项征放了两个胡萝卜在案板上，又贴心地放了个碟子在滕雪刃手边。

"是是，有了喜欢的人，就是不一样。"罗叔说。

被罗叔一说，正在给土豆改滚刀的滕雪刃手下一滑，好在项征眼明手快，把土豆救了回来。

罗叔看到这一幕，又笑了："默契，默契！"

到底是做过手术，罗叔即使恢复得再好也有点体力不支。他连烧了三个大菜，被滕雪刃看出了疲态，便让项征把罗叔带出去休息。

罗叔不肯走，他说："怎么好意思要女娃娃做这么大一桌菜呢！"

"没事，还有我呢！"项征说。

"那就更不好意思了，我怕晚上大家都要进医院。"罗叔说。

项征懒得跟罗叔废话，把他扛起来就放到客厅去了。他又招呼多木："多木，把你叔看住了，别让他进厨房，滕姐要给我们做年夜饭。"

"哎！好！"

多木抓了把瓜子塞到罗叔手里，又连忙说："叔，我给你泡茶去，你坐着啊。"

项征回了厨房，看到滕雪刃正在做菜。她这次来泾河，居然还带了礼物。礼物都是吃的，做年夜饭时正好派上用场。

他上前一看，碟子里盛着几样菜，全是他不认识的。项征正准备偷吃，被滕雪刃打了手。

"这都是些什么啊？"项征指着四个菜问。

"姑苏酱鸭、平湖糟蛋、撕蒸笋、豆干末拌马蓝头，配粳米粥吃的。"滕雪刃挨个儿报了菜名。

"大过年的煮粥啊？"

"项苑和罗叔身体不好，吃点粳米粥更舒服。"滕雪刃指了指紫砂炖锅里的粥。

项征拿碗盛粥，莹白的粥如凝结的云，散发着暖香的温柔。他笑着问："之前说你不体贴人，现在知道煮粥了？"

滕雪刃拿着锅铲转身："嫌粥不够烫嘴？"

项征端着碗后退，细尝了一口粥。

他突然想到一句话："念予毕生流离红尘，就找不到一个似粥温柔的人。"

这是木心先生发出的感慨，可今日的项征却想说，他找到了。

第八章 白头如新

滕雪刃装菜入盘，他上前搭手。滕雪刃转身说：“一边做菜一边聊聊？”

“好。”项征说。

“我对我们临时组成的小队有疑惑。感觉这个队伍不是无意组成的，总觉得冥冥中有人推了一把。不管是多木还是侯奇逸，抑或项苑的突然遇袭。暗中有一只手将我们人家聚集在一起，以便让我们能够顺利进入乌丹古城。”滕雪刃说。

“你怎么会有这种想法？”项征问。

“不知道。也许是多虑，也许是我目前的线索不够，还不能证明。项苑一路回逻些时安全畅通，如果真的有人要抓了她逼问线索，在路上是最好下手的。我不是不相信索朗旺堆的能力，但你看罐头那架势，不像是会轻易放过项苑的人。所以我觉得，是有人要把我们赶在一起。”滕雪刃转过头看向项征。

她嘴里说着可怕的猜测，可表情没有半点波动。项征被她说得汗毛直竖，问：“你想好了对策吗？”

“对策就是，对方给我铺路，我就被他牵着鼻子走。”滕雪刃端起盘子，准备给五花肉改成小块，做一道红烧肉。

“第一次听人把没有办法说得如此大气。”项征拊掌。

“希望你和项苑能够同去同归，不要轻信队里的其他人。”滕雪刃说。

“你呢？你没给自己做个设想？”项征问。

“没想，也不敢想。”滕雪刃说。

项征伸手，搭在她的肩膀上。他想说什么，又想起自己的承诺。他没办法限制她。

“到时候再说吧。”项征帮她把落在脸颊边的头发拨到了耳后。

五个人吃饭，摆上桌的菜有十道。项征帮着把菜端上桌时，说：“这里面有道菜是我做的。”

正准备伸手偷菜吃的多木停下筷子，他问：“老板，哪道菜啊？我留给滕姐。”

“你猜。”项征抱臂挑眉，一副不好惹的样子。

多木的眼珠子滴溜溜转了一圈，筷子尖指着一道油渣小白菜，刚准备说话，又把筷子收了回来。他暗自嘀咕：“不可能，老板炒白菜怎么会放猪油渣呢？他吃得出来区别吗？”

项征撇了一下嘴。

滕雪刃暗笑，多木又转头问滕雪刃：“滕姐，老板到底做的什么菜啊？”

项苑突然出声，指着手边的水果沙拉说：“是这个吧。”

滕雪刃默默地比了个大拇指：“厉害。”

项苑笑道：“不是我厉害，他的拿手好戏就三样：泡面、炒饭和沙拉。”

“还有一样啊，香菇酱拌面。”项征插嘴道。

“这不算菜！”多木气鼓鼓地说。

“吃就完了，废话那么多。”项征用筷子叉起一块苹果，扔进了多木的碗里。多木咬了一口苹果，猛地拍了下额头：“鞭炮还没放呢，走走走，我们去放鞭炮！”

一群人移步门口，多木将一卷红鞭铺开。他拿着打火机往远处跑去，边跑边喊：“你们站远点，我准备点了啊！”

滕雪刃伸手正欲堵住耳朵，一双手比她的动作快，先捂住了她的耳朵。滕雪刃仰头，和项征含笑的目光对上了。

他的手掌温暖，化开了她吹凉的耳郭。滕雪刃指了指他的耳朵，问：“那你呢？”

“你不是还有手空着吗？”项征说。

因为被他捂着耳朵，滕雪刃听到的声音也是嗡嗡的。她伸出双手，项征为了配合她，特地低下了头。

两个人相视一笑，滕雪刃只觉得寒冬都变了滋味，吹到脸上的风都不冷了。

多木扯着嗓子喊：“点鞭炮啦！”

鞭炮的声音震耳欲聋，多木从一阵烟雾中蹿了回来，几个人乐呵呵地站在门口等他。他曾觉得天大地大，年节假日不过是逢场走个形式。可今天一看，原来有人等待，是这样美好。

等鞭炮放完，多木一只手搀着罗叔，一只手搭着项征：“走，我们吃年夜饭去。”

一顿饭吃完，众人心满意足。罗叔收拾了火盆，堂屋里暖融融的。项苑端来小吃和茶水，项征把自己房间的懒人沙发拖过来，滕雪刃坐在沙发上，靠着他的腿眯着眼看电视。

项征和项苑聊天，有一搭没一搭地说着近年来发生的事。多木时不时插一句嘴，有时又跑去和罗叔讨论电视节目。滕雪刃闭着眼，享受着来之不易的轻松。

她想，项征已经帮自己实现了两个愿望。她在这里过了个好年，又过了好几天无人打扰的日子。

项征拍了拍她的肩膀，问：“睡着了吗？没睡着我们去放烟花棒。”

“现在？”

“再晚一点大家都要放烟花了，爬上屋顶只怕要被落在屋顶的烟花烫煳了。”项征说。

滕雪刃闻言一笑，起身跟项征走了。多木眼尖，两步想追上去，被罗叔喊住了：“多木，看多了长针眼啊。你要羡慕，就自己去找一个，明年带回来过年。”

多木听到最后一句，抿住了嘴唇。他凑到罗叔面前，一副狗腿模样：“罗叔，你这茶不热了，我再去给你添点儿。”

罗叔说：“这里啊，也是你的家。”

多木一转身，眼泪就砸在了手背上。他努力把蔓延到眼眶的酸意吞下去，故作欢快地说：“好，等我找到了，一定带来给罗叔看看。”

滕雪刃带着烟花棒，项征提了半桶水，两个人攀上屋顶。滕雪刃坐好，项征抽了两根烟花棒，点燃后递了一根给滕雪刃。

一簇火光灿然四射，点亮了她的视线。滕雪刃举着烟花棒四处摇晃，突然明白项征为什么喜欢坐在这里看风景了。

白月挂天，村犬遥吠，河清海晏，时和岁丰。一条小河沿着小镇蜿蜒而过，岸畔新起的小楼鳞次栉比。篱墙庭院都点起了灯笼，夜风一吹，摇摇晃晃，如同炸完鞭炮后的漫天红雪。

巷陌间偶尔传来欢声笑语，楼下的电视声隐隐传来。坐在此处，滕雪刃的心间又平实又充盈。

十岁前，她也有过这样的春节。但进了扬城滕家，她觉得每一天都一样。因为常年不能回家的关系，等她成年再回鸿家山时，父母居然又生了一个妹妹，她完全不知情。

看到父母和妹妹的相处后，滕雪刃觉得自己像是被这个家排除在外，她如同远道而来的客人，而不是家中的一分子。父母对她的态度也不似以往亲密，反倒尊敬又客气。

什么时候这一切开始悄然发生了变化呢?

滕雪刃想不明白，但她很清楚一件事，所谓“家”和“回忆”，对她而言，可能再也不是鸿家山，而只是心里的两个名词。她没有退路，也没有可以坚守的地方。

从那之后，滕雪刃就不回家了。她拼命工作，受了伤才会休息。她不敢轻易相信每一段关系，连父母都能和她生分，那还有谁能够接纳她呢？

直到她遇见了项征。

两个人分明是萍水相逢，可每次遇到紧急情况，他都会把她挡在身后。滕雪刃见过太多人性的恶，即便是她带队去保护文物时，遇到危险，也总会有人扔下同伴自己跑。或者被天鹰座的盗宝贼抓住，也有人不管不顾地把滕家人的行踪全部向坏人交代清楚。

她遇到了太多这样的事，本能地不相信任何人，也不愿意和太多人发生牵连。可在项征身边，他像是有魔法一般，能够激发大家人性里的善。即便连她这个最不愿意管闲事的人，也被打动了。

滕雪刃一直认为自己没有归路，可项征却给了她最安稳的怀抱。

她靠在项征身上，项征手中的烟花棒正好燃尽。项征说："你不敢想的，我替你想。"

滕雪刃弯唇一笑。

"滕雪刃，这里就是你的家。你以后不想在滕家待了，就来泾河，来煤气灯。"

听到这话，滕雪刃憋着一口气不让激荡的情绪四处冲撞。这个愿望藏在她的心底很久了，却一直不敢触碰。

项征又一次完成了她的心愿。

她问："下面一句是不是'我养你'？"

"不是。"项征说。

滕雪刃"扑哧"笑出声，她问："那是？"

"打工赚钱啊。"项征说。

滕雪刃笑得更大声，手里的烟花棒都拿不稳了。她问："老板，请问我适合什么职位呢？"

“老板娘。”

滕雪刃自诩见过世面，可没想到被项征这么一说，她差点滑下了屋顶。

项征眼明手快把她拉住了，说：“放心，没对别人说过，只对你一个人承诺有效。你可以随时拿这句话来兑现职位。”

说话时，项征握着她的手有些抖。滕雪刃轻轻捏了一下项征的手，说：“从乌丹古城回来，我就告诉你答案。”

项征放下心来。

两个人爬下屋顶，不过一会儿，多木就扛着烟花跑到了院子里。他将罗叔和项苑都叫了出来：“姐、叔，快出来，我们要抢在新年第一个放烟花！”

项征笑他：“你多大啊，还要争这口气？”

多木说：“你不懂，我和老侯约好了，让他看看烟花。”

“好好，我不懂，你放你放。”

项征拉了椅子和滕雪刃躲在屋檐下，项苑也是个热心快肠的女人，她定好手机倒计时的闹钟，又指挥多木调整烟花的角度。多木一边拿着手机和侯奇逸聊天，一边调整角度。罗叔在旁边喊：“你这皮猴小心点，别把屋顶给冲翻了！”

看罗叔那着急的模样，滕雪刃起身，把多木挤到一边，说：“我来。”

项征也蹲到了滕雪刃的身边：“一起。”

项苑计时，项征调整角度，滕雪刃等在点火线旁边。罗叔捧着茶杯踱步，一边走一边说他们净爱做坏事。多木举着手机：“老侯看到了吗？咱们的小伙伴为你放烟花！”

项征刚准备骂多木，哪知项苑说：“弟弟，倒计时了。”

滕雪刃有些紧张，毕竟是第一次干这种活计，要是晚了一秒就不太好了。

这时，项征起身，走到滕雪刃身边。她握着点火器的手被项征一把握住。滕雪刃侧头看他，完全没注意到项苑的倒计时声音。

她只觉得自己的拇指被项征按下，引线点燃，项征带着她往远处跑去。两个人站在一起，看烟花腾空而起，缓缓绽开。

“看到没有，我们抢到了第一，老板和滕姐厉害啊！”多木在远处举着手机大喊。

项征揽着滕雪刃的肩膀，她仰头看他，他的周遭被焰火照亮。

项征低头：“新年快乐，希望我们平安顺利。”

“平安顺利。”

滕雪刃预计大年初三离开泾河，走之前，她列好了进入乌丹古城的物品清单，交给了项征。项征看了看单子，说：“我第一次见过物品清单细致到连品牌和价格都写上了。”

滕雪刃说：“没办法，职业习惯。以前盯过报销单据，价格我比较清楚。”

项征比了个大拇指。

滕雪刃给了项征一个联系方式，要他年后去找这个人把车改了，另外两辆车，也要这个人帮忙送到逻些。

交代完这些，滕雪刃将项征给她的银行卡又交还给项征，说：“我添了点钱，你先用着。”

“我可以自己负担。”项征说。

“如果多木、侯奇逸和范安琪也要你帮忙采购，你还要先垫他们的钱。不如我先垫着，回头补上再给我。现在是时间不等人，钱可以慢慢来。”滕雪刃说。

“行。”

项征还是把卡接着了。

“如果他们要你帮忙采购，你就按八人份买。另外多出的两份放在你的车里，别让任何人知道。”滕雪刃说。

原来滕雪刃还留了心眼，怪不得她要垫钱。项征点了点头，问：“还有别的吗？”

“有事我会电话联系你。这段时间，除了我本人和你联系，其他人传来的关于我的消息，你一概不要理会。所有的物资你盯牢些，必须亲自验过才能留下。车也是，运到逻些后你要确认车没问题，我怕有人做手脚。”滕雪刃说。

“懂了，老板娘。”项征说。

滕雪刃又是一拳砸在他的肩膀上。项征想，现在的滕雪刃是越发温柔了，砸上来的拳头跟挠痒似的。

项征将滕雪刃送到机场，两个人在安检口道别，项征将滕雪刃搂在怀里，半天舍不得松开。滕雪刃被他抱着，居然也生出了难得的伤感。她点了点项征的胸口，说：“我都不想走了。”

“不想走正好，留下来吃了汤圆再走。”项征说。

虽然这么说着，项征还是放开了滕雪刃。他捧着滕雪刃的脸颊，说：“随时联系。”

“好。”

“你要是想吃汤圆就告诉我，我给你送。”项征说。

滕雪刃的心也像是一触即破的汤圆，流出来的馅又甜又糯。她说：“心领了，但你还有更重要的事要做。”

项征点头，感慨地说：“你什么时候能不这么理智？”

滕雪刃笑：“用完了，需要续费。”

滕雪刃回到滕家老宅，滕翰音报告了近来的情况。她一走，滕家便流言四起，流言内容是关于滕雪刃和佛罗伦萨私下有交易的消息。不知是谁编造的流言，说得是有鼻子有眼，连地点和时间都摆出来了。

令人意外的是，滕真源不仅没有推波助澜，反而一直在追究到底是谁放出来的消息。滕雪刃说：“要是我被人拉下台，小叔是最有希望做负责人的。”

“也许就是因为嫌疑大才要摆样子呢？”滕翰音说。

“不无可能。”滕雪刃说。

“只怕你开春后进城，滕家这边会有更大的动静。”滕翰音叹了口气。

“所以需要你帮我镇住滕家，如果出了什么乱子，唯你是问。”滕雪刃笑着说。

虽然她的脸上是一派轻松，可威严不减。滕翰音叹气的声音更大了，他说：“姐，你出门一趟，感觉又变了。”

“少说废话，快点上手，以后任务更多。”滕雪刃说。

处理完公务，滕雪刃回房休息。她刚刚躺下，又想起连轴转忙了几天，从泾河带回来的行李箱还没空整理。她起身打开行李箱，没想到里面塞了好些吃食，都是她爱吃的。

不用说，这肯定是项征的手笔。她几乎能想象到项征偷偷往她行李箱里塞东西的模样。

手里握着零食，滕雪刃笑了起来。

不管进城有什么困难，也无所谓滕家是否有人等着她死，她身边总有自己人，不是吗?

滕雪刃交给项征的任务，项征完成得相当出色。他联系了侯奇逸和范安琪，两个人果然如滕雪刃猜测的那样，希望项征能代为采购物资。项征分批次采买了物品，又将车辆拿去改装，忙得脚不沾地，连酒吧都顾不上了。好在项苑回了泾河能搭把手，不然他真的应付不来。

为了保证三辆车行驶过程不出问题，他开车去逻些，又特地试了另外两辆车。确定三辆车状况不错后，项征发消息告知滕雪刃，一切准备就绪。

这次滕雪刃没有让他久等，立刻回复消息：辛苦了。

项征想，他不是为了这三个字才给她发消息的。

约定时日已到，项征、项苑和多木重返逻些。多木去逻些前回了一趟家，项征这才知道多木也是有家的。

多木告诉项征，高中时他家里发生了一些事，后来就跟家人不太亲近了。大学毕业后他找了工作存了点钱，开始在各地骑行，基本再也没回过家。这次回去，是想跟他们道个别。

他的口吻轻松，说出来的话却无比沉重。项征一直以为多木无牵无挂，原来他只是将重要的关系和感情藏了起来。

抵达逻些后，侯奇逸和范安琪也找到了项征。两个人不似之前那般兴奋，脸上的表情带了点紧张和忐忑。

一群人聚在一起吃了饭，项征把物资清点分发后，又要他们去试车，全程一副领队的模样。项苑看着项征有条不紊地操持着这些事，很是感慨。原来项征在她看不到的时候成熟了好多。

一天早上，天都没亮，项征的手机就振动起来。他接起电话，那边传来滕雪刃的声音："我十二点三十五分抵达逻些机场，你来吗？"

"来。"

"我准备登机了，逻些见。"

"好。"

项征挂断电话，本想再睡几个小时，却怎么也合不上眼。他的身体里像藏着兴奋的小气泡，"咕嘟咕嘟"在血液里游走。他躺在床上辗转，好容易等到天亮便起床洗漱。

赶到机场时，时间还早。项征站在出口，低头玩手机。没过一阵，他感觉自己的肩膀被人拍了拍，再一转头，居然是滕雪刃。

"早就料到你会早到，我买了前一趟航班的机票。"滕雪刃说。

"要是我这次没早到呢？"项征问。

"不可能。"

"为什么？"

滕雪刃将行李交给项征，在原地转了一圈，表情又得意又可爱，很是娇俏。她说："因为你是项征。"

项征失笑："这算什么理由？"

"我了解项征，非常了解，所以不会出现意外。"滕雪刃跑远了几步，站在逆光处冲着他笑。

项征这才注意到滕雪刃难得地换上了裙子。黑色的裙摆扬起小小的弧度，就像是他的心湖被她激起的波澜。他上前牵住滕雪刃的手，手掌温热，指尖微凉。

其实他有很多话想问滕雪刃，可当她站在自己身边时，那些问题又自动溜走了。

只要她来了，就什么都好。

两个人走到车边，项征将车钥匙交给滕雪刃。他说：“我一路把车开到逻些来的，改过之后确实不一样，你检查检查。”

滕雪刃没接钥匙，说：“我相信你。我一宿没睡，现在人都打飘，还是别让我开车了。”

“那我开车，你先睡一觉。”项征说。

滕雪刃一上车就睡着了，到了停车场都醒不过来。项征喊她起来，她只是伸手讨抱：“我不想睁眼，你抱我回去。”

她的声音娇娇软软，项征断然是拒绝不了的。他抱着滕雪刃往客栈走去，滕雪刃把脸埋在他的胸前睡得安稳，像小动物似的全然信赖着他。项征低头，用下巴碰了碰她的头，将她抱回了屋子。

等滕雪刃睡醒，发现自己又是窝在项征怀里睡着的。

在滕家老宅这段时间，她压力太大，整宿失眠，上了飞机也睡不着。可一到项征身边，她的眼皮子就松了，难得地睡了个好觉。

临行前，滕雪刃联系了专业救援队待命，这件事只有项征知道。项征想，滕雪刃真的为他改变了不少。以前他一碰滕雪刃，她会立即警戒，哪像现在还能任由他随便抱。

出行的计划也是。她要干什么、有什么想法，都会找他商量。放在以前，这是根本不可能的事。

想及此，项征更觉得自己肩负重任。他一定要让这些人平平安安回来，特别是滕雪刃。她最好别想些有的没的，如果想了，他也要亲手把那些不好的念头一一掐灭。

临出行前一晚，大家聚在一起吃饭。滕雪刃分配了车辆，她一个人一辆车，当向导车。项征、多木和侯奇逸一辆车，项征是司机。范安琪和项苑一辆车，范安琪是司机。滕雪刃没解释备用车，旁人也没提出异议，反正她说什么就是什么。

当天夜里，项征特地检查了一次他的车，以确保车辆安全。回房时，他看到滕雪刃坐在院子里，桌面上有用细沙绘成的花。项征瞟了一眼，是风神的花。

改装车辆时，他特地要求对方在他的驾驶位车门上喷了一朵风神的花。他信不信不是重点，只要滕雪刃高兴，他觉得信一信也不是问题。

“又在想什么呢？”项征将手搭在滕雪刃的头上。

滕雪刃没说话，双手合十后，将沙画吹散。一阵突兀的风不请自来，沙粒扬了他满脸。

这次项征有经验了，他闭了嘴不说，还将桌上剩余的沙粒抓在手里，对着滕雪刃的脸猛地一吹。

滕雪刃也沾了一头一脸的沙。

因为事发突然，滕雪刃没个防备，无端吃了不少沙子。滕雪刃一边吐着嘴里的沙一边喊：“项征！”

“你上次不也这样对我吗？”项征问。

滕雪刃想了想，还真是。她又看回桌子上零散的沙画，忍不住苦笑：“这结果到底算不算数啊？”

“好的就算，坏的不算。”项征说。

“你知道我问的是什么？”

“管他是什么，反正我就是这么想的。”

项征拽着她起身，滕雪刃从椅子上下来。项征说：“有空想七想八，不如早点睡觉。”

“项征，你不害怕吗？”滕雪刃问。

“怕什么？同去同归。”项征用力反握她的手，说出来的话掷地有声。

一行人出发，头几日天公作美，几个人按照原定计划前行。项征开车时总觉得有人在跟踪，每次停车休息时他都会四处查看，谨防可疑的陌生人靠近。

滕雪刃见项征积极性如此高，也不好打击他，只委婉地说：“如果那群人真的要对我们做点什么，防是防不住的。”

“那也要防。”项征十分坚定。

滕雪刃不明白项征的坚持是为何，但他要这么做，滕雪刃也只能听之任之。

车队快到圣湖附近时，突然天色大变。远处的空地被铺天盖地的黄沙覆盖，滚滚尘土像是被魔鬼操控，一刻不停向地朝着项征等人的方向奔来。

多木将脑袋伸出窗户，张着大嘴，双眼一眨不眨地看着前方。他掏出手机，边拍边说：“这真是百年难得一遇的奇观，奇观！”

项征正在和滕雪刃通话，闻言突然转过头。他问多木：“你是不是天生就不知道害怕怎么写？”

“倒也不是。”多木从车窗外缩回脑袋，“怕也不能解决问题，不如调整好心态去面对。”

侯奇逸附和地点了点头。

项征打死方向盘，车辆一个甩尾，将多木甩到门上。多木还没来得及嚷嚷，就见远处的黄浪向着车辆方向迎面扑来，对讲机里传来滕雪刃的声音：“赶紧撤，这里没有掩体，被卷进去很容易出问题。双闪都打开，注意跟车距离，不要盲目超车。”

项征对着范安琪那辆车喊道：“安琪，赶紧跟上，不要掉队。”

范安琪不如两个人老练，她的车本来该夹在中间的，此时却被甩到了最后。

项征自顾不暇，只能紧跟着滕雪刃的车。多木趴在后座看实时播报，搞得项征心里愈发不平静。

对讲机里传来滕雪刃的声音，她说：“多木，闭嘴。你再说下去，我们谁都跑不了。”

项征“扑哧”笑出声来，说：“我以为你不紧张。”

“也不看看什么时候。”

滕雪刃说完，项征只见她车身一甩，下了公路，往旁边的砂石路上开去。项征跟着她的车走，不远处果然有座小屋。

“开到那座小屋那里吗？”项征问。

“是，贴着我的车停。”滕雪刃说。

两个人配合默契，很快将车停好。多木和侯奇逸也下车帮忙，将两辆车的车窗包裹严实。项征挂心姐姐，回头一看，发现范安琪的车卡在了下公路的沟里。

项征拍了一下额头，对滕雪刃等人说：“你们先上车，我去搞定那边。”

滕雪刃伸手搭在项征的肩头，说：“小心。”

项征听到她难得的关怀，笑意从眼神里露出来：“车上等我。”

项征快步往范安琪的方向赶去，黄沙已经将他们来时的路面吞没了。项征用力拍打车门，对范安琪说：“后座去！”

两个人换了位置，项征上车后发现她们这车卡的位置挺刁钻的，想要把车开到小屋边，不是一时半刻的工夫。项征看了看项苑，说：“你们俩下车，往掩体的方向跑过去，上多木他们的车。”

项苑一听，立即问：“那你呢？”

项征说：“我总有办法。快点，服从命令。”

项苑无奈，只能拉着范安琪往小屋的方向跑去。项苑没跑两步，只见滕雪刃驱车前来，在卡住的车前停下。滕雪刃下车拿绳子，拍开项征的车门：“下来，拴车。”

“你怎么来了？”

项征话音落下，黄沙扑面而至。他和滕雪刃被困在黄色的风沙里，睁眼所见皆是一片黄沙，小石子砸在身上生疼。项征连忙拉高拉链掩住口鼻，用身体做滕雪刃的掩护，两个人很有默契地拴好车后再各自上车。

有了滕雪刃的助力，项征脱困，两辆车依照多木所在车辆的双闪指示，迅速赶到了小屋处。

项征停好车后迅速下车解开牵引绳，滕雪刃则顺势停好车。项征给车做好防护后，便朝着滕雪刃的方向进发。

茫茫沙尘给人莫名的绝望感，仿佛眼前的一切就是世界末日。项征在沙尘中隐隐看到车门上的红花，那是风神的花。

若隐若现的红色如同灯塔，给迷失方向的人指出一条明路。项征想，怪不得滕雪刃对它如此信任，任何人在绝境中看到这朵花，都会视其为生路的指引。

项征四下探看一番，发现不远处的公路上有红光闪过。他赶到滕雪刃的车边，拍门上车。滕雪刃见他来了，这才对着对讲机说："项征安全，和我一车。"

"跟滕姐在一起我就放心了！"多木说。

"滕姐对不起，今天是我连累大家了。"范安琪说。

滕雪刃还没说话，项征说："没有下次。"

"保证没有。"范安琪说话掷地有声。

窗外的风沙冲到玻璃上打出簌簌的响声，偶尔还有一声巨响，不知是什么撞到了车上。多木在对讲机里讲鬼故事，范安琪在那头喊："能不能不要吓我了！"

天色昏暗，看得人心情压抑，情绪低落。

而滕雪刃神色自如地从后座拿了条毯子，放低座椅靠背，将自己盖了起来，准备睡觉。

项征看得好笑，心里的忐忑也被她的动作赶走了。他的手搭在滕雪刃的肩膀上，说："你是怎么练就这种时候还睡得着的本领的？"

滕雪刃闭着眼，说："有你在身边，哪里我都睡得着。"

项征听得心尖一颤，她坦然的口吻真是让人又爱又恨。他清了清嗓子，想把突如其来的害羞情绪赶走。项征的手指点了点她的鼻尖，说："好好睡吧。"

"我感觉你有话要说。"滕雪刃突然睁眼。

"公路上还有车开着双闪在赶路。"项征说。

"不出意外，应该是盗宝贼。"滕雪刃说。

“是佛罗伦萨那批人？”

滕雪刃点头。她起身，拿出地图端详了一阵，问项征：“我们距离下一个加油站还有多远？”

“一百多公里吧。”项征说。

“那我知道他们在这种危险天气赶路是为什么了。”滕雪刃沉吟一阵，说，“等沙尘过去，我们要走回头路，回到前一个加油站。”

“怎么了？”项征还是不解。

“他们在这种天气赶路，就是为了先我们一步到达下一个加油点。他们可以买空加油站的油，我们只能等下一拨的补给。到时候他们再设点障碍，我们更是寸步难行。”滕雪刃说。

项征叹气，说：“如果我是盗宝贼，我会先等你找到大印，再将你一网打尽。何必给你设阻碍，浪费我的时间。”

滕雪刃笑了笑，说：“你又怎么知道他们没找到大印的下落？他们有胆子在这种天气赶路，就证明他们已经有线索了。不然谁会做这种不要命的事？”

“有道理。”项征手托着下巴，“只能小心为上了。”

沙尘暴持续了一下午。几个人被困在车里，不能熟睡，又不能打开车门。直到夜里风声渐息，众人这才下车活动，安营扎寨，准备做饭。

次日，滕雪刃等人返回上一个加油站加油，又备了一些油在车上。一群人赶路到下一个小加油站时，看到加油站挂出了汽油售空的牌子。

项征按捺不住好奇心下车询问，加油站的工作人员告知，前两天来了个车队，车队里有一辆特别大的车，那辆车油耗惊人，这间小加油站贮备油量本就不多，他们直接把油买空了。

项征将信息反馈给滕雪刃，滕雪刃滑开手机，指着一张图片要项征给加油站的人认认是不是这辆车。对方一看，说：“不是这辆车！”

“这是什么车？”项征问滕雪刃。

“佛罗伦萨的座驾，乌尼莫克U5000，越野房车。”滕雪刃说。

“越野房车，还有这种玩意儿？”项征很好奇。

“全地形都能搞定，涉水深度一米二，进入车内需要刷卡验证，里面有无比舒适的床和沙发，还带厨房和小型影院。这辆车最厉害的广告词是——它过不去的地方，坦克也过不去。”

说完，滕雪刃叹了一口气：“我真羡慕那个厨房。”

项征听到这个总结，笑出声来。他颇有些感慨地看着滕雪刃，说：“你这关注点跟所有人都不太一样。”

“要不然怎么会看上你呢？”滕雪刃睨他。

项征曲指轻敲她的额头，心想，好好一个姑娘，怎么就被他带偏了呢？

一群人路上波折不断。虽然春季已至，但高原的春季依旧狰狞。路面冻结、半夜飘雪、狂风大作……各种异象轮番上场刁难人。

滕雪刃也不幸中招，一日行车，她落入路边的沟里，怎么都起不来。她谁也没喊，拿了铲子就下去挖车。项征停了车，往滕雪刃的方向走去。他将滕雪刃抱起放到一边，自己脱下外套卷起袖子就开始挖车。

“我可以自己搞定。”滕雪刃说。

项征“呵”了一声：“你能搞定的事情太多了，我不表现表现，指不定哪天就被你当闲置物品收入仓库了。”

滕雪刃耸了下肩膀，只好退到一边。

不过多时，多木和侯奇逸来了，范安琪也举着铲子赶到了。

滕雪刃空着手站在一边，看着忙得热火朝天的几个人，心里蔓延出一种难言的感情。她不自觉地搓了搓手，此时项苑走来，递了一杯热咖啡给她。

“我之前就觉得你有点不同寻常，现在终于知道是哪里不寻常了。”项苑说。

“哪里？”滕雪刃不解。

“不懂得接受别人的好意。”项苑说。

滕雪刃愣了一下，问：“那这是个需要改的问题吗？”

“倒也不用，就是别什么都自己扛，你还有我们。”项苑拍了拍她的肩膀，一脸笑意。

“我试试。”

滕雪刃一直认为求助显得特别软弱和没用，只要力所能及就绝不麻烦别人。可这群人却告诉她，还有他们。从遇到项征开始，她的世界和认识都被改变了。

“是的。以后你去哪儿给我打个电话，万一再掉沟里了，我不远万里都会帮你把车挖出来。”项征举着铲子，走回滕雪刃身边。

滕雪刃的心“咯噔”一下，脸也不自觉地热了起来。她举着咖啡挡在面前，不想让人看到她突然蔓延的羞怯。

“这时候不嘴硬了？不装腼腆了？”项苑揶揄项征。

项征瞥了姐姐一眼，问：“身体好点了？”

项苑因旧伤在身，赶路时身体有些不适。她吞了止疼药佯装无事，在车上睡了整整一天。项征很是担心，但他看出了姐姐眼里的坚持。

项苑没接项征的话，转头问滕雪刃：“我们是不是快到双措县了？”

“是。”滕雪刃说。

“快到双措县的路上有一间牧民的屋子，我想去看看，不会耽误很久的。”项苑的口吻又急切又执着。

项征和滕雪刃互看一眼，滕雪刃说：“可以。”

“谢谢。”项苑很感激。

他们抵达项苑所说的牧民小屋时，天色不早了。再看时间，已经是晚上八点了。

一停车，项苑直接从车上跳下去。她跌跌撞撞地往小屋赶去，项征则在后面追。小屋无人居住，一般是给过路的牧民落脚使用的。今日小屋无人，项苑推开木门，在里面疯狂地寻找什么。

“没有啊，没有啊，不是说好在这里等的吗？”

项苑连炉子里的牛粪灰都掏出来了，最后只能无奈地走出小屋。她没说话，手也没洗，倚着墙根坐下。

项征看着姐姐隐忍又绝望的表情，想到了很多事情。他没打搅项苑，走到滕雪刃身边，顺手帮她扎帐篷。

项征小声说："我姐好奇怪，是不是那个谁没死，她还惦记着那个谁？"

"谁？"滕雪刃忙着弄帐篷，没空分神去想项征的话。

项征不情不愿地吐出那个名字："李想。"

"你觉得李想没死，项苑和他约好了在这里见面？"滕雪刃问。

"我还没想那么多，你都想到这个层面了？"项征很意外。

"看她总是欲言又止，又提出特殊请求，我能联想到的就是这件事。"滕雪刃说。

帐篷搭好，两个人并肩坐下。项征远远看着范安琪去劝解项苑，忍不住叹了口气，问："你有没有想过李想还活着这件事？"

"我不喜欢做假设。"滕雪刃说。

"如果李想活着走到你面前，你会有什么想法？"项征又问。

滕雪刃很果断地说："希望他不要妨碍我的任务，这次我一定要抢在佛罗伦萨之前拿到大印。"

项征冷哼了一声："你啊，嘴硬心软。万一他真的出现，你绝对不会像现在说的一样无情。"

"不说了，做饭。"

滕雪刃起身去车上拿炊具，项征紧随其后。他看着滕雪刃的背影，心里暗想，事情千万别如滕雪刃所说的那样就好，多一个变数，就多一分危险。

众人吃罢晚饭，各自回帐篷睡觉。守夜轮班表上的第一个是项征，他先守着姐姐睡了，这才慢慢踱步到离营地不远的地方。

这几日天气转好，夜里的星星多得令人目不暇接。只存在于纪录片和书本上的银河徐徐倾斜，满天都是银色的碎光，看得人移不开眼。

项征喜欢这样的星空，他不自觉地站着看了一阵，耳边有车声呼啸。

项征赶紧躲到暗处，几辆越野车开过，其中还有一辆黑色大车。项征皱眉，这不就是滕雪刃提到的乌尼莫克？

深夜赶车，胆子这么大？项征等那几辆车开过后，这才从阴影里现身，返回营地。他回到帐篷，只见滕雪刃那顶帐篷前有道黑色的阴影，他走近一看，是滕雪刃蹲在地上穿鞋。

“没记错的话，你是三点的守夜时间？”项征压低声音问。

“听到汽车的声音，我想去路上看看。”滕雪刃绑好鞋带，缓缓起身。

“我陪你？”项征问。

“留在营地。”

滕雪刃发号施令时口吻相当果决，项征也不知怎么的，居然没有办法反驳。他笑了笑，半是调侃地回应：“遵命。”

滕雪刃转身往马路上走去，项征说：“我看到了你说的那辆乌尼莫克。”

“嗯。”滕雪刃没有回头。

她打着手电筒走到公路边，手电筒的光线不知照到了什么，反射出刺眼的光芒。滕雪刃蹲下身，从路边的泥沙里拉出了一块木板，木板上布满长钉。这要是人踩上去或车一不留神轧上去了，绝对完蛋。

滕雪刃左右探看，周围一片空寂。滕雪刃拿起钉板，往公路上走去。

说是公路，不过是较为平整的土路罢了。路面上车辙没消，滕雪刃仔细辨认后，确定是佛罗伦萨的人先行通过了。

她暗自思忖，佛罗伦萨是掌握了什么确切消息吗？他为什么这么着急？

她一边想，一边往营地走去。

项征在营地坚守岗位。这里已经有四千二百米的海拔了，每个人都睡不沉。在这种地方睡觉，就像是胸口被千斤巨石狠狠地压住，连呼吸都变成了困难事。

多木从帐子里溜出来去上厕所。项征听到动静，走到多木身边，问：“干吗去？”

“解决内急。”多木趿着鞋子裹上外套就往远处跑去。

这边都是荒野，多木想找个掩体，所以跑得远了一些。他好容易找到了一个小土堆，刚蹲下身，就觉得屁股后面被什么东西狠狠地拱了一下。

多木被吓得尿都憋了回去，昏昏沉沉的脑袋也清醒了。他拎着裤子往前冲出老远，大叫出声：“哇！滕姐，老板，救命啊！”

滕雪刃听到多木的喊声，辨明方向，立即赶了过去。营地里的人也因为多木的喊声纷纷起身，穿好鞋子往多木的方向走去，手里还拿着木棍、登山镐等“武器”。

项征等人赶到，看到多木和滕雪刃站在原地。项征冲上前去，扯着滕雪刃前后打量，又捧着她的脸瞧了半天，问：“你没事吧？”

项苑看到项征的动作，心里又心酸又欢欣，原来弟弟呵护人是这副模样啊。她看了滕雪刃好几眼，不自觉地垂下双眸。

多木不满地道：“老板，尖叫的人是我！”

项征见滕雪刃没事，转头看向多木，问：“你叫什么？这声音招狼。”

“别说……”多木转身指了指不远处的小土坡，“那里真的有狼。”

众人听到这话，齐齐后退好几步，项征顺势将滕雪刃挡在身后，瞪着多木：“说你招狼，你还真招来了？”

多木缓缓从帽子里揪出一只小狼崽，放到了项征面前。项征和小狼崽面面相觑，小狼崽突然张嘴，这家伙连牙齿都还没长出来。

“你就因为这个小狼崽子吓得直叫？”项征问。

“黑灯瞎火，我刚准备上厕所，这家伙突然出来狠狠拱了我一下，我能不怕吗？”多木撇嘴道。

项苑和范安琪靠了过来，从多木手里接下了这只小狼崽。范安琪将小狼崽搂在怀里又抱又摸，还像哄孩子一样问它饿不饿、渴不渴。

滕雪刃抱臂站在不远处，项征问：“怎么，你不喜欢动物？”

“不是。小狼崽身上染了人类的气味，即使母狼回头来找，闻到这个味道也不一定会把它带回去。我在想怎么处理这只小狼崽。”滕雪刃道。

范安琪听到滕雪刃的话，一时间也不知道自己该不该继续抱着这只小狼崽。她抿着嘴低着头，感觉自己又做错事了。

滕雪刃瞥了一眼范安琪，又看了看默不作声的多木。她说：“既然你喜欢，那就照顾它一阵子吧。”

范安琪抬起头，眼里有抑制不住的欣喜。她用力点头说：“谢谢滕姐。”

“去双措县后把它留在那里，会有林业局的人会把它带走的。”滕雪刃说。

几句话交代了小狼崽的去向，众人也安了心。滕雪刃又说：“明天还要赶路，抓紧时间休息，回营地吧。”

滕雪刃说完，率先拿着手电筒和木板往前走去，项征紧随其后。

当初选择赶去切琼救多木，滕雪刃犹豫了许久。那时的她不近人情，干什么都带着冷冰冰的感觉，即使对人好也是硬邦邦的。有什么事从不交代，话都憋在心里。

现在的她不一样了。她既有容人之量，也开始顾虑别人的心情。滕雪刃变温柔了。

项征跑快了两步，走到滕雪刃身边。他看到那块木板，问：“这木板哪儿来的？”

滕雪刃将木板转了一个面，项征就看到了上面又长又锐利的钉子，叹了口气。

“回去告诉你。”滕雪刃说。

两个人先到营地，四处检查确认没有危险后，剩下的人才各自回到帐篷里。范安琪抱着小狼崽，将其用帽子兜住。小狼崽想要往外爬，两只爪子接连搭在了帽檐处，范安琪抖一抖，它又滚落回去了。

小狼崽像是发现了什么新游戏，和范安琪斗智斗勇玩了好半天。

滕雪刃走到范安琪身边，问：“你对照顾动物还挺有经验的。”

范安琪笑了笑：“我养了狗，高原上的狗和狼也差不多。”

“好好照顾它。”

滕雪刃又在营地巡视了两圈，待大家都睡下了，她才走回项征的身边。项征拿着木板翻来覆去地看，说：“以前我只听说过半夜行车时，有人会把这种钉板放在路上，车子轧过直接爆胎。等车主下来检查，就有人上来谎称修车讹钱。”

“我听说过不一样的版本。”滕雪刃说。

项征扬了扬下巴，示意她说下去。

“爆胎后，藏在暗处的人会举着木棍上前，抢劫车主。”滕雪刃说。

项征“啧”了一声，问：“有人盯上我们了？”

“不知道是佛罗伦萨的人还是本地人，小心为上。明天起床，先检查路面再发车。”滕雪刃说。

“他们需要知道吗？”项征问。

“明天早起要他们一起检查。”

滕雪刃说完，又抬手看表。她揉了揉额角，走到帐篷里，想要从包里找一片止疼药出来。不知怎么回事，她这两天头疼得厉害。

项征伸长手臂，从帐篷边取出水瓶，又从口袋里拿出止疼药递给滕雪刃。他问：“你是在找这个吧？”

滕雪刃有些意外地眨了眨眼，没回过神。

“你躲着吃药被我看到了，头疼得这么厉害，你不知道跟我说？”项征拿出药递给她。滕雪刃拿水送服，还是觉得太阳穴疼得直跳。

项征除了鞋子进了帐篷，拉过滕雪刃躺在自己的腿上，双手搭在她的太阳穴上轻轻按揉。滕雪刃舒服地叹了口气，左手轻轻搭在项征的手腕上，说：“你真好。”

项征被滕雪刃的话说得心软，轻抚过她眉间的褶皱，说：“废话，你男人就是最好的。”

滕雪刃抓住他的手，反握了一下。她说：“是，我的男人就是最好的。”

他的感情润物无声，轻易攫住了滕雪刃的软肋。她从不奢求别人的理解和关心，但项征每次都能刚好敲在点子上，实在让她无法拒绝。

她说这句话绝不是敷衍，是发自内心的感慨。

项征一听这话，脑子一片空白，高兴得不能自已。他嘴边挂着笑容，嘴角都要扯到耳后去了。

次日起床，众人吃完早饭，项征拿出木板向几个人说明情况。多木等人很是意外，他拿着木板和侯奇逸翻来覆去地看，感慨道：“人心不古啊。”

项苑却说：“上次我们进乌丹古城就有这种情况，看来现在也没有好转。”

大家收拾好东西，沿路寻找。侯奇逸戴着眼镜仔细查看，他指挥着多木找到了三块这样的钉板。项苑和范安琪也有收获，找到了两块。

几个人将钉板集中起来，滕雪刃看到那几块钉板，不禁冷笑。她将钉板收了起来，说：“说不定以后有用。”

路障排除，众人上车。经此一事，范安琪对自己身处的环境终于有了一点粗浅的认识。她问项苑：“项苑姐姐，羌塘到底是什么样的？”

项苑说：“更危险。不仅自然环境比此处恶劣，万一撞上盗猎者更是可怕。而且我们还要和那群盗宝贼赛跑，可能身体也会承受不了这种压力。”

范安琪听得心灰意冷地看着前车，心生艳羡。为什么前车里的人总有种未卜先知的能力，她的身体不会出问题吗？她的精神不会崩溃吗？她难道不会犯错吗？

前面是滕雪刃的头车，也是范安琪的向往，她想成为滕雪刃那样的人。

不知是不是项征的按摩奏效，滕雪刃的头没那么疼了。整个行程中她停车吸了两次氧，到达双措县后状态也算不错。项征担心了一路，见她下车后没第一时间去找止疼药，悬着的心才放了下来。

滕雪刃领着大家去了住处，等众人安顿下来，她叫上项征，两个人单独出门。

走之前，项征先查看了项苑的情况，帮项苑量了体温和血压。项苑身体情况还不错，只是精神有些不济。

“姐，你这身体不赖啊。”项征调侃道。

“因为我也有很重要的事情要完成啊。”项苑说。

姐弟俩相视一笑。

项征说：“我有点事情要做，你帮我照顾一下大家。”

项苑比了个“OK”的手势。

项征和滕雪刃出门，他也没问滕雪刃去哪里，就被滕雪刃带进了一间屋子。滕雪刃敲门，问："县长，在吗？"

"康拉吗？"门里传来声音。

"是我。"

没过一会儿，门被打开，一个穿着朴素的男人走了出来。滕雪刃指着项征，介绍说："这是项征，这是双措县的县长。"

"我知道他。"县长笑道。

"也是，你们只是没有正式见面。"滕雪刃说。

项征这才知道，他被救援队救出羌塘时，这位县长也在救援队里，只是项征没注意罢了。

有了这么一层关系，三个人很快热络起来。县长知道滕雪刃来此的目的，也为她早早准备好了补给物资。

县长还嘱咐他们，最近有牧民说羌塘有野人出没，总会偷牧民的东西。有时候是羊少了一只，有时候是食物，有时候是衣服。为了减少损失，牧民放牧时会留点干粮，这样野人就不会偷羊了。

滕雪刃听来很是疑惑，这么严峻的生态环境下还会有野人存活？不会是佛罗伦萨搞出来的障眼法吧？

"大概是什么时候传出来的消息？"滕雪刃问。

"就在新年之前。"

她算了算时间，正好是佛罗伦萨来逻些的时候。这件事，十之八九和他有关。想到这里，滕雪刃举着手机点开图片，问："县长，你见过这辆车吗？"

县长点了点头，问："是你的对手？"

滕雪刃笑道："我哪敢称他为对手。"

滕雪刃深知自己和佛罗伦萨之间的差距。不管是装备、物资、人员还是手腕，她都比不上对方。打个比方，佛罗伦萨是雄狮，她只是雄狮身边的蚊蝇，每次只能骚扰他的视线。

虽无奈至极，可她偏偏要做螳臂当车之人。

县长告诉他们，这队人马声势浩大，一来双措县就包下了县里唯一的旅馆和餐厅。他们买空了加油站的油和餐厅里的蔬菜，半夜已经往羌塘进发了。他曾检查过这队人的证件，他们的证件相当齐全，没有一点疏漏。

滕雪刃了解情况后，向县长道别。两个人走出院门，滕雪刃笑出声。

项征问：“你笑什么？”

“没什么，我知道佛罗伦萨是找谁帮忙了。”滕雪刃说。

“谁，能说吗？”项征问。

“邓肯。”

项征相当意外，露出了困惑的表情。他问：“你和邓肯……”

“不是朋友，只是相互利用的关系。他在高原各处奔波，他利用我继续他的极地研究，而我利用他获得高原各地的情况。他能和我合作，自然也能和其他人合作，我不过是他的选择之一。”

说起这话的滕雪刃，口吻比天气更凉。

项征终于明白滕雪刃所说的“我只信你”那句话是什么意思了，它的分量比他想象的还要沉重。

项征牵起滕雪刃的手放在口袋里，他岔开话题，说：“天天涂护手霜还是挺有用的，你的手摸起来软多了。”

滕雪刃知道他的用意，他是怕她难受，故意扯开话题转移注意力。她笑了笑，说：“也有可能是你的手变得更粗糙了？”

项征撇嘴，自从滕雪刃说他手糙，他可是偷着涂了好些护手霜。他当然不肯认这件事，说：“男人的手糙点怕什么？”

滕雪刃“哦”了一声。

两人牵手走回住处。进门前，项征皱眉，表情严肃：“我的手真的很粗糙吗？”

滕雪刃憋着笑，手指在他的手心轻扫了两下，说：“我不嫌弃。”

项征被她的小动作取悦，眉头舒展：“行吧。”

滕雪刃等人正式进入羌塘。项征和项苑不是第一次来，其他人却带着不一般的兴奋和激动。

传说中神秘的死亡之地，擅入者不得善终。有多少想要穿越羌塘的人，就有多少葬身此地的尸骨，能活着出来的人寥寥无几。

他们的车经过一片湿地，沼泽众多，其间有小块的草甸。外面冰天雪地，只有湿地处还有几分春意。这是五千二百米海拔处最独特的地域，是高原上不多见的绿意盎然。

多木在对讲机里对滕雪刃说：“滕姐，羌塘这么看还是挺温和的。”

“温和？你把脑袋伸出去试试。”滕雪刃在对讲机里回复。

多木按下车窗，排山倒海的风瞬间挤了进来。一时间车内温度都降了好几度，侯奇逸连忙将车窗关上。

多木揉着被吹疼的脸说：“对不起，我低估了对手。”

项征在前面笑，滕雪刃的回答确实相当滕雪刃。她从不试图去说服别人，她任由你去撞南墙，撞了就明白了。

他们的车沿着矿路行驶，进入湖盆。滕雪刃看了一眼海拔，已经到五千二百七十五米了。她在对讲机里对项征和范安琪说：“天黑前尽量赶到鲁形湖的牧人小屋，今天夜里会下雪。”

三辆车往前赶路，走着走着，滕雪刃突然命令大家停车。项征依言停车，问：“怎么了？”

“不知道是不是眼花，前面有车。”滕雪刃说。

进入荒原，滕雪刃不怕没人，就怕遇到人。如果和盗猎的撞到一起，那可真是麻烦大了。

项征问：“要下去看看吗？”

“先掉头，往刚刚经过的湖盆走，今天不去鲁形湖了。”滕雪刃当机立断，指挥众人掉头。

“滕姐，不然我们上前看看吧。万一不是车呢？”多木说。

“我不敢赌这个万一，我要的是安全和稳妥。”滕雪刃说。

“往回走，你带路。”项征支持滕雪刃的决定。

一行人回到湖盆底。滕雪刃选了个避风处安营扎寨。时间还早，她想了想，对项征说：“我去山上看看。”

项征仰头看了看，又确定了方位，说：“你想去确定之前看到的是不是车，对吗？”

滕雪刃点头：“我觉得我看到了那辆乌尼莫克。”

“我陪你去。”

两个人交代了去向，便往远处的山走去。两人攀上山顶，发现此处居然还有经幡。项征喘得不行，“呵呵”笑了两声：“信仰的力量真强大啊。”

滕雪刃从项征的背包里拿出望远镜，她躲在经幡后，往来时的方向看去。望远镜虽然看不了太远，但隐隐有几个黑点出现在视线里。她将望远镜交给项征：“你看看，那是不是车？”

项征接过望远镜，看着远处的几个黑点，其中一个格外大。黑点旁边还有几个小米粒走来走去，看得不甚清晰。

“反正小心点总没问题。”

两个人收起望远镜，准备下山时，突然听到呼啸的风中夹杂着古怪的叫声。项征和滕雪刃对视一眼，项征问：“你听到什么了吗？”

“那不是风吹的声音，像是有什么东西在叫。”滕雪刃说。

“狼、驴，还是牛？”项征问。

滕雪刃摇头，面无表情地吐出一个字：“人。”

项征被她的诡异表情搞得浑身一震，想起了县长说的野人。他连忙拉着滕雪刃下山：“快走快走，听起来怪瘆人的。”

两人回到营地，多木哇哇乱叫的声音远远地传了过来。走得近了，项征才听清多木在说什么。

“那我今天睡在哪里啊，帐篷就这样飞走了，万一侯教授回来，我不是要被他骂死了吗？

“我的帐篷啊，帐篷啊！

“沉痛悼念我的帐篷一分钟。”

项苑和范安琪坐在一边生火做饭，间歇劝他两句。滕雪刃走到多木面前，说：“你这么有力气，不如去帮着做饭。”

“可是我的帐篷被风卷走了，我和老侯今天晚上没地方睡了。滕姐，换你你也哭。”多木委屈死了。

滕雪刃叹了口气：“我为什么要哭？我不会笨到让帐篷飞走。”

多木一听脸更黑了，在他准备继续哭诉时，滕雪刃又说：“我还有一个帐篷，但不是白给你用的。从今天起，你要帮着项苑一起生火做饭，让项苑好好休息。”

“行，我发誓！”

听到有新帐篷，多木立即做出发誓的姿态。滕雪刃要项征拿了帐篷给多木，这时，负责去寻找水源的侯奇逸刚好拿着几罐水回来。他问多木：“多木，你还没搭好帐篷呢？”

“是啊，风太大了搭不好，等着老侯你回来帮忙呢！”多木死死地抓着帐篷，生怕它又飞走了。

夜里十点，狂风吹得帐篷啪啪作响。滕雪刃揉着眼睛醒来，一转头，就看到项征也睁着眼睛。她刚想说话，项征伸出手指压在嘴唇上。

风声一会儿咆哮一会儿号哭，听来像是鬼魂成群结队地在向荒原上仅剩的人类诉说它们的冤屈。项征听着听着，突然说：“我又听到叫声了。”

滕雪刃侧耳去听，刚听到一声沉闷的怒吼，帐篷门突然就被人拍响。滕雪刃和项征吓得一激灵。滕雪刃坐起身，问：“谁？”

“是我，范安琪。”

滕雪刃捂着胸口，拉开门帘，说：“吓我一跳。”

“滕姐，你听到什么声音没？”范安琪问。

“听到了，鬼叫声。”滕雪刃说。

这下换范安琪被吓一大跳了。她瞪大眼睛看着滕雪刃，声音发颤：“滕姐，这里真的有鬼吗？”

“只是一个形容词。”滕雪刃解释。

项征从睡袋里钻了出来，他裹好衣服，说：“差不多到时间了，我出去巡逻。”

“我们要不要一起去看看声音的来源？”范安琪提议道。

“你知道鬼片的主角都是怎么死的吗？你还上赶着凑热闹？这种声音听到了就当没听到，声音越来越近就捂着耳朵往车上跑。总之，和进城无关的事情都不要做。”

滕雪刃难得一口气说这么多话，范安琪听得愣住，只能连连点头。

项征问：“这次你怎么不要范安琪去试着找找那声音从哪里来的？”

“这能随便试吗？命试没了是好玩的吗？”滕雪刃回道。

项征看着范安琪，说：“你看，滕姐把你当自己人呢。你别瞎琢磨了，回帐篷里休息吧。”

范安琪先行离开，项征从帐篷里出来，对滕雪刃说：“我以前不喜欢你这种性格，太冷淡，总是一副置身事外的模样。我现在才明白，你这种性格很好，我很喜欢。”

“那你别管那奇奇怪怪的声音。”滕雪刃伸手，揪住项征的衣角。

“好，不管。”

得到了他的承诺，滕雪刃这才松了手，重新躺回睡袋里。

羌塘里，风是永恒不散的旋律。

每天在耳边吹来吹去，听得每个人都感觉自己住在餐馆的抽油烟机里。还有那若有似无的古怪的咆哮声也在他们身边环绕，像是被幽灵缠住了脚步。

接下来的路程比之前更艰险，但风景也是罕见的美。

一日黄昏时分，滕雪刃等人停车选营地。项征刚下车，抬头看天，一边是月出东山，一边是晚霞绚烂。一侧静谧，一侧热烈。他转头，发现多木等人也在看天，侯奇逸举着相机拍了好几张。

进入羌塘的这段时间，因为阮希声的关系，侯奇逸和项苑走得很近，两个人时常会闲聊。

滕雪刃总是若有所思地看着侯奇逸，项征觉得奇怪，故意拿话逗她：“怎么，喜欢那种文弱书生类型？”

滕雪刃睨他，眼神里写满鄙夷。她说：“只是觉得他有点问题。”

听滕雪刃这么一说，项征偶尔也会坐在一边听他们聊天，想要看看侯奇逸到底有什么问题。

问题项征倒是没发现，反而得知了一些关于考古队的故事。不过他更在意的是李想，姐姐因为李想魂不守舍，他更好奇李想是个什么样的人。

众人扎好帐篷，已经太阳落了下去，只剩皓月当空。滕雪刃煮了一锅蔬菜糊糊，项征边吃边对她说：“侯奇逸和我姐这两天说得挺多的。”

“你也听了不少吧？”滕雪刃问。

“不过我想知道的还是不知道，比如说李想。”

滕雪刃顿了顿，说：“你想知道什么？”

“你所知道的，我都想知道。”项征说。

滕雪刃顺势将吃完饭的碗塞到项征手里，说：“你洗碗，我就告诉你。”

洗完碗，两个人坐在车里聊天。

滕雪刃认识李想完全是因为工作任务。本来是滕真源接手李瀚教授的任务，因滕真源临时被抽调去外国参加研讨会，所以滕雪刃就去了。

她和李想从见面开始就算不上和谐。李想讲话总是阴阳怪气的，滕雪刃听不明白，也就经常忽略李想，多数时候只和李瀚教授对接。

被忽略的李想更生气，想方设法引起她的注意。李想听说她要去羌塘调研，不服气，一个人先去了。李想因路况不熟，车辆坏在半路，还是滕雪刃把他救了回来。

隔了一年，滕雪刃的父亲突然来找她，说起了和李想订婚的事。事发突然，滕雪刃打电话问李想，李想居然没有拒绝这个提议。

在滕家人的不断劝说下，滕雪刃觉得麻烦，应下了订婚的事。只是她和李想的相处模式还和以前一样。李想对此有诸多抱怨，但滕雪刃既不喜欢他，也没有时间为他去改变什么。

在滕雪刃的眼里，李想的形象很模糊。大多数时候，她能想起来的李想是偏执别扭、不听劝告的。有时李想很情绪化，而且常常针对她。

项征听完滕雪刃的话，心里直犯嘀咕。他表示自己在逻些看到的李想不是这样的。李想虽然说了滕雪刃的坏话，又想拐跑他姐姐，但大多数时候，李想还是挺靠谱的。他脾气不错，比较有内涵，长得不赖，也善于调解人与人之间的小摩擦。

滕雪刃问：“我们认识的是同一个李想吗？”

“可能是你真的不喜欢他吧。不喜欢所以不包容，不喜欢所以看到的都是缺点。”项征说。

“可能吧。”滕雪刃若有所思。

到了睡觉的时间，几个人在帐篷里躺下。负责值夜的多木在营地外散步，他的倒影在帐篷上拉长缩短，突然之间，影子消失不见。多木喊了一声：“哎，我的帐篷！”

滕雪刃听到喊声，立即起身。她穿好鞋往外走，看到多木往远处跑去。

滕雪刃喊：“多木，不要追！”

多木消失在茫茫黑夜里，滕雪刃的眉毛拧成一团。她刚准备打手电去找多木，多木又走回来了。他看到滕雪刃站在营地，连忙快走了两步。

多木告诉她，值夜时看到了自己那顶橙红色的帐篷，还有人影在远处晃动。他用手电照了照，发现自己看到的不是幻觉。

光线照过去，多木看到了一闪而过的人影。那人拔了帐篷就跑，多木抬脚就追。可追过去后，对方不见了。

滕雪刃说：“你知道大半夜跑出去有多危险吗？万一有狼呢？万一有人埋伏呢？下次不要这么冲动！”

多木被骂得灰心丧气，“哦”了一声，说：“但是我真的看到人了。”

次日起床，滕雪刃往多木走去查看人影的地方走了一圈，发现了冻成冰块的食物残渣。她又在地面检查了一遍，发现地上确实有钉痕，曾经有人在此处扎营。

难道有人在监视他们？可监视有什么用呢？

难道她遇到了县长说的野人？

滕雪刃想不明白，只听营地传来阵阵惊呼声。她回头一看，原本干涸的河床突然涨水，项征喊范安琪赶紧开车，两个人将车开出河水，只剩另一辆车陷了进去。

待滕雪刃赶回营地，那辆车的轮子已经被淹了一半。她蹚水上车，刚发动车，觉得车子又陷了一些。

“项征，你们把牵引绳拴在我车上，把我拖出去。”滕雪刃说。

项征和滕雪刃尝试了一把，可路面上的泥沙湿滑，车子一动，陷得更深了。

这时侯奇逸出声了：“我们车上不是还有那几块钉板吗，能不能垫在车轮下，把车拖出来？”

滕雪刃眼睛一亮，说：“这个办法可行。”

侯奇逸找出钉板，脱了鞋子挽起裤腿就往水里走去。多木担心他会被湍急的河水冲走，连忙用绳子在他的腰上拴了几圈，将另一头绕在了自己手上。

项征观察到侯奇逸走下河道时用力很巧，他不像常人一般只顾着往下冲，他走下河道时，脚趾是弯着的，可以扎入淤泥里形成阻力，让自己站稳。项征本以为他是个肩不能扛手不能提的文弱书生，哪知这个人还有几分本事。

将木板垫好，侯奇逸便撤退了。项征开始踩油门，滕雪刃轻点油门跟着发力，车终于脱困了。

将车挪出河流后，已经耽误了小半天时间。在征得众人的同意后，滕雪刃决定先往前赶一段路。

黄昏时，一行人行至目标地点。多木指着远处的大地三脚架铁塔问：“滕姐，那是什么东西啊？”

“二十世纪七十年代，三大军区对羌塘进行了系统全面的测绘，这是当年测绘时留下的大地三角点。如果没有当年测绘兵留下的资料和地图，后来的人很难按图索骥，穿越这片土地。”滕雪刃说。

滕雪刃从不认为自己进入羌塘是多么了不起的事情，留下这些铁架的测绘兵才是真正的勇士。他们没有留下姓名，却在地图里给后人留下了他们的足迹。

一行人在铁架旁扎营，看着铁架，众人觉得十分安心。

第九章

扑朔迷离

夜幕降临，滕雪刃和侯奇逸找水回来，只见项征正在往外走。两个人对视，项征说：“这里不对劲，我们刚煮好的菜肉糊糊连锅被偷走了。”

滕雪刃转头把水交给侯奇逸，和项征一起去检查四周。她将白天看到扎营痕迹的事告诉了项征，项征眉头皱得更紧。他问：“会不会是有盗宝贼跟着我们？”

“盗宝贼跟着我们偷菜肉糊糊？他是打算撑死自己饿死我们吗？”滕雪刃问。

“可能他的粮食没带够？”

“是不是县长说的野人？”

正说着，滕雪刃抬头一指，不远处有黑色的人影。此处一片全是平原，天又没全黑，人不容易藏匿。

项征和滕雪刃对视一眼，两个人疾步走去。黑影似乎发现了他们的存在，突然间开始跑起来。

高原不比平地，在这种地方跑跳太过吃力。那个黑影跑了一阵，像是被什么绊倒在地。

项征疾步而行，揪住了偷锅子的贼。

滕雪刃上前查看，刚凑近，扑面而来的臭味几乎将她撂倒。

被项征按住的人顶着一头油腻打结的头发，几乎遮了半张脸。她撩起对方的头发，脸又肿又黑，完全看不清模样。

那人被项征按住很不舒服，不断地挣扎。滕雪刃揪着他的衣领不让他动，那人脑袋一扬，挂在脖子上的项链被甩了出来。

滕雪刃拽住项链，银质的小牌子因氧化而发黑，但上面的刻痕愈发清晰。

那牌子是属于李想的。当时李想买了一对，他的那一条项链上刻着滕雪刃的“雪”字，李想送给滕雪刃的项链上刻着李想的“想”字。

可惜滕雪刃从来不戴这种饰品，她把项链放在了滕家老宅，如非必要，绝不会拿出来戴在脖子上。

想到这里，滕雪刃扒开了那人的长发，他不断挣扎，意图再度撕咬滕雪刃的手。滕雪刃不管不顾，摸上那人黑黄的脸颊，捏了捏脸上重要的骨点。

她的呼吸一窒，心跳变快，不自觉地咬住舌尖。然后她回头看向项征，轻声说：“他是李想。”

项征一愣，被压制的李想见两人松懈下来，连忙掀翻两人。滕雪刃摔倒在地，项征连忙去扶滕雪刃。

李想躲到一边，嘴里叽里咕噜一通乱叫，虎视眈眈地瞪着他们。

滕雪刃用力握住项征的胳膊，看着已经不成人形的李想，感觉一阵茫然。他居然还活着？他为什么会在这里？是不是有人故意把他放过来的？

见滕雪刃呆住了，项征拉她起身。

他轻拍滕雪刃的脸，试图引起她的注意，滕雪刃这才回过神来。

项征说：“我们带他回营地。”

滕雪刃下意识地左右探看，项征的手抚上她的头顶：“没关系，要是有埋伏，我们一起处理。”

项征抓着李想往营地走，李想不断挣扎。滕雪刃跟在后面看着李想的背影，心思如浪翻涌。

一回到营地，多木立刻围了上来。他看到项征手里的人，问："老板，你带了个什么东西回来啊？"

他蹲下来看李想，李想冲他龇牙。多木被吓了个趔趄，一屁股坐到地上。侯奇逸去扶他，好奇地多看了两眼。他端着眼镜问："这是不是之前牧民所说的野人？"

项征抬了抬下巴，说："就当他是吧。"

在远处做饭的项苑看到李想，愣在原地，勺子掉回了锅里。她猛然起身，感觉一阵头晕，倒下时还喊了一声："李想！"

李想木然的脸上透出疑惑的神情，他远远地看着项苑的方向，试图往项苑处跑。无奈项征拉得紧，李想回头，喉咙里滚出一串威胁的怒吼。

项征问："你不会说话吗？"

李想又呜了两声。

项苑在范安琪的搀扶下站了起来，她踉踉跄跄赶到李想身边，摸着他的脸，眼泪都出来了。项苑抱着李想低声啜泣，李想木然地回抱项苑，喉咙里发出咕噜声，眼神也相当茫然，完全不知道发生了什么。

项征怕李想伤到项苑，伸手扯开李想。他的手刚搭上李想的肩膀，李想马上变脸，对着项征凶了起来。

多木有些好奇，上前试了试，李想也对他龇牙，完全不留情面。多木说："滕姐，你要不要试试？"

滕雪刃站在一边，神情漠然地摇了摇头。

项征看到她的表情，问："让我姐照顾他吧，我们先去吃点东西。"

滕雪刃点了点头，跟着项征往帐篷的方向走去。滕雪刃边走边回头，忍不住盯着突然冒出来的李想看了很久。

她想，李想还真特别，认不出自己，居然能接受项苑。

项苑对李想的出现非常高兴。她一个人照顾神志不清的李想，将他拾掇出个人样。她剪短了他的头发，擦净了他的脸和手，还逼着他把牙刷了。一通整理下来，大家总算能看清李想的长相了。

滕雪刃盯着李想研究了许久，他真的不是她记忆中那个意气风发的男人了。李想原本黑白分明的眼睛变得浑浊，一张脸饱经风霜，嘴唇干裂，神态混沌，很难再现往日风采。

李想认不清人，说不出话，对车也相当抗拒，每次上车都会闹上一番。据滕雪刃观察，他保持这个状态应该有一段时间了。

几日相处下来，大家都发现了，李想最依赖的人是项菀，最害怕的人是滕雪刃。

多木等人得知李想曾是滕雪刃的未婚夫后，更惊讶了。多木问滕雪刃："滕姐，你是不是虐待过野人，要不然野人怎么这么怕你？"

"你这么说，我可要伤心了。"滕雪刃说。

说来也怪，滕雪刃再次见到李想时，只是诧异李想的变化，没有更多的感情。担心？其实她看到项菀陪伴李想时，她心里的大石算是落了地，有种松了一口气的感觉。

这种感情很可耻，仿佛李想是个包袱，有人接过去，她就轻松了。

已经到了这个时候，滕雪刃分不出多余的力气给李想。在她心里，他好像死了很久了。现在他突然出现，她除了感到意外，并没有什么失而复得、喜极而泣的感情，甚至有种深深的无奈。

多一个人就多一个麻烦，多一个神志不清的人，随时都会有更大的麻烦。她知道这样的想法很冷血，但在这种条件下，她已经分不出多余的心思了。

滕雪刃有事没事总盯着李想看，她也尝试过和李想沟通，但李想完全不给面子，还狠狠地咬了她一口。

她端详着手上的咬痕，半天没说话。滕雪刃观察过李想的神色，他不是装疯，应该是真傻了。至于为什么会傻，滕雪刃觉得只有一个原因。

项菀和李想藏好城主大印后，盗宝贼将两人包围。李想为了掩护项菀而中枪，被盗宝贼带走。项苑从窗口跳下，撞到平台上晕倒。盗宝贼以为她死了，便将她扔入晴河。醒来后，她被牧民救起。

如此一来，李想应该是被佛罗伦萨带走拷问，不知道是受了什么折磨后精神失常。

可是让滕雪刃觉得奇怪的是，李想的失常反应和项苑刚醒来不久的反应一模一样。

难道项苑并没有把事情说尽，其中还有隐情?

项征看滕雪刃久久没有动，走上前说："你要处理一下手上的伤。"

滕雪刃点了点头，依旧心事重重。

项征以为她是因为被李想咬了伤了心，所以才露出这副表情。他有些烦躁，半蹲下来看着滕雪刃，问："要不要我替你咬回去？"

"嗯？"

项征又重复了一遍。

滕雪刃笑道："你还跟他计较啊。"

项征没说话，心里有些别的滋味。虽说他听过滕雪刃对李想的看法，可现如今滕雪刃每天瞪着李想看，那表情严肃又认真。他实在是不知道滕雪刃对李想是个什么看法。

项征又看着不远处的李想和项苑。自从李想来了，项苑一改之前的模样，变得开朗起来，而滕雪刃却变得一脸忧愁。

项征都不知道这个人的出现到底是不是好事。他不希望姐姐难过，也不希望滕雪刃烦恼。

此时，多木从车上跳了下来，指着远处的云冲大家喊："你们看那是什么？"

仿佛史前巨兽的云层缓慢向着他们的方向移动，越往后看越诡异，大片的云层拖到了地面处。昏暗的云层里时不时冒出一两束光线，沉闷的雷声由远及近。

滕雪刃立即起身："收拾东西躲起来，那是冰雹云！"

众人立即收拾东西，李想却被远处的云层吸引。项苑一时没看住，李想就跑出了营地。

“李想！”项苑跟着追了出去。

滕雪刃按着额头叹了口气：“疯了。”

项征看姐姐追了出去，立即裹紧外套对滕雪刃说：“我去把他们找回来。”

滕雪刃没拽住项征的衣服，他先跑了出去。

天色瞬间暗下来，如同一口大锅倒扣下来。随之而来的是震耳的雷声，还有砸在车顶上砰砰作响的冰雹。

眼前一片黑暗，偶尔有闪电划过，照得荒原越发可怖。冰雹铺天盖地地下来，没过多久，地面就盖上了白色的地毯。

滕雪刃看着车外的景色，心急如焚，焦躁得坐都坐不住。她想，早知道就不带项征来了。

她掩着额头，试图平复呼吸，这是不是喜欢一个人的负面影响？只要喜欢了谁，就活该为他操心？

对讲机里传来刺啦刺啦的噪音，明显是被云层干扰了。她断断续续听到了多木的声音：“要是人在野外，面对这样的天气，可怎么活下来啊？”

滕雪刃拿了对讲机，刚准备打开车锁下车找人，不远处有三个黑点隐约浮现。她跳下车，跌跌撞撞地往项征的方向跑去。

她头一次知道什么叫疼。

不是冰雹砸在身上的滋味，是滕雪刃自内心深处蔓延出来的恐惧感。她竟然害怕项征会被这场雪掩埋。

风声呼啸，滕雪刃走到项征面前。项征左手拽着项苑，右手拉着李想，举步维艰。当他看到滕雪刃时，停下了脚步。

滕雪刃看向李想，高高地扬起手，往他的脸上甩了一巴掌。李想猝不及防挨了一掌，一时间愣在原地，半天没反应。

打完李想，滕雪刃转头，又给了项苑一巴掌。

滕雪刃冲着项征喊：“别跟我一辆车，都给我滚！”

说完，她红着眼睛转头就跑，回到了车上。

风雪声那么大，滕雪刃的声音竟然盖过了风雪，直直地撞入项征的耳朵里。他愣了一下，拉着项苑和李想往范安琪的车上走去。

项征想，等雪停了再去看看滕雪刃。李想因极端天气焦躁不安，如果这时候只留着项苑和范安琪看守他，可能刚才的事情又要来一次。

滕雪刃回到车上，愤愤地将帽子和手套砸在副驾驶座上。她看着项征拉着他们走向别的车，忍不住冷哼一声。

哼完后，滕雪刃又想，自己这情绪和羌塘的天气一样变幻莫测。她就不适合谈恋爱，就不应该答应项征。

越想越气，滕雪刃索性放平椅子，戴上眼罩睡觉。身边没有熟悉的气息，她辗转反侧，怎么都睡不着。

她想到自己冲下车扇了李想和项苑巴掌的一幕。即便项征会怪她，她也照做不误。出发前她就说了，遇到极端天气，首先要做的是保住自己的性命，在足够安全的前提下才能去救人。

可项苑倒好，招呼不打，直接冲出去了。如果不给她一点警示，那下次，下下次呢?

还有李想，神志正常时就麻烦不断，现在也没好到哪里去。

滕雪刃不断找出借口说服自己的冲动行为是正确的，可心底总有罪恶感隐隐浮现。她知道自己在掩饰什么，她在害怕。她害怕项征因为项苑和李想出意外，更害怕自己救不回项征等人。

但她不会坦然地承认自己在害怕，她只会用更强势的情绪来掩饰不安。

她又叹了一口气。

雪停后，她该如何面对项征?

天色渐亮，范安琪拍响滕雪刃的车门。滕雪刃打开反锁，范安琪坐上后座，说：“项征要我来看看你的情况。”

面对范安琪，滕雪刃摆不出臭脸，也不会刁难她，说：“还好。”

“之前的事我听说了。滕姐，我知道你是气项苑姐没有提前报备，不顾自己的安危。”范安琪说。

滕雪刃没说话，勾了一下嘴角算是应答。

“不过李想被吓到了，坐在车上一直很安静，在我下车时他也没闹。”范安琪说。

滕雪刃想问项征，可看着范安琪，她又开不了口。

范安琪又说：“我觉得项征好像有话跟项苑说，这是借故把我支开呢。”

滕雪刃问：“项征……有什么表现吗？”

“没有，他看起来挺正常的。”范安琪说。

滕雪刃叹了口气，她实在不懂该如何搞定这种问题。她推门下车，说：“我去收拾营地，再收点雪水，晚上煮面条吃。”

见她去收雪水，多木和侯奇逸也下来帮忙。滕雪刃问多木：“你是怎么发现那片冰雹云的？”

多木说：“我刚才和老侯说了，老侯也不信。其实我在冰雹云来之前，在天空中看到了一朵红花，那花和你车门上的红花很像。我以为我看错了，往前走了几步，就看到了奇怪的云。那云实在太不同寻常了，所以我就赶来通知你了。”

滕雪刃很意外，侯奇逸过来拍了拍她的肩膀：“别听他瞎说，可能他高原反应还没缓过来。”

多木前两日反应严重，脸肿，舌头也肿。滕雪刃本想要救援队送他回逻些，可他硬挺了过来，就是不肯走。现在他的情况不仅好转了，今日还派上了大用场。

项征看到几个人在营地里忙碌，想到滕雪刃之前的暴怒，有些愣怔。

他从没见过滕雪刃失控，今天算是第一次。其实项征一直不敢掂量自己在滕雪刃心中的分量，可打在项苑和李想脸上的巴掌，让他忍不住多想了。滕雪刃多冷淡一个人，别人的死活她从不挂心，今天头一回发这么大的火，却是因为他们两姐弟的擅自离队。

她的怒火有几分是出自害怕呢？她是不是害怕他会消失在这场风雪里？项征很想确认心中所想，可眼下，他还有更重要的事。

项征坐在车里，和项苑大眼瞪小眼。李想安静地坐在一边，看着窗外，像是雕塑一般。

姐弟俩对峙良久，项苑肩膀一松，说："真是败给你了。你想知道什么，问吧。"

"姐，你之前说，你和考古队进城后遇到了盗宝贼，双方交火，考古队几乎全军覆没。你和李想藏好大印，他掩护你被抓，你被洪水冲走。你被冲到牧民聚集的地方，被滕雪刃找到。"项征说。

项苑点头。

"姐，我们抵达双措县前，你要求去牧民小屋查看，说是在等人。你等的是谁？李想吗？"项征问。

项苑不自觉地低下头，她说："是啊。我们约好了，如果有人逃脱出来，就在那个牧民小屋集合或者留下信号，通知对方。"

项征说："刚才我去找你和李想，你对李想喊，说你抛下了他一次，绝不会再抛下第二次。你说的是他掩护你的事吗？"

项苑点头。

"姐，别骗我了。我们一起生活了那么多年，彼此还不了解吗？你和李想之间到底发生了什么？"

项苑看向李想，李想转过头来，他脸上木然的表情让项苑一阵心酸。项苑伸手触碰李想的额头，他歪了一下脑袋，不理解项苑的举动。项苑吸了吸鼻子，说："如果我说，是我抛下了李想才换来活命的机会，你会怎么想？"

这下轮到项征沉默了。

项苑和项征进行了一场对谈后，项征不知该如何面对滕雪刃和李想了。

项苑告诉滕雪刃的事实只是一部分。其实项苑和李想是一同被盗宝贼带走的，两个人被分别监禁拷问。拷问的过程项苑不愿重复，只说非常痛苦。她到最后已经神志不清，只想尽快结束折磨。

于是项苑松了口，答应带领盗宝贼重返羌塘寻找城主大印。此行除了她，还有李想。

李想被拷问的次数远胜项苑，他已经开始出现神志不清、疑神疑鬼的症状。两个人在路上时，李想时而认得清人，时而犯迷糊。神志清醒时，李想责骂项苑没有骨气；陷入迷糊时，他连衣服里掉出来的羽绒都往嘴里塞。

项苑目睹过李想的状态，更是觉得要想办法逃走。

盗宝贼带着两个人刚到羌塘边界处，一路颠簸折腾。四个盗宝贼中有两个人水土不服，一个人严重高反。趁着他们半夜拉肚子，项苑带着李想出逃了。

李想体力不支，中途又开始发疯，项苑带着他很难躲过那群人的追踪。几经权衡，项苑决定将李想安置在靠近双措县的牧民小屋。她让李想留在那里，自己去找人救援。

可她还没走出小屋，盗宝贼就赶来了。项苑躲进灶台中，盗宝贼抓住李想，刚准备搜查屋子，李想就撞开其中一人，嘴里喊着“项苑不要丢下我”，就这样跑了出去。

屋内的盗宝贼追出去，项苑趁机逃走。之后她失足落到河里，被冲到了牧民驻扎区域。

听完项苑的叙述，项征想，怪不得姐姐每次噩梦醒来，嘴里念叨的都是“李想对不起”。

他揉了揉太阳穴，不知该如何是好。

暴风雪过后，项征和滕雪刃被奇怪的尴尬气氛围绕。两个人不说话也不对视，即便有事交代，也是由多木和范安琪从中传话。

为什么会变成这样，滕雪刃和项征也不得而知。每当滕雪刃鼓起勇气想和项征说话时，他总是将脑袋侧到一边，似乎不想直视她。被这样对待几次后，滕雪刃便不打算尝试和他说话了。

反正在高原说话都费力，她不如存着这些体力。

穿越一片盐碱地后，众人的体力达到极限，决定停车休息。地图显示不远处有一片小湖。经历了好几天沙漠荒野，谁还不想看个湖呢？饮用水补给也不太够，他们需要找到淡水补充。

一行人驱车赶到湖边。车刚停好，多木就迫不及待地下车，侯奇逸紧随其后。他们走了两步，又捏着鼻子转了回来。

多木指着远处的白骨和动物尸体，说：“滕姐，这里好臭。”

滕雪刃下车，看了看地上的动物尸体。长长的羚羊角横在路边，白骨从皮肉中横穿出来，血肉被冻得硬邦邦的。她又看了看湖面，湖水传来阵阵臭味。就是这么臭的湖水，附近长了奇特的植物，那些植物也臭得不得了，还有一些荒原常见的甲虫爬来爬去。

多木想起在路上看到的活着的野生动物，此刻更觉难受。他问滕雪刃：“滕姐，在这里抓动物是不是很容易？”

“因为这里的动物没见过人，也没人伤害它们，所以很容易被抓住。”滕雪刃说。

“是不是就像没见过人间险恶的女孩总被渣男骗那样？”多木问。

“是，就像你老板那样。”滕雪刃小声说。

多木和侯奇逸忍不住笑了。侯奇逸问：“项征知道你这样说他吗？”

“最好别知道。”滕雪刃说。

“你有危险了。”侯奇逸突然说。

“危险？滕姐有什么危险？”多木不解，反问侯奇逸。

“喜欢一个人，就是最大的危险。”

看似不解风情的侯奇逸突然说出这样的话，让滕雪刃和多木都很惊讶。侯奇逸波澜不惊地推了推眼镜：“你们干吗这么看我，难道我说得不对吗？”

多木和滕雪刃异口同声：“很对。”

多木和侯奇逸沿着湖走远了，滕雪刃一个人站在那些动物尸体前，一言不发。远远看着，她的背影又萧索又寂寥。

几天没和滕雪刃说话，项征也憋得慌。他绕到滕雪刃身后，轻声说：“死了也没多久。好在我们来得迟，不然又要撞上盗猎的。”

滕雪刃叹了口气，绕着湖边走了几步，心下越发沉重。

这里看起来像是盗猎者的常聚地，不仅有动物的尸体，还有不少酒瓶。离湖不远的地方，还有一个报废的车辆底盘。

这个盗猎者营地很大，她不敢想象有多少动物惨遭毒手，也不敢想那群人在此处吃肉喝酒的模样。

滕雪刃握紧拳头，默默把翻涌的情绪吞了回去。

不管是这些盗猎者还是盗宝贼，都是受到巨大利益的驱使。没有钱财作为支撑，他们哪会冒着性命之忧跑来这片土地?

滕雪刃回望自己的三车队员，忍不住叹气。

除了她和项征，其余的人，又是怀着什么样的目的踏上这段旅途的?

为了避开以佛罗伦萨为首的盗宝贼，滕雪刃和项征没有选择从正面进入乌丹古城。他们计划绕行，将车停在较远的安全地带，使用事先购买的充气艇渡过晴河，抵达乌丹古城。

众人抵达乌丹古城附近时，阴霾数日的天空突然放晴了。天蓝到不可思议，白色的云朵仿佛触手可及。疾风如刀，扫过人的脸时一阵刺痛。空气里像是藏着冰碴，一呼一吸，肺都被这又硬又冷的空气扎得生疼。

连日舟车劳顿，众人疲惫不已。当如山包耸立的乌丹古城出现在眼前时，大家还是精神一振，眼睛都亮了。

不过李想很不配合，在车上又叫又闹，想要扒开车门逃走。项苑只能抱着他，安抚他的情绪。

滕雪刃找掩体停车，项征则站在引擎盖上眺望乌丹古城。

这时，他对那首歌谣有了更深的体会——万仞山，有乌丹，城内血没腕，淌过晴河畔。

横亘眼前的晴河河水颜色如血，红得惊心动魄。蓝天红河，乌丹古城如同隆起的山峦，从矮到高，层峦叠嶂。这里狂风暴雪把墙壁刮得斑斑驳驳，只有几处不太明显的深红色印记残留。

只是古城遗址的屋顶让项征觉得很奇特，他从没见过黑成这样的屋顶。项征记起他在滕雪刃的笔记本里看过，城内屋顶本是金色，风沙大，颜料被卷掉。曾经的乌丹，在本地口口相传的道歌里被称为金城。

听说古城取用周围石林的黏性土壤建筑而成。乍一看去，很难分辨哪里是天然石林，哪里是人造建筑。

不过这里饱经摧残，墙面从故事中的赭色变成了土色，不少屋舍坍塌，只剩一道道土墙，看起来格外凄凉。

他收回视线，听到引擎盖传来“砰砰”两声响。他低头一看，发现滕雪刃在车头站立冲他招手，说：“下来。”

隔了好几日，这是他们第一次说话。

项征弯身蹲下，低头看她：“有事？”

“站这么高，不怕给人打下来？”

“这里有狙击手？”项征浑身一震。

“说不准，毕竟佛罗伦萨很有钱。”滕雪刃说。

项征又瞥了一眼李想的方向。他想，滕雪刃不第一时间关心李想，而是走到这里来提醒他，想必在她心里，自己还是挺重要的吧。

他又想到姐姐和李想的事，忍不住叹了口气。滕雪刃瞥他一眼，也没多问，就准备往营地走。

“滕雪刃，扶我一把！”项征觍着脸喊。

滕雪刃回头，项征立即按住额头：“我站久了头晕。”

她转身回来，伸出右手，项征一把拽住她的手，借力从车头跳下。

滕雪刃准备收手，却被项征牢牢拽住。

他说：“康拉，我有点事想了几天。”

这几天项征表情有异，只怕是那天和项苑单独谈话有关。聊过之后，项征总是一副欲言又止的模样。滕雪刃本以为是项征责怪自己对项苑太过严苛，可现在一看，好像不是这么回事了。

“这点事和项苑有关，还是和李想有关？”滕雪刃问。

“都有关。”

“你说吧。”

项征做了几天的心理建设，这时也自然而然地将项苑掩盖的事实说了出来。滕雪刃听完，抿了抿嘴唇，这和她之前的怀疑不谋而合，怪不得项苑和李想的症状相似呢。

除此外，滕雪刃没有什么别的感觉。她不觉得项苑见死不救，也不认为李想多有情义。在滕雪刃告诫李想撤出羌塘，李想不顾全队人的安危擅自进城时，他就应该想到这个后果。

见滕雪刃低头不语，项征心中忐忑。项征躬身查看滕雪刃的表情，哪知她突然抬头，额头撞上了他的下巴。

项征疼得往后退，他揉着下巴，泪眼蒙眬。

滕雪刃问：“你就为了这件事几天不跟我说话？”

项征没说话。

滕雪刃踮脚伸手，戴着手套的食指戳到项征的额头上。她说：“傻子。”

项征心口一甜，将滕雪刃的手紧紧握住，两人往营地走去。

次日午饭后，滕雪刃留了项征在营地照管，她带多木去前方探路。

她已经不知道是多少次踏足晴河了，但每次来到这里，她都有种强烈的不确定感，这种感觉伴随着一种不为人知的恐惧从心底升起。她很少表现出自己的情绪波动，旁人也就无从得知她的恐惧。

多木递给她一个望远镜，两个人躲在小石墩后往前看。一辆黑色大盒子趴在乌丹古城城下。多木轻轻地“哇”了一声：“那车是怎么开过去的？”

“金钱的力量让它开过去的。”滕雪刃说。

多木被滕雪刃的话噎了一下，举起望远镜向上看，只见城内土墙上有人影晃过。正午的阳光甚好，阴影处也看得格外清楚。多木对滕雪刃说：“滕姐，我看到人了。”

两个人又盯了一阵，初步确定城内最少有五个人。滕雪刃又带着多木四处走了走，观察了风速对晴河河水的影响，还四处探看有没有盗宝贼安插哨桩，确认周围无人后，他们才返回营地。

回程的路上，滕雪刃不自觉地回看古城，总觉得奇怪。

从进入羌塘开始，除了自然和地貌的影响，他们甚至都没有遇到盗宝贼的围追堵截。这放在以往来看，根本是不可能的。佛罗伦萨和罐头怎么忍得住不给他们使绊子？

这一切好像太顺利了，顺利到让滕雪刃觉得不可思议。她总觉得前方一定有什么“大惊喜”在等着自己。

回到营地，天空又变了颜色，看起来像是暴雨将至。

滕雪刃和项征商量过河后的对策。滕雪刃拿了纸笔，给项征画出了城内的大致模样，又详细说明了情况。城内有碉堡八座、暗道两条，城中还有一根硕大的柱子。沿着柱子往上走，便可以走到乌丹古城的山顶。那里能够俯瞰整座城，是绝佳的观测地点。滕雪刃猜测，佛罗伦萨应该就在山顶。

项征问：“我搞清楚了大致地形，那我们要怎么分工呢？”

“我取大印，你在这里等我。情况好我就把大印拿下来，情况不好我扔给你，两个人从密道出去。”滕雪刃说。

项征抓了抓脑袋，说：“听起来我好像也没什么用处。”

滕雪刃被他的话逗笑，本来沉重的心情也缓解了两分。她说：“不，你能够等在那里，相信我会带回大印，就已经是能人所不能了。你要相信我，知道吗？”

“怎么，相信你是很难的事吗？”项征反问。

“我离开你之后，可能对讲机通信和定位装置都用不上，你联系不到我。也许你还会看到我被人打伤，还有可能听到我的叫声，你会忍不住冲上来救我……但是你要记得，你能做的只有一件事，相信我，相信我能够把城主大印带回来。”滕雪刃很认真地说。

“然后我等到一具尸体和一个大印落到我怀里？我拿了大印就跑，看起来像个忘恩负义没良心又想争好处的浑蛋？”项征问。

本来很严肃的谈话，被项征的插科打诨搞破了功。滕雪刃抿紧嘴唇，尽量不笑出声。她平复了好一阵才说：“我是很认真在和你说话，不是要你讲相声。”

“不能一起去？”项征问。

“不能，你的牵绊太多，你等我就好。还有，不要救我，你的责任就是拿到大印后，逃出去。用你的话来说就是，当个浑蛋。”滕雪刃说。

滕雪刃确认项征记住了她所说的密道和地点后，拿打火机将画了密道和地图的纸烧了个干净。

项征不满她的安排，刚要理论，被突然起来的项苑打断。她一把抓住滕雪刃，面色又惊又惧：“康拉，李想不见了。”

滕雪刃头一紧，又来了。她深吸一口气，问：“不见了是什么意思？”

多木和滕雪刃离开营地后，李想就在营地上四处乱窜。项苑去拉他，他就往远处跑，边跑边扯裤子。项苑以为他要去上厕所，回头去叫侯奇逸陪他。哪知就这么一会儿，李想就不见了。

“四处都找过了，没有藏起来？”滕雪刃问。

项苑摇头。

“项征，你记住我刚才的话了吗？”滕雪刃看着项征问。

“没记住。”

什么荒谬计划，居然还能商量那么半天。项征很是不屑地撇嘴。

“不管发生什么，你要牢记，不要送死，不要救我。”说着，滕雪刃转头看向项苑：“以营地周围一公里为范围寻找李想，时间为十五分钟，找不到就放弃。”

“怎么能放弃呢？”项苑难以置信地喊起来。

滕雪刃面色平静地看着项苑，又看了看手表。她对项苑说：“已经浪费一分钟了，还有十四分钟。我们继续站着把时间全部耗光也是可以的。”

项苑皱眉咬唇，心想，还不如不告诉滕雪刃，事后挨一巴掌更好。

滕雪刃问：“要继续站着吗？”

项苑摇头。

“走，找人去。”

滕雪刃将任务布置下去，大家拿着对讲机四下散开。滕雪刃规定他们每分钟都要汇报位置，以保证安全。

项征拿着对讲机走远，他四下寻找李想的踪影，脑子里却还在想刚刚发生的一幕。

滕雪刃的冷漠和克制超出他的预料，而那次他不顾滕雪刃的指令下车去找项苑和李想，似乎已经挑战了她的底线，所以她才会那样愤怒。

愤怒归愤怒，他却没有挨滕雪刃的巴掌，这又是为什么呢？

项征照着脑门狠狠地捶了一下，此时对讲机里传来项苑等人报坐标的声音。他听完后，发现独独少了滕雪刃和侯奇逸的。

“滕雪刃、侯奇逸，你们的坐标呢？”项征问。

对讲机里还是没有他们的声音，多木出声：“老侯，你在哪儿呢！”

电流声“刺啦刺啦”，唯独少了人声。

项征又冲着对讲机喊：“滕雪刃，你人呢！”

这时，只听对讲机里传来“砰”的一声闷响，项征听到右前方发出相同的声响。他的目光往晴河边看去，那边不知何时多了一艘小艇和两个黑点。

项征想也没想，立刻往河边跑去。此时，对讲机里传来声音：“跑慢点，我等你过来。如果你紧张引起并发症就不太好了。”

声音是侯奇逸的声音，但那声调和语气却和平日非常不一样，项征的心一沉。

“老侯，你说什么呢？！”多木也着急起来。

侯奇逸没回话，对讲机那边传来“咔嚓”一声，像是什么东西碎了。

项征对多木说：“多木，你立刻去找项苑，把她带到车上。万一发生什么情况，你们赶紧开车逃走！”

他的声音含糊不清，连说带喘，混成一团。项征也不管多木听清了没有，交代完后，更加迅速地往湖边赶去。

晴河的红色河水被风刮出了波浪，滕雪刃被侯奇逸掐着脖子不说，一柄利刃还抵住了她的腰。两处虽然都不算一刀毙命的位置，但都是弱点。

滕雪刃被侯奇逸掐住脖子几乎要断气，喉咙火烧火燎的。她两眼昏花，眼前的景色像是被大雾笼罩，整个人昏昏沉沉的。

她两只手扣着侯奇逸的手，嗓子里发出破风箱般呼呼的喘气声，脸涨得通红，几乎开始发紫。侯奇逸笑出声来：“很痛苦吗？”

滕雪刃压根说不出话，侯奇逸的手指力道松了一些，正当滕雪刃以为自己可以喘息时，侯奇逸反手将她的头按入了身后的晴河河水中。

河水冰冷腥臭，滕雪连刃呛了好几口，嗓子更加火烧火燎的。

侯奇逸将她的头从河水里拉出来，又温柔地将贴在她脸上的头发拨开。他看着滕雪刃冻得打冷战的牙关，看着她被河水冲红的眼角，笑容愈发灿烂。

“我就是见不得人强装镇定，还是这副表情比较适合你。”侯奇逸说着话，从口袋里掏出纸巾，帮她擦了擦脸。

“侯奇逸，放开滕雪刃！”

项征赶到河边，情急之下，他将手里的对讲机扔向侯奇逸。侯奇逸脑袋一偏，轻巧地闪过了项征的攻击。侯奇逸一只手揪住滕雪刃的衣领，一只手持刀抵在她的脸颊上，说：“还有什么东西尽管招呼，滕六能帮我挡。”

“你再无耻点！”项征说。

“无所谓，好用就行。”侯奇逸说。

“你到底是什么意思？放下刀，你挟持滕雪刃干什么？”项征吼道。

“如果你知道城主大印在哪儿，我就把滕六还给你。如果你不知道也不配合，那我只好把她带走了。”

侯奇逸手里的匕首刀锋很利，轻轻地划过滕雪刃的脸，一道血痕就那样拉了下来。项征连呼吸都停止了，只觉得那匕首像是划过了他的心脏，扎得生疼。

“我知道。你把滕雪刃放了，把我带走，我给你带路。”项征说。

滕雪刃不由自主得地抖了一下。她喉咙生疼，眼睛也睁不开。她在心里暗骂，项征真是找死。要是被佛罗伦萨的人发现他在骗他们，下场肯定是死。

侯奇逸听了项征的话，“呵呵”笑了起来。他越笑越大声，项征被他笑得毛骨悚然，生怕他手一抖，又会在滕雪刃脸上留下印记。

“知道了，滕六我带走了。”侯奇逸一脚踢在滕雪刃的腿弯处，滕雪刃一时不察，直接被踢倒在地。侯奇逸弯腰，一刀插在了滕雪刃的大腿上。他说：“你这人太滑头，免得你跑了。”说完后，他将滕雪刃拖到小艇上。

项征这才发现那艘小艇上绑着绳子，对岸有人在收绳，还有一个人端枪指着他。

“侯奇逸，我知道，我带你去！你把滕雪刃放了，她受伤了，失血过多是会死人的！你把她给我！”项征扯着嗓子喊，声音直发颤。

他眼看滕雪刃躺在小艇上一声不吭，心脏像是被什么东西扯烂了。他往前赶了几步，有子弹打中了他足前的空地。

“项征，不要救我。听我的。”

一个嘶哑难听的声音从艇上传来，项征朝那边看去，滕雪刃趴在船舷上，死死地看着项征。

项征狠狠地咬了咬舌尖，直到满嘴都是血腥味，才找回理智。他看着小艇抵达对岸，天空的乌云，全盖在了乌丹古城之上。

闷雷滚滚，闪电霹雳，倾盆大雨瓢泼而至。

项征神情恍惚，看着晴河涨水，水面没过他的脚背，还没回过神来。直到有人从背后用力地拉扯他，他才转身，看到多木关切的眼眸。

“老板，上车！”

多木扯着项征往车的方向走去。两个人上了车，范安琪将车开回营地。

项征一直发愣，多木和项苑喊他他也不理。多木拿着纸巾往项征脸上揉来揉去，一张冷厉的脸都被多木揉出了包子褶。

“老板？老板？”

多木喊了半天项征也不理，他下手更重。项苑看不过去了，在旁边说：“多木，下手轻点。”

项征被雨浇了个透，冷得牙关打战。他一动不动，双手握拳呆坐在椅子上。多木又推了他两下，说：“老板，老侯到底是怎么回事啊？老侯怎么把滕姐带走了？这中间到底发生了什么啊？”

被多木这么一喊，项征回过神来。他揉着眉心，不知该如何解释刚才发生的一幕。连他都不敢相信，侯奇逸挟持滕雪刃？说出来他都觉得荒唐。项征抑制住内心的愤怒，尽量平静地陈述了刚才的经过。

多木等人听得目瞪口呆，半天说不出话。多木说：“不会吧，老侯啊，他连刀都提不动，走路都会摔跤，怎么会……”

“等你亲眼看到他把滕雪刃按到水里又往她的腿上插了一刀后，你就知道他会不会了。”项征咬牙切齿。

他左手握成拳，手背的青筋暴起，看起来很吓人。项苑本就因为弄丢了李想情绪低落，此时见到项征这副表情，不由得叹了口气。

“康拉应该会没事的。”项苑下意识说了一句。

听到这话，项征像是被点了火的鞭炮，一下就炸了。他也没管面前的人是他姐姐，冷笑了几声，吼了起来：“她被人捅了一刀，又被带走了，怎么会没事？”

“你对我嚷有什么用？”项苑反问。

项征冷哼了一声，板着脸侧过脑袋。他那种神情，就像是和大人赌气的小孩。他咬牙切齿，本来酝酿了不少想要反击的话。可对上项苑含泪的眼睛，他紧抿的嘴唇又放松下来。

这里不止他一个人不好受，他说谁都没用。更何况项苑身体不好，又因为李想的事揪心，他确实不该再说什么。

见项征沉默，多木连忙去扯他的衣服："老板，你赶紧把湿衣服换下来吧。要是生病了，就更加没办法救滕姐了。"

听到这话，项征突然感觉到冷。脖子里的水滑到衣襟内侧，他忍不住打了个寒战。

项征默不作声地脱了湿衣服，将备用的衣服套在身上。项苑将保温杯递过来，说："刚刚冲了药，怕你感冒了。"

项征接过杯子，仰头喝光杯子里的东西。

就在这一接一递间，项苑和项征知道，彼此都体谅了对方。

雨停后，项苑不顾项征的反对，又去营地附近找了李想一圈。她本来也不抱希望，但真的无功而返时，情绪还是相当低落。

项征拿着望远镜不断看着晴河对岸的乌丹古城，那边有篝火燃起，城内也有灯光亮着。若有似无的声音随风传来，项征吹着冷风，头脑愈发清醒。

侯奇逸肯定是佛罗伦萨的人，他一路隐藏身份，只怕是为了从滕雪刃和他们身边挖出关于大印的下落。项征转头看向项苑，心想，那为什么侯奇逸不绑走项苑呢？项苑也知道大印的下落啊。

那李想的突然消失，会不会是侯奇逸等人想要分散他们的注意力，从而单独把滕雪刃绑到河边带走？

项征突然起身，吓到了坐在一边的多木。多木捂着胸口："老板，你起身的时候打个招呼啊。"

"你和范安琪偷偷摸摸聊天，自己吓自己。"项征白他一眼。

"老板，你是想通了什么，还是有营救滕姐的计划了？"多木问。

"有个屁。"项征回应。

"多木，你和侯奇逸待了这么久，完全没看出他的破绽吗？"项征问。

多木揉了把脸，神情落寞："没有。"

项征摸了摸下巴，侯奇逸有心藏匿这么久，肯定是想找点什么。大概他是想从滕雪刃身上找出关于乌丹古城的线索，也有可能是知道了关于城主大印的事。他想了一阵，说："知道了，我去找项苑。"

多木和范安琪有些担心，范安琪说："项老板不会有事吧？"

"你应该问问我会不会有事，我以为老侯是我的好朋友，结果他捅了滕姐还把她给带走了，他骗了我们所有人。"

说话时，多木一改平日那副嘻嘻哈哈的样子，流露出伤感的神色。他的眼睛紧盯着鞋面，自从发生那件事之后，他就不知道该以什么表情来面对项征了。侯奇逸是他求着滕雪刃带上的，可现在搞成这个局面，他更是感觉歉疚。

见惯了无忧无虑的多木，现在看到这样的他，范安琪突然就伤感起来。她拍了拍多木的肩膀，说："希望一切都好起来吧。"

"我要想想办法，最好能够救回滕姐，不能让老侯再犯糊涂。"多木说。

项征走到项苑身边，项苑正在假寐。这里睡觉睡不安稳，项苑每天都很疲惫，伤口也隐隐作痛。她好容易才找到李想，一时间忘了身体上的疲累。可现在她又弄丢了李想，心里更是难受。

见项征过来，项苑睁开眼。两个人对视一阵，露出同样沉重的笑。项征说："姐，还难受啊？"

"你有多难受，我就有多难受。"项苑说。

"姐，你实话实说，你喜欢李想吧？"项征直接把话挑明。

项苑侧过头，咳了两声，也没接话。

项征见了，又说："你说我嘴硬，你自己还不是硬得像块石头，又有什么资格说我？"

项苑听了，一拳打在他的肩膀上。她说："臭小子，我是你姐。"

"姐，实话实说了吧。"项征说。

"这不是因为……关系太复杂吗？"项苑说。

“你也知道喜欢人家未婚夫是不对的事啊。”

“那你知道人家有未婚夫，你还要喜欢她？”

项征咂了咂嘴，说：“滕雪刃不喜欢他，滕雪刃喜欢我。”

“你不是来找我聊这个的吧？”项苑问。

“想找你问点别的。姐，你尽量事无巨细地全部告诉我，我想找找有没有能够救出滕雪刃的线索。”项征很认真地说。

项苑很少见项征流露出这种表情，她知道，不管自己今天说什么，项征也会想方设法进入古城救出滕雪刃，即便是要搭上自己的命，他也会去。

“你想知道什么，问吧。”项苑说。

项征仔细问了一遍项苑关于乌丹古城城内的构造，项苑的记忆有损，说话时说一阵想一阵，两个人对细节对了很久。项征听完，又回车上拿了纸笔，将项苑和滕雪刃的话综合了一下，画出一张地图。

项征又问项苑：“姐，你有没有想过，为什么侯奇逸不绑走你？”

项苑摇头。

“按理来说，你比滕雪刃好控制。虽然你没对我说过，但我想你应该知道城主大印藏在哪里，是吧？”项征回头看项苑。

项苑勾了勾嘴角，算是回应了。

项征更不解了，那么盗宝贼到底有什么理由一定要抓走滕雪刃呢？

眼见夜深，项征叫营地里剩下的几个人早点休息。他睡不着，裹着衣服在营地走了两圈。

远处有狼嚎传来，项征侧耳倾听，脑子里突然想明白了一些问题。

也许侯奇逸一开始想抓的本就是项苑，可是因为某些原因，他不得不放弃项苑，改抓滕雪刃。

滕雪刃所说的“不要救我”，是不要救她，还是和她一开始所说的对策有关呢？即便是这样，她还想要抓住时机去找到城主大印，让他带出来吗？

项征觉得这种想法很荒唐，可只要和滕雪刃联系起来，他又觉得这个想法无比合理。

不入虎穴焉得虎子，这不就是说的滕雪刃吗？她是一个绝对不会放弃希望的人，只要抓住机会，她就能翻身。

想到这里，项征精神了。他找到多木，要他在营地保护好范安琪和项苑，孤身一人往晴河边走去。

他综合了多木和滕雪刃打探的线索，又踩了点，确定了盗宝贼换班守夜的时间，这才转身往营地走去。

回到营地，项征将自己的计划和三个人说了一遍。他决定在清晨四点强行渡河，赶到滕雪刃指定的地点，再看下一步该怎么走。

多木“嗷”了一声：“那我们是要留守营地吗？我想进城看看！”

“我看你是想去感化侯奇逸才对。”范安琪毫不留情地戳穿了多木的想法。

“留守营地任务艰巨，你们一定要小心佛罗伦萨那群人的突袭。我们的物资全在这里了，如果被盗宝贼劫走，即便我救回了滕雪刃，我们也会死在这里。”项征看着多木，很认真地说。

多木浮肿的脸上挤出犯难的表情，一时间没有回答。

“而且我需要你们策应，我要带着滕雪刃过河时，你们要把船送来。如果我在城内发生意外，也需要人帮忙。你们留在这里不是干等，你们还需要通过对讲机告诉我城外那帮人的动向。”项征又说。

范安琪立刻说：“项老板，我留在营地看守，一定会完成任务的。”

“多木，放哨。”项征看着多木。

两个男人大眼瞪小眼互看一阵，最后多木还是败下阵来。他投降地举起双手：“好好好，我知道大局为重。一定要把城主大印上交给国家，不能被盗宝贼拿走。”

“那我呢？”项苑问。

“你就保证自己的安全，负责后勤，注意我的对讲机。”项征说。

项苑点头。

“即使李想突然出现也不能随便离开，很有可能是对方的陷阱。”项征说。

项苑笑了笑说：“你也一样，不要中计。”

四个人分配好了任务，项征开始收拾东西。他准备了医药用品和食物，又将充气艇拖到岸边的石柱后放好。做完这一切，他重新算过乌丹古城中盗宝贼的换班时间和人员站位，发现没有变化，这才返回营地设好闹钟，闭上眼休息。

他本以为自己会睡不着，哪知闭上眼后就有一阵困意袭来，紧绷的弦放松下来。

两个半小时很快过去，闹钟一响，项征睁开了眼。

他喊醒了三人，带着项苑和多木往河边走去。范安琪站在三人身后，项征回望她一眼。

范安琪懂那个眼神，她用力点头，说：“项老板，你没有信错人。”

凌晨的晴河水流更加湍急，项征很难留意到四周的声音。他没办法判断是否有人埋伏，这是一件很危险的事。

三人将充气艇充好气后推下了水。项征上艇，从艇上拿出桨来控制方向。他不敢站得太高，只能弓着身子划桨。船行至晴河中段，项征的耳机里传来多木的声音：“老板，对面有灯亮了。”

项征头皮一麻，也顾不得隐藏起来，拿桨拼命地划起来。快到岸边时，项征听到枪响。于是他扔了桨奋力一跳，滚到了岸边。好在外套是防水的，他没有受到太大的损失。

他不敢回头，只能在对讲机里对多木喊：“别管充气艇了，你们赶紧躲……”他话还没说完，就听到爆炸声，于是没命地跑了起来。

什么缺氧、什么高原反应，项征统统不记得。他眼前一片昏暗，天还没亮，四周都是黑色，脚下有什么他也不知道。他一路跑一路绊脚，头昏脑涨之间，眼前有一丝红光闪过。

项征本想换个方向跑，可那一丝红光像是红色的花朵。它慢慢浮现出来，居然是滕雪刃说过的风神的花。

项征心下一横，往红花的方向跑去。他跑到了乌丹古城的城墙边，累得上气不接下气，手撑在墙根处。

他刚准备喘口气，哪知身形一歪，墙根松动塌陷，他连人带包直接掉了下去。他跌跌撞撞，一路沙石扬起，全部卷进了他的口鼻，半道上有大石隆起，项征撞了上去，头和胳膊都疼得不得了。

好在落了地，项征被撞得几乎要晕过去，躺在地上半天没缓过神来。

耳机里传来多木焦急的呼喊：“老板，老板你被他们抓到了吗？”

项征痛苦地呻吟一声，他摸索半天，终于按住了通话键：“没有，我暂时是安全的。”

“他们把充气艇打爆了，现在赶到了河边。我和项苑姐先回营地躲躲，你要小心。”

“我会的。”项征捂着后脑勺说。

多木那边收了线，项征又叹了一口气，闭眼躺在了地上。

他仔细感觉了一下，后脑勺被撞了，左手小臂隐隐作痛，屁股也疼，右边小腿在下落时似乎撞到了什么，不知道有没有事。

好在他把背包背在前胸，下落时还有个缓冲，不然他真的受不了。

项征不急于起身，他躺了一会儿，等到身上的痛感缓解了，才起来检查了伤处，又吞了颗止疼药，从包里拿出手电筒开始打量此处。

这里像是一个洞穴，又像是走道，隐隐可以听到水声，不像是一条死路。但这条路通往哪里，他也不知道。

项征将背包放好，跛着脚拿着手电筒四下走动。他左瞧瞧右看看，这里好像是一条连接墙外世界和城内的密道。这条道路肯定是通往城内某处，他可以尝试走走看。

他摸着墙壁往前走，忍不住笑了起来。原来仁钦桑波说得没错，他所踏上的路，确实是把愿望变成了可能。只要心怀信念走下去，他就一定能把滕雪刃救出来。

这么想着，项征只觉身上也没那么疼了，喉咙里的不适感也消退了一些。

探完路，项征回头清点包里的物资。好在他没带什么易碎物品，包里东西都完好。他背上包，往之前探好的出口走去。

走出出口，项征来到一处洞穴口。洞穴口外正好对着乌丹古城的大门。大门上的油漆和装饰早就被吹掉了，只剩石头垒成的门框。

门后就是耸立的主城，不过这座城没有远看时那么壮观。近看时，它就像一座不成形的小土山，上面挖了好些窟窿。只有屋顶还能证明，这里曾经是一座精心搭建起来的宫殿堡垒。

天光大亮，太阳明晃晃地挂在天上。从洞穴出发到城门处没有任何遮挡，如果就这么走出去，只怕还没摸到那个破门框，就被击毙了。

明明只有几步路的距离，却像是咫尺天涯。

这个时候，他只能等。等时机，等天黑，等城内的人换班。

项征重新蹲回洞里，将背包放下，拿出干粮。包里没什么能吃的，他就着牛肉干啃了点压缩饼干。压缩饼干冻得跟砖头一样，他咬得牙疼。

可一想到受伤的滕雪刃，项征心里的那点烦闷又全部消失了。也不知道她有没有吃的，伤口包扎了吗？如果她在这里发烧了，不就是死定了吗？

不行，他一定要赶紧找到滕雪刃。

想到这里，项征将饼干吃完，收拾好东西，就拿出望远镜查看盗宝贼的站位。他一边看一边在笔记本上记录。

他看向另一个窗口，无意间瞟到了滕雪刃的蓝色冲锋衣。他心一紧，立即看回去，蓝色冲锋衣又消失了。

项征站起身来，正在犹豫时，只听主城处传来一声尖叫。听声音，像是滕雪刃的叫声。

项征几乎要冲出去，他的心狂跳，喉头发紧。他忍不住想，难道滕雪刃出事了？

好在项征的理智尚在，他立刻拿出对讲机问多木：“城里出了什么事吗？”

多木反应迅速，说：“没有，监视的人都在原地，也没见什么东西。”

“听到尖叫声了吗？”项征又问。

“没有，我这边河水的声音很大。”多木说。

项征说了刚发生的事，多木说：“老板，你和滕姐之间有没有什么特别的暗号？之前我设计的那个敲门声不能用了，因为老侯也知道。”

“没有。”项征说。

“那就难办了。”多木说。

项征叹了口气，脚步蠢蠢欲动，想要往外走。可刚才出现了那样的异状，如果有人故意引他上钩，那他一出去就会被抓住。

不能贸然出动，他一定要冷静，而且滕雪刃说过，不要救她。

理智和感情相互拉扯，项征感觉自己快要被扯成两半。他坐在洞口想，他这辈子有这么窝囊的时候吗？

想了一阵，项征的焦虑感更重了。他的脑子里不断闪现滕雪刃遇害的模样，越想越觉得不吉利，恨不得立刻就往城里跑。

项征纠结了一阵，既然门外的路不能走，也许密道里还有活路？他想了想，转身又往密道里走去。

这次项征没有之前急躁，他沉下心来探寻，还真被他找出了两条路。一条路的尽头被碎石封死，可按照指南针的显示，这条路应该直接通往主城内部。另一条路则通往一个深坑，他伸手摸了摸坑边，感觉像是蓄水池。

可惜了。项征拨了一下头发，原路返回。

折回洞口，项征拿出笔记本和望远镜开始规划营救路线。结合多木传来的消息，项征决定等到黄昏盗宝贼换班时再行动。

他只希望一件事——滕雪刃能撑到那个时候。

天色渐暗，主城的窗口处人影摇晃，有声音远远传来，听得不算真切。项征最后检查了一遍装备，只听远处传来雷鸣。

他抬头看天，一边是落日余晖，一边是乌云密布，看起来相当诡异。他舔了舔嘴唇，不知道这算不算是好运。

楼上人影一动，项征将背包狠狠地勒紧，从洞口往门沿处跑起来。他听到耳边有人大喊：“车胎被人扎了！”

项征下意识地想往声源处看去，但他遏制住这个念头，脚下不停地往前冲去。楼上有盗宝贼发现了项征，嘈杂的声音不断传来，有脚步声、喊声，还有枪响。项征的心狂跳，他抿紧嘴唇不敢松懈，生怕这最后一口气散了，就被人抓住了。

后面有人喊：“我看到李想了，李想跑出来了！”

项征愈发没命地跑，感觉肺火辣辣地疼，撕扯着每一根神经。他眼看着门口有蒙面的盗宝贼将入口堵住，也不管对方手里拿着匕首，上前直接踹翻那人，夺了对方的匕首。

项征没有丝毫犹豫，他学侯奇逸一般，将匕首直接捅进盗宝贼的大腿。他没有恋战，转头就往石梯上跑去。

城外的人因为突然出现的李想混乱起来，城内的人则因项征的闯入开始备战。

好在项征听滕雪刃描述过城内的景象，滕雪刃说得很仔细，他记得也深刻，现在跑起来更是轻车熟路，甩掉了好几个跟踪的人。

如果不是因为身体有恙，项征简直以为自己所向披靡了。他在拐角处被一名盗宝贼撂倒，他身体一偏，往石梯上滚去。对方上来追他，却被他一脚踢翻，推下石梯。

他暗念了两声“对不起”，接着往前跑去。

如果佛罗伦萨在山顶，那么滕雪刃应该也在山顶。项征绕着那根硕大的柱子跑，果然找到了滕雪刃所说的密道。项征丢了背包丢下密道，接着自己也蹿了下去。

暗道比他想的还要狭窄，拐弯时还要侧身行走。项征听到头顶传来忙碌的脚步声，只怕都是来找他的。

项征加快步伐，往山顶的方向走去。

不知走了多久，项征觉得眼前有光，他本想快步跑出去，却听到尽头处有人声传来："出来吧，别躲了。"

声音很熟悉，项征细想，是侯奇逸。

项征没动，仍躲在转角暗处。侯奇逸还在说话："快出来吧，我都看到你了。我们药没带足，滕六发烧了。"

项征脚尖一动，忍了忍，没有出去。

不知是什么原因，侯奇逸没有进洞。洞口的声音消失，他觉得安全了，这才试探着往外走去。

此处有两条密道直通山顶，如果侯奇逸试不出这一个，应该会去另一个。

他走到密道口，天色全黑，只有火光跳跃，照亮了一方土地。他等到换班时间，本想趁机上前查看，却发现无人前来换班。

项征眯着眼睛四下探看，篝火边坐着三个人，其中一个人歪倒在地，看身形，像是滕雪刃。项征等了好一阵，确认是滕雪刃后，摸了块石头丢出去。石头落下，有一个人起身去看。

项征猛地往火堆处冲去，一脚就踢翻了火堆。他将一直别在包上的冰镐拿出，敲晕了准备动手的盗宝贼，接着将另一个盗宝贼踢翻，抽出地上的绳子将两个人捆了起来。

清醒的盗宝贼想要出声，项征随手抄起地上的塑料袋塞进他的嘴里。

搞定这一切，项征回头去拉躺在地上的人。借着火光，他看到了滕雪刃的脸。

滕雪刃睁开眼，费劲地挤出一个笑。项征看到她的笑容，脑子里那些乱七八糟的念头全跑了出去，悬着的心也重回了身体里。

"需不需要我帮你重新包扎伤口？"项征一开口，声音有些哽咽。

"赶紧带我走。"滕雪刃说。

项征抱起滕雪刃往密道跑去，拐角处稍微开阔些，他将滕雪刃放了下来，伸手探了探她的额头。

"摸不出来烧没烧。"项征自言自语，又去看她腿上的伤势。

他帮着滕雪刃清理了腿上的伤口，用纱布裹得紧紧的。项征怕她感染，又喂了她消炎药。滕雪刃咳了两声：“哪有这么脆弱？”

“在这里生病可不是开玩笑的。”项征说。

“给我点水，我喝两口，咱们就下去。”滕雪刃说。

项征将营养剂兑入水里，递给滕雪刃。两个人稍作休息，滕雪刃简明扼要地说了情况。

那天李想失踪了，众人分散寻找。滕雪刃发现有人暗中接应侯奇逸，其中一个人绑走了李想。侯奇逸正准备偷袭项苑时，被滕雪刃发现并引开了。

两人缠斗，滕雪刃没想过侯奇逸竟厉害到如此地步，她大意轻敌，被侯奇逸带走。她被带到山顶。有人给她包扎伤口喂药，迷迷糊糊时，她听到有人对着侯奇逸喊“佛罗伦萨”。

滕雪刃费力地睁眼看向侯奇逸，侯奇逸正好对上她的视线。侯奇逸亲口向滕雪刃承认，他就是佛罗伦萨。

滕雪刃既觉得惊讶，又觉得是意料之中的事。只是她没想到，佛罗伦萨为了成功抵达古城，居然选择了最危险也是最安全的方式——他竟然一直潜伏在自己身边。

这也就能解释为什么滕雪刃他们一路抵达乌丹古城会如此顺利了。因为佛罗伦萨在队伍里，他需要保证车队按时且安全抵达，这样才能按计划拿到大印。他都在队伍里了，何必给滕雪刃添堵呢？权当搭个顺风车就好。

滕雪刃想着都觉得好笑，她还真是荣幸，居然能够见识到佛罗伦萨的尊容，还载着他到了乌丹古城。

被看守时，滕雪刃从他们的对话里得知了一些事。佛罗伦萨的盗宝团伙里出现内乱，有两股势力相对。这次佛罗伦萨来高原，也是因为团伙内部有人要谋杀他。

滕雪刃了解到，罐头被调回团伙内部对抗分裂势力，来高原的队伍里是另一批人，这批人不是佛罗伦萨惯用的人。

这就意味着，他的“亲兵”都不在身边，这群人是新人，有几个甚至从未踏足过高原。

滕雪刃认为，只要她稳住心神，和项征配合得好，要拿到大印走出古城，应该也不是全无希望的事。

盗宝贼兵分两路，一路带着李想满城乱走，另外一路带着滕雪刃走。滕雪刃伤势不轻，每两个小时都要被拖下去走一次。

项征听得心疼，滕雪刃说："这次必须要拿回大印。"

滕雪刃语气坚定，项征也知道她是什么性格，无奈地拨了一下头发，说："你知道大印藏在哪儿吧？你先出去躲着，我取了大印就去找你会合。"

滕雪刃一愣，问："你知道他们下面有多少人吗？"

"无所谓，你说要拿，我就去给你拿到。"项征说。

滕雪刃被项征这满不在乎的口吻搞得心跳加速，小声说了一句："傻不傻啊？"

项征安抚般地摸了摸她的脸颊："休息好了，出去看看情况，看到底怎么办。"

两个人相携走出密道，密道口无人看守，只听下方传来人声和脚步声，像是在找什么东西。

有人"啪"的一下将东西掷在地上："这个傻子到底能不能找到大印？"

"转了一整天了，狗屁都没见着。"

"总能找到的。"

最后那几个字听得滕雪刃脑袋一偏，猛地抓住项征的手，以口型对项征说："侯奇逸。"

项征留滕雪刃在原地，自己找了一处空隙往下看去。楼下有五个人，走在最前面的是被绑了手脚的李想，他很是不耐烦，不断地用牙去撕咬手上的绳子。有盗宝贼拿脚去踢他，还故意将他踹到地上。在李想挣扎着要爬起来时，他们又用脚踩住他的背，任李想在地上扑腾。

项征握紧拳头就想冲下去，这哪是对待人，这简直就是对待动物。

"快点！给我找！"下面又是一声传来。

项征转头，见滕雪刃在冲他招手。他走回去，滕雪刃凑到他耳边："再往上走两层，你可以看到柱子上有裂缝，缝里塞了牙齿。把那些牙齿抠下来，藏在最里面的就是城主大印了。"

两个人商量对策，项征去拿大印，滕雪刃负责引开盗宝贼的注意力。盗宝贼往滕雪刃的方向赶来后，她就躲到密道里，往城楼下跑。滕雪刃告诉他，这里没办法使用枪械，上次这群盗宝贼在城内搏斗吃了亏，打枪时把松动的石板击落，砸伤了好几个人。所以他们只要注意近身的盗宝贼就行，远处的盗宝贼不需要担心。

虽然项征不确定滕雪刃跑不跑得动，但这个时候，也没别的办法了。

项征按滕雪刃的指示往楼上走，楼梯年久失修，一脚下去，不知从哪里来的碎石就落了下去。"咕咚"一声，石头跌跌撞撞地落下去，引得下面的人都抬起头。

他趴在石梯上不敢动，楼下接二连三地传来落石声。项征猜到应该是滕雪刃的动作，半点不敢耽误，连忙往上爬去。

楼下传来的脚步声掩盖了项征的脚步，他赶到石柱旁，果然在隐蔽之处看到了三指宽的裂缝。裂缝里密密麻麻塞着牙齿。他用手抠了一颗，还好没那么严实，可以用东西撬开。

项征趴在地上伸长了手臂拿包里可拆卸成两半的剪刀抠牙齿，白齿森森，看多了难受。还来不及等他多想，身后便传来了脚步声。他没空回头，伸手摸进缝隙，果然摸到了一个用油布包起来的东西。

"东西给我。"侯奇逸伸手。

项征将剪刀收起来，悄无声息地攥了一把牙齿。他将牙齿扔到侯奇逸的身上，掉头踩着石柱就往下跳。他知道侯奇逸的本事，绝对不要跟侯奇逸硬碰硬，能跑则跑。

他抱着柱子滑了一段，身前身后都是脚步声。项征反倒不着急了，滕雪刃不在身旁，他也就不慌了。

他刚这么想着，城外就传来一声哨声。侯奇逸的声音在头顶响起："城外，把滕雪刃捉回来！”

项征一听，手一滑，没抓稳石柱，整个人飞快地往下滑落。侯奇逸又说：“下面，抓住项征！”

这时，项征感觉衣领被人揪住。他一愣，就听到滕雪刃的声音：“真是笨，亏我还看中你从屋顶上摔下来都能跳回走廊的身手。”

他悬着的心放了下来，手脚并用地重新攀好。他准备往滕雪刃的方向走，滕雪刃却说：“把大印交给我，你先出去。”

“我？”项征一愣。

“别你你我我，快！”

项征下意识把东西交给她，滕雪刃掉头往别处跑去。项征沿着柱子下滑，上下都有人追赶，上面还有人往下扔石头。项征挨了好几下，他边爬边吼：“有种你给我下来，咱们正面打！”

上面的人推了一块更大的石头下来，项征往左右看去，对准一块突出的平台跳上去。石头擦着他的手臂落下去，砸出好大一个坑。

项征咂了咂嘴，转身往下跑。他见到被一块破木板封住的窗户，一脚踹开后，发现此处离地面居然只有两米左右的高度。于是他钻进那个窗户里，直接跳了出去。

他落到土石地面滚了两圈，就找了个墙角躲起来。他又对着对讲机说：“多木，你在哪儿呢？”

对讲机那边半天没反应，项征不知道多木和项苑等人的情况，也不敢贸然往城内跑。他观察地形，跑去了滕雪刃事先指定的地点。他蹲了好一阵，发现这里离自己找到的密道很近。如果滕雪刃下来，他们可以直接从这里跑。

项征等了很久，终于明白滕雪刃为什么会那么说了。

等待确实是一件很让人焦虑的事，他的脑子里不由自主地想着不好的事，一旦那些不好的事占据了上风，他就有点管不住自己的脚了。

他一时想回城里看看，一时又想去河边看看。看到那帮盗宝贼停车的地方，他又想，要不要过去把那几辆车的车胎给扎了？

突然，城内传出一声巨响，项征下意识地起身。对讲机这时也响了起来：“老板，你在哪儿？我拖着小艇过河了！”

“你怎么做到的？”项征愣了。

“城里乱套了，河边也没人看守了。我要项苑姐先回去收拾营地，自己过来接你们了，你在哪儿？”

项征说了密道的方位，要多木沿着密道过来。话音落下，项征看到城内一扇土窗上有一道纤细的人影。他定睛一看，心都提了起来。

是滕雪刃！

第十章

雪落有声

她摇了摇手，像是要扔东西。项征压低身子凑过去，滕雪刃扬手将袋子抛了下来。项征想也没想，径直扑了过去。他捡了东西后沿蛇形路线往外跑，身后响起枪响。可这里风大，项征跑得很有技巧，子弹都落到了旁边。

项征边跑边拿出对讲机："多木，把充气艇留在密道外，我要接滕雪刃。"

多木应了一声，项征跳进密道，赶紧往外跑。

项征跑到洞口，看到了多木和小艇。他累得没说话的力气，只能点头回应，之后便和多木拖着小艇转头又往古城方向跑去。

两个人扛着小艇跑到古城里，只见滕雪刃在几扇窗户间走来走去。风又大，吹得她摇摇摆摆。项征大喊："滕雪刃，跳！"

滕雪刃往下一看，项征什么时候拖着艇来了？她也来不及想别的，就睁着眼往下跳。

这时，突然从城门里冲出来一个人，他边跑还边往城里扔东西。什么金银器、法器，还有石头，他一股脑全扔到了城内。多木定睛一看，是李想！

多木往李想的方向赶去，抓住李想的胳膊：“野人、野人，我们来救你出去！”

说话时，多木满是期待地往后看，却没看到想象中的那个人。

李想认出多木，有些警惕地看他一眼。但比起身后那群盗宝贼，多木还是更可亲一些。他想了想，试探着牵住多木的衣角。

多木一乐，揉了揉李想的脑袋。

项征为了去接滕雪刃，压根儿没时间去管在制高点上的狙击手。他的手臂被子弹射中，但他根本没反应，拖着小艇，双眼死死地盯着跳下来的滕雪刃，终于将她接住。

项征悬着的心也落了地。

他和多木没时间休息，他拖着小艇，多木在后面推，李想牵着多木的衣角跟着跑。

滕雪刃摔得头晕眼花，躺了半天都没回过神。好容易缓过神后，她趴在艇上盯着项征的背影，眼泪不由自主地涌了出来。

滕雪刃转身，往古城的方向看去，有盗宝贼追了出来。不过他们在城内和滕雪刃周旋时已经耗费了不少力气，现在想要追上来，确实也有点难度。

在屠宰场遇到狙击手时，她就在身上藏了一面镜子，此刻正好派上用场。天还是亮的，她拿着迷你手电筒照着镜子，将光反射到狙击手大致所在的位置。

这样能够拖延时间，好让狙击手没办法通过瞄准镜瞄准。如果对方技艺高超到可以盲狙，他也需要算准风速。

可羌塘的风速，是最难预测的。

滕雪刃发现，这一批盗宝贼果然不是罐头那群人。这几个人还没适应高原环境，端着枪跑起来特别吃力，好几次子弹都打飘了。

项征在前面问：“后面追我们的有几个人？”

“起码五个。”多木边跑边说。

“我们有几个人？”

“三个人加一个野人。老板，你有什么对策吗？”

“有，跑快点，他们追不上，我们就赢了！”说着，项征拖着小艇跑得飞快，完全不管自己喘得厉害。

“跑慢点，小心炸肺！”滕雪刃说。

李想听到这话，混沌的眼神清明了一瞬。他迟疑着放慢脚步，又被多木拽了一把：“不行，炸肺也好过死在后面那群人的枪下！”

项征已经拉着小艇赶到晴河边，他推小艇下水，多木拽着李想往小艇上跳。正在这时，端着枪的盗宝贼赶到了。他们瞄准滕雪刃的方向开枪，项征按住滕雪刃的脑袋准备去挡，却发现李想一声怒吼，转头往那群盗宝贼的方向冲了过去。

滕雪刃和多木同时想跳下去抓住李想，可李想跑得太快，他张开双手遮住了那群盗宝贼的视线，他们的枪口同时也对准了李想的方向。

耳边枪声不断，李想的身体越发前倾。他倒在一个盗宝贼的脚边，死死地拽着那个人的腿。那个人狠狠地踹了他几脚，愣是没把他给踹开。

“李想！”滕雪刃眼眶发热，想要跳下去找李想，却被多木死死地拽住了衣领。

“不能下去，咱们不能再送一个！”多木在滕雪刃耳边吼道。

“那李想……”滕雪刃咬住嘴唇，眼看着那几个人朝着李想放枪。

一切都发生得太快，多木的吼声和枪响同时落下，身边只剩呼呼的风声，再无其他声音。

滕雪刃被多木死死地按在艇内，她两眼无神，不知该看向何处。

“他是个傻子啊，傻子应该会自己逃命啊？怎么会有傻子往送命的地方跑呢？”滕雪刃喃喃道。

突然之间，晴河河水被风刮得波动起来。多木和滕雪刃在艇上摇摇晃晃，项征则用力划桨。

有另一艘小艇从不远处向他们逼近，站在前头的那个人身姿熟悉。多木看得眼热，“嘶”了一声：“不好，我看到侯奇逸了。”

滕雪刃顺着多木的目光看过去，两艘小艇隔着不到十来米的距离，她摸了摸手边，什么也没有。

她看着侯奇逸，心跳如鼓，咽了一口口水。她说："侯奇逸就是佛罗伦萨。佛罗伦萨从不带武器在身上，因为他很讨厌枪械。从我被他绑走到现在，都没看到侯奇逸带任何武器。"

除此之外，佛罗伦萨一直有两个保镖，一个近身护卫，一个狙击手远程保护。滕雪刃这才明白，为什么那次在屠宰场罐头会带上狙击手，为什么那次从侯奇逸家中出来，她会看到反光，是因为狙击枪的瞄准镜被太阳照出了光线。

不过好在此处风大，海拔又高，狙击手的射击精准度远不如在平地。这样他们才有命拖到现在。

滕雪刃狠狠拍了一下额头，想让自己清醒一些。徒手面对长得和小山一样的保镖，滕雪刃觉得自己没有胜算。

听到滕雪刃的话，多木愣了。他似是不敢相信，又重复问了一遍："侯奇逸是佛罗伦萨？"

"是。"

滕雪刃不自觉地看向项征。项征身上还带着大印，只要他能成功渡河开车返回，她的任务就算完成了。

想到这里，滕雪刃心里生出几分勇气。她对多木说："等他们的艇靠过来，我想办法把他们缠住，你和项征赶紧走。"

多木点了点头，又摇了摇头。他有些茫然，只是看着侯奇逸的身影。

滕雪刃往后退了几步，刚要和项征说话，却发现不远处有一闪而过的亮光。

肯定是埋伏在岸边的狙击手已经瞄准了项征。滕雪刃不做他想，直接抓过项征手里的桨把他摁在自己身下。项征还没反应过来，只觉得自己被人死死抱住，紧接着，就听到滕雪刃的一声闷哼。

项征心一紧，正准备回头去拉滕雪刃，哪知滕雪刃被突然靠近的人直接掀翻入水。

项征探出身子去拽滕雪刃，正好拽住了她的衣角。他不敢松手，任由一个蒙面壮汉扯他的衣服，又去摸索他衣襟里藏着的大印。

侯奇逸拿着一只船桨往项征的手上砸，刚要落下，却被多木死死抱住。多木喘着粗气，狠狠瞪地着侯奇逸："你骗我们这么久，就没有一句解释吗？"

侯奇逸一脚踹上项征和多木的小艇，多木站立不稳，往后倒去。侯奇逸轻松地抽回船桨，狠狠地砸到项征手上。他的表情和语气同样阴冷："如果再不把东西交出来，滕六就死定了。"

"侯奇逸，枉我把你当兄弟！"

多木也不管自己站不站得稳，飞身就往侯奇逸的方向跳过去。侯奇逸猝不及防被多木的头顶了个正着，后退了两步，水流湍急，他一个不稳，身子往后仰。

给项征搜身的人也不搜了，连忙去扶侯奇逸。项征趁机把泡在水里的滕雪刃往艇上拉。侯奇逸刚站稳，眼见着滕雪刃要被拉上小艇，他将手边的保镖直接推了出去，保镖砸到滕雪刃身上，两个人一同落到水里。

多木吼了一声："侯奇逸，你有没有心啊！"

侯奇逸冷笑："心是什么玩意儿？能传世，能保命？"

侯奇逸甚至没看多木，拿自己船上的桨准备将项征打晕了再拖上来。多木伸手去抢，两个人扭打起来。

两艘小艇无人控制，随着水流往下飘。项征将滕雪刃驮在背上，一只手死死抓着她的胳膊，另一只手还要防着盗宝贼的攻击。滕雪刃在水里沉沉浮浮，数次说："放手，你赶紧走。"

项征被她烦得半死："你闭嘴！我要是不能带你上岸，就把大印扔了，让你做鬼都不安心。"

放弃很容易，五指一松就能少很多痛苦。但人不能为了舒坦，把什么都扔了。

更何况项征已经认定了身后的重量是他感情的归属，这么轻易就放手，他的感情就无家可归了。

多木打不过侯奇逸，但他的小动作多。他闪身弯腰假装被推倒，突然扯着船桨猛地一跳，侯奇逸向艇边栽倒。

眼看侯奇逸就要落水，多木正准备补一个肘击将他击落。可这时，侯奇逸突然猛蹿起身，用头顶顶上了多木的下巴。多木吃痛向后栽倒，倒下的一瞬间，他发现侯奇逸被不知从哪里飞来的子弹击中了。

多木看到侯奇逸脸上有一闪而逝的笑容。侯奇逸的笑容很温和，像是每次多木犯错或者做坏事时一样，他总会露出这样宽容和了然的神情。

多木愣了一会儿，连忙转身想去救起侯奇逸。可水流太大，侯奇逸直接被冲到了一两米外的地方。等他再想救人时，侯奇逸已经不见踪影了。侯奇逸的保镖也顺流而下，迅速寻找他的下落。

“多木，帮忙！”

项征托着半死不活的滕雪刃，多木被他唤回注意力，连忙去拉滕雪刃。

艇上的桨不知道被丢到哪里去了，项征拉着艇拼命往对岸游。冰冷的河水灌入衣服里，像是一根根尖锐的长针，毫不留情地扎在他身上。他觉得身体都不是自己的了，也根本不知道自己的手脚在哪里，只能拼命往前游。多木则以胳膊当桨，跟着项征一起划。

三个人终于抵达岸边，项征倒在地上，用力吸了两口气。他摇摇晃晃站起身，又回头去看滕雪刃的情况。滕雪刃一张脸肿得发亮，惨白的脸上还泛起不正常的红晕。他伸手去试滕雪刃的额头，冰凉的手一放上去就察觉到她额头上灼人的温度。

项征几度起身，皆因体力不支又摔到地上。多木连忙上前搀扶，项征站稳后，立刻将滕雪刃抱了起来。多木提心吊胆，生怕两个人一起摔倒。可让多木意外的是，项征抱住滕雪刃后走起路来相当稳健。他疾步快走，往营地的方向赶去。

多木跟在身后，为两个人捏了一把汗。

还没到营地，项苑和范安琪就已经赶来接他们了。多木看到项苑，脑子里闪过李想倒下的身影。他的鼻子一酸，险些掉下眼泪。他侧过头擦了一把脸，范安琪将毯子搭在了他的身上，并说："赶紧上车休息。"

"不能休息，我们得赶紧走。古城里的盗宝贼没走干净，我们在这里就是等死。而且滕雪刃现在的情况……不能等了。"

项征声音沙哑，说话时，双眼发红，看起来相当骇人。

"你这个状态能走吗？"项苑担心道。

项征看了一眼怀里的人，说："不能走也要走。"

说着，他将滕雪刃抱到车上，让项苑坐在后座帮滕雪刃脱掉湿衣服，再处理一下伤势。之后他草草换下衣服，又联系救援队确定位置。最后他叫上范安琪和多木，开车上路。

项征的左臂被子弹打伤，时时刻刻都有疼痛感袭来。但这样的疼痛感却能让他在一定程度上保持清醒的头脑。他知道，就在百公里开外的地方，有救援队等候。只要滕雪刃能撑到救援队所在的地方，她就有活下来的希望。

项苑在后座帮滕雪刃处理伤口，忍不住低呼出声。滕雪刃的身体也肿了，背上被子打弹穿了个一小孔。因为太冷，伤口都发紫了。项苑想把滕雪刃最里层的衣服从伤口上揭开，但伤口和衣服粘住了。项苑狠了狠心，用力扯下那块衣料，滕雪刃只是眼皮一抬，连哼都没哼一声。项苑忍不住又叹了一口气。

项征被姐姐的长吁短叹搞得心烦意乱，一时没注意前方的石块，径直轧了过去。车身一震，处于半昏迷状态的滕雪刃也忍不住哼了一声。

"你还好吗？"项征听到滕雪刃的声音，连忙问道。

"活着。"滕雪刃说。

"你撑住，还有一段路就能和救援队会合了……"

项征的声音时断时续传入滕雪刃的耳朵里，她枕着项苑的腿，整个人却没有感觉，只觉得自己还泡在晴河里。河水漫过她的头顶，她的鼻子和肺被水堵住，完全无法呼吸。滕雪刃又想呼吸，又怕水灌进鼻子里，憋得浑身难受，脸也开始紫了。

滕雪刃突然发出“嗬嗬”的声音，项苑注意到她的异样，立刻拿出氧气瓶，将面罩戴在她的头上。项苑一只手捏着瓶子，一只手为滕雪刃顺气。

项苑说：“康拉，吸气，吸气，吸气！”

项征的脚像是粘在了油门上，车子开得几乎要飞起来。这时，对讲机里传来多木的声音：“老板，后面有车在追我们，是那群盗宝贼。”

过了一阵子，对讲机里又传来范安琪的声音：“项征，我们断后，你们先走！”

“别去！”

项征从后视镜里看到范安琪突然掉头，往来时的方向开了过去。他心里堵得慌，却又不知该说些什么，只好拼了命压下蔓延到喉咙口的酸意，盯着前方的路。

他知道自己很自私，但他不能回头。如果耽误了时间，滕雪刃一定活不下去。

项征踩着油门往前冲，有一队越野车相向而来。项征轻点刹车，摆弄方向盘，从那队越野车旁绕走了。

来者不是别人，正是由王睿带队的便衣警察。王睿接到具体消息和线人报告，上级也批准了此次逮捕佛罗伦萨的行动，他们终于在紧要关头赶到了。

王睿远远地看到了项征所驾驶的车，待他确认了车里所坐的不是盗宝贼后，也没停车，径直往古城赶去。

项征终于赶到了救援队所在地，直升机正准备起飞，项征从后座将滕雪刃抱到直升机上。他目送直升机飞走，剩下的救援队队员看到他手上的伤，刚准备让他上车检查，他人便向后仰，重重地倒在地上。

落地时，项征看到那架直升机越飞越远。不远处，那朵风神的花若隐若现，像是在保佑着他们。

他听不到身边的人在说什么，铺天盖地的困倦和疼痛向他袭来。

闭眼时，项征想，希望今天的风小一些，天气好一些。希望滕雪刃能平安抵达医院，希望她能活下来。

项征从一场接一场的噩梦中醒来。他的梦境混乱，但主角都是滕雪刃。如果要概括梦境的内容，大概就是关于滕雪刃的一百零八种死法。他猛然起身，又因为剧烈的头痛倒下去，沉重的身体砸在床上发出一声闷响。

“项征？”项苑伸手在他的眼前摆了又摆，以确认他是否清醒。

项征被这晃来晃去的手搞得头晕，抬起右手将姐姐的手挥开，说：“没死。”

“你睡了三天，我都要被你吓死了。”项苑按响床头铃，叫护士进来为他检查身体。

“滕雪刃呢？”项征忙问。

项苑苦笑，点了一下他的额头，说：“你什么时候从浪子人设变成痴情人设了？”

这时，护士进来了，询问项征的身体情况，项征一一作答。护士在为他做了简单的检查后，就离开了。

项苑将保温杯递给项征，他斜靠在床头，边喝水边听项苑说他晕倒之后的事。

项征和项苑乘坐救援队的车回到逻些，王睿带队救回了多木和范安琪，并逮捕了那些剩余的盗宝贼。佛罗伦萨和他的两个保镖不知所终，王睿派人沿晴河去找落水的佛罗伦萨了。

为了防止有人来找项征的麻烦，王睿还派人守在医院外。哪知滕雪刃早就找好了保镖，现在正候在病房外。

项征想，滕雪刃能考虑到一切，可偏偏不把自己当回事。

至于滕雪刃，她被送到逻些医院，经手术治疗后又转到扬城的医院休养。她中弹又落水，引发了脑水肿等一系列并发症，想要好起来恐怕没那么容易。

滕雪刃的手术很成功，不过医生说，如果后续疗养和复健没跟上，她很难恢复到受伤之前的状态。

听到这里，项征按捺不住想要起床。

项苑把他按在床上："你现在能走到哪里去？还没走出医院就要被人送回来。"

项征挣扎了几下，觉得项苑说得没错。他又问："我打个电话给她？"

"她还没完全清醒。"项苑说。

他抿了抿嘴唇，慢慢滑回床上。他看着天花板，突然想到李想的事，侧头看向项苑，问："姐，知道李想的事吗？"

项苑不自然地捋了捋额发，垂着脑袋小声说："王睿把他的尸体运回来了。"

那群盗宝贼为了找到大印，再次带上李想回到了高原。回来后不久，因为看守疏忽，李想找到机会逃了出来。

按理说，李想失去神志，最基本的应该是求生的欲望。而且李想已经受尽折磨，看到那群人应该转身就逃，为什么会在关键时刻跑向那群盗宝贼并攻击他们，项苑和项征都想不明白。

项征怕姐姐多想，哪知项苑并没有他想象的那样脆弱。项苑表现得很正常，只有极少数的时候，会突然说："我分不清这几年的生活到底是我的想象，还是真实发生的事。"

别说项苑了，就连项征也有这样的体验。每次午夜梦回，分不清是梦还是现实时，他总会摸一摸被他藏起来的大印。只要城主大印还在，这一切就是真的。

项征在医院住院时，多木和范安琪常常来医院探望。项征这才知道，范安琪和王睿是同一个警队的队友。她一直潜伏在逻些，只要听到和乌丹古城相关的消息就会去跟踪打探。这次混到滕雪刃的团队里纯属是因为和王睿打了赌。

因为前队友去世的关系，王睿不肯再找搭档，即便局里给他安排了范安琪，他也不肯答应。范安琪本以为是自己不够优秀，被王睿看不起。所以她一直努力工作，想让王睿认可她。这次也是基于同样的想法，她混入了驴友的队伍之中，阴差阳错地和滕雪刃等人相遇。

后来她进入羌塘，想及时给王睿传递消息。不过很可惜，她的手机信号时断时续，身上也没敢带卫星电话，也就没能及时联系王睿。

项征觉得很奇怪，王睿是如何在最后时刻赶到的？

范安琪解释，这是因为邓肯的关系。邓肯帮助佛罗伦萨办了通行证，他拿了钱后反将消息卖给了王睿，又赚了一次钱。

王睿拿了证据，迅速向上级申请批准调查任务。他拿到通行证和许可令之后，立刻驱车赶往羌塘。好在沿路有范安琪留下的标志，王睿等人也没走弯路，直接往乌丹古城的方向行进。

项征又问范安琪，邓肯帮助佛罗伦萨，怎么就没被抓起来审问呢？范安琪说，邓肯收了两次钱也不是自用，他将所有的钱都投入了动物生态保护的组织里，用于保护极地动物。

如果把邓肯抓起来，当地组织停摆，那些动物又将何去何从？更何况盗猎屡禁不止，他们也需要邓肯这样的人去保护动物。

再说了，他们没有直接证据证明是邓肯经手了佛罗伦萨等人的通行证。毕竟佛罗伦萨一直化名“侯奇逸”在逻些活动，他的身份合情合理，邓肯也算是“不知情”。而且邓肯上报了信息，也算是功劳一件。

听完其中的弯弯绕绕，项征忍不住咂嘴。人从来都不是非黑即白、非好即坏。一个人有多面，从不同的角度看去，会呈现出不同的面貌。

多木也告诉项征，侯奇逸本来不必落水，是侯奇逸推开了他，使他避开了狙击手射向他的子弹，这才不幸落入水中。他们也才能顺利逃出生天。

范安琪听完不服气，说：“怎么就不是狙击手打偏了位置，其实佛罗伦萨正好想推你去挡子弹，哪知你运气这么好躲了过去，而他中弹落水了。”

“哎，你都愿意给邓肯一点人性的光环，怎么就不肯给侯奇逸一点温情呢？”多木问。

“至少邓肯不骗人，侯奇逸骗了我们多久了？”范安琪反问。

多木不说话了。

项征知道，之前多木和侯奇逸走得最近，现在肯定也最难接受这个事实。多木无论怎么表现出不在意，其实心里还是难过的。

项征也没再继续这个话题，反问两人日后有什么打算。

“继续工作啊，想要王睿认可我，还有很长的路要走。”范安琪说。

“回煤气灯上班，钱用完了，我要从老板那里赚回来。”多木笑嘻嘻道。

“你不回家吗？”项征问。

多木将笑脸收起，表情略显踌躇。他说：“不知道，我家的情况很复杂，比滕姐家还要复杂。”

范安琪插了一句嘴：“毕竟你们家养狼的，是比较狠。”

项征有些疑惑，多木沉默了一阵，还是将自己的故事告诉了项征。

他家在边疆，有牧民抱怨自己的羊总被狼吃，于是合力设陷阱捉狼。狼也很无辜，人类活动的区域变大，狼群的活动范围减小，狼也无处可去。狼群数量锐减，对当地的生态也有破坏。

多木的父亲早年救助了几匹狼，在当地政策的支持下，开始创办狼群保护区，繁殖培养狼群。

因为人手不够，母亲找来自己的表弟一家帮忙。小有成果时，多木的表舅家深觉自己劳苦功高，拿的钱知没有多少，为此两家人常常争吵。

一天下午，表舅和父亲外出放狼。回来后，表舅说父亲被狼咬死了。母亲和多木说什么也不肯信，他们养了这么久的狼，深知狼的习性，它根本不可能无端端咬死父亲。

多木带了猎犬只身寻找父亲，让母亲报了警在家等待。等他找到父亲的遗体时，发现父亲根本不是被狼咬死的，而是被人推下了山崖。

多木怒气冲冲地回到家，发现母亲早已倒在了血泊中。等警察来后，多木发现公司账面亏空厉害，早就没钱了。

等到这件事彻底查清，多木才明白，表舅的儿子有很大的赌瘾，表舅被儿子逼得没办法，先是闹着要涨工资，后来因为欠钱太多，只好偷拿公司的款项。事迹败露后，多木的父亲本想和表舅好好谈一谈，但不知怎么回事，父亲就被人推下了山崖，连留守在家的母亲也被人杀害了。

这件事成了当地的一桩悬案，表舅一家下落不明，多木家破人亡。他无奈忍痛将公司卖了，后来便开始了在各处骑行的生活。他明面上说是体验生活，实际是为了寻找表舅一家。

找了两年多，多木实在是累了。在机缘巧合下，他遇到了项征。在煤气灯的日子让他忘却了曾经的伤痛，便留了下来。

这次他要跟着项征和滕雪刃上乌丹古城，是因为他曾经听到一种说法，说有些犯了事的人会往高原跑，借机躲避追捕。他还收到消息，说是有人在高原见过表舅一家人，于是就死皮赖脸地缠上了他们。

可后来为什么真的想进入乌丹古城，多木自己也说不清。他觉得高原的确有种别样的魅力，会吸引很多人心生向往。而且滕雪刃和项征的任务充满了吸引力，多木很想一探究竟。

多木遇上侯奇逸，常常会听他说起高原的历史和文明，可能这也有一定的影响。两个人的性格差异很大，但多木和侯奇逸的关系变得很好，他甚至还跟侯奇逸说明了自己家发生的惨案。

侯奇逸问清案件的细节后，说是可以拜托自己的朋友帮忙调查。也就是在项征昏迷的那几天里，多木表舅一家落网了。

多木怎么也没想明白，到底表舅一家是自己落网被抓，还是得到了侯奇逸相助。

听到多木的疑问，范安琪也愣住了。她叹了一口气，同样不解。

侯奇逸，到底是个什么样的人呢？

此时，项苑走进病房，端了一份水果沙拉给大家吃，又问：“你们在聊什么？”

“老板问我们有什么打算。”多木说话的同时接过项苑手里的水果沙拉。

“有什么打算……”项苑抿唇一笑，目光意有所指地看向项征。两姐弟视线交会，项征立即明白了项苑的意思。

“我留在煤气灯帮项征代班，至于他想做什么，就由他去做吧。”项苑说。

项征笑了笑，说：“行，谢谢姐姐了。”

项苑往他未受伤的肩膀上一拍，说：“我已经没有指望了，你还有个盼头。有盼头就去找一找。”

她的口吻很平淡，说出来的话却像陨石一般砸进三个人的心里。项征心头巨震，突然明白了李想在项苑心里的分量。

项征对李想有偏见，也搞不清李想和项苑有什么样的过往，但比对他自己和滕雪刃的经历，他还是可以理解项苑的心情的。更何况，李想出现时失去神志，再见时很快就变成了一具尸体，这样的打击，换了他也没办法接受。

房间里的气氛很压抑。多木和范安琪不知道该说什么好，求救一般看向项征，项征使了个眼色让两人找借口离开。

两人溜走，病房里又恢复了宁静。项征伸手将项苑拉到床边坐下，说：“姐，你要想哭就哭吧。从羌塘出来，你连魂都没了，也不打我，也不骂我，还对我特别好，挺别扭的。”

项苑闻言一笑，往项征的脸上拧了一把，说：“你这弟弟欠揍啊？”

“姐，不要强撑了，憋着不好。”

项征将项苑的脑袋按在自己的肩上，项苑挣扎了一阵，突然没了动作。项征觉得自己的肩头濡湿，没过一会儿，项苑伸出双手搂住了他的腰。她哭得含蓄，肩头微动，声音哽咽。

以前的项苑不是这样的，她不该这么委屈自己。项征心都软了，搂着姐姐，说：“没事，这不是还有我嘛。姐，我会一直在你身边。”

好半天后项苑才起身，她在床头柜上抽了两张纸擦了擦脸，说：“‘弟大不中留’，你还是跟喜欢的女孩过日子去吧。”

项征抓着项苑的手，很认真地说：“姐，你永远是我的姐姐，我们是亲人。我知道自己是你和罗叔带大的，但你也要知道，我是可以依靠的。”

“好，我知道了。”项苑勾了勾嘴角，勉强露出了笑容。

项苑起身去洗脸，徒留项征一人。项征若有所思地看着门口，强撑起身体，往护士站的方向走去。

项征了解项苑，她肯定是出去找个没人的地方大哭一场。从小到大，项苑性格好强，很少表露出脆弱的一面。项征上学时心思粗犷，总惹姐姐生气。一次半夜起床上厕所，他看到了偷偷躲在厕所哭的项苑。

从那时开始，项征就变了不少。

项征走到护士站聊了一会儿，得知这几日都是项苑一个人在忙前忙后。多木和范安琪也会来换班看护，但项苑没敢休息，基本没离开过病房。

他叹了一口气。

李想没了，他被送来时又昏迷不醒，确实给了项苑很大的压力。她身体不好，又连轴转了这么久，可自己一醒来，第一句话问的还是滕雪刃。

项征狠狠地拍了一下额头，确实不该这样。

项征扶着墙壁，又慢慢挪回了病房。他在病床上坐了十分钟左右，项苑才走进病房。

她无声地落座，项征从床上起来，将项苑搂在怀里，小声说：“姐，对不起啊，这几天让你担心了。”

项苑好容易止住的眼泪又被项征勾了出来，她泣不成声：“臭弟弟，能动弹了就惹我哭。”

出院后，项征在王睿的陪同和护送下将城主大印上交到文物局。滕雪刃有指定的交接人选，等那个人出来后，项征再三确认了身份，才将大印上交。

上交时，项征自言自语：“我都不知道这东西到底长什么样。”

对方拆开包装，戴着手套将那枚城主大印拿出来，放在托盘上。

项征弯腰查看，王睿也是同样的姿势。两个人看完后对视一眼，异口同声：“这也太小了吧？”

项征原以为所谓“城主大印”，就该像他在博物馆里看到的玉玺那么大，再不济，也应该比私人赏玩的印章要大些。哪知那厚厚的包装拆开，就只有一枚比拇指粗点的小印章，还挺沉，据说是黄金锻造。

项征又看了印章的章文，上面的字是番语，画得像道教里的符咒。他问文物局的人：“这上面写的是什么？”

“番语念作朗久旺丹，翻译成汉语，是十相自在的意思。”

“不是城主的名字？”项征很意外。

对方解释，城主大印之所以值钱，就是因为这是传闻中城主佩戴在身上的印章，主要作用是镇宅除煞、增福吉祥。番地有不少人将“十相自在”绘制于塔门、壁书、唐卡上，也有人将其刺绣成护身符或者制成珐琅印章佩戴在身上，但很少有人制成黄金印章。而且这是传说中的东西，如今现世，自然非同小可。

文物局的工作人员再三感谢项征等人所做的一切，又问起滕雪刃的近况。项征含糊带过，以笑容应对一切。可他心不在焉的表情被王睿收入眼底，王睿不自觉地抿了抿嘴。

离开文物局后，王睿问项征：“康拉还好吗？”

“不知道，我正准备去找她。”项征说。

“你有没有听过一句话？没有人能掌握风和康拉的行踪。”王睿说。

“我总能找到她。”项征说。

王睿一笑，摇了摇头：“那你保重。哦对了，以后要是有事，还能找你吗？”

“当然。只要我有空，随叫随到。”

“到时候联系。”

项征、项苑和多木回到泾河，在项苑和罗叔的操持下，煤气灯酒吧又重新开张了。项苑重操旧业，出现在网络上，引得以前的旧友纷纷现身问候。有好些人想要项苑说说这段时间的经历，项苑拒绝了大家。

项苑明白，乌丹古城和李想的事就当是一场梦，梦醒了就该投入现实了。如果一直沉溺在梦境里，是会迷失心智的。

有时项苑会想，走出乌丹古城是一种什么感觉？

其实也没有什么，两进两出，几经波折，差点丧命，重要的人在眼前消失……她觉得自己被寸寸瓦解，又被寸寸塑形，反复来去，身体里好像有很多东西剥离了，又有很多东西重生了。

后来项苑想，这只不过是人生长河中的经历，既不是起点，也不是终点，只是一段路程。

项征也没有立刻去找滕雪刃。项苑的身体还没复原，半夜时仍会尖叫。他陪着姐姐去看心理医生，一周一次，他按时接送，并敦促姐姐吃药，姐姐半夜被噩梦惊醒时他会陪在她的身边。

如滕雪刃所说，他的牵绊太多。项征也有自己需要承担的责任，他不能将这些事推给别人。

他每天都会给滕雪刃打电话，只是那边传来的永远都是忙音。项征睡前总会发一条消息给滕雪刃，汇报一下今日发生的事。即便找不出话来，他也能把自己的一日三餐写一遍发给滕雪刃。

项征从不是这种人，他也以为自己这辈子都不会做这种事。但遇到滕雪刃后，他觉得偶尔为之也无伤大雅。

在酒吧里忙碌时，也有女客人趁机打听项征。多木拉长了脸说：“我们老板是有女朋友的，又漂亮又厉害，一个过肩摔能打两个你。”

为了避免项征被别的女客人勾引走，只要项征在酒吧露面，多木就会在项征的附近出没。项征看得好笑，但从未阻止。

他和多木都明白，只有这样做，他们才会觉得滕雪刃还在身边，她还会回来。

在项苑的病情好转后，项征启程去扬城寻找滕雪刃。登机后他看了看手机，注意到了日期。

他和滕雪刃已经有三个多月没见面了。

飞机抵达扬城，项征赶去医院。医生说滕雪刃上个月就出院了，并给了他滕家的地址。项征又去滕家，在园林老宅里喝了一个多小时的茶，滕翰音才姗姗来迟。

项征想，这里可真不像个住处，反倒像个景点，连滕家人都像是工作人员。他们的脸就是一副扑克牌模样，嘴里说出的话像是提前设定好的模式。怪不得刚见滕雪刃时，她表现得像个小机器人，原来她所生活的环境就是如此。

滕翰音见到项征，只觉得这个男人很不同，怪不得滕雪刃会喜欢他。

“你好，我是滕翰音，让你久等了。”滕翰音说。

“项征。”

两个人握手，彼此的眼里都有打量的意思。项征说：“你是滕雪刃的堂弟？”

滕翰音颔首。

“那我现在见不到她了？”

“她外出公干了，暂时回不来。”

“她的身体恢复得如何？”

这是项征最关心的问题。三个月了，滕雪刃能够外出公干，为什么不能抽时间和他联系？难道她出了什么事？

“不太好。”滕翰音说。

项征的眉头一下就皱起来：“她在哪里？我要见她。”

“哥们儿，冷静。姐姐知道分寸，她会照顾好自己的。你要相信她。”滕翰音说。

又是相信。

他就是因为太相信她了，所以才压抑着内心的恐惧待在泾河。三个月了，他什么消息都没等到，如果继续怀揣着这点摇摇欲坠的信念，他可能要坚持不下去了。

这和当年项苑消失不见的情况不一样。滕雪刃挡在他的身后，为他挨了一枪。

每次半夜醒来，他总会一个人在窗边站立良久，因为他没法想象滕雪刃到底伤得有多重。就像现在，滕翰音所说的“不太好”，到底是有多糟糕。

项征紧盯着滕翰音，表情很是严峻。滕翰音叹气：“我送你去机场。”

“我想知道她的情况。”项征又说。

“我送你去机场。”滕翰音一边说话，一边挤眉弄眼。

项征想，可能是这里说话不方便。于是他起身：“走吧。”

走出滕家的园林，项征一路都觉得有人在看他。他问滕翰音：“怎么，我在滕家很出名吗？”

“负责人为爱私奔，还为爱中枪。大家自然好奇到底是谁能征服我们的高岭之花了。”滕翰音说。

出了那道门，滕翰音说话自在多了。

项征干笑了两声，也不知道该说些什么。

两个人上了车，车驶向机场。在车上时，滕翰音零散地说了一些关于滕雪刃在滕家的故事。

十岁后，滕雪刃和滕翰音被选到本家，和本家几位子孙共同学习。本家生活不比自家，这里规矩多，小孩子需要严格遵守时间表学习和生活。

他们是旁系的亲戚，不比本家几位少爷小姐偶尔可以任性。滕雪刃只能严格按照要求规范自己，还要在课业上比任何人都努力。久而久之，滕雪刃也习惯了，做事一板一眼，只求结果，不管过程。

有时本家的少爷小姐犯错，也会推到滕雪刃和滕翰音的头上。起初滕雪刃还会辩解两句，后来她认清现实，这里是别人的地盘，自己需要夹着尾巴做人。

时间久了，滕雪刃的情绪都被磨得一干二净，偶尔有人跳出来挑衅，她也只是一笑置之。滕翰音眼看着滕雪刃从一个活泼开朗的小女孩变成了不苟言笑且情感麻木的负责人，其间到底经历了多少心酸，如果不是和她一起经历，外人很难想象。

其实滕雪刃本来不喜欢学习，但滕家早有规定，成绩不好不可以回家。

为了回家见父母，滕雪刃拼了命地努力。结果滕雪刃的父母在生下妹妹后，对这个在扬城生活的女儿也不是那么上心了。

那个时候，滕翰音眼看着滕雪刃又有了变化。大概就是那段时间，滕雪刃做事不留余地，不顾及任何人的感情，一定要把事情做到最好，拼上性命也没有关系。

其实滕翰音也想劝她，但话到嘴边又不知从何说起。滕雪刃如此拼命才坐上了负责人的位子，这样他们俩在滕家才得以生存。如果要他去劝滕雪刃，他又该怎么劝？他受着堂姐的庇荫，还要劝她不要太努力，听起来很像说风凉话。

滕翰音只能努力配合她的拼命，两个人越活越累，越爬越高。但高处不胜寒，他们每天都神经紧绷，走得更是战战兢兢。在滕家老宅时，滕翰音连两句俏皮话都不敢说。

滕翰音将车停好，对项征说："走，我们上去找个地方说。"

滕翰音选了一家人来人往的快餐店。项征发现这姐弟俩都很喜欢隐匿在人群中，滕雪刃喜欢坐火车，在的卢咖啡也是人多起来才感到放松，滕翰音也是这样。

两个人都点了咖啡，滕翰音告诉项征，滕家刚刚发生了一场大乱。

滕雪刃从逻些转回扬城医院后，休养了半个多月才彻底清醒。那时项征还没有上交大印，滕家乱成一团。其中有人坚称滕雪刃和佛罗伦萨沆瀣一气，还有两个人同去羌塘的照片。

照片一出，滕家更乱了。有人提议换掉滕雪刃，让滕真源当负责人。意外的是，滕真源只说滕雪刃的身体尚未康复，在这种特殊时候，不能随意换人，并且照片一事真假未定，不能仅凭一面之词就换掉滕雪刃。

此时，滕雪刃居然在医院遭到了袭击，有人企图在她的注射液中加入不明成分的液体。如果不是滕翰音及时发现，滕雪刃刚救回来的命就没了。

不过对方突然发动进攻，留下的痕迹不少。滕翰音追查后发现，不少证据直指滕真源。可滕真源在滕家已经公开声明支持滕雪刃，他的态度又让滕雪刃和滕翰音感到相当迷惑。

正在此时，项征上交了大印。消息传回滕家，滕真源身边的阿汜消失不见，关于滕雪刃和佛罗伦萨相勾结的流言也不攻自破。

王睿正式向滕家传来消息，表明阿汜曾多次独自往返逻些。滕雪刃将阿汜和滕真源的照片传给王睿让盗宝贼辨认。盗宝贼认出了阿汜，并说他是以滕真源的名义来谈合作的。之前多木被绑走，也是他做的。阿汜怕滕雪刃认出来，这才转手将多木交给了罐头处理。

滕雪刃将此事告诉滕真源，他终于想明白了为什么阿汜一直在撺掇他接手乌丹古城一事，没想到阿汜还有这种心思。

而且阿汜勾结天鹰座一事起因十分微妙。之前他负责带队出行，在采购物资时贪了点钱，找滕雪刃报销时被发现了，不过滕雪刃没说什么。后来这件事不知被谁捅了出来，滕真源狠狠地批评了他一顿，勒令他将钱拿了出来。阿汜认定是滕雪刃所为，便处处与她作对。

至于他为什么要和天鹰座勾搭上，目的倒是简单。阿汜贪财，只要出卖滕雪刃的行踪和部分消息就能换一大笔钱，他很乐意做这样的事。还有就是，天鹰座承诺，只要滕雪刃一死，负责人一职绝对是滕真源的。

虽然很多人对阿汜都有意见，但他真的是一心向着滕真源。

滕真源很震惊，又有些难以置信。滕雪刃和滕翰音都觉得滕真源是个面无表情的人，哪知两个人看到滕真源表露出很明显的伤心。他眼圈发红，一遍又一遍地重复：“没想到，我真的没有想到。”

滕雪刃和滕翰音腹诽，有什么想不到的，阿汜平日在滕家就喜欢小偷小摸，还喜欢打着滕真源的旗号拿好处，名声本就不太好，大家都是碍于滕真源的面子，只能对阿汜多有忍让。

滕真源伤心了一阵，对滕雪刃表示，阿汜一事自己绝不插手，随便她怎么处理。

阿汜跟了滕真源很久，也参与过不少文物的保护和发掘工作。有些发掘保护项目因各种原因停摆，万一阿汜和其他盗宝团伙联手去发掘偷盗，后果将不堪设想。

滕雪刃和滕真源合计之后决定，两个人联手去抓捕阿汜，滕家的事务暂时由滕翰音代管。

“所以你就坐镇滕家，等着她回来？你也打个电话关心一下她啊。”项征说。

滕翰音耸了耸肩膀：“你以为我是你啊，姐姐只把我当工具人用，从来不寒暄。大概是遇到你之后，她在电话里还有几句软话，让人听着心里舒坦。”

项征看着滕翰音，突然觉得自己还是挺幸福的。原来滕雪刃给了他如此多的特别优待。

“总之，我们只能相信她。她手机不开机也是有原因的，怕被人查到定位，不安全。”滕翰音说。

“那还要等多久？”项征问。

滕翰音没说话，从口袋里掏出一支笔，又从桌上拿了一张纸巾。他“唰唰”写下一行字后递给项征：“等不住了，可以去这里看看。”

项征接过纸巾瞟了一眼，心跳猛然加快。他折好纸巾，点了点头：“我知道了。”

登上飞机，项征莫名被升了舱。左边的人一上机就歪倒在椅背上睡着了，他看着窗外，被墨蓝的天空吸引了。

就在这万米高空之上，项征想了很多事。他一直忠于当下，做事很少瞻前顾后，更别说有诸多担忧了。可当他想到滕雪刃的时候，却罕有地担心起很多事情来。

他担心滕雪刃的安危，担心她的工作，担心她没有人陪。除此之外，他还担心自己接到勘察工作时会犹豫不定，会不敢去危险的地方，会平衡不了姐姐和滕雪刃之间的事……

这些乱七八糟的想法折磨了项征两个半小时，但飞机着陆的那一瞬间，他又清醒了过来。

何必担心这么多呢？滕雪刃在没遇到他之前过得也不错，他在没遇到滕雪刃之前也活了二十多年。难道就为了莫须有的可能性，削足适履，丢掉他们本来的人生，没必要吧？

生命很短暂，忠于本心不好吗？

他和滕雪刃之间最大的羁绊就是信任。滕雪刃的每一次承诺都是言出必践。她给了他无比大的信任，就像小兽亮出了自己的喉咙和肚皮。同时，滕雪刃也了解他的一切。他手握滕雪刃的温柔和软肋，不需要再苛求更多了。

项征拿起背包下飞机，将一切困惑与不安远远地甩在身后。他想，只要有足够的时间和耐心，就一定能等到滕雪刃。

夏天过去，初秋已至。在项苑的打理下，煤气灯酒吧比以前更加红火。项苑准备再拓出一方院子做农家乐，顺带弄个小旅社。她的状态好了不少，夜里也不会再无端尖叫。去心理诊所复诊时，医生让她半年后再来做一次心理测试就好。

多木在煤气灯酒吧里大小算个管事的，不仅工资涨了，也开始带新人管理酒吧了。

项征时不时外出继续为旅游公司勘察新路线，他的生活几乎没什么变化，依旧是个偶尔出现的甩手掌柜。

无人主动提及乌丹古城，也无人再提起“滕雪刃”这个名字。只是在有人追问项征有没有女朋友时，多木会扯着嗓子回答：“有，特漂亮一女的，只是不常回来。”

项征听了一笑，什么叫不常回来？是根本就没回来过。

有一次，他等不住了，独自背着包去了鸿家山。他走过古老的街巷，看到了朱门白墙的南阳堂，走过滕雪刃儿时捞鱼的池塘，也踏过了她说的廊桥，终于看到了如同活在电影里的茂林宫。

他无法形容这种扑面而来的奇特感觉，那座建筑如同滕雪刃一般有种神秘的气韵。它遗世独立，仿佛被人忘记，又像是刻意藏匿起来。

站在这里，仿佛时光停下了脚步，巨大的杉树如同史前的植物，茂林宫就像是格格不入的古人。迎面而来的微风拂面，项征似有感知，回过头去。

只见一位和滕雪刃颇有几分相似的少女走过来，歪着脑袋看着项征问：“你是游客吗？”

“我长得不像本地人吗？”

女孩摇头，说：“村里的年轻人都出去打工了，哪有你这样的。”

项征轻笑：“你不是年轻人吗？”

“我的任务是陪着爸妈，因为我姐姐已经出去打工了。”女孩又说。

项征本想问点什么，最后还是闭上了嘴。有些话不用多说，女孩那张和滕雪刃颇有几分相似的脸蛋已经证明了他的猜测。

“那你想走出这个村子吗？”项征问。

女孩点点头，想了想，又忍不住摇头。她说：“我平时在镇上念书，偶尔也去市里，还是在这里自在。”

“那你为什么想走出去呢？”项征问。

“想看看我姐姐。据说我有一个大我十二岁的姐姐，她很了不起。”女孩眉眼弯弯，比花朵还娇艳。

项征想了想，又问：“你叫什么名字？”

女孩说：“云屏。”

她报完名字，廊桥上便出现了一位妇人。那位妇人冲云屏招手，用方言喊她回家。云屏又看了项征一眼，说：“记得要尝尝我们万安米酒，真的很好喝。”

项征笑了笑：“好。”

等两个人走远了，项征举起手机，拍下了眼前的茂林宫。他将照片发给滕雪刃，聊天对话框里还是没有信息传来。

只有穿林过河的风摩挲万物发出沙沙的响声，仿佛在对项征说：“我收到了。”

又过了一个季节，项征突然接到王睿的电话。王睿询问项征有没有时间做义务救援队队员，初冬时节事故频发，救援队实在是人手不足。

项征想了想，反正酒吧冬天没什么人光顾，旅游公司这边也没什么活儿，便应下了王睿的邀请。

他向项苑交代了去向，被多木听了个正着。多木虽然嘴上没说什么，但他的眼中充满期待，希望项征能主动开口带上他。项征看穿了多木的想法，故意吊他的胃口，怎么也不接茬。最后多木憋得实在没办法，踮起脚去抓项征的胳膊：“老板，你带我去吧，大不了我再给煤气灯打一个月白工。”

“两个月，我明年开春要去非洲，你要照顾我姐。”项征说。

多木咬咬牙应下了。

两个人抵达逻些，又住进了老卡的客栈。项征在客栈休息时，遇到了意料之外的人——邓肯。

邓肯不像是路过，倒像是特地来找项征的。项征见到这个人，内心挺复杂的。邓肯倒是无所谓，见到项征时笑出一口白牙。他伸手向项征示好：“好久不见。”

“好久不见。”项征握住了他的手。

两个人松开手，项征觉得手里多了个什么东西。他摊开一看，居然是车钥匙。

“之前康拉的车一直停在我那里，知道你来了，我还给你。”邓肯说。

“车停在哪儿呢？”项征问。

“走出巷子就能看到。”邓肯说。

项征随邓肯一同走出客栈。邓肯和他并肩走着，几次想要说点什么，最后还是闭上了嘴。项征看到那辆黑盒子一般的车，又想到滕雪刃听到他说错车的型号时翻的白眼，不由得笑出声。

邓肯奇怪地看了项征一眼，项征只是笑，却没有回应。

“我知道我做的事在你看来是错的，但我也有想要守护的东西。本来我以为我们能成为朋友。”邓肯突然说。

项征看向邓肯，眉毛一挑，没有接话。邓肯垂下眼睑看着路面，说：“不过现在说这种话已经迟了，以后我会尽量不出现在你们面前。”

说完这句话，邓肯快速走向对面的街道。他连道别的话都没说，就这样消失在不远处的深巷中。

项征打开车门，重新调整了座椅，将滕雪刃的车开进附近的停车场。停好车后，他突然很想去的卢咖啡坐一坐。

他步行到商业街，上到的卢咖啡的二楼，坐在露台处，有几桌人围在桌前嘟着嘴吹沙。

项征看了很久，服务生走到项征身边：“那是向风神占卜，你可以向风神询问简单的问题。肯定的答案，风神会将沙吹到那个人的身上，那是祝福。”

项征不想再看，转身走到店外。

不知何时，天空飘起了雪花。项征叹了一口气，身后传来重重的跺脚声。他转头，就看到滕雪刃戴着一顶黑色的绒线帽，长卷发披在肩头，冲着他笑。

她说：“我跟了你好久，还以为你不会回头了。”

他皱着眉，上前两步，狠狠地在滕雪刃的脸上捏了捏。滕雪刃张开嘴，咬住他的右手。项征被咬，反倒笑得开怀。

滕雪刃皱着鼻子“呜”了两声才松了口，项征将她抱了起来。

“我给你发的信息，你看到了吗？”项征问。

见左右都有人在看着他们，滕雪刃感觉有些不自在。她左右扭动，项征却不肯松手。她只得回答：“任务办完，在回来的飞机上看到了。你去了茂林宫。”

项征嘴唇上扬，又说：“为什么这么久都不联系我？”

“身体没养好，不想让你看到虚弱的我。”滕雪刃的眼神闪躲，颇有些不好意思。

“那你为什么不给我打电话？”项征又问。

“怕你在泾河事情太多，项苑的情况不好。你两头分心，会很辛苦。”

雪花落在滕雪刃左眼的睫毛上，她没眨掉。项征心念微动，缓缓凑近，滕雪刃不自觉地闭了眼睛，他轻轻吻在她的眼皮上。

“我们那次出发前，你向风神问了什么问题？”项征问。

“问我们谁能走出乌丹古城。”

彩沙落了项征满脸，而项征又将剩下的彩沙扔了她一脸。最后一行人顺利走出了荒原。

“你还欠我一个问题的答案。”

“什么？”滕雪刃装傻。

“当老板娘吗？”项征直截了当。

滕雪刃抿紧嘴唇，但她止不住由内心散发出来的笑意。项征看到她的表情，已然知道了答案。

项征逗她：“那要不要问问风神？”

“这就不劳烦风神了，我可以自己回答。”